RÉUSSIR L'EXAMEN

W0201474

1re technologique

BAC 2022

prépabac

Français

- **Hélène Bernard**
  Agrégée de Lettres modernes
  Lycée Albert Camus (Bois-Colombes)
- **Denise Maréchal**
  Agrégée de Lettres modernes
  Lycée Le Likès – La Salle (Quimper)
  Chargée de cours en LEA Techniques de communication à l'Université de Bretagne Occidentale
- **Bérangère Touet**
  Agrégée de Lettres modernes
  Lycée Marie Curie (Nogent-sur-Oise)
- **Sophie Saulnier**
  Agrégée de Lettres modernes
- **Swann Spies**
  Agrégé de Lettres modernes
  Lycée François Truffaut (Beauvais)
- **Laure Warot**
  Agrégée de Lettres modernes

Hatier

Le site de vos révisions

L'achat de ce Prépabac vous permet de bénéficier d'un **ACCÈS GRATUIT*** à toutes les ressources d'**annabac.com** :

- fiches de cours, vidéos, quiz interactifs, sujets corrigés
- dans chaque matière, des parcours de révision

Pour profiter de cette offre, rendez-vous sur www.annabac.com !

* Selon les conditions précisées sur le site.

Hatier s'engage pour l'environnement en réduisant l'empreinte carbone de ses livres. Celle de cet exemplaire est de : 850 g éq. CO_2 Rendez-vous sur www.hatier-durable.fr

PAPIER À BASE DE FIBRES CERTIFIÉES

Achevé d'imprimer par L.E.G.O. S.p.A. - Lavis (TN) - Italie
Dépôt légal : 07822 - 2/01 - Juin 2021

Maquette de principe : Frédéric Jély
Mise en pages : STDI
Coordination éditoriale : Lisa Roche, Anne-Lise Barbanès
Édition : Charlotte Davreu, Sophie Lovera
Iconographie : Nadine Gudimard, Hatier Illustration
Illustrations : Juliette Baily

ISBN 978-2-401-07822-2

Mode d'emploi

Comment utiliser votre Prépabac tout au long de l'année ?

▸ Commencez par situer votre niveau de connaissance grâce au **TEST** en début de chaque chapitre.

▸ Dans les chapitres qui se rapportent aux œuvres au programme et aux épreuves, votre score vous permet d'établir **votre parcours de révision** dans le chapitre.

TEST

moins de 50 % du score total : **PARCOURS PAS À PAS**
- FICHES DE COURS
- SUJETS GUIDÉS & CORRIGÉS — OBJECTIF BAC

50 % ou plus du score total : **PARCOURS EXPRESS**
- MÉMO VISUEL
- SUJETS GUIDÉS & CORRIGÉS — OBJECTIF MENTION

Comment vous organiser dans la dernière ligne droite ?

▸ Ciblez vos révisions et exercez-vous en priorité avec les **sujets OBJECTIF BAC** que vous n'avez pas encore traités.

▸ Vous trouverez aussi sur le site **annabac.com** des ressources utiles dans la phase de révision finale (voir ci-contre).

Il ne vous reste plus qu'à vous lancer !

SOMMAIRE

La poésie, du XIXe au XXIe siècle

1 La poésie : histoire littéraire et outils d'analyse

2 Les recueils de poésie au programme

La littérature d'idées, du XVIe au XVIIIe siècle

3 La littérature d'idées : histoire littéraire et outils d'analyse

4 Les œuvres de littérature d'idées au programme

SOMMAIRE

Le roman et le récit, du Moyen Âge au XXIe siècle

5 Le récit : histoire littéraire et outils d'analyse

6 Les romans et récits au programme

Le théâtre, du XVIIe siècle à nos jours

7 Le théâtre : histoire littéraire et outils d'analyse

8 Les pièces de théâtre au programme

SOMMAIRE

Réussir l'épreuve écrite

9 Maîtriser les outils de l'analyse grammaticale et littéraire

10 Construire un commentaire de texte

12 Améliorer ses écrits

SOMMAIRE

Réussir l'épreuve orale

13 Préparer et passer l'épreuve

14 Être à l'aise à l'oral

Annexes

La poésie, du XIXe au XXIe siècle

1 La poésie : histoire littéraire et outils d'analyse

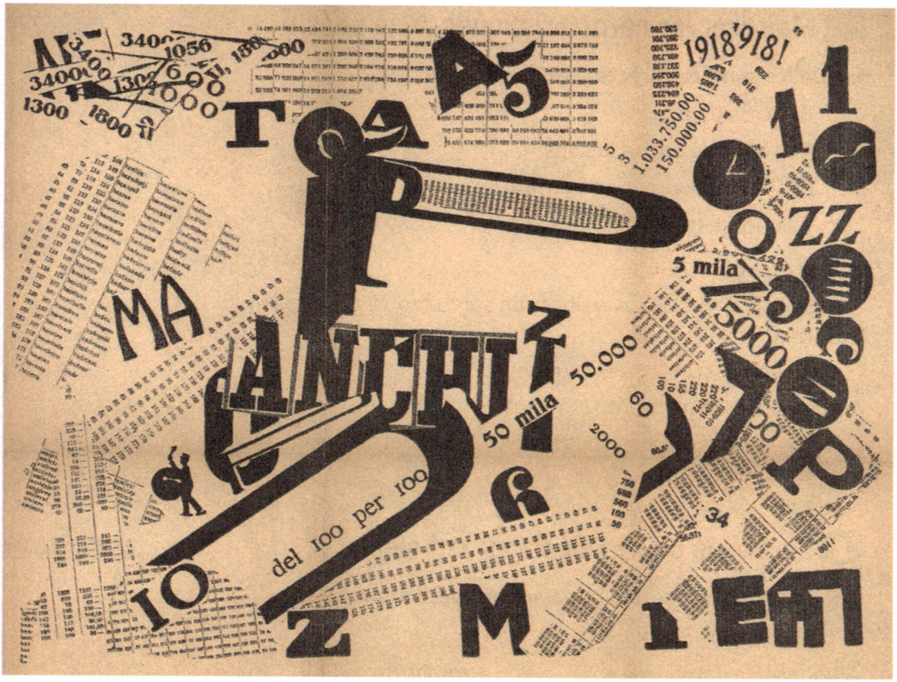

TESTEZ-VOUS

→ CORRIGÉS P. 308-309

Faites le point sur vos connaissances puis établissez votre **parcours de révision** en fonction de votre score.

1 Maîtriser les caractéristiques de la poésie

→ FICHE 1

1. Quelles sont les caractéristiques de la poésie ?

☐ a. Elle crée un monde.

☐ b. Elle dissocie forme et sens.

☐ c. Elle a son propre usage de la langue.

☐ d. Elle utilise toujours le vers.

2. Vrai ou faux ?

	VRAI	FAUX
a. Les contraintes de la versification sont un obstacle à la créativité poétique.	☐	☐
b. La poésie est un art de la suggestion.	☐	☐
c. Le poète est un voyant.	☐	☐
d. L'« art poétique » désigne l'habilité d'un poète à manier la versification.	☐	☐

…/2

2 La poésie du XIXe siècle au XXIe siècle

→ FICHES 2 et 3

1. Reliez chaque poète au courant auquel il appartient.

Poètes	Courants
Théophile Gautier •	
Alphonse de Lamartine •	• romantisme
Victor Hugo •	• Parnasse
Paul Verlaine •	• symbolisme
Charles Baudelaire •	

2. Lesquels de ces recueils n'ont pas été écrits au XIXe siècle ?

☐ a. *Les Fleurs du mal* (Ch. Baudelaire)

☐ b. *Romances sans paroles* (P. Verlaine)

☐ c. *Les Regrets* (J. Du Bellay)

☐ d. *Alcools* (G. Apollinaire)

3. Quelles sont les caractéristiques de la poésie surréaliste ?

☐ a. Elle décrit avec précision le réel.

☐ b. Elle prend le rêve comme modèle.

☐ c. Elle s'affranchit des règles de la versification.

☐ d. C'est une poésie engagée.

…/3

3 Connaître les règles de la versification

→ FICHE 4

1. Cochez la (ou les) bonne(s) réponse(s).

- ☐ a. Un sonnet est un poème de douze vers.
- ☐ b. Un sonnet est composé de quatre strophes.
- ☐ c. Un rondeau comporte un refrain.
- ☐ d. Une ballade est une forme libre.

2. Dans les vers ci-dessous, vous reconnaissez :

- ☐ a. un rejet
- ☐ b. un trimètre romantique
- ☐ c. des rimes suivies
- ☐ d. une diérèse
- ☐ e. des assonances
- ☐ f. des rimes croisées
- ☐ g. des alexandrins
- ☐ h. un contre-rejet

Le pré est vénéneux mais joli en automne
Les vaches y paissant
Lentement s'empoisonnent
Le colchique couleur de cerne et de lilas
Y fleurit tes yeux sont comme cette fleur-là
Violâtres comme leur cerne et comme cet automne
Et ma vie pour tes yeux lentement s'empoisonne

Guillaume Apollinaire, « Les Colchiques », *Alcools*, 1913.

.../2

4 Analyser un poème

→ FICHE 5

Quels sont les trois éléments clés pour analyser l'extrait suivant ?

La surface du pain est merveilleuse d'abord à cause de cette impression quasi panoramique qu'elle donne : comme si l'on avait à sa disposition sous la main les Alpes, le Taurus ou la Cordillère des Andes.

Ainsi donc une masse amorphe en train d'éructer fut glissée pour nous dans le four stellaire, où durcissant elle s'est façonnée en vallées, crêtes, ondulations, crevasses... Et tous ces plans dès lors si nettement articulés, ces dalles minces où la lumière avec application couche ses feux, — sans un regard pour la mollesse ignoble sous-jacente. [...]

Francis Ponge, « Le pain », *Le Parti pris des choses*, 1942.

- ☐ a. la versification
- ☐ b. les images
- ☐ c. la tonalité
- ☐ d. les enjambements
- ☐ e. les champs lexicaux
- ☐ f. le rythme

.../1

Score total .../8

1 Le genre poétique

En bref *La poésie est avant tout un travail sur les mots, sur le langage : est poète celui qui réinvente la langue. Ce faisant, la poésie réinvente le monde : elle nous le donne à voir autrement.*

I Réinventer la langue

1 L'usage courant de la langue

- Un mot a une face matérielle, **le signifiant** (ensemble de sons et de lettres), et une face immatérielle qui est dotée d'un sens : **le signifié**.
- Signifié et signifiant sont indissociables l'un de l'autre et renvoient à un objet du monde (**le référent**), qu'il soit concret « la table » ou abstrait « le bien ». Qu'on le nomme « table » ou *tavola*, l'objet table ne change pas. On dit que le mot est **arbitraire** ou **immotivé** : il n'y a pas de lien direct entre le mot et l'objet qu'il désigne.

2 L'usage poétique de la langue

- Le poète Stéphane Mallarmé regrette que les mots de la langue soient si mal assortis à ce qu'ils désignent (leur référent). Ainsi, il considère que les **sonorités des mots** « jour » et « nuit » ne correspondent pas à la réalité qu'ils désignent : alors que le mot « nuit » a un timbre clair, le mot « jour » a un timbre sombre.
- C'est alors à la poésie de « **rémunérer le défaut des langues** » : chercher à ce que les mots arrivent à être plus près des choses. Dans l'usage poétique de la langue, le poète cherche à faire correspondre forme et sens, à **remotiver** les mots.
- « Manier savamment une langue, c'est pratiquer une espèce de *sorcellerie évocatoire*. » Comme l'écrit Baudelaire, c'est donc bien le travail sur la langue qui permet de créer un monde. C'est ce que fait la **poésie**.

> **À NOTER**
> Le mot « **poésie** » vient du verbe grec *poiein* qui signifie « faire, créer ». Le poète est celui qui, à l'aide de la matière des mots, crée un monde.

3 Le poète, un être à part ?

- Le poète est souvent pensé comme un être à part, qui a accès à une autre vérité, au-delà du langage de tous les jours.
- Le poète « **pareil aux prophètes** [...] voit, quand les peuples végètent ! », c'est ainsi que Victor Hugo le définit dans un poème intitulé « Fonction du poète » (1829). Plus tard, en 1871, Arthur Rimbaud écrit que « Le Poète se fait **voyant** par un long, immense et raisonné dérèglement de tous les sens ».

II L'apport des contraintes

On pourrait penser que les nombreuses contraintes de la versification (→ FICHE 4) brident l'imagination. Or, comme l'écrit Baudelaire à propos du sonnet « parce que la forme est contraignante, l'idée jaillit plus intense ». On peut, à partir de là, donner quelques caractéristiques de la poésie.

- **L'intensité**. Les formes sont souvent brèves, l'idée doit se mouler dans le mètre du vers. Cela oblige à chercher l'intensité plutôt que la longueur, ce que permet la métonymie : « la pâle mort » = la mort qui rend pâle.
- **La suggestion.** La poésie n'est pas explicative, elle montre, elle suggère. Pour cela, elle se sert d'images. Toutes les figures de l'analogie sont privilégiées : comparaison, métaphore, allégorie, personnification.
- **Les rapprochements**. Les mots mis à la rime ont du poids, ils sont mis en relation, et cette relation peut créer du sens. Ainsi, il n'est pas anodin de mettre à la rime « tyrannique » et « république » (La Fontaine).
- **Les mises en relief**. Anaphores, parallélisme, chiasmes se jouent des structures du vers. L'alexandrin et sa césure à l'hémistiche peuvent renforcer le poids d'une antithèse : « Qui produit la richesse/en créant la misère. » (Victor Hugo)

À NOTER
On qualifie d'**art poétique** un poème dans lequel le poète expose sa conception de la poésie et la met en pratique (ex. : Verlaine, « Art poétique »).

zoOm

Le poète et sa muse

La figure du poète est souvent associée à une muse. Dans ce tableau, Le Douanier-Rousseau (1844-1910) représente Guillaume Apollinaire accompagné de Marie Laurencin dont le poète fut amoureux. Elle le tient par l'épaule et lui montre le chemin de la poésie.

Le Douanier Rousseau,
La Muse inspirant le poète, 1909.

2 La poésie au XIXe siècle

En bref *Le XIXe siècle révolutionne la poésie de l'âge classique, tant dans son contenu que dans ses formes.*

I Trois influences

1 Le romantisme

- Le courant romantique, qui marque l'histoire des idées au cours de la première partie du XIXe siècle, trouve dans la poésie un genre particulièrement adapté à **l'expression des sentiments.**
- Les *Méditations poétiques* d'Alphonse de Lamartine, parues en 1820, sonnent le début de la poésie romantique marquée par **le lyrisme** : l'amour, la fuite du temps, la nature en sont les principaux thèmes.
- Après l'échec des révolutions de 1830 et de 1848, certains poètes se tournent vers une **écriture repliée sur le « je » et ses souffrances**. Ainsi Alfred de Musset écrit : « Faire une perle d'une larme, / Du poète ici-bas voilà la passion ». D'autres prolongent leur **action politique** dans la poésie, comme Victor Hugo avec son recueil *Les Châtiments* (1852).

2 Le Parnasse

Lassés du lyrisme romantique, ainsi que du réalisme et du naturalisme, certains poètes (Théophile Gautier, Leconte de Lisle, José-Maria de Hérédia, Banville, Villiers de l'Isle-Adam) revendiquent **une poésie qui cherche le Beau et non l'utile**. Ils prônent une poésie impersonnelle. La beauté de la forme l'emporte sur le sens. C'est **l'Art pour l'Art**.

3 Le symbolisme

- D'accord avec le Parnasse pour se positionner **contre le naturalisme** qui prétend expliquer mécaniquement l'homme, le symbolisme s'en démarque néanmoins.
- Le sens est restauré, mais il n'est pas donné d'emblée : il est suggéré par des images, le symbole, mystère à déchiffrer dont le poète peut donner les clés ; c'est ce que fait Charles Baudelaire dans les « Correspondances ». D'autres, comme Stéphane Mallarmé s'engagent dans une poésie plus hermétique.

> **À NOTER**
> Il est souvent difficile de réduire un poète à un seul mouvement littéraire ; ainsi, le recueil *Les Fleurs du mal* de Baudelaire relève aussi bien du romantisme, du réalisme que du symbolisme.

- La recherche des **harmonies musicales** (Paul Verlaine) et d'un langage inédit, derrière lequel le « je » s'efface pour **laisser parler le monde** (Arthur Rimbaud), en est aussi une caractéristique.

II L'exploration des formes

1 Reprise de formes anciennes

- Les poètes empruntent à la poésie médiévale et à celle du XVIe siècle l'ode et la ballade. Ils sont aussi séduits par la musicalité de la chanson. Victor Hugo fait paraître *Odes et ballades* en 1822, Laforgue reprend les rythmes des chansons populaires dans ses *Complaintes*.
- Les poètes n'oublient pas le sonnet mais le retravaillent de multiples façons.

2 La libération du vers

- Victor Hugo, chef de file du romantisme, prône la libération du vers : il s'agit de casser la monotone cadence de l'alexandrin par l'utilisation du **trimètre romantique** et des enjambements.

> **MOT CLÉ**
> Le **trimètre romantique** refuse la césure à l'hémistiche (6//6) : *Je suis banni !/je suis proscrit !/ je suis funeste !* (Hugo)

- L'alexandrin n'est plus la règle ; bien souvent les poètes lui préfèrent l'octosyllabe, ou même des vers de trois ou quatre syllabes. Paul Verlaine revendique le vers impair : « De la musique avant toute chose, / Et pour cela préfère l'Impair ».
- Aloysius Bertrand (*Gaspard de la nuit*, 1842), innove avec le poème en prose. Charles Baudelaire (*Le Spleen de Paris*, 1869) et Arthur Rimbaud (*Illuminations*, 1872-1875) s'y essayent également.
- Gérard de Nerval (*Les Filles du feu*) mêle prose poétique et poèmes en vers.

zoOm

Les « Vilains Bonshommes »

Henri Fantin-Latour, *Un coin de table*, 1872.

Fantin-Latour immortalise une réunion de poètes parnassiens, surnommés par la critique les « Vilains Bonshommes ». On reconnaît, assis à gauche, Paul Verlaine et Arthur Rimbaud.

3 La poésie aux XXe et XXIe siècles

En bref *Aux XXe et XXIe siècles, les poètes explorent les voies ouvertes par la poésie de la fin du XIXe siècle et multiplient expériences et expérimentations.*

I La première moitié du XXe siècle

1 L'esprit nouveau

- Guillaume Apollinaire (*Alcools*, 1912) et Blaise Cendrars (*Du monde entier*, 1912-1924) conservent les grands thèmes de la poésie lyrique, mais introduisent des éléments de la **modernité** : la ville, la « rue industrielle », le quotidien prosaïque.
- Ils recherchent aussi une **écriture nouvelle**, suppriment toute ponctuation, utilisent le vers libre, travaillent les calligrammes. Ils sont fortement **influencés par la peinture** qui connaît elle aussi de grandes évolutions avec les débuts du cubisme. C'est la surprise qui, pour Apollinaire, est le « ressort de la poésie nouvelle ».

2 Le surréalisme

- La poésie est le genre littéraire privilégié du surréalisme. L'amour et l'éloge de la femme sont les thèmes principaux. *Capitale de la douleur* de Paul Éluard en est une bonne illustration.
- L'acte poétique est conçu comme **un acte révolutionnaire**. Les procédés du **rêve** (association d'idées, images, contradictions, images saugrenues...) sont pris comme modèle de l'écriture.
- La période de la Seconde Guerre mondiale et la Résistance sont propices à la **poésie engagée**. Paul Éluard écrit « Liberté », lancé sous forme de tract par l'aviation britannique. C'est « L'honneur des poètes » (anthologie publiée clandestinement en 1943) que de résister avec leurs armes : les mots. Les poètes Robert Desnos, René Char, s'engagent dans la Résistance.

3 La diversité

La poésie de cette période ne se réduit pas au courant surréaliste, d'autant que de nombreux poètes, comme Louis Aragon (*Les Yeux d'Elsa*), quittent ce mouvement.

- Paul Valéry et Paul Claudel redonnent un **souffle lyrique** au monde dans de grandes odes ou de longs poèmes. Paul Claudel adopte la forme du verset.
- Jacques Prévert, dans *Paroles* (1945) adopte un **ton plus léger** et une **langue plus populaire** qui se rapproche parfois de la chanson.

II De l'après-guerre à aujourd'hui

1 Expérimentations du langage

- L'**OuLiPo** retrouve la **joie de la forme et des contraintes**. Raymond Queneau publie *Cent mille milliards de poèmes*, 12 sonnets dont les 14 vers découpés peuvent se combiner entre eux.

MOT CLÉ

L'**OuLiPo** (Ouvroir de Littérature Potentielle), né en 1960, explore les potentialités de la littérature par le jeu des contraintes et la recherche de formes nouvelles.

- Dans la lignée de Guillaume Apollinaire, les poèmes se font plus graphiques, les poètes travaillent sur son **aspect visuel**, suppriment la ponctuation, jouent à confondre prose et poésie et adoptent le **poème en prose**.

2 Expérimentations du monde et expérimentations intérieures

- Les descriptions attentives des **objets du quotidien**, de l'anodin, sont en même temps un **retour aux réalités du monde** et une réflexion sur ce que peut en dire la poésie (Francis Ponge, *Le Parti pris des choses*, 1942 ; Yves Bonnefoy, *Les Planches courbes*, 2001).
- Aimé Césaire et Léopold Sédar Senghor, hommes politiques et poètes, créent une **poésie de la « négritude »** qui dit l'identité africaine et les malheurs dus à la colonisation.
- Les poètes se livrent également à des explorations intérieures : Henri Michaux, poète, voyageur et peintre, mêle **écriture et dessin** sous l'influence de la mescaline ; Bernard Noël mêle **expérience intérieure, expérience du corps et prise de position politique** dans une écriture dénuée de tout lyrisme.

zoOm

Le surréalisme en peinture

La peinture surréaliste, comme la poésie surréaliste, explore le monde du rêve et les images étranges qui l'habitent.

Salvador Dalí, *Rêve causé par le vol d'une abeille autour d'une pomme-grenade une seconde avant l'éveil*, 1944.

4 La versification

En bref *S'il faut toujours lier analyse du sens et analyse de la forme, c'est encore plus vrai en poésie. Vous devez maîtriser les principes de la versification.*

I Formes fixes et formes libres

1 Les formes fixes

■ Les poèmes à forme fixe reposent sur une division en vers et en strophes.

• Le vers est reconnaissable graphiquement (retour à la ligne) et auditivement par le retour de la rime qui délimite un mètre, défini par le **nombre de syllabes** du vers. Les plus courants sont l'octosyllabe, le décasyllabe et l'alexandrin.

À NOTER
Le [ə] n'est prononcé ni en fin de vers, ni devant une voyelle. Il est prononcé (et compté) quand il précède une consonne ou un *h* aspiré : [muvəmã].

• Les vers sont regroupés en strophes : les plus fréquentes sont le distique (2 vers), le tercet (3 vers) et le quatrain (4 vers).

■ Les formes fixes les plus utilisées jusqu'au XIXe siècle sont :
• la ballade, composée de trois strophes et un envoi (une demi-strophe) ;
• l'ode, poème lyrique, chanté à l'origine, et alternant trois strophes correspondant à un mouvement de danse ;
• le sonnet, constitué de deux quatrains et deux tercets.

2 Les formes libres

À partir du milieu du XIXe siècle, les poètes s'affranchissent des contraintes formelles. Se développent ainsi :
• le poème en prose, qui joue sur les sonorités, les rythmes et les images sans s'astreindre aux contraintes du vers.
• le calligramme, dont la disposition des lettres tente de représenter sur l'espace de la page l'objet même qui en est le thème.

II Les jeux sur les sonorités

■ Dans les poèmes à forme fixe, les vers sont associés deux à deux par des rimes. Celles-ci peuvent être plates ou suivies (aabb), embrassées (abba), ou croisées (abab). La rime est dite pauvre si un seul phonème est répété, suffisante (2 phonèmes), ou riche (3 et plus).

■ Pour qualifier la répétition d'un son ailleurs qu'à la rime, on parle d'allitération (sons consonantiques) ou d'assonance (sons vocaliques).

■ Selon le mètre, les sons [j], [je], [jœ], [jɛ]… peuvent se prononcer en une seule syllabe (**synérèse** -ion-, -ier-…) ou en deux syllabes (**diérèse** -i-on-, -i-er- …).

III Le rythme des vers

■ La **césure** (//) est la coupe principale du vers. Dans un alexandrin, la césure 6//6 est dite « à l'hémistiche ».

■ Les **coupes** (/) sont des rythmes secondaires.

Dieux d'argent/qui tenaient//des saphirs/dans leurs mains. (Éluard)
3/3//3/3 : il s'agit d'un tétramètre régulier.

■ Il arrive que la syntaxe ne s'assujettisse pas au moule du vers, créant un effet de discordance. On distingue trois cas :

• l'**enjambement** : la phrase court sur deux vers :

Les vibrantes douleurs dans ton cœur plein d'effroi
Se planteront bientôt comme dans une cible. (Baudelaire)

• le **rejet** : une partie du groupe syntaxique est rejeté dans le vers suivant :

Trois mille six cent fois par heure, la Seconde
Chuchote : souviens-toi !-[…] (Baudelaire)

• le **contre-rejet** : la partie brève est en fin de vers et la suite du groupe syntaxique est dans le vers suivant :

Les minutes, mortel folâtre, sont des gangues
Qu'il ne faut pas lâcher sans en extraire l'or ! (Baudelaire)

zoOm

Peinture ou poème ?

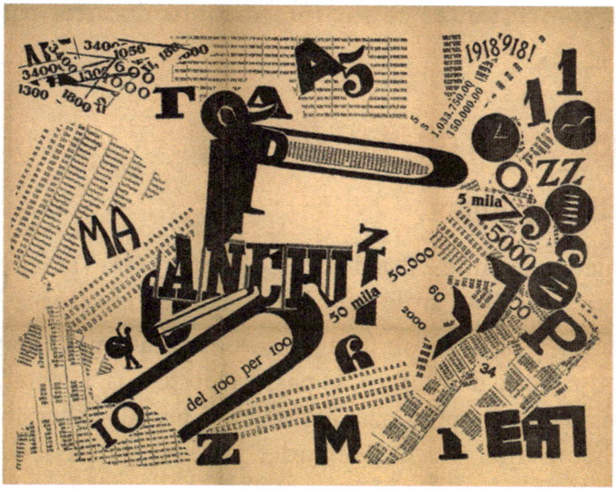

Le peintre futuriste Marinetti se sert du potentiel graphique et sonore des lettres pour composer une page visuellement rythmée et bruyante.

Filippo Tommaso Marinetti, *Les Mots en liberté*, 1919.

5 Analyser un poème

En bref *Un poème est une forme souvent brève et parfois déroutante. Comment procéder pour l'appréhender ?*

Étape 1 Identifier les caractéristiques du poème

■ Même si l'analyse d'un poème ne peut se réduire à l'étude de sa forme, il est nécessaire de commencer par repérer les caractéristiques formelles.

• Comment s'inscrit le poème sur le blanc de la page ? A-t-il une forme ramassée, allongée ? Est-ce en relation avec son sens ? Veut-il mimer le thème dont il parle, comme un calligramme par exemple ?

• Quel est le système de strophes ? Peut-on reconnaître une **forme fixe** ? Si oui, le poète respecte-il les règles ou les retravaille-t-il à sa manière ?

• Quel est le type de rimes (plates, embrassées, croisées) ? Y a-t-il une alternance dans le choix des rimes ? Au contraire, le poème est-il tout en rimes suivies, par exemple ?

• Quel est le mètre employé (octosyllabes, décasyllabes, alexandrins…) ? Le poème est-il hétérométrique (utilisation de divers mètres) ou isométrique (utilisation d'un seul mètre). Où se font les césures (pauses) ? Quel rythme donnent-elles au poème ? Y a-t-il des enjambements ?

> **CONSEIL**
> Pour analyser un **sonnet**, rappelez-vous que les quatrains ont un contenu plus abstrait que les tercets, dont le rôle est illustratif. Le dernier vers (la chute) peut donner la clé du poème.

■ Toutes ces caractéristiques vous permettent-elles de reconnaître l'influence d'un courant littéraire auquel le poète appartiendrait ou duquel il se démarquerait ? Faites appel à vos connaissances et aux informations données par le paratexte.

Étape 2 Cerner le propos du poète

1 L'énonciation et les thématiques

■ Le poème est-il à la première personne ? Est-il adressé à quelqu'un (la femme aimée, le lecteur, une allégorie…) ? Est-il situé dans le temps et dans l'espace ?

■ On retrouve, à travers l'histoire de la poésie, des grandes thématiques comme l'amour (rencontre amoureuse, coup de foudre), le passage du temps, le deuil, la beauté, la poésie elle-même. Mais n'oubliez pas que tout est permis à l'écriture poétique, il n'y a pas de thème interdit : laissez parler le texte et laissez-vous surprendre.

2 Les tonalités

■ La poésie est généralement associée au **lyrisme**, qu'il soit expression du bonheur ou du malheur (dans ce cas on parle de lyrisme élégiaque). Mais il peut être aussi épique, didactique, satirique, burlesque (→ FICHE 36).

À NOTER
Si le **poème lyrique** célèbre la beauté de la nature, il peut aussi célébrer la beauté de la ville, son mouvement, son bruit, ses couleurs (ex. : « Zone » d'Apollinaire).

■ Le poème défend-il une cause, une opinion ? S'inscrit-il dans un **débat d'idées** ? Incite-t-il à l'**action** comme les poèmes de la Résistance, par exemple ? On parle alors de **poésie engagée**.

Étape 3 Affiner la lecture

1 Musicalité

■ Une fois repéré **le type de rimes**, on doit regarder quels mots elles servent à mettre en écho. Cet écho provoque-t-il la surprise ?

■ Il faut être attentif à tous les jeux d'**allitérations** et d'**assonances** (→ FICHE 3) qui tendent à mimer ce dont le poème parle.

■ Pour l'analyse des poèmes en prose, il faut mettre en évidence les rimes internes, les alexandrins cachés, etc., tout ce qui relève de la musicalité poétique.

À NOTER
Le **vers libre** est un vers libéré de la régularité du mètre, des césures et des coupes. Il remplace souvent les rimes par des assonances.

2 Images

■ En tant qu'art du langage, la poésie en utilise toutes les possibilités. Il est nécessaire d'analyser les **images, métaphores, analogies, comparaisons** et d'en exploiter le sens, voire la multiplicité des sens.

■ Les images peuvent aussi être suggérées par le jeu des **connotations**, par la description d'une **atmosphère** : le lecteur semble percevoir ce que décrit le poème.

3 Jeux de langages

Un poème possède souvent plusieurs sens : soyez particulièrement attentif à la polysémie des mots pour comprendre toutes les dimensions du poème.

Nos pieds glissaient d'un pur et large mouvement. (Verlaine)

[« pied » renvoie à la fois à la partie du corps et à l'ancienne unité de mesure du mètre poétique : ce qui semblait le récit d'une anecdote devient ainsi un poème sur la poésie]

MÉMO VISUEL

LA POÉSIE

Les mots clés

Pour identifier un poème

- **type de poème :** forme fixe, forme libre, poème en prose, calligramme, art poétique…
- **fonction :** louer, déplorer, dénoncer, décrire, définir la poésie…
- **tonalité :** lyrique, polémique, comique, didactique…
- **singularité du poème** : thème, inventivité, sentiments…

Pour analyser la versification

- **strophe :** distique, tercet, quatrain…
- **mètre :** octosyllabe, décasyllabe, alexandrin…
- **rythme :** césures et pauses ; synérèse/diérèse ; enjambement, rejet, contre-rejet
- **rimes :** suivies, embrassées, croisées ; riches/pauvres

Quelques œuvres à connaître

XIXe siècle

- *Châtiments* (1852), *Contemplations* (1856), Victor Hugo
- *Les Fleurs du mal* (1857), Charles Baudelaire
- *Une saison en enfer* (1873), *Illuminations* (1872-1875), Arthur Rimbaud
- *Jadis et naguère* (1884), Paul Verlaine

La méthode

Comment analyser un poème ?

1. Caractériser la **forme** du poème
2. Identifier l'**énonciation** (présence du poète, d'un destinataire…)
3. Repérer le ou les **thèmes** (amour, mort, nature, guerre, poésie, objet…)
4. Déterminer la **tonalité** dominante
5. Analyser les **images** (métaphores, allégories…) et la **musicalité** (allitérations, assonances, rythmes…)

DU XIXe AU XXIe SIÈCLE

Les principaux courants

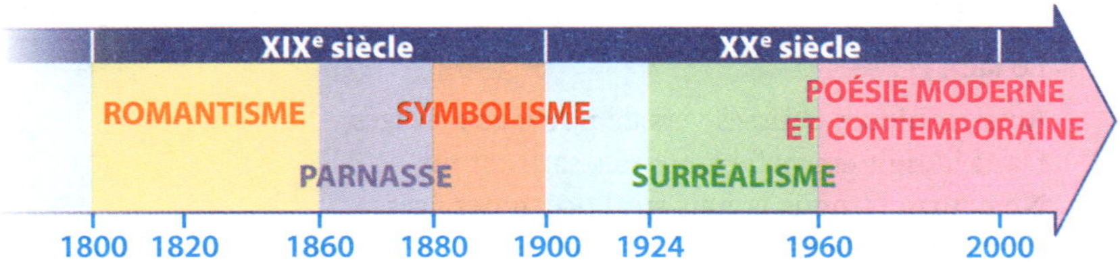

XXe siècle

- *Alcools* (1913), Guillaume Apollinaire
- *La prose du Transsibérien et de la petite Jehanne de France* (1913), Blaise Cendrars
- *La nuit remue* (1935), Henri Michaux
- *Le Parti pris des choses* (1942), Francis Ponge

XXIe siècle

- *Où vont les arbres ?* (2011), Vénus Khoury-Ghata
- *Le Poème des morts* (2017), Bernard Noël

EXERCICES

Méditations poétiques, Alphonse de Lamartine (1820)

→ FICHE 2

1 Complétez ce texte avec les mots proposés.

classique • sentiments • romantisme • nature • âme • succès

- C'est à l'âge de trente ans que Lamartine publie son premier recueil de poèmes, *Méditations poétiques*. Le recueil connaît un grand .... et est considéré comme l'acte de naissance du ....

- Dans cette œuvre de forme relativement ...., la nouveauté est la large place donnée à l'expression des .... Comme d'autres écrivains romantiques, Lamartine cherche dans la .... une concordance avec ses états d'.....................

MOT CLÉ

Fuite du temps : le temps passe et s'écoule, de la naissance à la mort, de manière inexorable. La poésie en fait un de ses thèmes privilégiés, souvent sur le mode du regret et de la déploration.

2 Lisez l'extrait et répondez aux questions.

Après la mort de la femme aimée, le poète revient sur les rives du lac qu'il prend à témoin de l'amour disparu et à qui il confie sa douleur.

- marques d'énonciation
- caractérisation de la nature
- thème de la fuite du temps

Le lac

Ainsi, toujours poussés vers de nouveaux rivages,
Dans la nuit éternelle emportés sans retour,
Ne pourrons-nous jamais sur l'océan des âges
Jeter l'ancre un seul jour ?

Ô lac ! l'année à peine a fini sa carrière[1],
Et près des flots chéris qu'elle devait revoir,
Regarde ! je viens seul m'asseoir sur cette pierre
Où tu la vis s'asseoir !

Tu mugissais ainsi sous ces roches profondes,
Ainsi tu te brisais sur leurs flancs déchirés,
Ainsi le vent jetait l'écume de tes ondes
Sur ses pieds adorés.

Un soir, t'en souvient-il ? nous voguions en silence ;
On n'entendait au loin, sur l'onde et sous les cieux,
Que le bruit des rameurs qui frappaient en cadence
Tes flots harmonieux.

....
....

Tout à coup des accents inconnus à la terre
Du rivage charmé frappèrent les échos ;
Le flot fut attentif, et la voix qui m'est chère
Laissa tomber ces mots :

« Ô temps ! suspends ton vol, et vous, heures propices !
Suspendez votre cours :
Laissez-nous savourer les rapides délices
Des plus beaux de nos jours !

« Assez de malheureux ici-bas vous implorent,
Coulez, coulez pour eux ;
Prenez avec leurs jours les soins qui les dévorent ;
Oubliez les heureux.

....
....

« Mais je demande en vain quelques moments encore,
Le temps m'échappe et fuit ;
Je dis à cette nuit : Sois plus lente ; et l'aurore
Va dissiper la nuit.

« Aimons donc, aimons donc ! de l'heure fugitive,
Hâtons-nous, jouissons !
L'homme n'a point de port, le temps n'a point de rive ;
Il coule, et nous passons ! »

Temps jaloux, se peut-il que ces moments d'ivresse,
Où l'amour à longs flots nous verse le bonheur,
S'envolent loin de nous de la même vitesse
Que les jours de malheur ?
[...]
Ô lac ! rochers muets ! grottes ! forêt obscure !
Vous, que le temps épargne ou qu'il peut rajeunir,
Gardez de cette nuit, gardez, belle nature,
Au moins le souvenir !

....
....

Qu'il soit dans ton repos, qu'il soit dans tes orages,
Beau lac, et dans l'aspect de tes riants coteaux,
Et dans ces noirs sapins, et dans ces rocs sauvages
Qui pendent sur tes eaux.

Qu'il soit dans le zéphyr[2] qui frémit et qui passe,
Dans les bruits de tes bords par tes bords répétés,
Dans l'astre au front d'argent qui blanchit ta surface
De ses molles clartés.

Que le vent qui gémit, le roseau qui soupire,
Que les parfums légers de ton air embaumé,
Que tout ce qu'on entend, l'on voit ou l'on respire,
Tout dise : Ils ont aimé !

Alphonse de Lamartine, *Méditations poétiques*, 1820.

1. Trajectoire : l'année s'est écoulée.
2. Vent léger et doux.

1. Repérez les différents mouvements du texte : complétez les pointillés en regard du texte avec des intitulés qui les résument.

2. À partir de l'étude de l'énonciation dans les cinq premières strophes et de l'analyse des expressions surlignées en rose, montrez que ce poème est aussi un hymne à la nature.

3. En vous appuyant sur les termes soulignés, montrez l'omniprésence du thème de la fuite du temps et mettez au jour l'opposition entre deux temporalités.

Les Fleurs du mal, Charles Baudelaire (1857-1861) → FICHE 2

3 Complétez ce texte avec les mots proposés.

Spleen et idéal • sérénité • romantisme noir • mélancolie • tension • procès

- *Les Fleurs du mal* s'ouvrent sur « .... », la première des cinq sections du recueil. Les deux mots s'opposent : le premier tend vers la ...., le désespoir, l'obscurité ; le second tend vers la lumière, le bonheur, la .... Cette .... entre deux mouvements contraires caractérise la poésie de Baudelaire. Son écriture parfois violente choque la morale bourgeoise : le recueil est accueilli par un ....

- *Les Fleurs du mal*, composées de 1840 à 1860, traversent l'histoire littéraire : le recueil porte la marque du romantisme et particulièrement du .... , mais aussi du Parnasse et du symbolisme.

4 Lisez l'extrait et répondez aux questions.

lexique de l'idéal
lexique du spleen

Spleen LXXVII

Je suis comme le roi d'un pays pluvieux,
Riche, mais impuissant, jeune et pourtant très vieux,
Qui, de ses précepteurs méprisant les courbettes,
S'ennuie avec ses chiens comme avec d'autres bêtes.
Rien ne peut l'égayer, ni gibier, ni faucon,
Ni son peuple mourant en face du balcon.
Du bouffon favori la grotesque ballade
Ne distrait plus le front de ce cruel malade ;
Son lit fleurdelisé se transforme en tombeau,
Et les dames d'atour, pour qui tout prince est beau,

Ne savent plus trouver d'impudique toilette
Pour tirer un souris de ce jeune squelette.
Le savant qui lui fait de l'or n'a jamais pu
De son être extirper l'élément corrompu,
Et dans ces bains de sang qui des Romains nous viennent,
Et dont sur leurs vieux jours les puissants se souviennent,
Il n'a su réchauffer ce cadavre hébété
Où coule au lieu de sang l'eau verte du Léthé[1].

Charles Baudelaire, *Les Fleurs du mal*, 1857-1861.

1. « Fleuve de l'oubli » dans les Enfers grecs (on le retrouve dans le mot *léthargie*, synonyme de torpeur, apathie, incapacité d'agir).

1. Observez les mots surlignés : comment Baudelaire oppose-t-il spleen et idéal ?
2. Quel portrait le poète dresse-t-il de lui-même ?

Les Amours jaunes, Tristan Corbière (1873)

→ FICHE 2

5 Lisez la présentation de l'œuvre, puis cochez les affirmations correctes.

Poète mort très jeune, classé par Paul Verlaine parmi les « poètes maudits », Tristan Corbière publie un seul recueil, *Les Amours jaunes,* composé de 101 poèmes. Ce recueil mêle les thèmes amoureux à l'ironie, à l'autodérision, au détournement des formes poétiques dites « classiques ».

- ☐ a. Corbière est un poète sentimental.
- ☐ b. Il a été reconnu par ses pairs et a connu le succès.
- ☐ c. Poète habile, il se joue des formes fixes.
- ☐ d. Le titre du recueil est un éloge de la couleur.
- ☐ e. La tonalité principale est le lyrisme.

6 Lisez l'extrait et répondez aux questions.

marques d'énonciation

Le crapaud

Un chant dans une nuit sans air...
La lune plaque en métal clair
Les découpures du vert sombre.

... Un chant ; comme un écho, tout vif
Enterré, là, sous le massif...
– Ça se tait : Viens, c'est là, dans l'ombre...

– Un crapaud ! – Pourquoi cette peur,
Près de moi, ton soldat fidèle !
Vois-le, poète tondu, sans aile,
Rossignol de la boue... – Horreur ! –

CONSEIL
Un poème s'appréhende par le regard — il faut être attentif à sa forme graphique — et par l'oreille : le lire à haute voix permet d'en comprendre les subtilités et effets.

... Il chante. – Horreur !! – Horreur pourquoi ?
Vois-tu pas son œil de lumière...
Non : il s'en va, froid, sous sa pierre.
....
Bonsoir – ce crapaud-là c'est moi.

Tristan Corbière, « Le Crapaud », *Les Amours jaunes*, 1873.

1. En vous aidant du repérage effectué et des signes de ponctuation, montrez que ce poème a un destinataire.

2. Quelle forme fixe Tristan Corbière détourne-t-il ici ? Quel est l'effet produit ?

7 Prolongement artistique et culturel.

En 1819, le poète anglais Keats écrit une « Ode à un rossignol ». Le peintre Joseph Severn s'inspire du poème pour le représenter à l'écoute de l'oiseau chanteur.

Joseph Severn, *Keats Listening to a Nightingale on Hampstead Heath* (*Keats écoutant un rossignol à Hamptsead Heath*), 1851.

1. Décrivez brièvement le tableau.

2. En quoi cette représentation du poète s'oppose-t-elle à la lecture que vous avez faite du « Crapaud » de Tristan Corbière ?

CORRIGÉS

Méditations poétiques, Alphonse de Lamartine (1820)

1 C'est à l'âge de trente ans que Lamartine publie son premier recueil de poèmes, *Méditations poétiques*. Le recueil connaît un grand **succès** et est considéré comme l'acte de naissance du **romantisme**.

Dans cette œuvre de forme relativement **classique**, la nouveauté est la large place donnée à l'expression des **sentiments**. Comme d'autres écrivains romantiques, Lamartine cherche dans la **nature** une concordance avec ses états d'**âme**.

2 **1.** L'étude de l'énonciation et des temps verbaux permet de distinguer trois grands mouvements. La partie centrale correspond à la **prise de parole de la femme aimée**, elle est repérable à l'utilisation des guillemets, et est annoncée par le vers 20 (ponctuation et verbe introducteur de parole). Cette prise de parole est encadrée par une première partie au passé (**remémoration d'une scène**) et par une dernière partie au présent (**souhait que la nature arrête la fuite du temps**).

2. Le poème est empreint de lyrisme. Pour le démontrer, on peut s'appuyer sur :
- **les marques de l'énonciation**. Dès les premières strophes, le poète, qui s'exprime à la 1re personne, s'adresse à une nature personnifiée à travers l'apostrophe « Ô lac ! », suivie de marques de la 2e personne.
- **les expansions nominales** associées aux noms évoquant la nature. De sens mélioratif, ces expansions expriment le réconfort qu'apporte la nature au poète.

3. Le thème de la fuite du temps parcourt tout le poème. Une fois repérée la constante métaphore de l'eau qui « coule », on peut distinguer deux types de temporalité : **celle des humains,** tributaires du temps qui passe et impuissants à en arrêter le cours, **par opposition à celle de la nature.**

À NOTER
L'association du temps qui fuit à un cours d'eau est un motif récurrent dans la littérature. Le lac, fermé sur lui-même, semble mieux retenir ses eaux et donc, dans le poème de Lamartine, plus apte à garder le souvenir vivant.

Les Fleurs du mal, Charles Baudelaire (1857-1861)

3 *Les Fleurs du mal* s'ouvrent sur « **Spleen** et **idéal** », la première des cinq sections du recueil. Les deux mots s'opposent : le premier tend vers la **mélancolie**, le désespoir, l'obscurité ; le second tend vers la lumière, le bonheur, la **sérénité**. Cette **tension** entre deux mouvements contraires caractérise la poésie de Baudelaire. Son écriture parfois violente choque la morale bourgeoise : le recueil est accueilli par un **procès.**

MOT CLÉ
Spleen **:** mot anglais signifiant ennui, profonde mélancolie proche de la dépression.

Les Fleurs du mal, composées de 1840 à 1860, traversent l'histoire littéraire : le recueil porte la marque du romantisme et particulièrement du **romantisme noir**, mais aussi du Parnasse et du symbolisme.

4 **1.** Le poème est construit sur une **opposition** entre des termes appartenant au lexique du **spleen** (surlignés en rose) et d'autres relevant du lexique de l'**idéal** (surlignés en jaune). Cette opposition est particulièrement marquée dans le vers 2, à travers deux hémistiches construits en parallèle (adjectif mélioratif/connecteur d'opposition/adjectif péjoratif).

2. Le portrait est **désespéré**. Le poète est en même temps riche et impuissant, jeune et vieux. Sa mélancolie ne peut être imputée aux éléments extérieurs puisque tout est là pour le divertir : il la porte en lui-même, elle est donc sans espoir de guérison. Le choix des rimes plates, les énumérations négatives, la cadence de l'alexandrin, **tout mime l'ennui**.

Les Amours jaunes, Tristan Corbière (1873)

5 Les affirmations **c** et **e** sont correctes.

- L'affirmation **a** est fausse : Tristan Corbière se garde de tout sentimentalisme, il s'en protège par l'ironie et l'autodérision. Mais cela n'interdit pas un certain lyrisme par le choix des thèmes et l'expression des sentiments.
- L'affirmation **b** est fausse : il n'a pas connu le succès, il est l'un des « poètes maudits ».
- L'affirmation **d** est fausse : la couleur jaune fait référence à l'expression « rire jaune » et à des amours ratés.

6 **1.** Les tirets, associés à l'impératif du vers 9, à la présence du « je », et à la formule interrogative du vers 12 sont la marque d'un **dialogue**. Les points de suspension des vers 6, 11, 12, indiquent que la parole de l'un est interrompue par celle de l'autre. Dans le dernier vers, l'identification du poète au crapaud est adressée à la personne à qui il dit « bonsoir ».

2. Il s'agit d'un **sonnet inversé** qui commence par les deux tercets et finit par les deux quatrains, la ligne de points de suspension détachant le dernier vers. Ce système invite à une **double lecture**, du premier vers au dernier vers, mais aussi du dernier vers au premier vers : le dernier vers devient alors comme la première phrase d'une lettre. Les deux lectures, celle qui va du paysage à la découverte de l'horrible animal et celle qui commence par présenter le poète en crapaud, montrent la **solitude du poète** dont la laideur physique empêche de faire entendre la beauté de la parole amoureuse.

7 **1.** Il s'agit d'un **paysage romantique**, en clair obscur qui va s'obscurcissant vers la gauche. Le beau visage du poète éclairé fait écho en diagonale à la Lune vers laquelle il tourne son regard à l'écoute du rossignol, perché dans les hauteurs des arbres.

2. Le rossignol, porteur du **chant poétique**, est transformé en crapaud qu'il ne faut plus chercher dans les hauteurs des arbres, mais sous les pierres. Le paysage dessiné par le poète évoque les ombres chinoises, les couleurs sont froides et métalliques. Tout le mouvement du poème est l'exact inverse de celui du tableau.

La poésie

2 Les recueils poétiques au programme

TESTEZ-VOUS

→ CORRIGÉS P. 308-309

Faites le point sur vos connaissances puis établissez votre **parcours de révision** en fonction de votre score.

1 Victor Hugo, *Les Contemplations*, livres I à IV (1856)

→ FICHE 6

1. Victor Hugo...

☐ **a.** est un poète qui s'est engagé dans l'action politique.
☐ **b.** s'est réfugié dans la poésie, après avoir échoué comme dramaturge.
☐ **c.** a écrit toutes ses œuvres en exil.

2. Le recueil *Les Contemplations*...

☐ **a.** est un ensemble de poèmes lyriques sur la nature.
☐ **b.** est un ensemble de poèmes aux tonalités différentes.
☐ **c.** a une dimension autobiographique.

3. Dans *Les Contemplations*, Hugo...

☐ **a.** évoque le souvenir de sa fille, Léopoldine.
☐ **b.** donne sa conception de la poésie.
☐ **c.** dénonce les injustices.

4. Le sous-titre « Mémoires d'une âme » signifie que...

☐ **a.** Victor Hugo a tenu un journal intime au jour le jour.
☐ **b.** la poésie donne un accès privilégié aux états de l'âme.
☐ **c.** le recueil a un but moralisateur.

.../4

2 Baudelaire, *Les Fleurs du mal* (1857)

→ FICHE 7

1. Baudelaire...

☐ **a.** est un poète romantique.
☐ **b.** est l'ami de Verlaine.
☐ **c.** a écrit des critiques d'art.

2. Le recueil *Les Fleurs du mal*...

☐ **a.** est le seul recueil poétique de Baudelaire.
☐ **b.** a connu un grand succès dès sa parution.
☐ **c.** a un titre oxymorique.

3. Les poèmes des *Fleurs du mal* sont…

☐ a. organisés chronologiquement.

☐ b. tous des sonnets.

☐ c. très nouveaux par leur forme.

4. L'expression « Alchimie poétique : la boue et l'or » signifie que…

☐ a. le poète doit cacher la boue derrière l'or poétique.

☐ b. le poète transforme la boue en or grâce à son art.

☐ c. le poète est confronté à un rêve inaccessible : transformer la boue en or.

…/4

3 Apollinaire, *Alcools* (1913)

→ FICHE 8

1. Apollinaire…

☐ a. est mort pendant la Guerre de 1914-1918.

☐ b. est un ami de Picasso.

☐ c. n'a écrit que des poèmes.

2. Le recueil *Alcools*…

☐ a. est composé chronologiquement.

☐ b. présente une unité formelle.

☐ c. associe vers libres et formes régulières.

3. Reliez le titre du poème au thème qu'il traite.

« Zone » •	• l'automne
« Le pont Mirabeau » •	• la modernité
« Nuit rhénane » •	• la fuite du temps
« Les colchiques » •	• l'amour et la mort
« La Loreley » •	• l'ivresse

4. Pour Apollinaire, la modernité poétique est…

☐ a. un changement total dans la forme poétique.

☐ b. un changement total dans les thématiques.

☐ c. un regard émerveillé devant le monde en progrès.

…/4

Score sur l'œuvre étudiée …/4

Parcours PAS À PAS ou EXPRESS ? → MODE D'EMPLOI P. 3

6 Hugo, *Les Contemplations*, livres I à IV

Parcours : « Les Mémoires d'une âme »

En bref *L'autobiographie se définit comme un récit rétrospectif en prose qu'une personne réelle fait de sa propre existence. Pourtant, c'est dans un recueil de poèmes que Hugo rappelle les souvenirs et les impressions de sa destinée. Qu'apporte la poésie à ces « Mémoires d'une âme » ?*

I Connaître l'œuvre

1 L'auteur et le contexte

- **Victor Hugo** (1802-1885) a traversé les nombreux **bouleversements** de l'histoire de son siècle. Comme les **romantiques**, il est marqué par la chute de Napoléon Ier, il s'engage dans l'action politique et finit par s'opposer à Napoléon III, ce qui le conduit à l'exil.
- Il est l'auteur d'œuvres variées – romans (*Les Misérables*), pièces de théâtre (*Ruy Blas*) et recueils poétiques (*Les Contemplations*) – qui apportent un souffle nouveau à la littérature de son époque.

2 Composition et tonalité du recueil

- *Les Contemplations*, publiées en 1856, sont composées de **deux volumes** : ***Autrefois* et *Aujourd'hui***. Hugo écrit qu'« un abîme les sépare, le tombeau ». En effet, si *Autrefois* couvre les années 1830-1843, *Aujourd'hui* s'ouvre le 4 septembre 1843, date de la **mort de sa fille Léopoldine**.
- Les deux volumes sont composés chacun de trois parties dont les titres suivent **l'itinéraire intellectuel** du poète : I. Aurore, II. L'âme en fleur, III. Les luttes et les rêves, IV. *Pauca meae* (« quelques mots pour ma fille »), V. En marche, VI. Au bord de l'infini.
- La plupart des poèmes sont écrits entre 1841 et 1856, ce qui donne aux quatre premiers livres une tonalité **nostalgique** marquée par les souvenirs des jours heureux, et assombrie par le deuil.

II Comprendre le parcours

1 Une temporalité subjective et éclatée

- Si Hugo revendique le **caractère autobiographique** des *Contemplations*, le sous-titre « Mémoires d'une âme » suggère qu'il s'agit non pas de la narration des événements d'une vie mais d'une âme qui se souvient de ses **états intérieurs**.
- Bien que datés, les poèmes ne se présentent pas toujours dans l'ordre chronologique. En outre, les dates sont souvent fictives. Le recueil suit donc plutôt **l'ordre des sentiments** que l'ordre du temps de l'écriture ou des événements.

■ Ce trouble dans la linéarité temporelle est accentué par le choix de la poésie qui conduit au **discontinu** : chaque pièce vaut pour elle-même et a sa propre thématique. Le recueil devient un **kaléidoscope** des reflets des états d'âme du poète.

2 Un miroir tendu au lecteur : « Ah, insensé, qui crois que je ne suis pas toi. »

■ Si Rousseau, dans ses *Confessions*, justifie son projet autobiographique en clamant sa différence, le projet de Hugo est tout autre : *Homo sum*, écrit-il, « je suis un homme » comme les autres. Tout homme pourra ainsi contempler sa propre destinée dans celle de Hugo.

CITATION

« Je veux montrer à mes semblables un homme dans toute la vérité de la nature ; et cet homme, ce sera moi. Moi seul. [...] Je ne suis fait comme aucun de ceux que j'ai vus ; j'ose croire n'être fait comme aucun de ceux qui existent. » (Rousseau, *Les Confessions*)

■ Au seuil des *Fleurs du mal*, **Baudelaire** apostrophe son lecteur « Hypocrite lecteur, – mon semblable –, mon frère ! ». « Je est un autre » écrira **Rimbaud** un peu plus tard. Pour Hugo, le « je » lyrique est semblable et différent car le « poète écoute en lui-même une lyre » (*Contemplations* I, 2) : le poète est seul capable de **parler le langage de l'âme**.

zoOm

Le paysage, miroir de l'âme

J. M. W. Turner, *Paysage avec une rivière et une baie dans le lointain*, c. 1840.

Pour Turner (1789-1851), « il convient de distinguer [...] ce qui s'adresse à l'imagination de ce qui s'adresse à l'œil... ». Il rejoint en cela le brouillage du temps opéré par Hugo dans *Les Contemplations*.

7 Baudelaire, *Les Fleurs du mal*

Parcours : Alchimie poétique : la boue et l'or

En bref *Baudelaire se réclame de l'alchimiste dont le rêve est de transmuter le fer en or. Comment la poésie lui permet-elle de réussir là où la chimie échoue ?*

I Connaître l'œuvre

1 L'auteur et le contexte

- **Charles Baudelaire** (1821-1867), orphelin de père, refuse de suivre la carrière diplomatique qui lui est proposée, et n'a qu'un désir : être écrivain. Il fait figure de **poète maudit** par la vie qu'il mène et par son recueil poétique, *Les Fleurs du mal,* qui lui valent un procès à leur parution en 1857.
- Il est aussi l'auteur de poèmes en prose : *Le Spleen de Paris* (1869). Ses *Curiosités esthétiques* (1860) font de lui un critique d'art et le premier **théoricien de la Modernité**. Traducteur de Poe, il trouve en lui un « destin jumeau ».
- Baudelaire est au croisement de plusieurs mouvements littéraires : s'il dédicace son poème « Le Cygne » au poète romantique **Hugo**, c'est au Parnassien **Théophile Gautier**, qu'il dédie son recueil. Certains de ses poèmes relèvent d'une **veine réaliste**, tandis que « Correspondances » le pose comme **précurseur du symbolisme**.

2 Composition du recueil

- *Les Fleurs du mal* rassemble 136 poèmes, répartis dans **six sections** : « Spleen et idéal » (85 poèmes), « Tableaux parisiens » (18), « Le Vin » (5), « Fleurs du mal » (9), « Révolte » (3), « La Mort » (6).
- La composition du recueil a été longuement mûrie. Entre l'édition de 1857 et celle de 1861, l'ordre des sections change, mais « Spleen et Idéal » reste en ouverture et « La Mort » en clôture. On peut y voir l'histoire d'un **itinéraire**.
- Une autre manière d'étudier la composition du recueil est d'observer **l'alternance du Spleen et de l'Idéal**, ou d'y retrouver des **cycles** correspondant aux femmes qui ont marqué sa vie (Jeanne Duval, Mme Sabatier, Marie Daubrun).

> **À NOTER**
> Les poèmes du Spleen (mélancolie) expriment le désespoir et la sensation d'écrasement, tandis que ceux de l'Idéal expriment le bonheur et la sensation d'élévation.

II Comprendre le parcours

1 La poésie comme alchimie

- L'alchimie est au principe de tout langage qui **transforme la matière en mots et en sons**. Ce pouvoir est démultiplié par la poésie. C'est ainsi que Baudelaire peut écrire dans *L'Art romantique* :

> Manier savamment une langue, c'est pratiquer une espèce de sorcellerie évocatoire.
>
> Baudelaire, *L'Art romantique*, 1868.

Penser la poésie comme alchimie ne se réduit pas à dire qu'elle permet de rendre le réel plus poétique ; elle le transfigure dans un jeu de métaphores, d'images qui induisent des correspondances et jouent avec les symboles.

- C'est en ce sens que Rimbaud, dans son poème en prose, « Alchimie du verbe », affirme que le poète doit « inventer un verbe poétique accessible, un jour ou l'autre, à tous les sens », au risque de l'hallucination et de la folie.

2 La boue et l'or, l'alliance des contraires

> Ô vous, soyez témoins que j'ai fait mon devoir
> Comme un parfait chimiste et comme une âme sainte.
> Car j'ai de chaque chose extrait la quintessence,
> Tu m'as donné ta boue et j'en ai fait de l'or.
>
> Baudelaire, « Ébauche d'un épilogue pour la 2e édition des *Fleurs du mal* ».

- Baudelaire dépasse le romantisme de Musset qui prétend « faire d'une larme une perle ». Il ne s'agit pas seulement de bien manier la rime, « ce bijou d'un sou / Qui sonne creux et faux sous la lime » (Verlaine, « Art poétique »).
- La poésie de Baudelaire est violente : pour transformer la boue en or, il faut la dire dans toute son horreur, et **chanter la beauté du laid**. Comme le titre du recueil l'annonce, un des secrets de l'alchimie poétique est l'alliance des contraires.

À NOTER
On retrouve cette attirance pour le macabre et pour la provocation dans *Les Chants de Maldoror* de Lautréamont (1869).

zoOm

Le désespoir du « je » baudelairien vu par Rodin

En 1887-1888, le sculpteur Rodin illustre *Les Fleurs du mal*. Ce lavis (une seule couleur diluée pour obtenir des intensités différentes) traduit le sentiment de profond désespoir du « je » baudelairien.

Auguste Rodin, illustration du poème « L'irrémédiable », *Les Fleurs du mal*, 1857.

8 Apollinaire, *Alcools*

Parcours : Modernité poétique ?

En bref *Au début du XXe siècle, la poésie, comme la peinture, connaissent de profonds bouleversements. Guillaume Apollinaire s'enthousiasme pour les peintres cubistes et cherche dans sa poésie à effectuer la même révolution.*

I Connaître l'œuvre

1 L'auteur et le contexte

■ Guillaume Apollinaire se trouve au cœur de la vie intellectuelle et artistique du début du XXe siècle. Il est surtout connu pour son recueil, *Alcools* (1913), pour ses *Calligrammes* (1918) et pour ses *Poèmes à Lou* écrits depuis le front pendant la Première Guerre mondiale.

■ Proche des peintres cubistes, il a également publié *Méditations esthétiques* (1913), manifeste pour la peinture cubiste.

■ En 1917, il crée le néologisme « surréalisme » pour décrire son drame féministe *Les Mamelles de Tirésias*, et signifier que créer n'est pas imiter la nature.

> J'ai pensé qu'il fallait revenir à la nature même, mais sans l'imiter à la manière des photographes. Quand l'homme a voulu imiter la marche, il a créé la roue qui ne ressemble pas à une jambe. Il a fait ainsi du surréalisme sans le savoir.
>
> Apollinaire, *Les Mamelles de Tirésias*, préface, 1917.

■ Il est, un moment, proche du « futurisme », mouvement pictural italien qui prône la vitesse. Enfin, dans *L'Esprit nouveau et les Poètes* (1917), il explicite sa conception d'une poésie nouvelle, dont le ressort est la surprise.

2 Composition et thèmes du recueil

■ *Alcools* rassemble une cinquantaine de poèmes, écrits entre 1898 et 1913. L'ordre n'est ni chronologique, ni thématique. Le poète privilégie un système d'échos (ainsi du premier et du dernier poème qui se répondent l'un l'autre) et d'alternance entre pièces longues et pièces courtes (ainsi du monostiche « Chantre », qui suit « Palais », composé de onze quatrains).

■ Le poème d'ouverture, « Zone », écrit en 1913, a fonction de manifeste par le choix du vers libre, la forme longue, narrative, la coexistence du présent (la « rue industrielle ») et du passé (lieux traversés, expériences vécues...).

■ Apollinaire affirme que chaque poème renvoie à des éléments de sa vie, à des événements tristes ou gais, alternant ainsi mélancolie et fantaisie.

II La modernité poétique

1 Entre tradition et modernité

- Le passage entre le XIXe et le XXe siècle correspond à une période **d'innovations technologiques** : électricité, automobile, tour Eiffel, première ligne de métro, etc. Les éléments du monde moderne deviennent des **objets poétiques**.
- Pour dire ces réalités nouvelles, Apollinaire, comme Cendrars, travaillent sur la forme : **absence de ponctuation**, **vers libres**, **poésie visuelle** qui tient compte de l'espace de la page et qui trouvera son aboutissement dans les *Calligrammes*.
- Mais la modernité **ne signifie pas le rejet du passé** et des formes anciennes. Au contraire, le vers libre **côtoie** des formes plus classiques. De même, les thématiques **mêlent** références antiques ou bibliques aux tramways et aux rails.

CITATION
« Mais nos pieds ne se détachent qu'en vain du sol qui contient les morts. » (Apollinaire, *Les Méditations esthétiques.)*

2 Un nouveau lyrisme

- Apollinaire se dit « en quête d'un **lyrisme neuf** et humaniste en même temps » (Lettre à Toussaint-Luca, 1908). Dans *L'Esprit nouveau et les Poètes*, il affirme que « les poètes modernes sont [...] des créateurs, des inventeurs et des prophètes. »
- Ce nouveau lyrisme est souvent celui d'un « je » **composite** à la manière des portraits cubistes qui donnent à voir plusieurs facettes d'un personnage en même temps. Il est aussi **polyphonique**, comme dans « Cortège » dans lequel le poète à la recherche de lui-même « connaî[t] les autres » et nous fait entendre leurs voix.

zoOm

La modernité picturale

La vivacité des couleurs, la nouveauté du trait, l'énergie qui se dégage de l'œuvre sont constitutifs de ce « lyrisme neuf » associé par Apollinaire à la modernité.

Fernand Léger, *Les Constructeurs*, 1941.

MÉMO VISUEL

LES ŒUVRES

L'œuvre

Les Contemplations, I à IV, Hugo (1856)

- **Mouvement :** romantisme
- **Structure :** deux volumes *Autrefois* et *Aujourd'hui*, composés chacun de trois livres
- **Thèmes :** la jeunesse, l'amour, la misère du monde, le deuil, la nature, le poète et la poésie, la vie simple

Le parcours

« Les Mémoires d'une âme »

- Le choix de la poésie transforme l'écriture autobiographique et lui donne un caractère éclaté et discontinu.
- Le « je » autobiographique coexiste avec un « je » lyrique, qui, selon Hugo, dépasse sa propre individualité et dans lequel tout lecteur peut se reconnaître.

L'œuvre

Alcools, Apollinaire (1913)

- **Mouvement :** « l'esprit nouveau »
- **Structure :** alternance de poèmes longs et de poèmes courts, échos thématiques
- **Thèmes :** la fuite du temps, l'amour (malheureux), la ville industrielle, la modernité, la religion, l'exil

Le parcours

Modernité poétique ?

- La modernité ne signifie pas le refus total d'une poésie ancienne, considérée comme dépassée. Au contraire, il s'agit d'un mariage subtil entre passé et présent.
- La modernité consiste aussi dans l'expression d'un « je » à la recherche d'un nouveau lyrisme.

L'œuvre

Les Fleurs du mal, **Baudelaire (1857)**

- **Mouvement :** romantisme, symbolisme
- **Structure :** six sections
- **Thèmes :** le spleen, l'idéal, la beauté, la mort, le temps, les villes, les femmes, le vin, le voyage

Le parcours

Alchimie poétique : la boue et l'or

- Toute poésie, par ses contraintes formelles, sa forme brève, opère une transformation du réel.
- Transformer la boue en or, ce n'est pas mettre un vernis doré sur la boue pour la rendre plus acceptable, c'est chercher le choc des contraires, c'est la violence de l'oxymore.

AU PROGRAMME

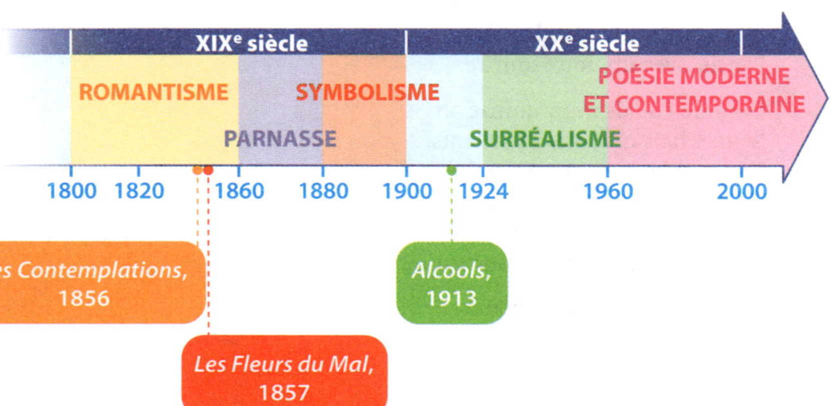

SUJET 1 | OBJECTIF BAC

COMMENTAIRE 4 h Musset, *Les Nuits* (1835-1837)

Le texte proposé est un extrait d'un très long poème au rythme lancinant et répétitif qui décrit la solitude du poète et son destin funèbre. Un classique de la poésie romantique !

LE SUJET

Commentez ce texte de Musset, extrait de *Les Nuits*, en vous aidant du parcours de lecture suivant :

1. La solitude du poète
2. La poésie comme destin.

LE POÈTE
Du temps que j'étais écolier,
Je restais un soir à veiller
Dans notre salle solitaire.
Devant ma table vint s'asseoir
Un pauvre enfant vêtu de noir,
Qui me ressemblait comme un frère.

Son visage était triste et beau :
À la lueur de mon flambeau,
Dans mon livre ouvert il vint lire.
Il pencha son front sur sa main,
Et resta jusqu'au lendemain,
Pensif, avec un doux sourire.

Comme j'allais avoir quinze ans
Je marchais un jour, à pas lents,
Dans un bois, sur une bruyère.
Au pied d'un arbre vint s'asseoir
Un jeune homme vêtu de noir,
Qui me ressemblait comme un frère.

Je lui demandai mon chemin ;
Il tenait un luth d'une main,
De l'autre un bouquet d'églantine.
Il me fit un salut d'ami,
Et, se détournant à demi,
Me montra du doigt la colline.

Musset, *Les Nuits* (1835-1837), « Nuit de décembre », extrait.

LES CLÉS POUR RÉUSSIR

Définir le texte

Carte d'identité du texte

- **Auteur :** Musset, poète et dramaturge
- **Contexte :** XIXe siècle, le romantisme
- **Thème :** la solitude du poète
- **Tonalité :** lyrique, pathétique
- **Structure :** sizains d'octosyllables, rimes suivies puis embrassées (aabccb)

Dégager la problématique

Le poème, à la première personne, raconte l'enfance et l'adolescence du poète, au cours desquelles il a croisé un personnage « vêtu de noir qui [lui] ressemblait comme un frère » : quel est le sens de cette apparition ?

Construire le plan

1 La solitude du poète

- Montrez que le poème exprime la solitude du poète.
- Demandez-vous si l'apparition peut vraiment briser la solitude du poète.
- En quoi l'apparition pourrait-elle être un double du poète ?

2 La poésie comme destin

- Analysez la dimension autobiographique du poème.
- Expliquez comment la structure du poème permet de montrer deux portraits du poète en deux âges différents.
- Expliquez en quoi la dernière strophe est une allégorie de la poésie lyrique.

LE CORRIGÉ

Les titres en couleur ou entre crochets ne doivent pas figurer sur la copie.

Introduction

[présentation du contexte] Dans les années 1835-1837, quand Musset, poète et dramaturge, écrit *Les Nuits*, après sa rupture douloureuse avec George Sand, le romantisme bat son plein. **[présentation de l'œuvre et de l'extrait]** *Les Nuits* sont composées de quatre longs poèmes, sous forme de dialogue entre le poète et sa muse. Dans les quatre sizains qui ouvrent la « Nuit de décembre », le poète se trouve face à un être étrange qui semble plus une apparition qu'un être réel. **[problématique]** Nous nous demanderons quel est le sens de cette apparition. **[annonce du plan]** Nous verrons qu'elle est paradoxalement l'expression de la solitude du poète et qu'elle surgit aux moments clés de la vie du poète pour le conduire dans le chemin de la poésie.

I. La solitude du poète

1. Un univers solitaire

- Le poème, à la **première personne**, donne la parole au poète, qui se présente d'emblée comme « **solitaire** ». En effet, non seulement l'adjectif apparaît dès le premier sizain mais il y occupe une place centrale (au vers 3) et est mis en valeur par sa position à la rime et en fin de phrase.
- Un autre aspect contribue à mettre l'adjectif en valeur : **syntaxiquement**, il peut aussi bien qualifier la salle « notre salle solitaire » que l'écolier lui-même. Le déterminant « notre » est la seule indication d'une famille, mais cette indication rend encore plus sensible la solitude de l'écolier, dans cette salle désertée.
- Sans qu'il soit besoin de répéter l'adjectif, on comprend immédiatement que le « bois » (v. 15), lieu de promenade du jeune homme est aussi **désert** que l'était la salle. Cet effet est dû en partie à l'emploi du déterminant indéfini (« un jour, un bois, une bruyère ») qui interdit toute relation personnelle aux lieux.

2. Un frère ?

- Pourtant un autre personnage, revient de manière lancinante dans le poème. Dans la strophe 2, c'est un « pauvre enfant » ; dans la quatrième strophe, c'est « un jeune homme ». Dans les deux cas, la **proposition relative** du dernier vers affirme une **ressemblance** si grande entre ce personnage et le « je » qu'il peut être qualifié de « frère », dernier mot du sizain et qui en constitue la **chute**.
- La chute et le **refrain**, puisque les trois derniers vers du premier sizain sont identiques aux trois derniers vers du troisième sizain à l'indication de lieu près (« devant ma table / au pied d'un arbre »). Les deux compléments de lieu se moulent dans le même cadre rythmique (premier hémistiche de l'octosyllabe) et apportent donc une simple variation à la **reprise anaphorique**.
- Mais si ce personnage ressemble au poète « comme un frère », s'il est très présent, il ne semble pas pouvoir briser sa solitude puisque dans le premier sizain « frère » est **mis à la rime** avec « solitaire ». De plus, le **comparatif** « comme » ne fait pas du personnage toujours « vêtu de noir » un frère. Mais alors qui est-il ?

> **À NOTER**
> On parle de leitmotiv quand un même thème, ou un même motif, revient de manière lancinante dans un texte ou dans une musique.

3. Ou un double ?

- Bien que le terme « frère » connote une relation intime et une forte proximité entre deux individus, le « je » et cet autre ne partagent rien : les nombreux déterminants possessifs marquent **la séparation** : l'autre pose « sa » main sur « son » front, mais pas sur le livre qui reste la possession du « je » : « mon livre ».

- De plus, aucune parole n'est échangée, comme on peut le remarquer dans la seconde strophe. Dans la quatrième strophe, si le poète s'adresse bien à l'autre (v.19), celui-ci ne lui répond que par des gestes « un salut d'ami » (v. 22) et un geste du bras, qui ne supposent **pas de contact** entre les deux êtres.
- Plus qu'une personne réelle, cet autre serait alors le **double** du poète. Car s'il ressemble au poète, n'est-ce pas le **portrait** du poète que nous lisons dans la strophe 2 : un être » pensif », au « doux sourire », au visage « triste et beau » ?

[transition] Le poète semble donc s'effacer derrière ce double, mais se voyant en ce miroir sans doute apprend-il qui il est.

II. La poésie comme destin

1. Un poème autobiographique

- Ce début de poème trace comme la biographie de l'auteur, le **passage du temps** est marqué par l'utilisation de l'**imparfait** (v. 1), d'un futur proche dans le passé (v. 13) qui correspondent à des étapes importantes : **l'enfance** et le passage à **l'adolescence.**
- Le passage du temps est aussi rendu sensible par le **rythme répétitif** des vers 1 à 3 et des vers 9 à 11. Sont donnés dans le même ordre, et à la même place dans le vers : l'époque (écolier / quinze ans), le moment précis (« un soir / un jour »), le lieu (« dans notre salle / dans un bois »).
- L'utilisation du **passé simple**, « vint s'asseoir » marque comme une intrusion du double dans la vie du « je ». Le double grandit avec l'auteur, à l'écolier correspond un pauvre enfant ; à l'adolescent de quinze ans correspond un jeune homme

2. Un double autoportrait

- Les détails de couleurs, des objets, les adverbes de lieu qui permettent d'installer personnage et objets dans un cadre, la position des personnages, leurs gestes tout contribue à faire de ce poème **un tableau**, ou plutôt deux tableaux, comme deux stations dans le destin du poète.
- Chaque tableau forme un **diptyque**. Le premier est un face à face ; la première partie est le portrait de l'écolier lisant dans une salle vide, la nuit. La seconde partie du diptyque précise la lumière – un **clair-obscur** – ajoute un personnage dont la position est celle du penseur. La couleur est le noir, le tableau est statique.

> **MOT CLÉ**
> Un **diptyque** est un tableau composé de deux panneaux dont les thèmes se complètent.

- Le second tableau présente une **scène d'extérieur**, un personnage se promène, la bruyère suggère l'automne et ses couleurs. L'arrivée du double, dans la seconde partie du diptyque, **anime** un peu la scène ; il s'assied, se tourne de moitié et fait un geste du bras. L'églantine, le luth, la colline, suggèrent un paysage plus coloré. L'avenir sera-t-il plus riant ?

3. Le destin de poète

- C'est bien la question que le poète pose à l'apparition. **Demander son « chemin »** a en effet ici un double sens : le sens propre correspond au contexte, une promenade dans un bois, le sens figuré est évidemment le chemin à prendre dans sa vie. Vers quel destin se diriger ?

- Or, c'est la poésie elle-même qui est assise au pied de l'arbre. Le « jeune homme » a **les attributs du poète** : le luth, instrument de musique qui renvoie à la lyre d'Orphée, le bouquet d'églantine, symbole de l'amour. La colline qu'il indique du doigt renvoie au Parnasse, mont qui, dans la mythologie grecque, accueille les poètes.

- C'est donc **une allégorie de la poésie** qui est présentée au jeune garçon de quinze ans comme la voie qu'il doit suivre, son destin. Un destin empreint de mélancolie, de méditation, et de solitude, trois caractéristiques de la poésie romantique.

Conclusion

[synthèse] Les quatre premières strophes du long poème de Musset, sont une sorte de mise en scène de son destin de poète et vont chercher dans son enfance ce qui le prédisposait à devenir poète : son goût de la solitude, de la lecture et de la méditation. **[ouverture]** Ce sont donc bien les « **mémoires d'une âme** » que nous lisons, cette âme romantique dont Musset se fait le porte-parole et dont il a cherché à rendre compte dans *Les Confessions d'un enfant du siècle* paru en 1836.

SUJET 2 | OBJECTIF MENTION

COMMENTAIRE 4 h Max Jacob, *Le Cornet à dés* (1917)

C'est un texte bien étrange que vous avez à commenter. Il peut vous dérouter. Lors d'une première lecture, vous le trouverez peut-être trop simple et penserez que vous n'avez rien à en dire. Avec un peu d'attention, vous allez changer d'avis.

LE SUJET

En vous aidant du parcours de lecture suivant, vous ferez le commentaire littéraire de ce texte de Max Jacob, extrait de *Le Cornet à dés*.

1. Vous montrerez que ce texte fait le récit d'une course effrénée.

2. Vous analyserez la dimension surréaliste du poème, entre rêve et folie.

Le Cornet à dés *est un recueil de poèmes en prose écrit par Max Jacob en 1917. Dans son « Petit historique du* Cornet à dés *», Max Jacob explique qu'il s'est « appliqué à saisir en [lui] de toute manière les données de l'inconscient : mots en liberté, associations hasardeuses des idées, rêves de la nuit et du jour, hallucinations, etc. »*

Voyages

Jamais je n'en sortirai : je cours dire au revoir à ma tante, je trouve la famille sous la lampe ; on me retient pour mille recommandations, ma valise est faite, mais mon complet est encore chez le teinturier : j'ai de la peine à reconnaître mon costume : ce n'est pas mon costume, on l'a changé ! non, c'est lui, mais affreusement gonflé, mutilé, tiré, recousu, bordé de noir. Dehors, dans la rue, deux délicieuses Bretonnes rient près d'une charrette de linge : que n'ai-je le temps de les suivre ; bah ! elles prennent dans la nuit le même chemin que moi. Je remarque que les noms de rue ont changé ; il y a maintenant à Lorient une rue de « l'Énergie lyrique ». Quel étonnant conseil municipal peut donner des noms pareils à des rues la nuit. À l'hôtel, l'idée me vient de regarder la note du teinturier : 325 francs, on vous l'expédiera. Vais-je devenir fou ? Le café est plein de curieux. Je rencontre un peintre de Paris ! que j'ai de peine à m'en débarrasser. Il m'adore ici, bien que nous soyons fâchés ailleurs : je suis si en retard que je renonce à l'embrasser et pas de fiacre ! Pendant qu'on me cherche une voiture, des amis d'enfance me supplient de m'arrêter au Mans ! non pas au Mans, à Nogent ! non pas à Nogent, parce que nous sommes très mal avec les... ah ! mon Dieu ! je perds le fil de tout... je finis par enlever une promesse à un camionneur de pianos. Et le teinturier ? me voici dans un costume étrange, en somme assez distingué : cette redingote grise, trop ouverte à cause des excès de lingerie que j'ai sur moi pour alléger ma valise ! Ce chapeau haut de forme, quelle tenue de voyage. Ah ! j'ai oublié de dire au revoir à... Et le teinturier ! J'ai laissé passer l'heure du train, du train unique : tout sera à recommencer demain ! je n'en dormirai pas de la nuit !

Max Jacob, *Le Cornet à dés*, « Voyages », 1917.

LES CLÉS POUR RÉUSSIR

Définir le texte

Carte d'identité du texte

- **Auteur :** Max Jacob, poète, peintre et romancier
- **Contexte :** début du XXe siècle ; modernité et surréalisme
- **Thème :** un train raté, la course après le temps, l'énergie lyrique
- **Tonalité :** lyrisme
- **Forme :** poème en prose

Dégager la problématique

« Voyages » raconte la course du poète pour attraper un train « unique » que finalement il va rater. Et pourtant, le titre est au pluriel, comme s'il racontait non pas un voyage, mais une multiplicité de voyages se déroulant dans un même rêve. **Comment le poète joue-t-il sur la frontière entre rêve et réalité ?**

Construire le plan

1 Une course effrénée

- Demandez-vous quelle fonction occupent les personnages dans le projet du poète.
- Montrez comment le texte nous fait ressentir la course folle du poète.
- Observez la structure du poème en prose et demandez-vous en quoi elle permet de prévoir l'échec du projet.

2 Entre rêve et folie

- Intéressez-vous aux caractéristiques du rêve.
- Analysez les sentiments éprouvés par le poète.
- Soyez attentif à la phrase « je perds le fil de tout » et demandez-vous en quoi elle éclaire le sens du poème.

LE CORRIGÉ

Les titres en couleur ou entre crochets ne doivent pas figurer sur la copie.

Introduction

[présentation du contexte] Max Jacob, poète, peintre et romancier, a participé à l'intense vie intellectuelle du début du XXe siècle et a été proche des surréalistes. **[présentation de l'œuvre et de l'extrait]** *Le Cornet à dés*, publié en 1917, est un recueil de poèmes en prose qui prennent souvent la forme du récit de rêve. « Voyages » raconte, à la première personne, la course effrénée du poète qui doit prendre un train mais qui rencontre tant d'obstacles qu'il finit par le rater. Le poème est construit sur une telle accumulation de séquences et d'images que le poète, et son lecteur, s'y perdent, comme dans un rêve. **[problématique]** Nous nous demanderons comment le poème joue sur la frontière entre rêve et réalité. **[annonce du plan]** Nous verrons que le poème en prose transforme une course après le temps en un rêve dont il est impossible de sortir.

I. Une course effrénée

1. Un départ perturbé

« Voyages » suit la structure d'un récit : le héros (le poète) poursuit un but (prendre le train) et rencontre un obstacle (il a peu de temps) amplifié par des opposants ou atténué par des adjuvants.

- Le **manque de temps** : indiqué dès le début (« je cours dire au revoir »), repris par **l'interro-négative** exprimant le regret « que n'ai-je le temps », et par le constat du retard, amplifié par l'**intensif** *si*, « je suis si en retard ».
- Les **opposants** : la tante et ses « mille recommandations », le « peintre de Paris », les « amis d'enfance », appartiennent à son cercle familial ou proche. Tous semblent ligués pour retarder le poète qui « peine » à s'en débarrasser.
- Les **adjuvants** : les « délicieuses bretonnes », qualifiées mélioracivement, ne le détournent pas de son chemin ; le « camionneur de pianos » dont il a obtenu « une promesse » : connotation positive.

2. La course, la vitesse : une dégradation du récit

La structure du poème, mimant la course du poète, semble se dégrader au fur et à mesure de l'avancée du texte.

- La **parataxe** permet d'énumérer rapidement les événements sans les relier. Des **points de suspension** interrompent les phrases. De courtes **phrases exclamatives** ponctuent la fin du récit « et pas de fiacre ! » (l. 15), « Et le teinturier ! » (l. 22).

MOT CLÉ
La **parataxe** consiste à juxtaposer des phrases simples sans aucun élément de liaison.

- Les hésitations du poète sont indiqués par la répétition du **connecteur** « mais » (l. 3), et par les **négations** « ce n'est pas mon costume », « non c'est lui » (l. 4).

3. L'échec

Le poète court à l'échec, échec annoncé dès le début et que la fin confirme.

- « Jamais je n'en sortirai » est une **prolepse**. Le poète, débordé, est pessimiste sur la réussite du projet.
- Les personnages qui ont fonction d'adjuvants ne l'aident pas. Si sa démarche auprès du camionneur est couronnée de succès, elle a pris du temps : le verbe ***finir*** (l. 18) suppose une **action longue et difficile.**
- Le constat « J'ai laissé passer l'heure du train » (l. 23) confirme l'échec. Le **passé composé** clôt la succession des verbes, jusque-là au présent. L'**apposition**, « du train unique », rend l'échec encore plus terrible.

[transition] Cette avalanche de péripéties dans un si court récit nous fait passer de la réalité au rêve.

II. Entre rêve et folie

1. Les caractéristiques du rêve

Le poème partage avec le rêve la transformation du réel en fonction du désir du rêveur, l'incohérence des événements, la bizarrerie des images.

- La ville de Lorient, **transformée par le désir** du poète, donne aux rues des titres de poèmes : « l'Énergie lyrique ».
- Les réflexions du poète relèvent d'une **fausse logique** : ce qui est « étonnant » (l. 9) ce n'est pas que le conseil municipal se tienne la nuit, c'est que le poète le

croit possible. L'**antithèse** « il m'adore ici, bien que nous soyons fâchés ailleurs » (l. 13-14) montre que le rêve ne suit pas la logique de la réalité.

- L'emploi du néologisme « camionneur de pianos » (au lieu de « transporteur de pianos », par exemple) ajoute à l'étrangeté de la rencontre.

2. Le sentiment d'angoisse

Le poète-rêveur vit des moments d'angoisse et s'interroge sur lui-même.

- L'énumération « gonflé, mutilé, tiré, recousu, bordé de noir », commentée par l'adverbe « affreusement », **donne vie** au costume, mais semble décrire un cadavre. Si le costume est à l'image de celui qui le porte, alors le poète se voit lui-même « bordé de noir », **portant son propre deuil.**

- Le costume, devenu « assez distingué », passe du noir au gris. Le « chapeau haut de forme » inadapté pour le voyage et surtout ce flot de « lingerie » qui déborde de son costume, font du poète un **clown triste et dérisoire.**

- « Vais-je devenir fou ? » se demande le poète entre deux situations incongrues. Les **déictiques** « ce », « cette » (l. 20-21) prennent une **connotation péjorative** : le poète évalue l'étrangeté de son accoutrement et ne se comprend plus lui-même.

3. Le labyrinthe

Le poète est perdu dans son rêve comme dans un labyrinthe dont il ne peut sortir.

- « Jamais je n'en sortirai [...] tout sera à recommencer demain ! ». En reliant la première et la dernière phrases, toutes deux au futur, on comprend que le pronom « en » ne réfère pas aux préparatifs du départ, mais au rêve lui-même : le poète est enfermé dans un **rêve répétitif.**

- L'exclamation « Ah ! j'ai oublié de dire au revoir à... », nous fait **revenir au début du récit** : les adieux à la tante. De même pour l'exclamation « Et le teinturier ! ».

Conclusion

[synthèse] Ce poème en prose, avec une grande **économie de moyens,** nous entraîne dans une course effrénée à la suite du poète pris dans un tourbillon de situations étranges et qu'il échoue à maîtriser. Il nous entraîne ainsi dans un monde **onirique** où tout se transforme et dont on comprend que le poète est prisonnier. **[ouverture] « L'Énergie lyrique »,** ce nom de rue incongru, caractérise la poésie de Max Jacob qui crée, à partir de faits anodins, une **profusion d'images** qui nous emmène dans un autre monde, celui de la poésie.

La littérature d'idées, du XVIe au XVIIIe siècle

3 La littérature d'idées : histoire littéraire et outils d'analyse

TEST

Pour vous situer et identifier les fiches à réviser 58

FICHES DE COURS

EXERCICES & CORRIGÉS

TESTEZ-VOUS

→ CORRIGÉS P. 308-309

Faites le point sur vos connaissances puis établissez votre **parcours de révision** en fonction de votre score.

1 Maîtriser les genres de la littérature d'idées

→ FICHE 9

1. Que désigne l'appellation « littérature d'idées » ?

☐ **a.** les textes qui ne relèvent ni du récit, ni du théâtre, ni de la poésie

☐ **b.** les textes qui défendent un point de vue sur la littérature

☐ **c.** les textes dans lesquels les procédés littéraires sont au service des idées

2. Qu'est-ce qu'un essai ?

☐ **a.** un genre inventé par Montaigne ☐ **b.** un brouillon d'écrivain

☐ **c.** un texte non fictionnel en prose à visée argumentative

3. Qu'appelle-t-on un apologue ?

☐ **a.** un texte qui fait l'éloge d'une personne

☐ **b.** un récit allégorique qui dispense une leçon au lecteur

☐ **c.** un énoncé bref qui formule une vérité morale

4. Que fait un écrivain engagé ?

☐ **a.** Il est impliqué dans son époque et y renvoie dans ses œuvres.

☐ **b.** Il refuse la fiction au profit de genres en lien direct avec la réalité.

☐ **c.** Il publie des lettres ouvertes.

.../4

2 La littérature d'idées des XVIe et XVIIe siècles

→ FICHE 10

1. À quoi reconnaît-on un texte humaniste ?

☐ **a.** Il est écrit en latin. ☐ **b.** Il met l'être humain au centre de sa réflexion.

☐ **c.** Il place toute sa confiance en l'homme.

2. Qui sont les « moralistes » du XVIIe siècle ?

☐ **a.** les défenseurs de la morale ☐ **b.** les observateurs des mœurs

☐ **c.** les auteurs de textes contenant une moralité

3. La devise des auteurs du classicisme est...

☐ **a.** d'instruire, de plaire et d'émouvoir.

☐ **b.** de convaincre, de persuader et de délibérer.

☐ **c.** de châtier les mœurs par le rire.

.../3

3 La littérature d'idées au temps des Lumières

→ FICHE 11

1. Qu'est-ce que l'*Encyclopédie* ?

☐ a. le nom d'un célèbre salon littéraire

☐ b. une entreprise éditoriale qui visait à faire le tour de toutes les connaissances disponibles à l'époque

☐ c. un ouvrage linguistique de référence pour les écrivains

2. Quel est l'intérêt du conte philosophique ?

☐ a. Il transporte le lecteur dans un ailleurs de fantaisie.

☐ b. Il met son auteur à l'abri de la censure.

☐ c. Il met à portée de tous des concepts abstraits de la pensée.

3. L'écriture est un combat sous la plume des Lumières…

☐ a. parce qu'il faut parvenir à échapper à la censure de la Librairie.

☐ b. parce qu'il faut lutter contre l'obscurantisme, le fanatisme religieux, les formes abusives du pouvoir.

☐ c. parce que l'Église a le monopole de l'édition.

…/3

4 Étudier un texte d'idées

→ FICHES 12 et 13

1. Qu'est-ce qu'une thèse ?

☐ a. un argument irréfutable

☐ b. une réponse étoffée à une question

☐ c. une position ou un point de vue que défend le locuteur

2. Quel est le type d'argument utilisé dans la phrase suivante ?
« Il faut que le poète traite son sujet selon le vraisemblable et le nécessaire : Aristote le dit, et tous ses interprètes répètent les mêmes paroles. » (Corneille)

☐ a. un argument d'autorité ☐ b. un argument d'expérience

☐ c. un argument *ad hominem*

3. Quelle différence fait-on entre « convaincre » et « persuader » ?

☐ a. La conviction vise à rallier quelqu'un à sa thèse. La persuasion s'attache à le faire changer d'avis.

☐ b. La conviction fonde l'argumentation sur la raison, la persuasion sur les sentiments.

☐ c. La conviction se fonde sur les passions, la persuasion sur la capacité à former un raisonnement logique.

…/3

Score total …/13

9 Qu'est-ce que la littérature d'idées ?

En bref *La littérature d'idées se définit comme l'ensemble des textes qui ne relèvent ni de la poésie, ni de la fiction narrative ou dramatique. Plus largement, la littérature d'idées désigne tout écrit dans lequel les ressources de la littérature sont au service de l'argumentation.*

I L'argumentation directe

Dans l'argumentation directe, l'auteur défend en son nom un point de vue.

1 Les textes à visée philosophique

- L'essai : il se présente comme un texte hybride, sans ordre apparent, embrassant avec subjectivité divers sujets. Ex. : *Essais* de Montaigne.
- Le traité : réflexion sur un sujet circonscrit, il vise l'exhaustivité.
- Le discours : mise en forme écrite de la pensée, il traite une question de manière ordonnée, suivant les règles de l'**art oratoire**. Ex. : *Discours sur l'origine et les fondements de l'inégalité parmi les hommes* de Rousseau.

À NOTER
L'**art oratoire**, né dans l'Antiquité, impose de distinguer l'invention (recherche des arguments), la disposition (agencement de ces arguments), l'élocution (mise en forme stylistique).

- Le dialogue : hérité de Platon, il permet la confrontation des points de vue sous la forme d'une conversation. Ex. : *Le Neveu de Rameau* de Diderot.
- La maxime : pensée exprimée de manière brève et incisive. Ex. : *Maximes et réflexions diverses* de La Rochefoucauld.

2 Les textes à dimension polémique

- Le pamphlet : sous-genre qui relève du discours épidictique, il verse couramment dans le blâme ou la satire.
- Le portrait : lié à l'esthétique de la conversation, il fait l'éloge ou le blâme d'une personne à travers une prose travaillée. Il se déploie aussi dans les oraisons funèbres et les mémoires.
- La lettre ouverte : écrit public, elle se prête à l'expression d'un débat et appelle parfois une réponse. Ex. : « J'accuse » de Zola.

3 Les textes à ambition esthétique

- Le manifeste littéraire : il constitue une déclaration par laquelle une personne ou un groupe présente ses conceptions esthétiques.
- La correspondance d'écrivains : destinée ou non à être publiée, elle offre un témoignage vivant sur la conception de la littérature des épistoliers.

II L'argumentation indirecte

1 L'apologue

■ La **fable** : ce court récit de fiction illustre une morale par l'intermédiaire d'animaux ou d'humains.

À NOTER
Du grec *apologos*, « récit détaillé », le mot « **apologue** » désigne un court récit allégorique qui renferme un enseignement, une leçon de morale pratique.

■ Le **conte** : merveilleux ou philosophique, il raconte une histoire qui illustre un précepte de sagesse.

■ **L'utopie** : elle décrit une société idéale dont l'organisation est une critique indirecte de la société contemporaine de l'auteur.

2 Dans les genres narratif, dramatique et lyrique

■ Le **roman** : « à thèse » ou non, on peut considérer que derrière la fiction qu'il élabore, il est porteur d'idées sur le monde réel. Les paroles rapportées des personnages, leur portrait ou les commentaires du narrateur peuvent avoir une dimension argumentative.

■ Le **théâtre** : le dialogue constitue un lieu possible d'affrontements de points de vue ; le monologue, lorsqu'il se fait délibératif, peut offrir l'occasion d'une mise en balance d'arguments.

■ La **poésie** : engagée ou lyrique, elle voit le sujet de l'énonciation prendre position, répondre aux attaques, dénoncer les torts.

zoOm

L'École d'Athènes de Raphaël

L'École d'Athènes, Raphaël, 1509-1510.

De Platon à Pythagore, ce tableau rassemble nombre de penseurs de l'Antiquité et des peintres de la Renaissance italienne. La représentation figure le dialogue des idées et des générations.

10 La littérature d'idées aux XVIe et XVIIe siècles

En bref *À la fin du Moyen Âge, l'humanisme voit s'épanouir une littérature d'idées en prise avec son époque. Au XVIIe siècle, l'instauration de l'absolutisme, sous le règne de Louis XIV, accompagne la fondation de nouvelles normes morales et littéraires incarnées par le classicisme.*

I L'humanisme : l'homme au cœur de la littérature d'idées

1 Montaigne : l'invention de l'essai

- Les *Essais* de Montaigne paraissent entre 1580 et 1595. Cette œuvre hybride, mêlant autobiographie et réflexions diverses, et composée de trois livres grossis au fil des ans par des ajouts successifs, fait entendre une voix singulière : celle d'un moi qui se prend comme matière de ses écrits, celle d'une conscience qui s'étudie elle-même, celle d'un humaniste qui voit en chaque individu un représentant de « l'humaine condition ».
- L'essayiste met à l'épreuve ses jugements loin de toute certitude. C'est qu'en effet l'optimisme confiant des débuts de l'humanisme, mis à mal par la conquête coloniale et les conflits religieux, a laissé place chez lui au scepticisme.

2 Rabelais : la pensée humaniste en acte

- Dans *Gargantua* (1535) et *Pantagruel* (1532), Rabelais met en scène la vie de deux géants, père et fils. L'accent est mis sur leur formation, occasion pour le romancier de livrer un exposé aussi comique que polémique sur les principes et valeurs de l'humanisme.
- Derrière le rire né du grotesque des personnages et des situations, le lecteur est initié à une forme de sagesse.

MOT CLÉ
L'**humanisme** est un mouvement culturel né en Italie, qui s'épanouit au XVIe siècle en France. Les humanistes étudient les textes antiques et font de l'homme le centre de leurs réflexions.

3 La naissance d'une littérature engagée

- Les guerres de Religion (1562-1598) qui ravagent la France voient naître des textes dans lesquels les écrivains s'engagent et prennent parti pour leur camp.
- Ronsard, poète de la Pléiade, se fait le champion du parti catholique dans ses *Discours* (1562-1563). Du côté protestant, Agrippa d'Aubigné livre avec *Les Tragiques* (1616) une peinture pathétique et violente du royaume divisé.

II Le classicisme : le triomphe des moralistes

1 Les genres mondains

- Les **mémoires** sont écrits par ceux qui ont participé aux affaires du monde. La Rochefoucauld, le cardinal de Retz, Saint-Simon témoignent ainsi de leur expérience du pouvoir.
- Le genre du **portrait** se voit doté d'une grandeur particulière par La Bruyère et ses *Caractères* : il décrit des types et non des individus, et fait du portrait une peinture des mœurs.
- Nouvelle forme esthétique, le **fragment** accède à une véritable dignité littéraire. Les *Pensées* de Pascal ou les *Maximes* de La Rochefoucauld constituent des séries d'énoncés indépendants et lapidaires.

À NOTER
À côté des formes courtes persistent celles plus développées et continues, héritières de la rhétorique antique, dont le *Discours de la Méthode* de Descartes est l'illustration.

- Les **correspondances** accomplissent l'ambition classique d'une élégance sans artifice, d'une beauté non fabriquée. Au premier rang, les *Lettres* de Madame de Sévigné ont rapidement constitué un modèle du genre.

2 Instruire et plaire

- Le **théâtre comique** s'emploie lui aussi indirectement à **critiquer les mœurs**, comme chez Molière qui épingle les vices et défauts humains de son siècle. Le paratexte des pièces devient une tribune pour le dramaturge.
- La Fontaine préfère la **fable** et le **détour par la fiction allégorique** : derrière son monde d'animaux et de végétaux, c'est la société humaine et ses égoïsmes qui se voient mis en cause.

zoOm

Les salons littéraires

Au XVIIe siècle se multiplient les salons, souvent tenus par des femmes : on s'y entretient, entre personnes choisies, de littérature, on s'y nourrit de réflexions sur les mœurs. S'y développe un art de la conversation propre à l'honnête homme.

Gravure représentant le salon littéraire de la Marquise de Rambouillet (dont s'inspira Molière pour écrire les *Précieuses ridicules*), 1858.

11 La littérature d'idées au XVIIIe siècle

En bref *En relançant les persécutions contre les protestants, la révocation de l'édit de Nantes (1685) provoque un mouvement de réaction contre l'absolutisme et le fanatisme religieux. Les écrivains philosophes du XVIIIe siècle œuvrent pour lutter contre l'obscurantisme et faire de la raison la lumière qui guide le peuple.*

I Un contexte culturel propice

- Supports essentiels de la diffusion du savoir, les **livres** voient leur nombre multiplié par trois entre 1700 et 1779. La majorité des ouvrages restent cependant des textes de littérature populaire et religieuse.
- La **diffusion des idées des Lumières** est assurée autant par des écrits que par des lieux où les écrivains se rencontrent : des **salons** regroupent auteurs, savants et artistes autour de valeurs communes ; les **cafés** sont le théâtre de vives discussions politiques ou philosophiques ; les **académies** se multiplient en province.

II Les idées des Lumières

1 La question religieuse

- Au plan religieux, les philosophes des Lumières s'interrogent sur le **rapport de l'homme à Dieu** et à l'Église.
- Certains font le choix du **déisme**, comme Montesquieu et Voltaire, et affirment la croyance en un dieu créateur du monde tout en refusant de se soumettre à une institution et à ses prescriptions en matière de culte.
- D'autres professent un véritable **athéisme** : Diderot, par exemple, pense que la matière se transforme et s'organise elle-même sans intervention divine.

2 L'organisation politique

- Les penseurs du XVIIIe siècle sont unanimes dans leur **condamnation de l'absolutisme** ; c'est pourquoi leurs écrits préfigurent la Révolution française.
- Certains, Montesquieu en tête, se prononcent en faveur de la **monarchie tempérée** où le pouvoir du roi se trouve limité par celui de la noblesse et des parlements.
- D'autres, comme Voltaire et Diderot, soutiennent le principe du **despotisme éclairé** où la raison seule guide le gouvernement.
- Plus minoritaire, un courant défend l'**idée de démocratie** avec Rousseau.

ŒUVRE CLÉ
Œuvre majeure des Lumières, ***l'Encyclopédie*** travaille à la destruction des préjugés et des superstitions pour éclairer l'opinion.

III L'apparition de genres argumentatifs nouveaux

Le siècle des Lumières reprend des formes anciennes, comme en témoignent les titres de certaines œuvres : *Discours sur l'origine et les fondements de l'inégalité parmi les hommes* (Rousseau, 1755) ou *Lettres philosophiques* (Voltaire, 1734). Il en réinvente aussi certains.

1 Le conte philosophique

- Sous l'impulsion de Voltaire, le **conte philosophique** devient une arme essentielle des Lumières. Merveilleux et imagé, il met à portée du plus grand nombre des théories scientifiques et métaphysiques jusque-là réservées aux lettrés.
- Sa **forme allégorique** et ses formules souvent ironiques atténuent les atteintes portées aux institutions et au pouvoir, **déjouant** ainsi **la censure**.

2 Les écrits à dimension biographique

- Rousseau donne avec ***Les Confessions*** le **premier exemple d'autobiographie**. À travers le récit de sa vie, il entreprend aussi de se justifier aux yeux de ses détracteurs.
- En dynamisant les règles du genre, Diderot propose des dialogues qui donnent à voir les **multiples facettes du moi** (*Le Neveu de Rameau*, 1891).

zoOm

Un projet titanesque : l'*Encyclopédie*

L'*Encyclopédie* (1751-1772) souhaite faire la somme de toutes les connaissances de l'époque. Elle compte dix-sept volumes d'articles et onze volumes de planches d'illustrations. Près de deux-cents collaborateurs contribuent au projet, parmi lesquels Diderot et d'Alembert.

→ Consultez la version numérique en libre accès : bit.ly/enccre.

12 Les stratégies argumentatives

En bref *La littérature d'idées rassemble des textes dans lesquels un auteur expose et défend son point de vue, de manière directe ou par le détour d'une fiction. Dans tous les cas, une stratégie argumentative est mise en place par l'auteur qui vise à emporter l'adhésion du lecteur par la raison ou les sentiments.*

I Les éléments de l'écriture argumentative

Directe ou indirecte, l'argumentation met en jeu les éléments suivants :

- Le **thème** est le sujet du débat, de l'argumentation.
- La **thèse** est la proposition ou position que défend le locuteur.
- L'**argument** est une proposition reconnue ou donnée comme vraie, qui sert à prouver la thèse soutenue ou à réfuter la thèse rejetée (**contre-argument**).
- L'**exemple** vient à l'appui de l'argumentation logique et abstraite comme illustration concrète ; il permet ainsi d'adosser les arguments sur des faits. L'exemple est qualifié d'**argumentatif** lorsqu'il présente un cas si représentatif qu'il suffit à établir une proposition générale.

À NOTER
Dans la fable, le récit a valeur d'**exemple argumentatif** car il permet d'aboutir à la moralité.

II Les voies de l'argumentation

1 Le choix de la raison

- **Convaincre** consiste à amener le destinataire à reconnaître **rationnellement** que l'opinion défendue est vraie.
- Les textes qui cherchent à emporter la conviction se reconnaissent à la **présence d'arguments et d'exemples**, organisés de manière logique.
  - Le **raisonnement inductif** se fonde sur des faits particuliers pour s'élever à la loi générale.
  - Le **raisonnement déductif**, à l'inverse, prouve un fait particulier à partir d'un énoncé général.
  - Le **raisonnement concessif** permet de rendre raison en partie à l'adversaire avant de réfuter l'essentiel de son argumentation.
  - Le **raisonnement par l'absurde** feint d'adopter la thèse adverse pour en tirer par déduction des conséquences illogiques.
- L'**argument d'autorité**, par lequel un auteur cite les propos d'une personnalité à la légitimité incontestée, peut achever de convaincre l'interlocuteur.

MOT CLÉ
Cas particulier de la déduction, le **syllogisme** propose une conclusion en apparence irréfutable à partir d'affirmations données comme vraies.

2 Le biais des sentiments

- **Persuader** consiste à amener le destinataire à admettre la thèse en faisant appel à ses émotions et non seulement à la raison.
- L'auteur manifeste sa **subjectivité** grâce à divers procédés : écriture à la première personne, verbes d'opinion, recours à la modalisation et aux connotations. Il cherche à **impliquer l'interlocuteur**, à travers des apostrophes, des questions rhétoriques, des figures de style visant à susciter une émotion.
- La persuasion passe également par **l'implicite** qui prend la forme du **sous-entendu** (dont l'interprétation dépend entièrement de la situation d'énonciation), du **présupposé** (qui suppose une déduction à la charge du destinataire) et de l'**ironie** (qui suppose que le lecteur inverse la valeur de l'énoncé pour en comprendre le sens réel).
- Les **arguments de mauvaise foi** trouvent parfois leur place dans une stratégie persuasive : **le prétexte** invente de fausses raisons ; **la tautologie** redouble l'affirmation d'une évidence et **l'argument *ad hominem*** discrédite la personne de l'adversaire plus que ses arguments.

zoOm

Les types de discours argumentatifs

Les théoriciens de l'Antiquité grecque distinguaient **trois grands genres oratoires** selon la visée du discours.

	discours judiciaire	discours épidictique	discours délibératif
visée	accuse/défend	loue/blâme	pèse le pour et le contre, définit l'attitude à adopter
faits examinés	passés	présents	futurs
valeurs	juste/injuste	noble/vil, condamnable	utile/nuisible
genres	plaidoyer, réquisitoire	éloge, blâme, portrait, satire, pamphlet, oraison funèbre	monologue, dialogue, discours, essai, lettre
figures	interrogation oratoire	gradation, hyperbole, métaphore, métonymie	antithèse, chiasme, parallélisme

13 Analyser un texte d'idées

En bref *L'analyse d'un texte d'idées suppose qu'on ait préalablement identifié le type d'argumentation, directe ou indirecte, dont il relève. Dans tous les cas, il convient de porter une attention particulière aux marqueurs logiques, énonciatifs et stylistiques.*

Étape 1 Identifier le schéma argumentatif

1 Repérer les articulations logiques

- Relevez les **connecteurs** qui marquent les articulations de la pensée ; identifiez la valeur éventuelle de la ponctuation (les **deux-points** révèlent par exemple un rapport de cause à conséquence).
- Prêtez attention aux **adverbes** qui marquent la progression du discours (*d'abord, ainsi, finalement*...).
- Dans le cas de l'argumentation indirecte, cherchez à dégager la part narrative de la part discursive, qui transparaît dans les commentaires et l'énoncé éventuel d'une leçon par l'auteur.

2 Dégager la thèse défendue

- Si la thèse est **explicite**, il faut situer précisément dans le texte le passage où elle apparaît et la reformuler de manière à montrer qu'on l'a bien comprise.
- Si la thèse est **implicite**, il s'agit de la formuler avec ses propres mots à partir des arguments donnés dans le corps du texte.

3 Identifier la stratégie argumentative

- Le repérage des **types d'arguments mobilisés** permet de préciser **l'angle d'attaque** privilégié par le locuteur :

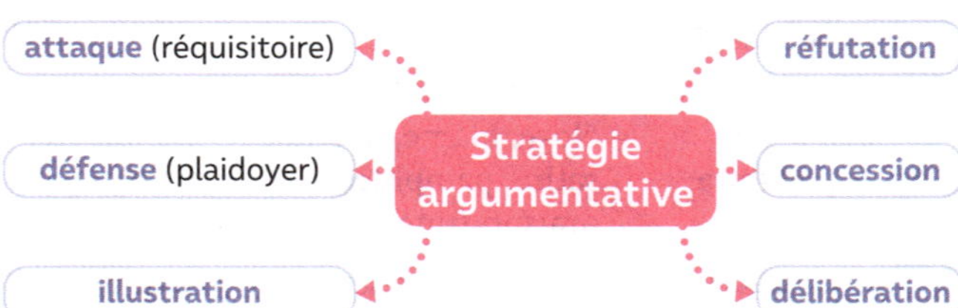

- La **démarche** d'ensemble peut choisir de privilégier l'adhésion du destinataire par la raison ou les sentiments ou l'inviter à mettre en balance plusieurs points de vue.
- Formes subjectives, l'**éloge** et le **blâme** doivent conduire à construire une image du locuteur et des valeurs auxquelles il adhère autant que de la personne visée.

Étape 2 Étudier la situation d'énonciation

1 Du côté du locuteur

- Il faut observer comment se manifeste celui qui soutient sa thèse. Cela revient à étudier les **marques de présence de la première personne**, à travers les pronoms et les déterminants possessifs.
- Il convient également de chercher la présence de la **modalité exclamative**, des **marques de jugement**, des termes **modalisateurs**.

2 Du côté du destinataire

- On peut déterminer **l'identité et le rôle de l'interlocuteur** (simple auditeur ou lecteur, adversaire, complice) et porter attention à la manière dont il est présenté, interpelé, cité.
- Demandez-vous si le lecteur est présent dans le texte, sous quelle forme et dans quel but.

CONSEIL
Le **lecteur** peut être désigné par le pronom de la deuxième personne mais il peut également se trouver inclus dans un *nous* ou un *on*.

Étape 3 Étudier le lexique et les procédés stylistiques

1 Le lexique

- Observez les **champs lexicaux** et les liens qui les unissent.
- Identifiez les **connotations** (lexique évaluatif, appréciatif).
- Déterminez la **tonalité du texte** (comique, satirique, polémique, lyrique...) et les **procédés d'expression** qui la soutiennent.

CONSEIL
Soyez également attentif à la **typographie** qui signale l'importance d'un mot avec les lettres capitales ou l'italique, l'ironie avec des guillemets.

2 Les procédés stylistiques

- Répertoriez les **figures de style** (→ MÉMO VISUEL p. 200) et cherchez à interpréter leur **rôle dans l'argumentation** :
  - figures d'insistance (répétition, parallélisme, énumération, gradation, prétérition) ;
  - figures d'exagération (hyperbole) ;
  - images (comparaison, métaphore).
- Détectez la présence possible d'**ironie** et envisagez-en les effets sur la lecture.

MÉMO VISUEL

LA LITTÉRATURE D'IDÉES

Les mots clés

Pour identifier l'extrait

- **genre du texte :** argumentation directe ou indirecte
- **type de texte :** essai, dialogue, apologue…
- **fonction :** convaincre, persuader, délibérer, dénoncer, défendre, émouvoir…

Pour caractériser l'argumentation

- **locuteur :** auteur, narrateur, personnages…
- **forme :** traité, lettre, dialogue polémique, fable, poème…
- **figures de style :** comparaison, métaphore, allégorie, hyperbole, antiphrase, gradation, euphémisme, parallélisme…

Quelques œuvres à connaître

XVIe siècle

- *Pantagruel* et *Gargantua*, Rabelais (1532-1534)
- *Essais*, Montaigne (1580-1588)

XVIIe siècle

- *Les Tragiques*, Agrippa d'Aubigné (1616)
- *Fables*, Jean de La Fontaine (1668-1694)
- *Pensées*, Pascal (1670)
- *Les Caractères ou les Mœurs de ce siècle*, La Bruyère (1688-1696)

La méthode

Comment analyser un texte d'idées ?

1. Identifier le **genre** du texte
Repérer si l'argumentation est **directe** ou **indirecte**
2. Identifier la **thèse** défendue ou rejetée
3. Repérer le **circuit argumentatif**
4. Étudier les procédés utilisés pour emporter **l'adhésion du lecteur**
5. Formuler la **visée** du texte

DU XVIe AU XVIIIe SIÈCLE

Les principaux courants

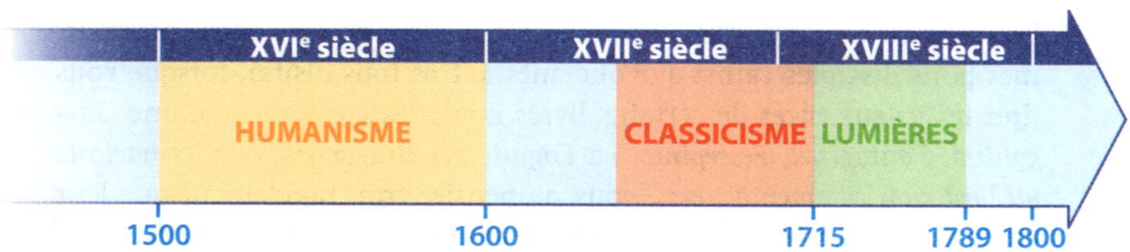

XVIIIe siècle

- *Lettres persanes*, Montesquieu (1721)
- *Lettres*, Mme de Sévigné (1725)
- *Discours sur l'origine et les fondements de l'inégalité parmi les hommes*, Rousseau (1755)
- *Candide*, Voltaire (1759)

EXERCICES

Gargantua, Rabelais (1534-1542)

→ FICHE 10

1 Complétez ce texte avec les mots proposés.

éducation • humaniste • sagesse • comique • guerre • fiction • pédagogique • religion • éponyme

- Publié à la Renaissance, *Gargantua* s'inscrit dans le courant .... qui affirme la grandeur de l'homme et lui accorde une place centrale dans le monde. Rabelais narre, dans ce roman, les aventures du géant .... À travers la ...., l'auteur aborde les thèmes suivants : l'.................., la .... et la ....

- Racontées sur un mode ...., les aventures du héros n'en poursuivent pas moins une ambition .... et contribuent à forger chez le lecteur une forme de ....

2 Lisez l'extrait suivant et répondez aux questions.

Après l'« Avis aux lecteurs », Gargantua *s'ouvre sur un prologue de l'auteur : le roman s'y trouve d'emblée placé sous le signe du comique. Pourtant, l'écrivain met en garde le lecteur de ne pas se laisser abuser par les apparences.*

> [...] À votre avis, pourquoi ce prélude et coup d'envoi ? Pour que vous, mes bons disciples (ainsi que quelques autres fous oisifs), lorsque vous lirez les joyeux titres de certains livres imaginés par nous, comme *Gargantua, Pantagruel, Fessepinte, La Dignité des Braguettes, Sur les haricots au lard cum commento*[1], etc., vous ne pensiez trop rapidement que leur contenu n'est que moqueries, folâtreries et menteries joyeuses, l'enseigne extérieure de la boutique (c'est le titre) étant généralement interprétée, sans recherche plus approfondie, comme une forme de dérision et de plaisanterie.
>
> Il ne faut pas faire preuve de tant de légèreté lorsque l'on juge les œuvres humaines. Car vous-mêmes dites que l'habit ne fait pas le moine. Celui qui est vêtu d'un habit monacal n'est pas nécessairement moine, et celui qui porte une cape espagnole peut très bien ne pas avoir le cœur d'un Espagnol. C'est pourquoi il faut ouvrir le livre et soigneusement en évaluer le contenu. Vous saurez alors que la substance qu'il contient est d'une bien autre valeur que ce qu'en promettait la boîte. Je veux dire que les matières traitées ici ne sont pas si frivoles que le titre posé dessus le laissait entendre. [...]

Rabelais, *Gargantua*, « Prologue », 1542,
translation par G. Milhe Poutingon, © éditions Hatier, 2021.

1. *cum commento* : avec son commentaire.

1. Surlignez en jaune les termes qui relèvent du champ lexical du comique.
2. Surlignez en bleu un exemple utilisé comme argument par Rabelais.
3. Surlignez en rose la principale recommandation faite au lecteur.

Les Caractères, La Bruyère (1688-1696)

→ FICHE 10

3 Complétez ce texte avec les mots proposés.

aphorismes • type • satire • remarques • classique • portraits • anecdotique • imitation • descriptions • moraliste

- Publiée à l'époque ………………, l'œuvre de La Bruyère intitulée *Les Caractères* relève de la ……………… Dans cette vaste galerie de ………………, les lecteurs de l'époque ont reconnu des contemporains sous les pseudonymes grecs empruntés à l'auteur antique Théophraste.
- Pourtant, il ne s'agit pas seulement d'……………… : La Bruyère cherche à dépasser l'……………… pour atteindre le ……………… éternel. Le ……………… fait varier les formes, plus que son prédécesseur, en proposant des ………………, des ……………… et des ………………

4 Lisez le texte puis répondez aux questions.

Si je compare ensemble les deux conditions des hommes les plus opposées, je veux dire les Grands avec le peuple, ce dernier me paraît content du nécessaire, et les autres sont inquiets et pauvres avec le superflu. Un homme du peuple ne saurait faire aucun mal ; un Grand ne veut faire aucun bien, et est capable de grands maux. L'un ne se forme et ne s'exerce que dans les choses qui sont utiles ; l'autre y joint les pernicieuses[1]. Là se montrent ingénument la grossièreté et la franchise ; ici se cache une sève maligne[2] et corrompue sous l'écorce de la politesse. Le peuple n'a guère d'esprit, et les Grands n'ont point d'âme : celui-là a un bon fond et n'a point de dehors ; ceux-ci n'ont que des dehors et qu'une simple superficie[3]. Faut-il opter, je ne balance[4] pas, je veux être peuple.

Jean de La Bruyère, *Les Caractères*, « Des Grands », 25, 1696.

1. dangereuses. 2. nuisible. 3. apparence. 4. hésite.

1. Étudiez la modalisation dans le texte : comment se marque la subjectivité de l'auteur ?
2. Relevez les antithèses contenues dans l'extrait.
3. Observez les mots surlignés : à quel champ lexical appartiennent-ils ? Comment se regroupent-ils ? Qu'est-ce qui oppose fondamentalement les Grands et le peuple ?

5 **Prolongement culturel.**

1. Quels autres moralistes du Grand Siècle connaissez-vous ? L'enseignement moral s'exprime-t-il chez eux de manière directe ou indirecte ?

2. L'œuvre de La Bruyère a inspiré une comédienne et scénariste de notre époque, Lison Daniel. Sur la scène virtuelle d'Instagram, celle-ci campe une série de personnages emblématiques de notre temps. De quelle manière la comédienne a-t-elle adapté la démarche de La Bruyère au monde contemporain ?

Lison Daniel, *Portraits*, © Instagram @les.caracteres

L'*Encyclopédie* (1751-1772)

→ FICHE 11

6 **Choisissez les réponses qui conviennent parmi les affirmations proposées.**

1. L'ambition des rédacteurs de l'*Encyclopédie* est de :

☐ **a.** donner une somme scientifique sur l'état des connaissances au XVIIIe siècle

☐ **b.** diffuser le savoir et encourager les lecteurs à se servir de leur raison

☐ **c.** livrer un ouvrage polémique sous couvert d'un titre général et didactique

2. Parmi les auteurs suivants, lesquels ont contribué à l'*Encyclopédie* ?

☐ **a.** Diderot ☐ **c.** Pascal ☐ **e.** Zola

☐ **b.** Montaigne ☐ **d.** D'Alembert ☐ **f.** Voltaire

3. Quelles disciplines y sont traitées ?

☐ **a.** les techniques et les sciences ☐ **b.** la philosophie

☐ **c.** tous les savoirs disponibles à l'époque

7 Lisez l'extrait puis répondez aux questions.

> « Réfugiés » (*Hist. mod. pol.*) C'est ainsi que l'on nomme les protestants français que la révocation de l'édit de Nantes a forcés de sortir de France et de chercher un asile dans les pays étrangers, afin de se soustraire aux persécutions qu'un zèle[1] aveugle et inconsidéré leur faisait éprouver dans leur patrie. Depuis ce temps, la France s'est vue privée d'un grand nombre de citoyens qui ont porté à ses ennemis des arts, des talents et des ressources dont ils ont souvent usé contre elle. [...] Louis XIV, en persécutant les protestants, a privé son royaume de près d'un million d'hommes industrieux qu'il a sacrifiés aux vues intéressées de quelques mauvais citoyens qui sont les ennemis de toute liberté de penser, parce qu'ils ne peuvent régner qu'à l'ombre de l'ignorance. L'esprit persécuteur devrait être réprimé par tout gouvernement éclairé : si l'on punissait les perturbateurs qui veulent sans cesse troubler les consciences de leurs concitoyens lorsqu'ils diffèrent dans leurs opinions, on verrait toutes les sectes[2] vivre dans une parfaite harmonie et fournir à l'envi des citoyens utiles à la patrie et fidèles à leur prince.
>
> Article « Réfugiés » (anonyme), *Encyclopédie,* 1765.

1. soin excessif. 2. religions.

1. Dégagez la thèse défendue par l'auteur de cet article et les raisons qu'il invoque pour la justifier.

2. Observez les mots surlignés : l'article est-il objectif ? Justifiez votre réponse.

8 Prolongement artistique et culturel.

1. Citez, parmi vos lectures, des énoncés argumentatifs qui se donnent toutes les allures de l'objectivité. Quel en est l'intérêt ?

2. Le tableau de François Dubois ci-contre représente le massacre de la Saint-Barthélemy qui eut lieu le 24 août 1572 et qui visa les protestants. En quoi la composition sert-elle la dénonciation ?

François Dubois, *Le Massacre de la Saint-Barthélémy* (v. 1572-1584). Huile sur bois. 93,5 × 151,1 cm. Musée cantonal des Beaux-Arts de Lausanne.

CORRIGÉS

Gargantua, Rabelais (1534-1542)

1 ▸ Publié à la Renaissance, *Gargantua* s'inscrit dans le courant **humaniste** qui affirme la grandeur de l'homme et lui accorde une place centrale dans le monde. Rabelais narre, dans ce roman, les aventures du géant **éponyme.** À travers la **fiction**, l'auteur aborde les thèmes suivants : l'**éducation**, la **guerre** et la **religion.**

▸ Racontées sur un mode **comique**, les aventures du héros n'en poursuivent pas moins une ambition **pédagogique** et contribuent à forger chez le lecteur une forme de **sagesse**.

2 **1.** Nombreux sont les termes relevant du champ lexical du comique dans l'extrait du « Prologue » : « [...] Pour que vous, mes bons disciples (ainsi que quelques autres fous oisifs), lorsque vous lirez les joyeux titres de certains livres imaginés par nous, comme *Gargantua*, *Pantagruel*, *Fessepinte*, *La Dignité des Braguettes*, *Sur les haricots au lard cum commento*, etc., vous ne pensiez trop rapidement que leur contenu n'est que moqueries, folâtreries et menteries joyeuses, l'enseigne extérieure de la boutique (c'est le titre) étant généralement interprétée, sans recherche plus approfondie, comme une forme de dérision et de plaisanterie. Il ne faut pas faire preuve de tant de légèreté lorsque l'on juge les œuvres humaines. [...] Je veux dire que les matières traitées ici ne sont pas si frivoles que le titre posé dessus le laissait entendre. »

2. Rabelais s'appuie sur un proverbe pour justifier son argumentation : « Car vous-mêmes dites que l'habit ne fait pas le moine. Celui qui est vêtu d'un habit monacal n'est pas nécessairement moine, et celui qui porte une cape espagnole peut très bien ne pas avoir le cœur d'un Espagnol. »

3. Au terme du « Prologue », Rabelais fait une recommandation essentielle au lecteur : « C'est pourquoi il faut ouvrir le livre et soigneusement en évaluer le contenu. »

Les Caractères, La Bruyère (1688-1696)

3 ▸ Publiée à l'époque **classique**, l'œuvre de La Bruyère intitulée *Les Caractères* relève de la **satire.** Dans cette vaste galerie de **portraits**, les lecteurs de l'époque ont reconnu des contemporains sous les pseudonymes grecs empruntés à l'auteur antique Théophraste.

▸ Pourtant, il ne s'agit pas seulement d'**imitation** : La Bruyère cherche à dépasser l'**anecdotique** pour atteindre le **type** éternel. Le **moraliste** fait varier les formes, plus que son prédécesseur, en proposant des **descriptions**, des **remarques** et des **aphorismes.**

4 **1.** La modalisation recoupe l'ensemble des marqueurs de la subjectivité du locuteur : il s'agit des indices qui lui permettent de faire valoir son point de vue. Ils sont nombreux dans l'extrait : **pronoms personnels** de la première personne (« je », « me ») ; emploi du **conditionnel** à valeur modale (« saurait ») ; **négation exceptive** (« ne… que ») ; **lexique appréciatif** ; **adverbes** (« ingénument ») ; **question rhétorique** (« Faut-il opter ») à laquelle La Bruyère répond de lui-même sans « balance[r] ». La neutralité apparente de l'énoncé et l'absence d'hésitation laissent penser qu'il s'agit d'un choix objectif et évident. Pourtant, les modalisateurs soulignent bien le **parti pris paradoxal** de l'écrivain.

2. L'antithèse est une figure de style par laquelle on oppose deux termes de sens contraire. Elle est abondamment mobilisée dans le texte pour faire valoir l'écart des conditions, non tant sur le plan socio-économique que moral : « **Grands/peuple** » ; « **content/inquiets** », « **nécessaire/superflu** » ; « **mal/bien** » ; « **utiles/pernicieuses** » ; « **grossièreté/politesse** » ; « **sève/écorce** » ; « **esprit/âme** » ; « **fond/superficie** ».

3. Les mots surlignés relèvent du champ lexical de la **morale**. Ils rendent compte des conditions respectives du peuple (mots surlignés en jaune) et des Grands (mots surlignés en bleu) : au peuple la sagesse, la bonté, la droiture, l'honnêteté ; aux Grands, la frivolité, la méchanceté voire la malignité, la superficialité. La Bruyère reconnaît au premier une sincérité qui n'exclut pas la « grossièreté » ; aux seconds une « politesse » au service des seules apparences. Ces deux conditions sociales reprennent donc l'**opposition métaphysique de l'être et du paraître**.

5 **1.** Parmi les moralistes du Grand Siècle les plus connus, on peut citer **Bossuet**, **La Rochefoucauld** et **Pascal**. Ces auteurs traitent des mœurs de l'homme sans passer par le détour de la fiction, au travers respectivement de leurs **sermons**, **maximes** et **pensées**. Chez **La Fontaine**, en revanche, l'enseignement moral est indirect : il recourt au récit allégorique qu'est la **fable**.

2. En s'inspirant de la démarche de La Bruyère, **Lison Daniel** propose des portraits, sous forme de courtes vidéos, dans lesquels les traits physiques des personnages se trouvent grossis par les **effets amplifiants** des filtres. Chaque caractère est individualisé par un prénom, mais les **références socio-culturelles** et les **tics de langage** permettent aux personnages de gagner en universalité et d'incarner des types contemporains.

L'*Encyclopédie* (1751-1772)

6 **1.** a, b, c ; **2.** a, d, f ; **3.** c.

7 **1.** ▸ En feignant de donner une définition du terme de « Réfugiés », l'auteur anonyme de l'article défend la **thèse** suivante : la révocation de l'édit de Nantes, qui a eu pour conséquences la transformation des protestants en réfugiés ou exilés, a été une erreur économique, sociale et politique.

◗ Les **arguments** qui soutiennent ce point de vue apparaissent ainsi : la France s'est privée du travail et des idées de nombreux citoyens ; ce travail et ces idées ont profité aux ennemis de la France ; en prenant cette décision, Louis XIV s'est soumis aux pressions de son entourage et, par conséquent, s'est déconsidéré ; le roi a favorisé l'intolérance et l'obscurantisme, ennemis de la liberté de penser et de croire, entraînant des troubles civils et des conflits à l'extérieur.

2. L'article prend formellement une apparence objective. Pourtant, le mot défini apparaît au pluriel, ce qui précise d'emblée son sens. La formulation initiale « c'est ainsi que l'on nomme » indique qu'il s'agit bien d'une définition mais non dans le sens dénoté, courant dans ce type d'ouvrage. L'emploi du verbe *nommer* et les références à la révocation de l'édit de Nantes confirment le **caractère historique et déterminé de la définition**. Celle-ci contient plusieurs **termes à connotation péjorative** — « forcés », « persécutions », « zèle aveugle et inconsidéré » — mettant l'accent sur la situation de contrainte et de violence dont sont victimes les protestants. Il s'agit ainsi d'un article subjectif qui refuse la neutralité du dictionnaire au profit d'une position dénonciatrice.

8 **1.** ◗ On peut citer nombre d'écrits des moralistes du XVIIe siècle : *Maximes et réflexions diverses* de La Rochefoucauld (1655), *Pensées* de Pascal (1670), *Les Caractères* de La Bruyère (1688-1696), mais aussi les moralités explicites des *Fables* de La Fontaine (1668-1694).

◗ L'intérêt d'énoncés d'apparence objective dans l'argumentation est de donner à des opinions le statut de vérités, voire de lois morales, de les **présenter comme irréfutables** ; le caractère synthétique et lapidaire des formules fait impression sur le lecteur qui se sent moins à même de les mettre en doute.

2. Le premier plan du tableau dévoile une **scène de chaos** : les soldats entrent dans la toile en rang désordonné, les traits obliquent fusent en tous sens. À l'arrière-plan, **la verticalité et la statique des monuments** frappent par contraste. L'architecture ne semble donc pas atteinte par le désordre. Les lignes de fuite conduisent vers l'entrée du Louvre, symbole du pouvoir royal. Aux yeux du peintre, une forme de pérennité est assurée, qui réside dans la monarchie et les ouvrages humains.

4 Les œuvres de littérature d'idées au programme

TEST

FICHES DE COURS

SUJETS GUIDÉS & CORRIGÉS

OBJECTIF BAC

TESTEZ-VOUS

→ CORRIGÉS P. 308-309

Faites le point sur vos connaissances puis établissez votre **parcours de révision** en fonction de votre score.

1 Rabelais, *Gargantua* (1534-1542)

→ FICHE 14

1. François Rabelais est…

☐ **a.** un moine du Moyen Âge.
☐ **b.** l'inventeur du genre romanesque.
☐ **c.** un humaniste de la Renaissance.

2. Le roman *Gargantua*…

☐ **a.** est la transposition moderne d'une légende populaire.
☐ **b.** s'apparente à une parodie d'épopée.
☐ **c.** raconte les aventures du fils de Pantagruel.

3. Pourquoi le père de Gargantua rejette-t-il la scolastique pour son fils ?

☐ **a.** Elle favorise un apprentissage mécanique au détriment de la réflexion.
☐ **b.** Les écoles où on la pratique ne peuvent accueillir de géants.
☐ **c.** Cet enseignement cause trop de fatigue à Gargantua.

4. Pour Rabelais, la « bonne éducation » correspond à…

☐ **a.** l'apprentissage des bonnes manières.
☐ **b.** l'initiation à la bonne chère.
☐ **c.** le développement des aptitudes physiques, intellectuelles et morales.

…/4

2 La Bruyère, *Les Caractères* (1688-1696)

→ FICHE 15

1. La Bruyère est connu pour…

☐ **a.** avoir inventé le genre du « caractère ».
☐ **b.** faire partie des moralistes classiques.
☐ **c.** avoir été le précepteur du Dauphin.

2. *Les Caractères* sont…

☐ **a.** une collection de portraits, maximes et réflexions sur la nature humaine.
☐ **b.** un classement des différents profils de la psychologie humaine.
☐ **c.** un recueil de caricatures des contemporains de l'auteur.

3. L'apparence fragmentée de l'œuvre ...

☐ a. n'a pas été voulue par l'auteur.

☐ b. est à l'image de la dispersion qui caractérise l'esprit humain.

☐ c. est apparue à la huitième édition.

4. Quelle est la principale visée de la peinture des hommes dans *Les Caractères* ?

☐ a. L'établissement d'une typologie scientifique.

☐ b. La dénonciation de l'oppression du peuple.

☐ c. L'examen critique de la nature humaine. .../4

3 Olympe de Gouges, *Déclaration des droits de la femme et de la citoyenne* (1791)

→ FICHE 16

1. Olympes de Gouges est connue pour...

☐ a. avoir fondé le mouvement féministe.

☐ b. avoir payé de sa vie son engagement et ses idées.

☐ c. avoir été la première femme politique française.

2. La *Déclaration des droits de la femme et de la citoyenne* relève...

☐ a. d'un texte à valeur légale.

☐ b. d'une utopie.

☐ c. d'un plaidoyer.

3. Ce texte se présente comme...

☐ a. un réquisitoire contre le régime de la Terreur.

☐ b. une parodie de la *Déclaration des droits de l'homme et du citoyen* de 1789.

☐ c. une réécriture critique de la *Déclaration* de 1789.

4. L'œuvre d'Olympe de Gouges a fait date dans l'histoire littéraire car...

☐ a. c'est un texte fondateur de la revendication des femmes à l'égalité avec les hommes.

☐ b. c'est le premier texte littéraire à valeur légale.

☐ c. c'est la première fois qu'une femme se revendiquait auteure à l'égal d'un homme. .../4

Score sur l'œuvre étudiée .../12

Parcours PAS À PAS ou *EXPRESS* ? → MODE D'EMPLOI P. 3

14 Rabelais, *Gargantua* (chapitres XI à XXIV)
Parcours : La bonne éducation

En bref *Dans un premier roman, Rabelais a raconté l'existence de Pantagruel, le fils de Gargantua. Publié en 1534, le deuxième volume,* Gargantua, *narre les aventures du géant éponyme et approfondit le questionnement philosophique, sous une apparence toujours comique. Le récit de l'éducation du héros contribue notamment à la formation du lecteur.*

I Connaître l'œuvre

1 L'auteur et le contexte

- **Érudit de la Renaissance**, François Rabelais a probablement vécu de 1483 à 1553. Il prend l'habit de moine puis devient médecin. Sa vocation littéraire s'affirme tardivement : son premier roman, *Pantagruel*, paraît en 1532, suivi en 1534 par *Gargantua*, qui fait l'objet d'une deuxième édition en 1542.
- Rabelais a acquis une très vaste culture en étudiant notamment les langues et les textes de l'Antiquité ainsi que le corps humain. L'écrivain illustre donc l'**idéal humaniste** qu'il préconise dans son œuvre.

À NOTER
C'est sous le **pseudonyme** d'Alcofribas Nasier (anagramme de ses prénom et nom) que François Rabelais signe *Gargantua*.

2 Structure de l'œuvre

- À l'instar de *Pantagruel*, *Gargantua* est construit comme une parodie d'épopée. Cependant, ce deuxième roman apparaît davantage marqué par l'**esprit satirique** : le comique raille la culture médiévale et promeut les idéaux de l'humanisme.
- Les chapitres XI à XXIV de *Gargantua* sont consacrés à l'enfance et l'éducation du protagoniste principal : cette composition fait écho à la structure des **romans de chevalerie** qui s'ouvraient traditionnellement sur un développement consacré à la formation des héros.

II Comprendre le parcours

1 Un roman de formation

- Aux premiers chapitres de l'œuvre qui rapportent la naissance du géant succèdent ceux, numérotés de XI à XIII, centrés sur les jeux d'enfant de Gargantua, où il manifeste déjà des aptitudes certaines. Les chapitres suivants, jusqu'au vingt-quatrième, narrent son **éducation** en Utopie puis à Paris.
- À l'enseignement sophistique de Thubal Holoferne et de Jobelin Bridé, le père de Gargantua va préférer celui, encyclopédique, du sage Ponocrates.

Rabelais oppose ainsi deux modèles d'éducation : celui des maîtres de la **scolastique** et celui, bien meilleur, d'un précepteur nourri aux idées de l'**humanisme**, telles qu'on les trouve développées chez Érasme dans *De l'éducation des enfants* (1529).

MOT CLÉ
La **scolastique** renvoie à un type d'enseignement médiéval qui favorise une approche abstraite des savoirs, notamment par l'usage de sophismes (raisonnements ayant l'apparence de la vérité).

- L'éducation humaniste favorise le développement de l'**esprit**, en associant connaissances théoriques et savoirs expérimentaux, mais aussi celui du **corps** grâce à des exercices physiques répétés.

2 La « substantifique moelle »

- La bonne éducation se définit d'abord pour Rabelais en réaction à l'« obscurantisme » médiéval. Il s'agit de se défaire des superstitions et des préjugés pour affirmer le **principe de perfectibilité humaine**.
- Le récit de la jeunesse de Gargantua mêle allusions savantes et épisodes grotesques ; il combine références réalistes et détails fantaisistes. Cette ambivalence crée des effets comiques de **décalage** qui amènent finalement le lecteur à réfléchir aux principes d'une éducation réussie.
- Le roman rabelaisien définit moins un modèle d'éducation qu'il ne livre une méthode dans laquelle la **science** s'accompagne toujours de **conscience**, où l'homme éduqué est un individu instruit et un être moralement responsable.

zoOm

Gustave Doré illustre *Gargantua*

Dans sa gravure, Gustave Doré insiste sur le gigantisme des protagonistes à qui il donne une allure bonhomme. De leur côté, les doctes, en charge d'apprendre le monde à Gargantua, apparaissent diminués et peu avenants.

Gustave Doré,
L'Éducation de Gargantua, 1851.

15 La Bruyère, *Les Caractères* (livre XI)

Parcours : Peindre les Hommes, examiner la nature humaine

En bref *Publiés pour la première fois en 1688,* Les Caractères ou les Mœurs de ce siècle *présentent une collection de réflexions, maximes et portraits, qui s'est enrichie au fil des éditions successives. Cette œuvre propose une sorte d'inventaire de l'homme, de ses valeurs et de ses pratiques.*

I Connaître l'œuvre

1 L'auteur et le contexte

- Issu de la bourgeoisie, Jean de La Bruyère (1645-1696) acquiert une charge de trésorier après des études de droit. En 1684, sa carrière connaît une ascension notable : il devient **précepteur** du duc Louis de Bourbon, petit-fils du Grand Condé.
- La Bruyère entre à l'**Académie française** en 1693 et prend le parti des « Anciens », admirateurs et imitateurs de l'Antiquité, dans la « querelle » qui les oppose aux « Modernes », soucieux de renouveler les formes artistiques.

2 Structure de l'œuvre

- Inspirée des *Caractères* du Grec **Théophraste** (372-287 av. J.-C.), l'œuvre de La Bruyère se présente comme une traduction de l'auteur antique, sorte de caution morale et littéraire. Au fil des éditions (1688-1696), La Bruyère y ajoute un mélange original de descriptions, remarques et aphorismes dans le goût de l'époque classique, qui rejoint l'esthétique de la conversation mondaine.
- Au-delà du **désordre** apparent de l'œuvre, de la fragmentation de ses énoncés, certains **regroupements** apparaissent : les livres I à IV dépeignent la psychologie de l'homme (son esprit, son mérite, son cœur) ; les livres V à X proposent une peinture de la société et du pouvoir ; les livres XI à XVI étudient l'homme dans une perspective morale et religieuse.

II Comprendre le parcours

1 La peinture des hommes

- Intitulé « De l'Homme », le livre XI annonce d'emblée son ambition **anthropologique** : le propos est de décrire l'être humain dans ses singularités, ses étrangetés, ses passions et ses faiblesses, de l'enfance à la vieillesse.

MOT CLÉ
L'**anthropologie** est la science qui étudie l'homme dans toutes ses dimensions.

- Dans les salons littéraires, les contemporains tentent de reconnaître ceux qui sont visés par les portraits. Toutefois, les descriptions cherchent à dépasser l'anecdotique pour peindre des caractères, c'est-à-dire des « **types** » universels.

■ Les portraits, en particulier, offrent une observation minutieuse des hommes, émaillée de détails concrets et pittoresques, qui tend à la caricature. Piquante, la description peut virer à la satire et le tableau du genre humain prend parfois des airs de comédie à la façon de Molière.

2 L'examen de la nature humaine

■ Collections d'énoncés sous la forme de fragments, de maximes ou de portraits, *Les Caractères* passent au crible la nature humaine pour en révéler les incohérences, l'émiettement, voire le néant. La Bruyère rejoint ainsi les **moralistes**, de La Rochefoucauld à Pascal.

MOT CLÉ
Un **moraliste** observe et décrit le comportement de ses semblables. S'il cherche à instruire le lecteur, il ne se fait pas pour autant moralisateur.

■ Méthodiques et lucides, les cent-cinquante-huit remarques du livre XI épinglent différents spécimens d'humanité avec leurs traits psychologiques et moraux. Entre discernement et caractérisation, la démarche de l'écrivain rappelle celle des sciences, incarnée notamment par Descartes.

■ La Bruyère instruit son lecteur en cherchant à l'édifier, conformément à la doctrine classique. Mais il fait aussi le procès d'une société en proie aux dysfonctionnements, comme le feront plus tard certains philosophes des Lumières.

zoOm

L'art du portrait au Grand Siècle

Charles Le Brun, *Portrait équestre de Pierre Séguier (1588-1672), chancelier de France*, vers 1660.

Représentant du classicisme en peinture, Charles Le Brun réalise le portrait de son protecteur vers 1660. La mise en scène théâtrale et savamment chorégraphiée rappelle les procédés stylistiques utilisés par La Bruyère dans ses portraits.

16 O. de Gouges, *Déclaration des droits de la femme et de la citoyenne*

En bref

Parcours : Écrire et combattre pour l'égalité

Dans sa Déclaration des droits de la femme et de la citoyenne, *publiée en 1791, Olympe de Gouges revendique pour les femmes des droits égaux à ceux des hommes, au nom de la nature et de la raison. Femme engagée dans le débat politique, elle met sa plume au service du combat pour l'égalité des sexes et des citoyens.*

I Connaître l'œuvre

1 L'auteure et le contexte

■ Marie Gouze naît en 1748 dans une famille de la bourgeoisie provinciale. Jeune veuve, elle gagne Paris au début des années 1770, où elle prend le nom d'Olympe de Gouges. Grâce à son instruction, elle se fait une place dans les salons du temps.

■ Pendant la Révolution, Olympe de Gouges multiplie les écrits pour promouvoir les droits des opprimés. Sa position en faveur de la monarchie constitutionnelle et son hostilité au régime de la Terreur lui valent d'être guillotinée en 1793.

À NOTER
La **Terreur** désigne une période de la Révolution française située entre 1793 et 1794. Elle se caractérise notamment par une justice expéditive à l'égard des personnes suspectées de mettre en danger la République.

2 Structure de l'œuvre

■ Adressée à la reine Marie-Antoinette, la *Déclaration des droits de la femme et de la citoyenne* constitue un pastiche critique de la *Déclaration des droits de l'homme et du citoyen*, présentée au roi Louis XVI et votée le 26 août 1789.

■ L'œuvre d'Olympe de Gouges imite la forme juridique de la *Déclaration* de 1789 : comme le texte original, elle comporte un préambule (exposé d'intentions) et dix-sept articles de loi. L'auteure ajoute un postambule dans lequel elle appelle directement les femmes à s'emparer de leurs droits.

II Comprendre le parcours

1 L'écriture au service de l'égalité des sexes

■ La *Déclaration* rédigée par Olympe de Gouges apparaît d'abord comme le pendant absent de celle de 1789, qui semble ne concerner que les individus masculins. En effet, les femmes de l'époque ne pouvaient ni voter ni exercer de fonctions politiques.

■ Pourtant, le texte ne saurait se réduire à un simple contre-projet : c'est un plaidoyer en faveur de l'égalité des droits qui vise à faire reconnaître un **statut juridique**, **politique et social** aux femmes et à établir la concordance entre les sexes au sein de la nation.

■ Le projet est demeuré sans valeur légale, mais a marqué une étape dans l'histoire de la **pensée féministe**, qui le relie, un siècle plus tôt, au traité de Poullain de La Barre *De l'égalité des deux sexes* (1673) et, à l'époque contemporaine, à l'essai de Simone de Beauvoir, *Le Deuxième Sexe* (1949).

CITATION
« [...] La femme a le droit de monter sur l'échafaud ; elle doit avoir également celui de monter à la tribune [...] » (article X de la *Déclaration des droits de la femme et de la citoyenne*).

2 Une femme engagée

■ À l'instar des écrivains des Lumières, Olympe de Gouges tente de détruire les préjugés. Son discours emprunte aux **ressources de l'art oratoire** : judiciaire, il prend en charge les faits passés en dénonçant les injustices faites aux femmes ; épidictique, il blâme les hommes pour leurs comportements quotidiens ; délibératif, il propose pour l'avenir un nouveau modèle de société égalitaire.

■ De nombreux écrits (pièces de théâtre, brochures...) témoignent des **positions avant-gardistes** de l'auteure sur des sujets variés. Elle réclame ainsi l'égalité des droits pour tous, sans distinction de sexe, de couleur et de revenu, et s'insurge particulièrement contre la traite des esclaves dans les colonies. Elle a également défendu avec énergie les enfants nés hors mariage et privés de droits.

zoOm

La lutte pour le droit de vote des femmes en Angleterre

Plus d'un siècle après Olympe de Gouges, les « suffragettes » militent en Angleterre pour le droit de vote des femmes et réclament d'être reconnues comme des citoyennes à part entière.

Sorti en 2015, le film de Sarah Gavron retrace leur combat, parfois violent, au cours des années 1912-1913.

Affiche du film *Les Suffragettes*, 2015.

MÉMO VISUEL

L'œuvre

***Gargantua* (chapitres XI à XXIV), Rabelais (1534-1542)**

- **Contexte :** l'humanisme se tourne vers l'Antiquité pour repenser la place de l'homme dans la société moderne.
- **Visées :** susciter une pensée critique par le rire, promouvoir les idées humanistes.

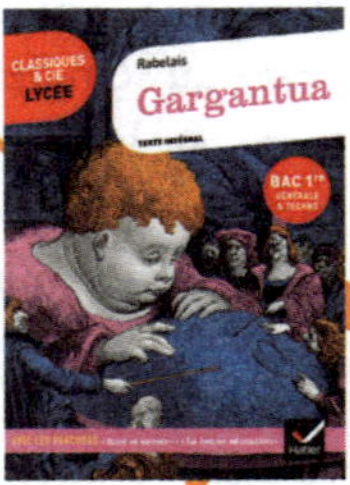

Le parcours

La bonne éducation

- Dans *Gargantua*, Rabelais raille les travers de l'enseignement scolastique et incite à réfléchir aux principes d'une éducation réussie.
- Se fondant sur les idées humanistes, le modèle d'éducation incarné par Ponocrates prône le développement harmonieux de l'esprit et du corps ; il vise la formation d'un être moralement responsable et capable de penser par soi-même.

LES ŒUVRES

L'œuvre

***Déclaration des droits de la femme et de la citoyenne*, Olympe de Gouges (1791)**

- **Contexte :** le mouvement des Lumières promeut l'usage de la raison et il inspire les principes de la Révolution française.
- **Visées :** dénoncer les injustices, défendre les droits des femmes.

Le parcours

Écrire et combattre pour l'égalité

- Pastiche critique de la *Déclaration des droits de l'homme et du citoyen* (1789), l'œuvre d'Olympe de Gouges revendique pour les femmes des droits identiques à ceux des hommes en se fondant sur la nature et la raison.
- Ce premier écrit féministe participe au combat en faveur de l'égalité des droits pour tous, sans distinction de sexe, de couleur ni de revenu.

L'œuvre

Les Caractères **(livre XI), La Bruyère (1688-1696)**

- **Contexte :** sous le règne de Louis XIV, le classicisme conjugue la recherche de l'harmonie esthétique avec une ambition morale.
- **Visées :** dévoiler l'envers du « Grand Siècle », mettre au jour les ressorts de la nature humaine.

Le parcours

Peindre les Hommes, examiner la nature humaine

- Composés de portraits, maximes et aphorismes, *Les Caractères* visent à dépeindre des « types » humains universels, au-delà de l'anecdote plaisante et du détail pittoresque.
- Le livre XI, intitulé « De l'Homme », aboutit à une vision assez pessimiste de la nature humaine et des rapports humains.

AU PROGRAMME

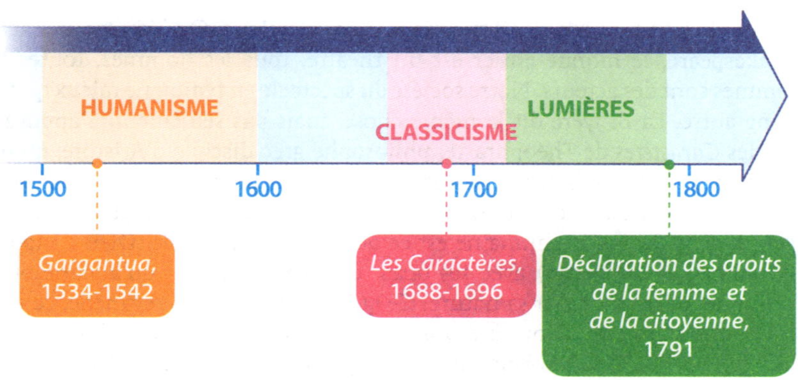

▶ SUJET 3 | OBJECTIF BAC

CONTRACTION/ESSAI ⏱ 4 h

La nature humaine est-elle immuable ?

Ce sujet va vous permettre de réfléchir à la nature humaine et à la conception qu'en avait La Bruyère. L'être humain est-il voué à ne jamais changer ?

LE SUJET

Contraction

Vous résumerez ce texte en 193 mots. Une tolérance de +/– 10 % est admise : votre travail comptera au moins 174 mots et au plus 212 mots.

Vous placerez un repère dans votre travail tous les 50 mots et indiquerez, à la fin de la contraction, le nombre total de mots utilisés.

Essai

Pensez-vous, comme La Bruyère, que la nature humaine est immuable ?

Vous développerez de manière organisée votre réponse à cette question en prenant appui sur le livre XI des *Caractères* de La Bruyère, sur le texte de l'exercice de la contraction et sur ceux que vous avez étudiés dans le cadre de l'objet d'étude « La littérature d'idées du XVIe au XVIIIe siècle ». Vous pourrez aussi faire appel à vos lectures et à votre culture personnelle.

Dans cet entretien, J. M. Delacomptée s'interroge sur l'actualité des Caractères *de La Bruyère et, en particulier, sur l'immuabilité de la nature humaine.*

La vie est un théâtre, affirmait-on à l'âge classique. Ou bien, pour plagier Shakespeare, le monde entier est un théâtre, tous les hommes, toutes les femmes sont des acteurs. Notre société du spectacle en témoigne mieux qu'aucune autre. La Bruyère dit la même chose, mais pas seulement. S'appuyant sur les *Caractères* de Théophraste, philosophe grec disciple d'Aristote, qu'il a traduits pour les présenter en avant-scène de ses propres *Caractères*, il pose comme un fait établi que le cœur de l'homme n'a jamais changé et ne changera jamais. La nature humaine est ce qu'elle est, immuable. Dieu a modelé l'homme (et la femme) avec ses tares[1] et ses vertus, sans qu'aucune puissance ne puisse modifier sa nature. Ce qui peut évoluer, en revanche, ce sont les comportements. D'où le devoir du moraliste, qui consiste à tendre au public, pour qu'il se réforme, un miroir qui reflète parfaitement l'âpre[2] réalité des choses. Dire que le cœur de l'homme reste identique à lui-même en tous lieux, en tout temps, revient à prendre acte de motivations, de réactions, d'attitudes en tous points semblables aujourd'hui à ce qu'elles étaient à l'époque de Théophraste, personnage de l'antiquité, comme de La Bruyère, personnage du XVIIe siècle. Mais revient aussi à condamner les tentatives prométhéennes[3] visant à changer l'homme. Les exemples monstrueux que nous offre l'histoire du XXe siècle valent enseignement définitif. Les comportements peuvent s'améliorer, pas le fond. « Qui a vécu un seul jour, a vécu un siècle, même soleil, même terre, même monde, mêmes sensations, rien ne ressemble mieux aujourd'hui que demain », écrit La Bruyère. À travers le temps, les corps restent les mêmes, comme le soleil et les cœurs. Voici encore, à titre d'illustration, ces lignes de Marguerite Yourcenar dans les *Mémoires d'Hadrien* : « La substance, la structure humaine ne changent guère. Rien de plus stable que la courbe d'une cheville, la place d'un tendon, ou la forme d'un orteil. Mais il y a des époques où la chaussure déforme moins ». Cette moindre déformation, appelons-la le progrès possible. Les mœurs peuvent tantôt régresser, tantôt s'améliorer. Mais la structure, elle, ne bouge pas.

[...]

[La Bruyère] dénonce l'injustice croissante, l'inégalité scandaleuse des conditions de vie, les abus de toutes sortes. Un homme comme lui, profondément chrétien, regardait nécessairement en arrière. Il plaçait le règne de la justice dans l'antiquité biblique, quand la société pastorale, pieusement rassemblée autour de la Loi[4] sous l'autorité des patriarches, respectait l'ordre immémorial des traditions et coutumes. Ce n'est pas prétendre pour autant que l'égalité régnait. Car, observe-t-il avec une lucide assurance, « une certaine inégalité dans les conditions qui entretient l'ordre et la subordination[5], est l'ouvrage de Dieu, ou suppose une loi divine : une trop grande disproportion, et telle qu'elle se remarque parmi les hommes, est leur ouvrage, ou la loi des plus forts ». Ce qui caractérise l'espèce humaine, c'est l'outrance[6], qui confine à la déraison alors même que l'homme se croit supérieur aux animaux par l'exercice de la raison. Cette croyance se révèle un leurre[7] : le propre de l'homme est de se méconnaître, de s'aveugler sur sa valeur. Par nature il n'est ni bon, ni juste, ni honnête, ni généreux, mais menteur, présomptueux[8], infidèle, avide, etc. Et cela depuis toujours, avec toutefois une aggravation continue.

Aux yeux du moraliste qu'était La Bruyère, la vie à la Cour comme à la Ville ne cessait de se dégrader. Pour lui c'était mieux avant, « au temps de nos pères », selon l'expression consacrée qu'on retrouve par exemple chez Montaigne, auquel il se réfère et qu'il admire assez pour s'aventurer à le pasticher[9] avec un incroyable brio. L'époque le consterne[10], l'effondrement de tous les principes moraux le scandalise. Assistant à l'irrésistible promotion de la bourgeoisie d'affaires, il constate avec effarement[11] la violence du culte de l'argent, la cruauté des misères, l'énormité des disparités de destins. La situation vous paraît-elle très différente de celle qui prévaut aujourd'hui ? La cupidité sans bornes, l'égoïsme vorace, le narcissisme qui s'exhibe à tout va, l'obscénité du cynisme étalé, les écarts de fortune insensés, le goût effréné du pouvoir, le matérialisme le plus plat, le plus vain, en sommes-nous délivrés ?

Notre époque souffre beaucoup moins que celle de La Bruyère, elle est infiniment moins dure, nettement moins sauvage, mais s'ils sont moins brutaux, les travers qu'il dénonce subsistent en sous-main.

« Chez La Bruyère, la nature humaine est immuable »,
entretien avec Jean-Michel Delacomptée ;
propos recueillis par ©Paul Sugy/lefigaro.fr/06/09/2019.

1. Tares : défauts. **2.** Âpre : pénible, déplaisante. **3.** Prométhéennes : du personnage mythologique, Prométhée, qui vola aux dieux le feu sacré pour le donner aux hommes.
4. La Loi : désigne les commandements donnés par Dieu au peuple juif dans la Bible.
5. Subordination : état de dépendance. **6.** Outrance : excès. **7.** Leurre : illusion.
8. Présomptueux : qui a une trop haute opinion de soi. **9.** Pasticher : imiter le style d'un écrivain.
10. Consterne : désole. **11.** Effarement : stupéfaction.

LES CLÉS POUR RÉUSSIR

Analyser le texte à contracter

Énonciation	Texte à la 3e personne
Thèse	Comme La Bruyère, l'auteur soutient que le cœur de l'homme n'a jamais changé et ne changera jamais. Seuls les comportements humains peuvent évoluer.
Composition	**1.** La nature humaine a été définie une fois pour toute et le moraliste doit inciter les hommes à améliorer la seule chose qui peut l'être : leurs mœurs. (l. 1-29, paragraphe 1) **2.** La Bruyère considère que l'homme se méprend sur sa véritable nature et accroît les injustices et les inégalités à cause de ses excès. (l. 31-47, paragraphe 2) **3.** L'auteur des *Caractères* dénonce la déchéance morale des hommes de son temps. Ces travers restent d'actualité même si la société contemporaine est moins dure que celle du XVIIe siècle. (l. 48-62, paragraphe 3)

Chercher des idées pour l'essai

1. La nature humaine : caractères permanents, apparences variables

- Cherchez des traits qui vous semblent permanents dans la nature humaine à toutes les époques.
- Donnez des exemples en vous appuyant notamment sur les caractères décrits par La Bruyère.

2. La perfectibilité : un trait essentiel de l'homme

- Demandez-vous quelle peut être l'ambition du moraliste ou de l'écrivain qui examine la nature humaine et peint la comédie sociale.
- Cherchez ce qui peut amener l'homme à modifier sa nature. Quelles activités peuvent encourager ses progrès ?

LE CORRIGÉ

Contraction

Fin observateur de la comédie sociale, **La Bruyère** considère que la nature humaine a été fixée pour toujours avec ses qualités et ses défauts. À l'inverse, les mœurs peuvent changer.

> **À NOTER**
> La Bruyère n'a pas le statut d'exemple dans le texte : il sert d'**argument** et de support à la réflexion. Il doit donc être mentionné dans votre contraction.

Le moraliste a donc pour fonction de renvoyer à ses contemporains une image fidèle de leurs travers pour les inciter [50] à corriger leurs comportements. Seuls ces derniers sont susceptibles d'amélioration. Tous les efforts pour modifier le cœur de l'homme sont voués à l'échec car son fond reste immuable.

Se référant à un idéal biblique, La Bruyère condamne les injustices et les abus des hommes de son temps. Si [100] l'inégalité peut trouver sa source dans une volonté divine, son accroissement considérable au fil des siècles est d'origine humaine. En effet, l'homme se définit par ses excès bien plus que par l'usage de sa raison, et il ne cesse de s'illusionner sur sa nature.

L'[150]auteur des *Caractères* jugeait sévèrement son époque marquée par le creusement des inégalités économiques et le cynisme des plus riches. La toute-puissance de l'argent et le culte du moi ont-ils disparu aujourd'hui ? Si les mœurs se sont adoucies, les défauts de l'homme demeurent.

(197 mots)

Essai

Les titres des parties ne doivent pas apparaître sur votre copie.

[introduction] À l'époque classique, les moralistes entreprennent de décrire à travers leurs œuvres le cœur de l'homme : la nature humaine s'y trouve dépeinte sans fards et se révèle dans toute sa complexité. Doit-on penser, à la suite de La Bruyère, l'auteur des *Caractères*, que la nature humaine est immuable ? Pour le déterminer, nous nous demanderons d'abord si nous pouvons distinguer chez l'être humain des traits permanents, en dépit de comportements très variés à travers les âges. Puis, nous nous interrogerons sur la capacité de l'homme à s'améliorer et sur ses conséquences.

1. La nature humaine : caractères permanents, apparences variables

Au-delà de l'instabilité des apparences, s'affirment, à travers les siècles, des **caractères** qui nous semblent immuables chez l'adulte aussi bien que chez l'enfant : de nos jours, les enfants « rient et pleurent facilement », « ont des joies immodérées et des afflictions amères sur de très petits sujets » (*Les Caractères*, remarque 50), comme ceux qui vivaient au temps de La Bruyère. Par ailleurs, la « férocité avec laquelle les hommes traitent d'autres hommes », que le moraliste évoque dans la remarque 127, apparaît toujours, hélas, d'actualité.

L'outrance, l'**excès**, semble être une autre caractéristique de la nature humaine : elle « confine à la déraison » ainsi que l'explique Jean-Michel Delacomptée dans son entretien accordé au *Figaro*. Dans sa remarque 124, La Bruyère campe le portrait de « N** », un homme qui, en dépit de la maladie, multiplie les grands travaux à l'excès : « Ce n'est pas pour ses enfants qu'il bâtit, car il n'en a point [...] : c'est pour lui seul, et il mourra demain. » Le moraliste dénonce ainsi la vanité de l'ambition déraisonnable qu'il a pu observer chez ses contemporains.

De nos jours, nombreuses sont les personnalités issues de la téléréalité qui, pour soutenir une **notoriété** fraîchement acquise, se donnent en spectacle sur les réseaux sociaux. Pour attirer l'attention du public, elles se livrent à des excès de tous ordres – langagiers, esthétiques, comportementaux – qui leur garantissent une visibilité.

La Rochefoucauld, autre moraliste du Grand Siècle, a consacré plusieurs séries de maximes à l'**amour-propre** qu'il définissait comme un trait essentiel de l'homme. Ce point de vue nous paraît toujours pertinent car le culte du moi s'observe plus que jamais à l'heure d'Instagram où chaque cliché est l'occasion de se mettre en scène, de valoriser son mode de vie, ses dernières vacances ou de vanter ses talents, à grand renfort de cadrages et de filtres flatteurs.

Ainsi, sur son compte Instagram *les.caractères*, la comédienne et scénariste Lison Daniel renoue-t-elle avec la tradition classique en proposant des portraits de **types contemporains** : Jérôme le coach sportif, Gaëtan le professeur de théâtre, Rébecca la trentenaire parisienne... Derrière de multiples filtres déformants, se retrouvent les mêmes travers que ceux pointés par son illustre prédécesseur littéraire. Ainsi, Julien de Marseille « désire au-delà de sa portée » comme Télèphe dans *Les Caractères* (remarque 141).

DES POINTS EN +
N'hésitez pas à convoquer des **références contemporaines** qui manifestent votre capacité à relier les textes étudiés en classe à l'actualité.

Doit-on considérer dès lors que les écrits des moralistes ne sont voués qu'à décrire un organe « vide et plein d'ordure », comme l'écrit Pascal dans ses *Pensées* ? Aucun progrès n'est-il envisageable pour le cœur humain ?

2. La perfectibilité : un trait essentiel de l'homme

Si l'on peut discerner des traits permanents chez les hommes, il nous semble néanmoins que l'aptitude de l'être humain à **s'améliorer** constitue l'une de ses caractéristiques essentielles. Dans son traité intitulé *Émile ou De l'éducation*, le philosophe des Lumières Jean-Jacques Rousseau affirme que la capacité de l'homme à **se perfectionner**, à évoluer, le hisse au-dessus de la condition animale. La perfectibilité serait ainsi inscrite dans la nature humaine et apparaîtrait comme l'instrument même de sa réforme. Cette qualité proprement humaine s'observe notamment dans le domaine du sport : par l'entraînement, l'effort, la volonté, le sportif améliore ses performances et ses résultats. Il peut également acquérir un statut de modèle aux yeux des plus jeunes et les encourager dans la voie du perfectionnement.

▸ En nous invitant à porter un regard clairvoyant sur nous-mêmes, la **littérature** peut nous engager à devenir meilleurs. L'ambition du moraliste, par exemple, est de nous faire prendre conscience de nos défauts, mais c'est également l'objectif qui anime un dramaturge tel que Molière lorsqu'il offre une satire des travers humains afin d'inciter l'homme à se corriger. Nous pouvons retrouver la même intention chez un romancier qui fait écho à la fragilité et à la plasticité de l'homme à travers le parcours initiatique d'un héros et ses péripéties.

▸ Pour autant, il ne s'agit pas de nier notre nature première et immuable mais d'en cultiver une seconde, celle de notre **être social**. C'est, pour l'homme, l'occasion de développer des vertus morales telles que la modestie ou la tempérance, souvent louées par les écrivains.

▸ L'**éducation** joue, dans ce domaine, un rôle primordial : par la transmission de savoirs et de valeurs, l'apprentissage de savoir-faire et de manières d'être, le développement du corps et la culture de l'esprit, l'homme perfectionne sa nature et développe ses talents. C'est ainsi que la politesse, par exemple, qui pourrait être perçue comme une attitude hypocrite par La Bruyère, manifeste plutôt notre capacité à vivre dans le respect mutuel.

▸ Dans le champ de la création, l'**art** n'est pas une somme d'artifices, mais un reflet de l'intelligence et de la sensibilité humaines. Il constitue bien la preuve que nous sommes capables d'aller au-delà de notre nature, de notre instinct et de nos pulsions négatives pour atteindre le Beau.

[conclusion] En conclusion, la nature humaine semble bien présenter des traits constants dans le temps. Pourtant, la perfectibilité s'affirme également comme un trait propre à l'homme. Les écrivains, les sportifs, les artistes, aussi différents soient-ils, sont bien les témoins d'une humanité qui cherche à s'élever au-dessus de son état et de son caractère immuable. Même l'artifice, tant décrié par La Bruyère, peut avoir une fonction positive chez certains écrivains. Dans un texte intitulé « Éloge du maquillage », publié dans *Le Peintre de la vie moderne*, Baudelaire soutient ainsi que l'artifice permet de corriger les imperfections de la nature pour s'approcher de la Beauté.

CONSEIL
Vous pouvez terminer votre devoir par une **ouverture** en proposant une référence à un auteur.

Le roman et le récit, du Moyen Âge au XXI

5 Le récit : histoire littéraire et outils d'analyse

TEST

Pour vous situer et identifier les fiches à réviser 100

FICHES DE COURS

EXERCICES & CORRIGÉS

TESTEZ-VOUS

→ CORRIGÉS P. 308-309

Faites le point sur vos connaissances puis établissez votre **parcours de révision** en fonction de votre score.

1 Connaître les caractéristiques du récit

→ FICHE 17

1. Quelles sont les caractéristiques d'un récit ?

- ☐ **a.** Il a un début et une fin.
- ☐ **b.** Il respecte l'ordre chronologique.
- ☐ **c.** Il raconte des faits inventés.
- ☐ **d.** Il comporte des personnages et des péripéties.

2. Pour étudier le système des personnages dans un récit, qu'étudie-t-on ?

- ☐ **a.** le schéma actanciel
- ☐ **b.** le schéma narratif
- ☐ **c.** le schéma logique

…/2

2 Le récit, du Moyen Âge au XVIIIe siècle

→ FICHE 18

1. Associez chaque auteur à son siècle.

Rabelais •	• Moyen Âge
Mme de La Fayette •	• XVIe siècle
Montesquieu •	• XVIIe siècle
Chrétien de Troyes •	• XVIIIe siècle

2. Qu'est-ce qu'un roman épistolaire ?

- ☐ **a.** un roman publié après la mort de son auteur
- ☐ **b.** un roman composé de correspondances
- ☐ **c.** un roman philosophique

…/2

3 Le récit au XIXe siècle

→ FICHE 19

1. Quelles sont les caractéristiques du roman réaliste ?

- ☐ **a.** Il est souvent écrit à la 3e personne.
- ☐ **b.** Il met en scène des personnages ordinaires.
- ☐ **c.** Il est souvent autobiographique.
- ☐ **d.** Il est très documenté.
- ☐ **e.** Il comporte peu de descriptions.

2. Associez chaque auteur au courant littéraire auquel il appartient.

Zola •	• romantisme •	• Hugo
Balzac •	• réalisme •	• Stendhal
Flaubert •	• naturalisme •	• Maupassant

.../2

4 Le récit depuis le XXe siècle

→ FICHE 20

1. Reliez chaque œuvre à son auteur.

La Peste •	• Vian
La Condition humaine •	• Malraux
L'Écume des jours •	• Camus
Nadja •	• Breton

2. Quelles sont les caractéristiques du Nouveau roman ?

- ☐ a. Il s'inspire du roman réaliste.
- ☐ b. Il perturbe la chronologie linéaire.
- ☐ c. Il déconstruit le personnage traditionnel.

.../2

5 Analyser un extrait de récit

→ FICHE 21

1. Lisez l'extrait et cochez les propositions qui conviennent.

En même temps qu'il passait, elle leva la tête ; il fléchit involontairement les épaules ; et, quand il se fut mis plus loin, du même côté, il la regarda.

Flaubert, *L'Éducation sentimentale*, 1869.

a. Il s'agit d'un texte : ☐ descriptif ☐ narratif.

b. Il est écrit : ☐ au présent ☐ au passé, ☐ à la 1re personne ☐ à la 3e personne.

c. Le point de vue est : ☐ interne ☐ externe ☐ omniscient.

2. Quels sont les trois outils les plus pertinents pour analyser l'extrait suivant ?

Qu'est-ce que je deviendrai, et qu'est-ce que vous voulez que je fasse ? Je me trouve bien éloignée de tout ce que j'avais prévu : j'espérais que vous m'écririez de tous les endroits où vous passeriez, et que vos lettres seraient fort longues.

Guilleragues, *Lettres portugaises*, 1669.

- ☐ a. l'énonciation
- ☐ b. la focalisation
- ☐ c. les temps et les modes des verbes
- ☐ d. le discours rapporté

.../2

Score total .../10

17 Les écritures narratives

En bref *Le terme récit englobe plusieurs genres qui correspondent à des formes d'écriture narrative différentes et qui dépendent étroitement du contexte historique et littéraire.*

I Les genres du récit

Il existe un grand nombre de genres et sous-genres du récit. On peut les répartir en quatre grandes catégories :

- **Le récit de fiction** dans lequel le narrateur (à ne pas confondre avec l'auteur) raconte une histoire fictive à la première ou à la troisième personne. Ce type de récit peut se présenter sous forme longue (roman) ou courte (nouvelle).
- **Les écritures narratives à la première personne**, dans lesquelles le « je » qui raconte est en même temps le narrateur, l'auteur et le personnage principal (autobiographie, journal intime) ou témoin prenant une part importante à l'histoire (mémoires).
- **La littérature de voyage**, qui relate un voyage réellement effectué par l'auteur.
- **Les chroniques**, qui rapportent chronologiquement des événements du réel.

II Les caractéristiques de l'écriture narrative

1 La structure

- Tout récit développe une intrigue qui a un début et une fin et se construit sur une **succession de péripéties**.
- Le récit de fiction respecte généralement les **cinq étapes du schéma narratif** : la situation initiale ; l'élément perturbateur ; les péripéties ; le dénouement ; la situation finale.

> **À NOTER**
> L'**enchâssement** de récits secondaires peut venir complexifier la structure du récit principal.

- Dans un roman, l'**incipit** introduit l'action, dresse le décor, donne le ton. Dans un récit non fictif, l'auteur crée un pacte de lecture, en énonçant plus ou moins clairement ses intentions (dire la vérité, relater des événements vécus, témoigner). Dans les deux cas, il s'agit d'instaurer une relation privilégiée avec le lecteur.

2 Les personnages

Le récit ne peut se passer de personnages, qu'ils soient fictifs ou réels.

- Dans un récit, les personnages tissent un réseau de relations. Le **schéma actantiel** en rend compte : le héros, ou **sujet**, cherche à atteindre un but, l'**objet**. Dans cette **quête**, il rencontre des aides, les **adjuvants**, et des obstacles, les **opposants**.

La quête est commanditée par un émetteur, le destinateur, au bénéfice d'un destinataire qui juge de sa réussite ou de son échec.

- On peut aussi étudier les personnages selon un système de valeurs.

À NOTER
Certains personnages sont tellement associés à la **valeur** qu'ils représentent que leur nom devient un nom commun. Ex. : *C'est un vrai rastignac.* (= un arriviste, du nom du héros de Balzac).

III L'importance du contexte

Les récits diffèrent en fonction de la réalité historique qui les voit naître. Mais ils ne donnent pas seulement à voir la réalité d'une époque, ils en proposent une interprétation. Ainsi, le voyageur dans la Lune de Cyrano de Bergerac, auteur français du XVIIe siècle, et les voyageurs interstellaires de Bradbury, auteur américain du XXe siècle, entreprennent un voyage bien différent : ils s'inscrivent dans des esthétiques distinctes et révèlent des interrogations humaines propres à leur époque respective.

zoOm

Le roman graphique

Le Rapport de Brodeck, Manu Larcenet, 2015.

Le roman graphique mêle littérature et bande dessinée. Le dessinateur Manu Larcenet met en images le roman de Philippe Claudel, *Le Rapport de Brodeck*.

18 Le récit, du Moyen Âge au XVIIIe siècle

En bref *Durant cette période, le récit connaît une grande évolution, de la chanson de geste au roman libertin, de la naissance du roman à l'anti-roman.*

I Du Moyen Âge au XVIe siècle : l'émergence du genre romanesque

1 Le Moyen Âge et la naissance du roman

- Le terme « roman » naît au XIIe siècle pour désigner un récit écrit en langue romane, et non plus en latin : il s'agit de chansons de geste, récits des aventures d'un chevalier.
- L'auteur le plus connu est alors Chrétien de Troyes : il s'inspire de la légende du Graal et du cycle arthurien pour écrire cinq romans en vers, dont *Perceval ou le Conte du Graal* qui raconte la quête spirituelle du chevalier Perceval.

2 Le XVIe siècle : le récit au service de l'humanisme

L'esprit de la Renaissance et de l'humanisme s'exprime dans les trois grands romans de Rabelais, *Pantagruel*, *Gargantua* et *Le Tiers Livre*. Derrière le burlesque et les aventures extraordinaires de deux géants, le lecteur est amené à réfléchir sur la guerre, la religion, l'accès au savoir…

II Au XVIIe siècle : préciosité, baroque et classicisme

- Le roman pastoral (*L'Astrée* d'Honoré d'Urfé, 1607-1628) met en scène des bergers et des bergères dont les conversations reprennent celles des salons précieux.
- Le roman héroïque et précieux montre des héros idéalisés impliqués dans des épopées et intrigues complexes. *Artamène ou le Grand Cyrus* (1649-1653) de Georges et Madeleine de Scudéry en est l'illustration.

> **MOT CLÉ**
> La **préciosité** se caractérise par un raffinement extrême du comportement, des idées et du langage.

- Le roman baroque foisonne d'exubérance et de rebondissements. On peut citer *L'Autre Monde ou les États et Empires de la Lune et du Soleil* (1657) de Cyrano de Bergerac, qui narre un voyage fantaisiste et philosophique dans la Lune et le Soleil.
- Le roman réaliste et satirique dresse le tableau des mœurs de l'époque. Il en va ainsi du *Roman comique* (1651-1657) de Paul Scarron.
- Le roman d'analyse s'attache à décrire les variations de la passion. Il relève d'une esthétique classique, à l'image de *La Princesse de Clèves* de Madame de Lafayette (1678), récit bref qui oppose passion et raison à la cour du roi Henri II vers 1550. L'analyse psychologique du personnage en fait un roman moderne.

III Au XVIIIe siècle : les écritures du « je » et l'esprit de provocation

1 Le récit à la première personne

- **Le roman picaresque**, hérité d'un genre né en Espagne au XVIe siècle, raconte les aventures d'un *picaro* (personne en marge de la société). Lesage écrit *Les Aventures de Gil Blas de Santillane* (1715) dont le héros voyageur part à la recherche d'aventures plus ou moins honnêtes.
- **Le roman-mémoires** donne la parole à des personnages de fiction qui racontent, à la première personne, les étapes de leur vie, et notamment leur ascension sociale (Marivaux, *Le Paysan parvenu,* 1735, et *La Vie de Marianne,* 1731-1741) ou leur déchéance (l'abbé Prévost, *L'Histoire de Des Grieux et de Manon Lescaut,* 1731).
- **Le roman épistolaire** croise la correspondance de plusieurs épistoliers fictifs : deux voyageurs persans dans les *Lettres persanes* de Montesquieu (1721), un couple de libertins et leurs « victimes » dans *Les Liaisons dangereuses* de Laclos (1782). L'absence de narrateur donne au récit une apparence d'objectivité.

2 L'anti-roman

Certains auteurs, tel Diderot dans *Jacques le fataliste* (1796), interrogent le genre romanesque pour le contester : on parle d'**anti-roman**. Le dialogue de Jacques et de son maître, sans cesse entrecoupé par des apostrophes au lecteur, rappelle l'illusion de la convention romanesque et empêche toute adhésion au récit.

zoOm

Le roman médiéval

Les « romans » du cycle arthurien, copiés à la main, sont richement illustrés : les illustrations viennent rehausser le texte pour rendre encore plus marquants actions et personnages. Dans ce manuscrit du XVe siècle, on voit Lancelot combattre les dragons gardant l'entrée du Val sans retour.

Lancelot combattant les dragons du Val sans retour, v. 1404-1460.

19 Le récit au XIXe siècle

En bref *Romantique, réaliste ou naturaliste, le XIXe siècle est le siècle du roman.*

I Les grands courants littéraires

1 Le temps du romantisme

- Le récit romantique met souvent en scène **un héros en conflit avec la société**, qui s'en exclut par l'exil, (*René*, Chateaubriand, 1801) ou par un caractère hors du commun (*Corinne*, Madame de Staël, 1807).
- Le héros romantique est le plus souvent un **être passionné** chez qui domine une souffrance intime qui s'exprime dans l'affirmation d'un **« je » omniprésent.**
- Le romantisme peut **s'inspirer de l'Histoire** : les troubles de 1789, les campagnes de Napoléon, le retour de la monarchie et ses épisodes révolutionnaires, fournissent une riche matière. *Les Misérables* (1862) de Victor Hugo lui donnent une **dimension sociale**.

2 Une réaction : le réalisme

- À la subjectivité du « je » romantique, le réalisme oppose la volonté d'observer et représenter le réel avec **objectivité**, scrutant la société et ses travers.
- Dans *La Comédie humaine* (1830-1856), **Balzac** dresse un panorama de la société de son temps en créant des personnages représentatifs de tous les milieux. Ceux de **Stendhal** sont pris dans l'histoire contemporaine (*Le Rouge et le Noir* est sous-titré *Chronique de 1830*). Ceux de **Flaubert** appartiennent à la bourgeoisie provinciale (*Madame Bovary*, 1857) ou parisienne (*L'Éducation sentimentale*, 1869).
- Les romans réalistes sont souvent **romans d'apprentissage**. Ils retracent des **destins individuels** de héros dans une société cruelle qui les refuse (Julien Sorel chez Stendhal), dont ils profitent (Bel-Ami chez Maupassant), ou dont ils ne comprennent pas le fonctionnement (Frédéric Moreau chez Flaubert).

> **CITATION**
> « Un roman est un miroir qui se promène sur une grande route. Tantôt il reflète à vos yeux l'azur des cieux, tantôt la fange des bourbiers... » (Stendhal)

3 Une prolongation : le naturalisme

- Dans le prolongement du réalisme, le récit naturaliste, qui a pour chef de file **Émile Zola**, se veut le **compte-rendu méthodique et documenté** de la réalité sociale de la fin du siècle.
- Le romancier pose un **œil scientifique** sur son personnage qui devient le cobaye d'une expérimentation visant à montrer que l'homme est déterminé par son contexte et son hérédité (*Le Roman expérimental*, Zola, 1893).

II Des influences transversales

1 Le rôle du progrès

- Dès 1836, les journaux, en plein essor, conquièrent un lectorat plus grand grâce à la publication de **romans-feuilletons**. De nombreux auteurs se prêtent à ce nouveau genre, parmi lesquels Alexandre Dumas, Eugène Sue, Balzac, Zola.
- L'**industrialisation** et les **découvertes scientifiques** fournissent de la matière aussi bien aux récits d'anticipation de Jules Verne qu'aux romans naturalistes de Zola.

2 L'attrait pour le voyage

- Que ce soit pour **découvrir un monde premier** (Chateaubriand, *Atala*, 1801), un **pays proche** (Stendhal, *Chroniques italiennes*, 1855), ou un **ailleurs exotique** (Flaubert, *Salammbô*, 1862), les romans du XIXe siècle font voyager les lecteurs.
- Tout au long du siècle, les écrivains publient leurs **carnets et récits de voyage** : *L'Itinéraire de Paris à Jérusalem* (Chateaubriand, 1811), *Voyage en Orient* (Nerval, 1851), *Le Désert* (Pierre Loti, 1895)…

3 Le goût du fantastique

Le goût du fantastique traverse le siècle : on le trouve aussi bien dans la période romantique (romantisme noir), que dans le réalisme (Balzac, Maupassant, Gautier, Mérimée). Le suspense et l'inquiétude suscités par le fantastique se coulent souvent dans le format bref de la **nouvelle**.

zoOm

Le réalisme en peinture

Gustave Courbet, *Un enterrement à Ornans*, 1849-1850.

Le peintre Gustave Courbet est le chef de file du réalisme en peinture. Il fait de son tableau *Un Enterrement à Ornans* (1849-1850) le manifeste de ce mouvement, à la fois pictural et littéraire.

20 Le récit depuis le XXe siècle

En bref *Le XXe siècle remet en question les fondements et les codes du roman : le traitement de l'intrigue et du personnage romanesque est renouvelé.*

I Un renouveau

1 Repenser le roman

- La vision subjective et le monologue intérieur renouvellent la forme du récit. Dans *À la Recherche du temps perdu* (1913-1927) de Marcel Proust, le personnage et son destin cèdent la place à un « je » intériorisé.
- Certains auteurs interrogent la forme même du roman. Ainsi, dans *Les Faux-monnayeurs* (1925), André Gide met en abyme le travail de l'écrivain par une construction complexe faite d'emboîtements d'intrigues et d'une multiplicité de points de vue.

2 Interroger le sens de l'existence

- Les romans prenant pour thème les deux Guerres mondiales révèlent un homme englué dans des événements qu'il ne maîtrise pas : c'est le cas de Bardamu chez Céline (*Voyage au bout de la nuit,* 1932).
- L'homme dans toute sa détresse et le héros démythifié se rejoignent dans les personnages clochardisés de Beckett (*Molloy*, 1951), incapables d'action dans un monde dénué de sens.
- Si les romans de Camus (*L'Étranger*, 1942), et de Sartre (*La Nausée*, 1938), sont porteurs du sentiment de l'absurde, d'autres s'interrogent sur la portée de l'engagement de l'homme dans le monde, comme *La Condition humaine* (Malraux 1933) ou *La Peste* (Camus 1947).

II Des expérimentations

1 Le Nouveau Roman

Dans les années 1950-1970, le Nouveau Roman veut se détacher de la représentation du réel et remet en cause les codes du roman.

- Sarraute (*L'Ère du soupçon*, 1956) refuse l'effet « trompe-l'œil », qui, sous prétexte de vouloir rendre le réel, détourne le lecteur de la « vérité profonde » de l'être.
- Robbe-Grillet (*Pour un nouveau roman*, 1963) refuse le personnage traditionnel et toute utilisation du réel comme support d'une intrigue.
- Michel Butor (*L'Emploi du temps*, 1956) se joue de la chronologie par de constants allers et retours entre le passé et le présent.

2 L'influence du surréalisme et de l'Oulipo

La vision surréaliste et le jeu avec les contraintes de l'Oulipo vivifient la création romanesque. André Breton (*Nadja*, 1928), Queneau (*Zazie dans le métro,* 1959), Boris Vian (*L'Écume des jours,* 1947), **poétisent le réel et se jouent des mots et de la langue.** Perec se donne comme contrainte d'écrire un récit de 300 pages (*La Disparition*, 1969) sans utiliser la lettre *e*.

III Le mélange de genres

■ **L'écriture autobiographique** reparaît mais dans des formes renouvelées : Nathalie Sarraute (*Enfance,* 1983) l'écrit sous forme de dialogue avec elle-même ; Georges Perec, (*W ou le souvenir d'enfance,* 1975) alterne une fiction écrite lors de son adolescence et le récit de son enfance écrit au présent.

■ **L'autofiction,** hybride de roman et d'autobiographie, utilise la fiction pour accéder à la connaissance de soi. De nombreux auteurs s'y essaient, parmi lesquels Modiano avec *Dora Bruder* (1997).

■ **La « non-fiction narrative »** tient à la fois du reportage, du documentaire et du récit romancé. *L'Adversaire* (1993), d'Emmanuel Carrère, récit d'un sinistre fait divers et du parcours de l'écrivain pour essayer de comprendre le criminel, en est un bon exemple.

CITATION
« Depuis dix ans, on ne cesse de m'interroger sur la part de fiction qui entre dans mes livres. Or cette part de fiction, elle est nulle. » (Emmanuel Carrère)

zoOm

Marguerite Duras, de la littérature au cinéma

Marguerite Duras (1914-1996) se fait connaître par le roman autobiographique *Un Barrage contre le pacifique* (1950) et par l'*Amant*, prix Goncourt 1984. Passant d'un genre à l'autre, elle reprend son roman *Vice-consul* (1966) sous forme théâtrale, *India song* (1973), puis sous forme cinématographique en 1975.

Marguerite Duras, *India Song*, 1975.

21 Analyser un extrait de récit

En bref *Après une première lecture, quelles sont les questions à se poser pour mieux comprendre un extrait de récit et dégager des axes d'analyse ?*

Étape 1 Situer et caractériser l'extrait

1 Quelle est la tonalité de l'extrait ?

Reconnaissez-vous **une tonalité dominante** (lyrique, comique, argumentative…) et **des procédés d'écriture** (choix du vocabulaire, syntaxe…) qui pourraient inscrire l'extrait dans un courant littéraire ou dans une époque ? Aidez-vous aussi des informations données par le paratexte.

2 Quelle est la fonction de l'extrait ?

- Déterminez le **rôle de l'extrait dans l'intrigue** : s'agit-il de faire avancer l'action (scène d'action, de rencontre, dialogue…) ou de donner des informations sur le cadre ou les personnages (flashback, description…) ?
- S'il s'agit du début du récit (**incipit**), vous devrez en tenir compte dans votre étude. Celui-ci joue en effet un **rôle spécifique** : il installe un cadre spatio-temporel, suggère une action à venir, ou présente un personnage.

> **CONSEIL**
> Essayez de **résumer l'extrait** en une phrase pour faire ressortir l'enjeu principal : que se passe-t-il ?

Étape 2 Étudier la narration

1 Qui raconte ?

Le narrateur est **celui qui raconte** : il peut être **intérieur ou extérieur au récit**.

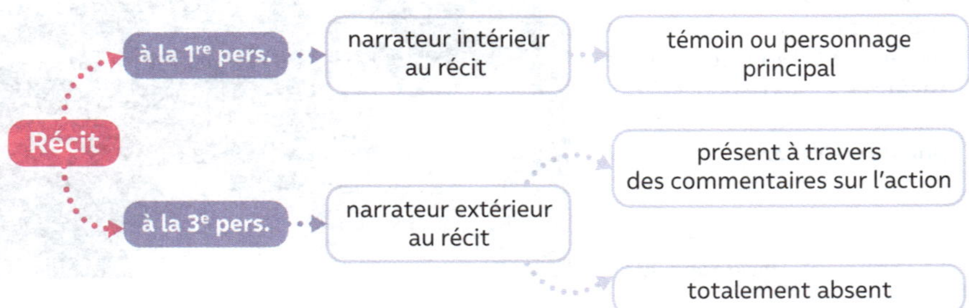

2 Quel est le point de vue du narrateur ?

Pour raconter l'histoire, le narrateur adopte un point de vue ou focalisation.

Focalisation externe	Le narrateur semble découvrir le personnage en même temps que le lecteur.
Focalisation zéro	Le narrateur est omniscient ; il connaît tout du personnage : son passé, son futur, ses pensées…
Focalisation interne	Le lecteur voit à travers le regard du personnage. Le narrateur s'efface pour laisser son personnage décrire, raconter…

Étape 3 Analyser le traitement du temps

- Déterminez le moment de la narration par rapport au moment des faits. Le récit est souvent rétrospectif : les événements sont racontés au passé. Ils peuvent aussi être racontés au présent, au fur et à mesure de leur déroulement. Ils sont rarement racontés par anticipation avant leur déroulement effectif.
- Demandez-vous également si l'ordre chronologique est respecté ou s'il est perturbé par des analepses (retours en arrière) ou des prolepses (anticipation).
- Étudiez enfin le rythme du récit en comparant la durée des faits (F) et la durée de la narration (N). On distingue plusieurs cas de figures :
  - N = F (scène) ;
  - N > F (pause) ;
  - N < F (sommaire) ;
  - N = 0 (ellipse).

EXEMPLE
Un dialogue constitue une **scène**, tandis qu'une description constitue une **pause**. Une indication comme « Trois années s'écoulèrent » est une **ellipse** et « Elle voyagea pendant plusieurs mois » un **sommaire**.

Étape 4 Analyser les personnages et le cadre

- Analysez les personnages et la manière dont ils sont présentés. Leur nom donne-t-il des informations (caractère, origine sociale, époque) ? Quels types de relations entretiennent-ils ? S'il s'agit d'un portrait, est-il physique et/ou moral, élogieux ou dépréciatif ?
- Les éléments du décor apportent-ils une information sur le personnage, sur celui qui décrit ? La description des lieux a-t-elle une valeur symbolique ou réaliste ?

CONSEIL
Dans une description, soyez attentifs à **l'ordre** dans lequel les éléments sont décrits et aux **effets de zoom**.

LE RÉCIT DU MOYEN Â

Les mots clés

Pour identifier l'extrait

- **genre du récit :** roman d'analyse, roman d'apprentissage, récit, roman social, autobiographie, mémoires, récit de voyage…
- **type de texte :** narratif, descriptif, dialogue
- **fonction :** exposition (incipit), scène d'action, scène de rencontre, dénouement (excipit)

Pour caractériser la narration

- **narrateur :** personnage, témoin, extérieur à l'histoire
- **point de vue (focalisation) :** interne, externe, omniscient
- **ordre de la narration :** ordre chronologique, analepse, prolepse
- **rythme :** sommaire, ellipse, scène, pause

Quelques œuvres clés à connaît

Moyen Âge et XVIe siècle

- *Perceval ou le Conte du Graal*, Chr. de Troyes (1182-1190)
- *Gargantua*, Rabelais (1534)

XVIIe siècle

- *Le Roman comique*, Scarron (1651-1657)
- *La Princesse de Clèves*, Mme de Lafayette (1678)

XVIIIe siècle

- *Lettres persanes*, Montesquieu (1721)
- *L'Histoire de Des Grieux et de Manon Lescaut*, abbé Prévost (1731)
- *Les Liaisons dangereuses*, Ch. de Laclos (1782)

La méthode

Comment analyser un extrait de récit ?

1. Situer l'extrait dans le récit, indiquer **sa fonction**
2. Analyser la **narration** (statut du narrateur, point de vue)
3. Étudier le traitement du **temps** (ordre des événements, rythme)
4. Caractériser les **personnages** (statut, relations, émotions, buts…)
5. Identifier la ou les **visées** du texte

AU XXIe SIÈCLE

Les principaux courants

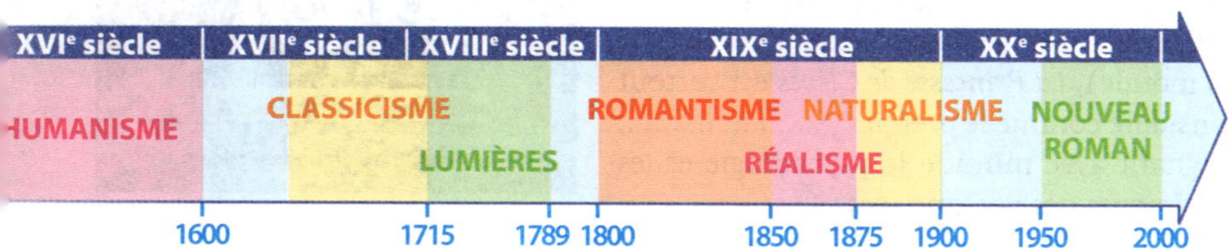

XIXe siècle

- *Le Rouge et le Noir*, Stendhal (1830)
- *Le Père Goriot*, Balzac (1835)
- *Les Misérables*, Hugo (1843-1862)
- *Madame Bovary*, Flaubert (1857)
- *Germinal*, Zola (1885)

XXe siècle

- *À la recherche du temps perdu*, Proust (1906-1922)
- *Voyage au bout de la nuit*, Céline (1932)
- *L'Étranger*, Camus (1942)
- *L'Amant*, Duras (1984)

EXERCICES

La Princesse de Clèves, Mme de Lafayette (1678)

→ FICHE 18

1 Complétez ce texte avec les mots proposés.

préciosité • roman d'apprentissage • tragédie classique • roman historique • roman d'analyse • roman-fleuve

- Se démarquant du .... en vogue au XVIIe siècle, Mme de Lafayette choisit un format plus court, celui de la nouvelle, pour raconter la passion malheureuse entre la Princesse de Clèves et le duc de Nemours. Elle emprunte à la .... sa structure et ses thèmes (la passion, la jalousie...) et à la .... son traitement fin des sentiments et son style élégant et délicat.
- À la fois .... (l'intrigue se déroule au milieu du XVIe siècle, à la cour d'Henri II) et .... (on suit Mme de Clèves de son arrivée à la cour à son retrait du monde), *La Princesse de Clèves* est surtout considéré comme le premier ...., peignant avec minutie la psychologie et les sentiments des personnages.

2 Lisez l'extrait et répondez aux questions.

Après son mariage avec M. de Clèves, Mme de Clèves se rend à un bal à la cour du roi Henri II. Elle y fait la rencontre de M. de Nemours...

> Le bal commença ; et, comme elle dansait avec M. de Guise, il se fit un assez grand bruit vers la porte de la salle, comme de quelqu'un qui entrait et à qui on faisait place. Madame de Clèves acheva de danser ; et, pendant qu'elle cherchait des yeux quelqu'un qu'elle avait dessein de prendre, le roi lui cria de prendre celui qui arrivait. Elle se tourna, et vit un homme qu'elle crut d'abord ne pouvoir être que M. de Nemours, qui passait par-dessus quelque siège pour arriver où l'on dansait. Ce prince était fait d'une sorte qu'il était difficile de n'être pas surprise de le voir, quand on ne l'avait jamais vu ; surtout ce soir-là, où le soin qu'il avait pris de se parer augmentait encore l'air brillant qui était dans sa personne : mais il était difficile aussi de voir madame de Clèves pour la première fois sans avoir un grand étonnement.

M. de Nemours fut tellement surpris de sa beauté, que, lorsqu'il fut proche d'elle, et qu'elle lui fit la révérence, il ne put s'empêcher de donner des marques de son admiration. Quand ils commencèrent à danser, il s'éleva dans la salle un murmure de louanges. Le roi et les reines se souvinrent qu'ils ne s'étaient jamais vus, et trouvèrent quelque chose de singulier de les voir danser ensemble sans se connaître. Ils les appelèrent quand ils eurent fini, sans leur donner le loisir de parler à personne, et leur demandèrent s'ils n'avaient pas bien envie de savoir qui ils étaient, et s'ils ne s'en doutaient point.

Mme de Lafayette, *La Princesse de Clèves,* 1678.

Mme de Clèves | M. de Nemours | Les deux personnages

1. Expliquez l'importance du regard dans cette première rencontre.

2. Observez les mots surlignés : comment Mme de Lafayette suggère-t-elle la réciprocité du coup de foudre entre les deux personnages ?

INFO
La rencontre amoureuse, ou scène de première vue, est un *topos* de la littérature romanesque.

3 Prolongement artistique et culturel.

1. Avez-vous lu des scènes de première rencontre dans d'autres romans ? Si oui, lesquelles ?

2. Jean Delannoy a réalisé une adaptation cinématographique de *La Princesse de Clèves*. Comparez le photogramme ci-dessous à l'extrait précédent : le jugez-vous fidèle à l'atmosphère de l'extrait ? Justifiez.

Jean Delannoy, *La Princesse de Clèves* (1961), scène du bal

Les Liaisons dangereuses, Laclos (1782)

→ FICHE 18

4 Lisez ce résumé de l'œuvre puis cochez les affirmations correctes.

La marquise de Merteuil et le vicomte de Valmont se donnent mutuellement comme but de pervertir les prudes, les innocentes, et les chevaliers naïfs. Dans les lettres qu'ils échangent, ils racontent leurs exploits amoureux et l'avancée de leurs stratagèmes. Mais le vicomte de Valmont, pris à son propre piège, tombe amoureux de celle que la marquise de Merteuil lui avait demandé de déshonorer.

- ☐ **a.** Il s'agit d'un roman épistolaire.
- ☐ **b.** Madame de Merteuil est la narratrice du roman.
- ☐ **c.** Les deux personnages principaux veulent pervertir les libertins.
- ☐ **d.** Le lecteur suit l'histoire à travers les récits des différents personnages.
- ☐ **e.** Les deux personnages principaux sont cyniques et manipulateurs.

5 Lisez l'extrait et répondez aux questions.

Le vicomte de Valmont est parvenu à ses fins : la prude Madame de Tourvel a cédé à ses avances. Il raconte sa victoire à la marquise de Merteuil.

> Ce n'est donc pas, comme dans mes autres aventures, une simple capitulation plus ou moins avantageuse, et dont il est plus facile de profiter que de s'enorgueillir ; c'est une victoire complète, achetée par une campagne pénible, et décidée par de savantes manœuvres. Il n'est donc pas surprenant que ce succès, dû à moi seul, m'en devienne plus précieux ; et le surcroît de plaisir que j'ai éprouvé dans mon triomphe, et que je ressens encore, n'est que la douce impression du sentiment de la gloire. Je chéris cette façon de voir, qui me sauve l'humiliation de penser que je puisse dépendre en quelque manière de l'esclave même que je me serais asservie ; que je n'aie pas en moi seul la plénitude de mon bonheur ; et que la faculté de m'en faire jouir dans toute son énergie soit réservée à telle ou telle femme, exclusivement à toute autre.
>
> Ces réflexions sensées régleront ma conduite dans cette importante occasion ; et vous pouvez être sûre que je ne me laisserai pas tellement enchaîner, que je ne puisse toujours briser ces nouveaux liens, en me jouant et à ma volonté.

Légende :
- champ lexical de la guerre
- surévaluation du « je »

Choderlos de Laclos, *Les Liaisons dangereuses*, lettre 125, 1782.

1. En vous aidant des repérages effectués, expliquez comment la métaphore guerrière est filée dans cet extrait.

2. Montrez que, malgré toutes ses dénégations, Valmont est conscient de la difficulté qu'il y a à rester en position de force dans la relation de séduction, relation qu'il compare au rapport maître/esclave.

À NOTER
Conquête amoureuse et conquête guerrière : la scène de séduction est souvent racontée en termes de victoire *versus* capitulation.

6 Faire des liens avec d'autres œuvres.

1. Cette conception conflictuelle de la relation amoureuse vous semble-t-elle propre à Valmont, ou en avez-vous rencontré d'autres exemples au cours de vos lectures ?

2. Le tableau de Fragonard intitulé *Le Verrou* est très souvent utilisé pour illustrer *Les Liaisons dangereuses* : pourriez-vous dire pourquoi ?

Fragonard, *Le Verrou*, 1777.

Le Rouge et le Noir, Stendhal (1830)

→ FICHE 19

7 Choisissez la proposition qui convient.

1. *Le Rouge et le Noir* raconte l'histoire de Julien Sorel, jeune homme pauvre et ambitieux que le narrateur suit dans ses conquêtes sociales et amoureuses.
On parle de ☐ roman picaresque ☐ roman d'analyse ☐ roman d'apprentissage.

2. *Le Rouge et le Noir* (sous-titré *Une chronique de 1830*) a pour cadre la France sous la Restauration. On y croise différents milieux : la bourgeoisie de province, l'aristocratie parisienne, le clergé. C'est une caractéristique du ☐ baroque ☐ romantisme ☐ réalisme.

3. *Le Rouge et le Noir* est aussi un grand roman sur l'amour contrarié qui finit de manière tragique. Cela fait de Julien Sorel ☐ **un héros romantique** ☐ **un anti-héros** ☐ **un héros burlesque**.

4. Julien Sorel voue une grande admiration à ☐ **Napoléon Ier** ☐ **Louis XIV** ☐ **Rousseau** ☐ **Camus**.

8 **Lisez l'incipit du roman et répondez aux questions.**

> La petite ville de Verrières peut passer pour l'une des plus jolies de la Franche-Comté. Ses maisons blanches avec leurs toits pointus de tuiles rouges, s'étendent sur la pente d'une colline, dont des touffes de vigoureux châtaigniers marquent les moindres sinuosités. Le Doubs coule à quelques centaines de pieds au-dessous de ses fortifications, bâties jadis par les Espagnols, et maintenant ruinées. [...]
>
> À peine entre-t-on dans la ville que l'on est étourdi par le fracas d'une machine bruyante et terrible en apparence. Vingt marteaux pesants, et retombant avec un bruit qui fait trembler le pavé, sont élevés par une roue que l'eau du torrent fait mouvoir. Chacun de ces marteaux fabrique, chaque jour, je ne sais combien de milliers de clous. Ce sont de jeunes filles fraîches et jolies qui présentent aux coups de ces marteaux énormes les petits morceaux de fer qui sont rapidement transformés en clous. Ce travail, si rude en apparence, est un de ceux qui étonnent le plus le voyageur qui pénètre pour la première fois dans les montagnes qui séparent la France de l'Helvétie. Si, en entrant à Verrières, le voyageur demande à qui appartient cette belle fabrique de clous qui assourdit les gens qui montent la grande rue, on lui répond avec un accent traînard : *Eh ! elle est à M. le maire.*
>
> Pour peu que le voyageur s'arrête quelques instants dans cette grande rue de Verrières, qui va en montant depuis la rive du Doubs jusque vers le sommet de la colline, il y a cent à parier contre un qu'il verra paraître un grand homme à l'air affairé et important.

adjectifs évaluatifs
expression répétée

Stendhal, *Le Rouge et le Noir* (incipit), 1830.

1. Montrez que cet incipit suit le cheminement du voyageur.

2. En vous aidant notamment des repérages effectués, analysez la description de la fabrique de clous : en quoi vous semble-t-elle caractéristique d'un récit réaliste ?

À NOTER

L'incipit, qui ouvre le récit, est un moment clé : il pose le décor, les personnages, donne le ton, situe l'action. Il doit toujours être analysé avec soin.

CORRIGÉS

La Princesse de Clèves, Mme de Lafayette (1678)

1 Se démarquant du **roman-fleuve** en vogue au XVIIe siècle, Mme de Lafayette choisit un format plus court, celui de la nouvelle, pour raconter la passion malheureuse entre la Princesse de Clèves et le duc de Nemours. Elle emprunte à la **tragédie classique** sa structure et ses thèmes (la passion, la jalousie…) et à la **préciosité** son traitement fin des sentiments et son style élégant et délicat.

À la fois **roman historique** (l'intrigue se déroule au milieu du XVIe siècle, à la cour d'Henri II) et **roman d'apprentissage** (on suit Mme de Clèves de son arrivée à la cour à son retrait du monde), *La Princesse de Clèves* est surtout considéré comme le premier **roman d'analyse**, peignant avec minutie la psychologie et les sentiments des personnages.

2 **1.** Le bal est un spectacle dans lequel chacun cherche à **voir** et à **se faire voir**. Le récit s'organise autour de deux personnages qui se voient et sont vus. Tout est **apparence**. Mais le verbe *voir* est repris en écho dans le verbe *savoir* (dernière ligne), qui implique une réelle connaissance l'un de l'autre, prochaine étape du récit.

2. **Réciprocité**, car les mêmes expressions se répètent d'un personnage à l'autre (ils ont les mêmes caractéristiques et les mêmes réactions) ; le pronom sujet devient complément d'objet, et réciproquement ; le *il* et le *elle* se confondent dans le *ils*.

3 **1.** Pensez, par exemple, à la scène de rencontre entre Julien Sorel et Mme de Rênal (Stendhal, *Le Rouge et le Noir*, 1830), tout en focalisation interne : on découvre Julien Sorel par le regard de Mme de Rênal, et réciproquement. Vous pouvez aussi évoquer la rencontre entre Frédéric Moreau et Madame Arnoux dans *L'Éducation sentimentale* de Flaubert (1869).

> **À NOTER**
> La découverte amoureuse de l'autre par le regard est le passage obligé du « coup de foudre ».

2. On retrouve les trois personnages du texte. Le roi est au centre ; il fait l'intercesseur entre M. de Nemours à droite et la princesse à gauche. Les deux jeunes gens, somptueusement (et symboliquement) vêtus de blanc, se regardent et se découvrent. Ils se détachent de la foule qui observe la scène et regarde les personnages qui se regardent.

Les Liaisons dangereuses, Laclos (1782)

4 Réponses **a**, **d**, **e**.

- La réponse **b** est fausse car il s'agit d'un roman épistolaire, il y a donc autant de narrateurs que d'épistoliers.
- La réponse **c** est fausse car les deux personnages principaux sont les libertins.

5 **1.** Deux antonymes réciproques (« capitulation » et « victoire ») précèdent deux termes techniques propres à la **stratégie militaire** accompagnés par les adjectifs attendus (les *manœuvres* sont toujours *savantes* et une victoire n'est belle que si la *campagne* a été *pénible*). La métaphore se termine par une belle gradation évoquant une **victoire militaire** : « succès », « triomphe », « gloire ».

2. La phrase complexe qui clôt le premier paragraphe énonce **trois pièges** dans lesquels pourrait tomber tout séducteur. Mais en même temps que Valmont explique la stratégie qu'il a mise au point pour s'en garder, il montre combien son garde-fou, « cette façon de voir », est factice car la raison (« ces réflexions sensées ») est pure construction intellectuelle ; elle se brisera contre la passion.

6 **1.** Passant du récit au théâtre, on ne peut que penser à la fameuse tirade de Dom Juan (Molière, *Dom Juan*, 2) dans laquelle il fait l'éloge de l'inconstance et se compare à Alexandre le Grand.

2. Le tableau de Fragonard donne lieu à deux interprétations différentes : scène amoureuse peignant le désir des deux amants, ou scène de viol, l'homme fermant le verrou et la femme essayant de l'en empêcher ? C'est cette **ambiguïté** même qui est au cœur de l'intrigue des *Liaisons dangereuses* : le libertin est celui qui révèle à la prude le désir qu'elle ressent mais qu'elle ne veut pas s'avouer.

Le Rouge et le Noir, Stendhal (1830)

7 **1.** roman d'apprentissage. **2.** réalisme. **3.** un héros romantique. **4.** Napoléon Ier et Rousseau.

8 **1.** Il suffit de suivre l'organisation du texte en trois paragraphes pour remarquer que le narrateur suit le chemin du « voyageur » qui découvre d'abord la ville de très loin (l. 1-6), puis se rapproche jusqu'à entendre les bruits de la fabrique de clous (l. 7-19). Il arrive enfin dans la grande rue, où il s'adresse à un des habitants (discours direct) et en aperçoit un autre (sans doute le maire). Le narrateur est-il ce voyageur (présence discrète du « je », l. 11) ?

2. La précision de la description et la répétition de l'expression « en apparence » traduisent le **souci d'exactitude** de l'auteur, caractéristique du roman réaliste. L'évocation du travail difficile des ouvrières ajoute une **dimension sociale**. Les adjectifs utilisés se répondent de manière antithétique (« bruyante et terrible » / « fraîches et jolies » ; « énormes » / « petits » ; « rude » / « belle »), apportant ainsi un **regard critique** propre au réalisme.

Le roman et le récit

6 Les romans et récits au programme

TEST

FICHES DE COURS

SUJETS GUIDÉS & CORRIGÉS

OBJECTIF BAC

OBJECTIF MENTION

TESTEZ-VOUS

→ CORRIGÉS P. 308-309

Faites le point sur vos connaissances puis établissez votre **parcours de révision** en fonction de votre score.

1 Madame de Lafayette, *La Princesse de Clèves* (1678)

→ FICHE 22

1. Madame de Lafayette a vécu…

☐ a. au siècle de Louis XIV.

☐ b. au siècle d'Henri II.

☐ c. au siècle de Charles X.

2. La Princesse de Clèves rencontre le duc de Nemours…

☐ a. au cours d'un tournoi.

☐ b. au cours d'un dîner.

☐ c. au cours d'un bal.

3. Pour mieux lutter contre son amour pour lui, elle fait un choix étonnant :

☐ a. elle prend un autre amant.

☐ b. elle le jette dans les bras d'une autre femme.

☐ c. elle avoue à son époux ses sentiments coupables.

4. À l'époque classique, les auteurs ont pour préoccupation…

☐ a. de guider l'individu vers le bonheur et la liberté.

☐ b. d'éduquer le lecteur en lui proposant des modèles de bonne morale.

☐ c. de représenter l'homme dans toute sa perfection.

…/4

2 Jules Verne, *Voyage au centre de la Terre* (1864)

→ FICHE 23

1. Jules Verne est considéré comme un précurseur …

☐ a. de l'astrologie.

☐ b. du fantastique.

☐ c. de la science-fiction.

2. Quelle découverte est à l'origine du voyage ?

☐ a. un manuscrit runique du XIIe siècle

☐ b. un parchemin du XVIe siècle

☐ c. des ossements préhistoriques

3. Combien de temps les personnages passent-ils sous terre ?

- ☐ a. 2 semaines
- ☐ b. 2 mois
- ☐ c. 2 ans

4. Quelle est la tonalité d'un texte qui vise à instruire le lecteur ?

- ☐ a. épique
- ☐ b. tragique
- ☐ c. didactique

5. Dans *Voyage au centre de la Terre*, Jules Verne :

- ☐ a. fait une plongée dans le passé.
- ☐ b. explore l'avenir.
- ☐ c. analyse le présent.

…/5

3 Nathalie Sarraute, *Enfance* (1983)

→ FICHE 24

1. À quel courant littéraire Nathalie Sarraute appartient-elle ?

- ☐ a. l'absurde
- ☐ b. le surréalisme
- ☐ c. le Nouveau roman

2. Quels sont les deux pays dans lesquels elle a grandi ?

- ☐ a. la France et l'Allemagne
- ☐ b. la France et la Russie
- ☐ c. la France et l'Angleterre

3. Quelle est la particularité du récit *Enfance* ?

- ☐ a. Il se présente comme un dialogue.
- ☐ b. Il mélange réalité et fiction.
- ☐ c. Il repose sur une chronologie inversée.

4. *Enfance* évoque :

- ☐ a. la Belle Époque.
- ☐ b. la Première Guerre mondiale.
- ☐ c. la Seconde Guerre mondiale.
- ☐ d. les années 1960.

5. Lequel de ces genres n'est pas autobiographique ?

- ☐ a. les mémoires
- ☐ b. les confessions
- ☐ c. l'épopée

…/5

Score sur l'œuvre étudiée …/…

Parcours PAS À PAS ou *EXPRESS* ? → MODE D'EMPLOI P. 3

22 Mme de Lafayette, *La Princesse de Clèves*

Parcours : Individu, morale et société

En bref *Publié en 1678,* La Princesse de Clèves *est considéré comme le premier roman d'analyse psychologique. Mme de Lafayette y évoque les tourments de la passion amoureuse dans le microcosme de la cour d'Henri II, à travers des personnages déchirés entre leur devoir moral et leurs sentiments.*

I Connaître l'œuvre

1 L'auteur et le contexte

■ Femme de lettres renommée, **Mme de Lafayette** (1634-1693) a fréquenté les salons et s'est liée avec de grands auteurs tels que Mme de Sévigné et La Rochefoucauld. Influencée par la **préciosité** et passionnée d'histoire, elle a publié plusieurs récits, notamment *L'Histoire de la princesse de Montpensier* (1662) et *Zaïde* (1669).

MOT CLÉ
La **préciosité** est une tendance littéraire qui se développe au XVIIe siècle et cherche le raffinement dans le langage et les sentiments.

■ Mme de Lafayette rédige *La Princesse de Clèves* en pleine époque classique, sous Louis XIV. Cependant, l'intrigue du roman se déroule au siècle précédent, l'année de la mort d'Henri II (1559). La cour de ce roi incarne l'esprit de la Renaissance. Par son raffinement et ses fêtes fastueuses, mais aussi par ses intrigues, elle présente bien des similitudes avec celle du Roi-Soleil.

2 Résumé de l'œuvre

■ À la cour d'Henri II, **Mademoiselle de Chartres**, une belle personne éduquée à la vertu par sa mère, fait vive impression. Elle épouse **le prince de Clèves**, qu'elle respecte mais dont elle ne partage pas les sentiments. Au cours d'un bal, elle rencontre **le duc de Nemours** : ils tombent sous le charme l'un de l'autre.

■ Fidèle à son éducation, la princesse fait tout pour **combattre sa passion**. Par honnêteté, elle avoue à son époux ses raisons de fuir la cour, sans mentionner le nom de celui qui la déstabilise.

■ M. de Clèves finit par arracher **un aveu** à sa femme auquel le duc assiste, caché. Sachant qu'il est aimé, le duc cherche en vain à se rapprocher de la princesse. Consumé par **la jalousie**, M. de Clèves meurt, mais son épouse choisit de lui rester fidèle.

II Comprendre le parcours

1 Maîtriser ses passions

■ La princesse de Clèves a reçu par son éducation un **penchant pour l'honnêteté et la vertu.** Une fatalité fait cependant naître dans son cœur un **amour interdit**.

Elle choisit de combattre cette passion et de sacrifier son bonheur personnel à la morale qui lui impose la fidélité à son époux. Elle va même au-delà de ses obligations, à la fois en lui avouant les sentiments coupables qu'elle réprime et en lui restant fidèle après sa mort, ce qui la rend admirable et exemplaire.

- Après chaque événement marquant, la romancière détaille les sentiments des personnages qui s'interrogent sur leur trouble et sur la conduite à adopter face à la violence de leur passion. Ces moments d'introspection tissent au fil du roman une analyse psychologique qui permet d'explorer la conscience humaine.

2 Affronter la société de la cour

- La cour est présentée comme un univers social dangereux, fait de luttes de pouvoir, de secrets et d'intrigues. Chacun y est constamment observé et doit régler son attitude pour préserver les apparences. Madame de Clèves dissimule ses émotions pour sauver sa réputation : passer pour infidèle aux yeux de la cour est un péril social aussi grand que le péril moral de l'être véritablement.
- Le roman contient plusieurs récits enchâssés, relatant les histoires de Madame de Valentinois, de Madame de Tournon, d'Anne de Boulen et du Vidame de Chartres. Ces récits ont une valeur didactique pour la princesse de Clèves, en l'instruisant sur la duplicité des hommes, le caractère trompeur des apparences ou les ravages de la jalousie. Ils l'aident à régler sa propre conduite au sein de la cour.

MOT CLÉ
Un **récit enchâssé** est un récit dans le récit. L'un des personnages prend la parole pour raconter une histoire.

zoOm

Une réécriture moderne

Dans le film *La Belle personne*, Christophe Honoré transpose l'intrigue de *La Princesse de Clèves* dans l'univers contemporain d'un lycée parisien : la belle Junie se lie à Otto, mais tombe ensuite sous le charme de Nemours, son professeur d'italien…

Cette réécriture moderne témoigne du caractère intemporel de l'œuvre de Mme de Lafayette.

La Belle personne, de Christophe Honoré, 2008.

23 Verne, *Voyage au centre de la Terre*

Parcours : Science et fiction

En bref *Publié en 1864,* Voyage au centre de la Terre *est l'un des premiers romans de Jules Verne. Il s'appuie sur des connaissances minéralogiques et paléontologiques précises. La science vient nourrir la fiction pour offrir au lecteur une formidable plongée dans le passé de la planète.*

I Connaître l'œuvre

1 L'auteur et le contexte

■ Jules Verne (1828-1905) est considéré comme un précurseur de la **science-fiction**. Il connaît le succès en 1863 avec *Cinq semaines en ballon* : c'est le début d'un cycle de **80 récits d'aventure** (*Les Voyages extraordinaires*), nourris de ses voyages, de sa fascination pour la mer et de sa passion pour la science.

> **MOT CLÉ**
> La **science-fiction** est un genre narratif qui construit le récit sur des avancées scientifiques effectives ou envisageables dans un futur plus ou moins proche.

■ C'est alors en Europe l'époque de la **révolution industrielle** : l'agriculture et les transports se modernisent (chemin de fer, bateau à vapeur), l'industrie se développe, et les découvertes scientifiques inspirent les romanciers (électricité, électromagnétisme, théorie de l'évolution de Darwin…).

2 Résumé de l'œuvre

■ Otto **Lindenbrock**, **professeur de minéralogie** à Hambourg, découvre dans un vieux manuscrit islandais un parchemin codé du XVIe siècle. Aidé de son neveu **Axel**, **le narrateur,** il parvient à le déchiffrer : l'alchimiste Arne Saknussemm y indique l'existence d'un chemin **vers le centre de la Terre**.

> **À NOTER**
> Cette thématique est également au cœur du roman *Laura, Voyage dans le cristal* de George Sand, publié peu avant celui de Jules Verne.

■ Axel et le professeur, accompagnés du fidèle Hans, débutent leur expédition dans **le cratère du Sneffels**, en Islande. Ni les dangers, ni le manque d'eau, ni les doutes d'Axel n'arrêtent le professeur.

■ Les aventuriers parviennent à **une mer souterraine**, et croisent des **monstres marins** en tentant sa traversée sur un radeau, mais un orage les ramène sur la rive. Ils parcourent alors une plaine d'ossements puis une forêt peuplée d'**animaux préhistoriques**.

■ Ils s'engouffrent ensuite dans une galerie, bouchée par un rocher. En le faisant exploser, ils sont entraînés vers les profondeurs, puis repoussés à la surface par une **éruption volcanique**, pour atterrir sur les pentes du Stromboli, en Sicile.

II Comprendre le parcours

1 La science au cœur de la fiction

MOT CLÉ
La tonalité **didactique** vise à instruire le lecteur par un discours savant, bien construit, énonçant avec rigueur la vérité sur un sujet.

- Les sciences sont omniprésentes dans le roman de Verne, lui donnant un caractère **didactique**. Les personnages savants ne manquent jamais une occasion d'expliquer des phénomènes, de discuter des théories.
- Ces exposés scientifiques ne sont cependant pas dépourvus de poésie : les énumérations de noms de minéraux bercent le lecteur par leur musicalité, et le regard émerveillé d'Axel sur les cavités souterraines inspire des descriptions fascinantes.
- Dans *Voyage au centre de la Terre*, contrairement à la plupart des romans de science-fiction, la science ne permet pas une projection vers le futur, mais une plongée dans le passé.

2 La science comme moteur de la fiction

- À l'origine du voyage se trouve la remise en question d'une théorie physique, celle de la chaleur centrale de la Terre. La science est donc l'un des éléments déclencheurs de la quête des personnages, et lorsqu'ils rencontrent des difficultés, c'est l'esprit scientifique du professeur, avide de découvertes, qui permet de les dépasser.
- Pour Axel, le voyage scientifique est aussi un voyage initiatique. Peu audacieux au début du roman, il bénéficie de la gloire des découvertes de son oncle, et se trouve finalement digne d'épouser Graüben.

zoOm

Quand la science va trop loin…

Comme le professeur Lindenbrock, les savants de fiction oublient souvent les dangers de leurs expériences. C'est le cas de Victor Frankenstein, qui crée un être vivant monstrueux à partir de chairs mortes.

Frankenstein, de James Whale (1931), adapté du roman de Mary Shelley (*Frankenstein ou le Prométhée moderne*, 1818).

24 Sarraute, *Enfance*

Parcours : Récit et connaissance de soi

En bref *Publié en 1983,* Enfance *est un récit autobiographique. Nathalie Sarraute y raconte les premières années de sa vie. Le récit prend la forme d'un dialogue, où une deuxième voix vient interroger la narratrice pour garantir l'authenticité du souvenir et accéder à une connaissance de soi précise et juste.*

I Connaître l'œuvre

1 L'auteur et le contexte

- Née en 1900 à Ivanovo et morte à Paris en 1999, Natalia Ilinitchna Tcherniak a grandi entre la France et la Russie, partagée entre ses parents divorcés. Avocate, elle est contrainte par les lois anti-juives à renoncer à exercer sa profession en 1940.
- Elle se consacre alors à la littérature et devient l'une des grandes figures du **Nouveau roman**, dont elle expose les principes dans son essai *L'Ère du soupçon* (1956).

MOT CLÉ
Mouvement littéraire des années 1950-60, **le Nouveau roman** remet en question les notions de personnage et d'intrigue du roman traditionnel.

- *Enfance* évoque les années qui précèdent la Première Guerre mondiale. En France, c'est la Belle Époque, une période de prospérité et d'insouciance, assombrie toutefois par l'esprit de revanche qui subsiste contre l'Allemagne depuis la guerre de 1870. En Russie, le climat est tendu : le régime du tsar Nicolas II est menacé, et l'Okhrana, sa police politique secrète, traque les révolutionnaires. Le père de Nathalie Sarraute est contraint de s'exiler en France.

2 Résumé de l'œuvre

- Natacha, surnommée Tachok, vit d'abord à Paris puis à Saint Pétersbourg avec sa mère et le nouvel époux de celle-ci, Kolia ; elle passe ses vacances avec son père, en France ou en Russie. Elle évoque des anecdotes, ses peurs d'enfant, sa fascination pour les mots, les « idées » saugrenues qui surgissent dans son esprit…
- Puis Nathalie revient vivre à Paris, chez son père et sa nouvelle épouse Véra. Les relations avec cette dernière sont difficiles, notamment après la naissance d'une petite sœur, Lili, qui fait l'objet de favoritisme.
- Nathalie s'épanouit cependant à l'école communale, où ses talents d'écrivain se révèlent. Le récit s'achève au moment où elle entre au lycée Fénelon.

II Comprendre le parcours

1 Récit et dialogue

■ Pour Nathalie Sarraute, le récit bien organisé est suspect ; c'est un artifice littéraire qui ne permet pas d'appréhender avec justesse la **matière floue et fluctuante du souvenir.** Son **autobiographie** prend donc la forme d'un **dialogue**.

> **MOT CLÉ**
> L'**autobiographie** est un récit de vie où l'auteur, le narrateur et le personnage sont une seule et même personne.

■ La **première voix** raconte les souvenirs d'enfance. Elle est sans cesse interrompue et questionnée par une **seconde voix**, plus critique, qui pousse la narratrice à préciser les événements, à analyser ses émotions et à corriger les inexactitudes. Ce **dédoublement** est nécessaire pour parvenir à la vérité.

2 Saisir l'insaisissable

■ Dans ses ouvrages, Nathalie Sarraute s'intéresse aux « **tropismes** » :

> Ce sont des mouvements indéfinissables, qui glissent très rapidement aux limites de notre conscience ; ils sont à l'origine de nos gestes, de nos paroles, des sentiments que nous manifestons, que nous croyons éprouver et qu'il est possible de définir.
>
> Nathalie Sarraute, *Tropismes*, 1939.

En relatant des anecdotes de son enfance, la narratrice plonge au cœur de ces phénomènes et met en évidence **les émotions vives** qui se dégagent de **micro-événements**.

■ Le récit autobiographique met ainsi en évidence **la complexité des relations humaines** : la distance qui se creuse entre Nathalie et sa mère, la froideur de Véra qui frôle parfois la méchanceté, la complicité avec son père...

■ Enfin, la plongée dans le passé permet à la narratrice de revenir **aux sources de sa vocation d'écrivain**. Ses souvenirs révèlent son amour des mots et de l'écriture.

zoOm

L'autoportrait

Ce **double autoportrait** a été peint par Frida Kahlo (1907-1954) après sa séparation avec le peintre Diego Rivera. Il présente, à gauche, une Frida divorcée, fragile, au cœur écorché et, à droite, une Frida épouse, forte, masculine, venant soutenir de son cœur sain la douleur de son double.

Frida Kahlo, *Les Deux Frida*, 1939.

MÉMO VISUEL

LES ŒUVRES

L'œuvre

***La Princesse de Clèves*, Mme de Lafayette (1678)**

- **Genre :** nouvelle historique
- **Mouvement :** classicisme
- **Thème :** les tourments amoureux
- **Visées :** décrire le fonctionnement de l'amour, étudier la lutte entre vertu et passion

Le parcours

Individu, morale et société

- L'intrigue s'inscrit dans l'univers mondain de la cour royale : lieu de tous les raffinements, c'est aussi le lieu de l'hypocrisie et de la dissimulation.
- Le récit analyse avec précision les sentiments amoureux : il donne à voir l'intériorité des personnages et la difficulté de leurs choix moraux face à une société étouffante.

L'œuvre

***Enfance*, Sarraute (1983)**

- **Genre :** écrit autobiographique
- **Mouvement :** Nouveau Roman
- **Thème :** souvenirs d'enfance
- **Visées :** évoquer avec justesse des souvenirs d'enfance, reconstituer le travail de la mémoire

Le parcours

Récit et connaissance de soi

- Le dialogue, qui dédouble l'auteur en une voix qui raconte et une voix qui questionne, garantit l'authenticité du récit.
- Nathalie Sarraute cherche à saisir l'insaisissable, à retranscrire l'intensité des émotions et la complexité des relations qui naissent d'événements anodins.

L'œuvre

***Voyage au centre de la Terre*, Verne (1864)**

- **Genre :** roman d'aventures
- **Mouvement :** science et voyage
- **Thème :** didactique, épique
- **Visées :** divertir et instruire le lecteur

Le parcours

Science et fiction

- Au cœur de la fiction, la science enrichit d'une portée didactique le divertissement offert par le récit d'aventures.
- La science est également le moteur de la fiction, puisqu'elle est à l'origine du voyage et des péripéties des personnages, et constitue le but de leur quête.

AU PROGRAMME

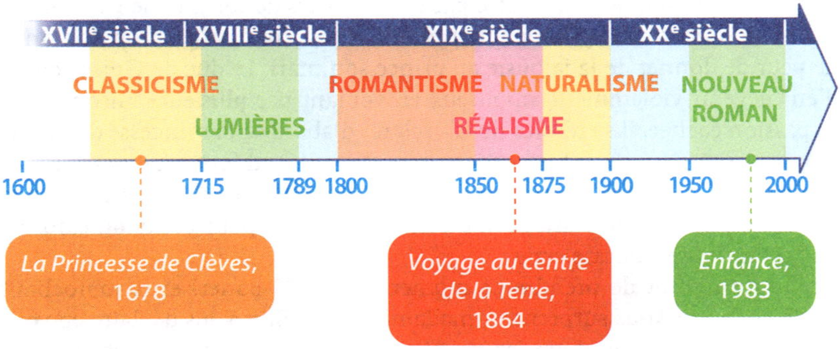

SUJET 4 | OBJECTIF BAC

COMMENTAIRE 4 h

Mme de Lafayette, *La Princesse de Montpensier* (1662)

La princesse de Montpensier, « femme fatale » du XVIe siècle, est entourée de prétendants subjugués par sa beauté. Voici donc les tourments d'une femme tiraillée entre sa vertu et la passion amoureuse…

LE SUJET

Commentez ce texte de Madame de Lafayette, extrait de *La Princesse de Montpensier*, en vous aidant du parcours de lecture suivant :

1. Des personnages face à leurs passions

2. Des passions dangereuses

Deuxième moitié du XVIe siècle. Mlle de Mézières, amoureuse dans sa jeunesse du duc de Guise, a dû se résoudre à épouser le prince de Montpensier. Quelques années plus tard, le duc de Guise la rencontre par hasard : ses sentiments renaissent. Le duc d'Anjou tombe aussi sous le charme de la princesse. Tous se retrouvent alors à la cour.

La beauté de la princesse de Montpensier effaça toutes celles qu'on avait admirées jusques alors ; elle attira les yeux de tout le monde par les charmes de son esprit et de sa personne. Le duc d'Anjou ne changea pas en la revoyant les sentiments qu'il avait conçus pour elle à Champigny[1], et prit un soin extrême de les lui faire connaître par toutes sortes de soins et de galanteries, se ménageant[2] toutefois à ne lui en donner des témoignages trop éclatants, de peur de donner de la jalousie au prince son mari. Le duc de Guise acheva d'en[3] devenir violemment amoureux et, voulant par plusieurs raisons tenir sa passion cachée, il se résolut de la déclarer d'abord[4] à la princesse de Montpensier, pour s'épargner tous ces commencements qui font toujours naître le bruit et l'éclat[5]. Étant un jour chez la reine à une heure où il y avait très peu de monde, et la reine étant retirée dans son cabinet pour parler au cardinal de Lorraine, la princesse arriva.

Le duc se résolut de prendre ce moment pour lui parler, et, s'approchant d'elle : « Je vais vous surprendre, madame, lui dit-il, et vous déplaire en vous apprenant que j'ai toujours conservé cette passion qui vous a été connue autrefois, et qu'elle est si fort augmentée, en vous revoyant, que votre sévérité, la haine de M. le prince de Montpensier et la concurrence du premier prince du royaume[6] ne sauraient lui ôter un moment de sa violence[7]. Il aurait été plus respectueux de vous la faire connaître par mes actions que par mes paroles, mais, madame, mes actions l'auraient apprise à d'autres aussi bien qu'à vous, et je veux que vous sachiez seule que je suis assez hardi pour vous adorer. » La princesse fut d'abord si surprise et si troublée de ce discours qu'elle ne songea pas à l'interrompre, mais ensuite, étant revenue à elle, et commençant à lui répondre, le prince de Montpensier entra. Le trouble et l'agitation étaient peints sur le visage de la princesse sa femme. La vue de son mari acheva de l'embarrasser, de sorte qu'elle lui en laissa plus entendre que le duc de Guise n'en venait de dire.

La reine sortit de son cabinet, et le duc se retira pour guérir la jalousie de ce prince. La princesse de Montpensier trouva le soir dans l'esprit de son mari tout le chagrin à quoi elle s'était attendue. Il s'emporta avec des violences épouvantables, et lui défendit de parler jamais au duc de Guise. Elle se retira bien triste dans son appartement, et bien occupée[8] des aventures qui lui étaient arrivées ce jour-là.

Madame de Lafayette, *La Princesse de Montpensier*, 1662.

1. Endroit où le duc d'Anjou est tombé sous le charme de la princesse. 2. Faisant attention. 3. Finit par. 4. Immédiatement. 5. Le duc de Guise semble vouloir éviter tout ce qui, au début d'une relation amoureuse, est trop visible et fait naître des rumeurs. 6. Il s'agit du duc d'Anjou, frère du roi Charles IX. 7. De Guise affirme que malgré tous les obstacles (l'indifférence affichée de la princesse, le mari, le rival), son amour pour la princesse est extrêmement fort. 8. Préoccupée par.

LES CLÉS POUR RÉUSSIR

Définir le texte

Carte d'identité du texte

- **Auteur :** Madame de Lafayette, femme du monde et femme de lettres
- **Contexte :** XVIIe siècle, le classicisme
- **Thème :** les tourments de l'amour
- **Tonalités :** lyrique, pathétique
- **Buts de l'auteur :** montrer la force et le danger des passions amoureuses

Dégager la problématique

Comment cette scène de déclaration d'amour montre-t-elle la force des passions, mais aussi leurs dangers ?

Construire le plan

1 Des individus face à leurs passions

- Montrez ce qui fait de l'héroïne un personnage idéalisé.
- Intéressez-vous à la manière dont naît ou renaît l'amour chez les prétendants de la princesse.
- Comment cette passion s'exprime-t-elle ?

2 Des passions dangereuses

- Montrez comment les personnages cherchent à dissimuler leur amour.
- Analysez le poids des apparences.
- Intéressez-vous au danger de la jalousie engendrée par la passion.

LE CORRIGÉ

Les titres en couleur ou entre crochets ne doivent pas figurer sur la copie.

Introduction

[présentation du contexte] Au XVIIe siècle, le goût littéraire désire davantage de brièveté et de mesure. **[présentation de l'œuvre et de l'extrait]** Madame de Lafayette s'empare du genre de la nouvelle en écrivant *La Princesse de Montpensier*, qui met en scène plusieurs personnages historiques du siècle précédent. La princesse est au centre d'une rivalité amoureuse : femme mariée à un prince jaloux, elle est courtisée par le duc d'Anjou, frère du roi, mais aussi par le duc de Guise, son amour de jeunesse. **[problématique]** Comment cette scène de déclaration d'amour montre-t-elle la force des passions, mais aussi leurs dangers ? **[annonce du plan]** Nous étudierons dans un premier temps des personnages face à leurs passions intenses. Dans un second temps, nous verrons que ces passions sont soumises à de multiples périls.

I. Des individus face à leurs passions

1. Un personnage féminin idéalisé

L'héroïne est présentée comme un personnage exceptionnel, digne des passions qu'elle suscite.

- « La beauté de la princesse de Montpensier effaça toutes celles qu'on avait admirées jusques alors » : description **superlative** de la beauté de la princesse. Madame de Lafayette fait du personnage un **être d'exception**.
- « Les charmes de son esprit et de sa personne » : la **beauté physique** s'allie à la **vertu morale**.
- « Elle attira les yeux de tout le monde » : aspect **enchanteur** du personnage, **beauté hyperbolique** qui a des **effets merveilleux**, à la manière des contes de fées.

2. Un amour omniprésent

L'amour naît de toutes parts autour de ce personnage idéalisé.

- « [Il] acheva d'en devenir violemment amoureux » ; « sa violence » : termes qui soulignent **l'amour très intense** du duc de Guise.
- « J'ai toujours conservé cette passion [...] elle est si fort augmentée, en vous revoyant » : **discours lyrique**, la passion amoureuse rejaillit avec **puissance**.

▸ Le duc d'Anjou « ne changea pas en la revoyant les sentiments qu'il avait conçus pour elle à Champigny » : **négation et plus-que-parfait** montrent la **constance des sentiments** du duc.

CONSEIL
Ne négligez pas les procédés syntaxiques : les figures de styles ne sont pas les seuls éléments pertinents à analyser.

3. Des démonstrations d'amour

L'amour se déclare sous diverses formes.

▸ Le duc d'Anjou « prit un soin extrême de les lui faire connaître par toutes sortes de soins et de galanteries » : les **actions galantes** permettent au duc de prouver la sincérité de son amour.

▸ Le duc de Guise déclare son amour par **la parole.** Énumération de périls : « votre sévérité, la haine de M. le prince de Montpensier et la concurrence du premier prince du royaume ». L'amour rend capable de **braver les obstacles.**

▸ « Je suis assez hardi pour vous adorer » : l'**aveu amoureux** requiert également une certaine forme de **bravoure.**

[transition] Ces passions amoureuses omniprésentes ont un aspect plus sombre.

II. Des passions dangereuses

1. Le sceau du secret

La passion est marquée par la nécessité de la discrétion.

▸ Le duc d'Anjou « se ménageant toutefois à ne lui en donner des témoignages trop éclatants » ; le duc de Guise « voulant par plusieurs raisons tenir sa passion cachée » : les participes présents montrent la nécessité de **ne pas attirer les regards d'autrui.**

▸ Circonstances de la rencontre avec la princesse bien sélectionnées par le duc de Guise : « à une heure où il y avait très peu de monde, et la reine étant retirée dans son cabinet ». Le **secret** est nécessaire pour se **soustraire aux regards.**

2. Le poids des apparences

La société de l'époque est marquée par **l'importance des apparences.**

▸ Emploi du conditionnel passé : « mes actions l'auraient apprise à d'autres aussi bien qu'à vous ». Le duc de Guise justifie sa déclaration d'amour **directe** par la nécessité de la dissimulation.

▸ « La princesse fut d'abord si surprise et si troublée de ce discours qu'elle ne songea pas à l'interrompre [...] Le trouble et l'agitation étaient peints sur le visage de la princesse sa femme » : le champ lexical du **bouleversement sentimental** montre à quel point les troubles de la passion transforment la physionomie.

▸ « La vue de son mari acheva de l'embarrasser, de sorte qu'elle lui en laissa plus entendre que le duc de Guise n'en venait de dire » : dans une société où **la parole pèse moins que les apparences,** c'est le visage de la princesse qui trahit ses sentiments.

3. Le danger des passions

L'amour trop visible peut susciter la jalousie et mettre les amoureux en péril.

- Le duc d'Anjou reste discret « de peur de donner de la jalousie au prince son mari » ; après l'entretien « le duc [de Guise] se retira pour guérir la jalousie de ce prince » : l'amour renaissant, impossible à cacher, est une **passion adultère** qui transgresse la vertu conjugale.
- « Il s'emporta avec des violences épouvantables, et lui défendit de parler jamais au duc de Guise : la transgression des **normes morales** engendre des réactions violentes.

À NOTER
Dans l'Ancien Régime, le mariage aristocratique n'a quasiment jamais de lien avec l'amour : il s'agit souvent d'une union politique ou patrimoniale.

Conclusion

[synthèse] Cette scène présente ainsi des personnages traversés par des passions intenses et secrètes, qui mènent irrémédiablement au malheur à cause de leur inadéquation avec les normes sociales de l'époque. **[ouverture]** Cette tension entre passion et vertu rappelle le dilemme que vit la princesse de Clèves face à son amour pour le duc de Nemours, dans une autre nouvelle de Mme de Lafayette.

SUJET 5 | OBJECTIF MENTION

COMMENTAIRE 4 h Annie Ernaux, *La Honte* (1997)

Ce sujet va vous permettre de réfléchir aux difficultés rencontrées par l'auteur d'autobiographie dans la connaissance de soi. Il vous faut analyser l'autoportrait et ses limites.

LE SUJET

Vous commenterez le texte suivant tiré de *La Honte* d'Annie Ernaux, récit autobiographique, à l'aide des axes suivants :

1. Un double autoportrait

2. Les difficultés à se reconnaître

Un dimanche de juin 1952, le père d'Annie Ernaux a voulu tuer sa mère. La narratrice revient sur cette année de ses 12 ans au cours de laquelle son existence a basculé.

De cette année-là, il me reste deux photos. L'une me représente en communiante. C'est une « photographie d'art », en noir et blanc, insérée et collée dans un livret en papier cartonné, incrusté de volutes, recouverte d'une feuille à demi transparente. À l'intérieur, la signature du photographe. On voit une fille au visage plein, arrondi, lisse, des pommettes marquées, un nez arrondi avec des narines larges. Des lunettes à grosse monture, claire, descendent au milieu des pommettes. Les yeux fixent l'objectif intensément. Les cheveux courts, permanentés, dépassent devant et derrière le bonnet, d'où pend le voile attaché sous le menton de façon lâche. Juste un sourire ébauché au coin de la lèvre. Un visage de petite fille sérieuse, faisant plus que son âge à cause de la permanente et des lunettes. Elle est agenouillée sur un prie-dieu[1], les coudes sur l'appui rembourré, les mains, larges, avec une bague à l'auriculaire, jointes sous la joue et entourées d'un chapelet[2] qui retombe sur le missel[3] et les gants posés sur le prie-dieu. Caractère flou, informe, de la silhouette dans la robe de mousseline dont la ceinture a été nouée lâche, comme le bonnet. Impression qu'il n'y a pas de corps sous cet habit de petite bonne sœur parce que je ne peux pas l'imaginer, encore moins le ressentir comme je ressens le mien maintenant. Étonnement de penser que c'est pourtant le même aujourd'hui.

[...]

Sur l'autre photo, petite, rectangulaire, je suis avec mon père devant un muret décoré de jarres de fleurs. C'est à Biarritz, fin août 52, sans doute sur la promenade longeant la mer qu'on ne voit pas, au cours d'un voyage organisé à Lourdes. Je ne dois pas dépasser un mètre soixante, car ma tête arrive légèrement au-dessus de l'épaule de mon père, qui mesurait un mètre soixante-treize. Mes cheveux ont poussé en trois mois, formant une sorte de couronne moutonnée, retenue par un ruban autour de la tête. La photo est très floue, prise avec l'appareil cubique gagné par mes parents dans une kermesse avant la guerre. On distingue mal mon visage, mes lunettes, mais un sourire large est visible. Je porte une jupe et un chemisier blancs, l'uniforme que j'avais lors de la fête de la jeunesse des écoles chrétiennes. Par-dessus, une veste, dont les manches ne sont pas enfilées. Ici, je parais mince, plate, à cause de la jupe plaquée aux hanches puis évasée. Dans cette tenue, je ressemble à une petite femme. Mon père est en veste foncée, chemise et pantalon clairs, cravate sombre. Il sourit à peine, avec l'habituel air anxieux qu'il a sur toutes les photos. J'ai sans doute gardé celle-ci parce qu'à la différence des autres, nous y apparaissions comme ce que nous n'étions pas, des gens chics, des villégiaturistes[4]. Sur aucune des deux photos je n'ouvre la bouche pour sourire, à cause de mes dents mal plantées et abîmées.

Je regarde ces photos jusqu'à perdre toute pensée, comme si, à force de les fixer, j'allais réussir à passer dans le corps et la tête de cette fille qui a été là, un jour, sur le prie-dieu du photographe, à Biarritz, avec son père. Pourtant, si je ne les avais jamais vues, qu'on me les montre pour la première fois, je ne croirais pas qu'il s'agisse de moi. (Certitude que « c'est moi », impossibilité de me reconnaître, « ce n'est pas moi ».)

Annie Ernaux, *La Honte*, 1997.

1. Prie-dieu : chaise basse où l'on s'agenouille pour prier. 2. Chapelet : collier dont on fait glisser les grains enfilés en récitant ses prières. 3. Missel : livre de messe constitué de chants et de prières. 4. Villégiaturistes : vacanciers.

LES CLÉS POUR RÉUSSIR

Définir le texte

Carte d'identité du texte

- **Genre :** récit autobiographique
- **Thème :** portrait et autoportrait
- **Tonalité :** réaliste
- **But de l'auteur :** se connaître elle-même

Dégager la problématique

La narratrice décrit deux photos d'elle en 1952. Cependant, ces deux clichés ne donnent pas une image juste de ce qu'elle était. **Quelle connaissance de soi la description de ces deux photographies apporte-t-elle à la narratrice ?**

Construire le plan

1 Un double autoportrait

- Étudiez les caractéristiques physiques données par la description de ces deux clichés.
- Analysez l'évolution d'un portrait à l'autre.
- Montrez que ces deux portraits apportent des informations sur la vie familiale et culturelle de la narratrice.

2 Les difficultés à se reconnaître

- Étudiez, dans la construction des phrases, ce qui marque la distance de la narratrice par rapport à ces portraits.
- Montrez que ces photos ne reflètent pas la réalité.
- Analysez les passages qui constatent l'impossibilité de se reconnaître soi-même.

LE CORRIGÉ

Introduction

[amorce] L'autobiographie est un genre où l'auteur est aussi le narrateur et le personnage principal du récit. Elle peut prendre des formes très variées. **[présentation de l'œuvre et situation de l'extrait]** Dans *La Honte*, publié en 1997, Annie Ernaux s'intéresse à une période bien précise de son enfance, l'année 1952, marquée par le traumatisme d'avoir surpris son père sur le point de tuer sa mère. L'extrait que nous étudions décrit deux photographies de cette année-là présentant la narratrice dans deux postures différentes, en communiante, et à Biarritz avec son père. **[problématique]** Quelle connaissance de soi la description de ces deux clichés apporte-t-elle ? **[annonce du plan]** Nous étudierons dans un premier temps le double portrait de la jeune fille qu'a été la narratrice, puis nous analyserons ses difficultés à se reconnaître dans ces deux photographies.

I. Un double autoportrait

La description des deux clichés permet à la narratrice de dresser un double portrait de la jeune fille qu'elle était en 1952.

1. Des caractéristiques physiques précises

Les deux photographies permettent de **reconstituer un portrait physique.**

- Un visage banal qui manque de finesse : adjectifs dépréciatifs qualifiant le visage « plein, arrondi, lisse », les pommettes « marquées », les narines « larges » (mot repris dans le 2e portrait pour qualifier le sourire) ; lunettes « à grosse monture » ; dents « mal plantées et abîmées » (invisibles sur les photos).
- Des cheveux difficiles à dompter : ils « dépassent » du bonnet dans le premier portrait ; métaphore de la « couronne moutonnée » dans le deuxième : le côté animal de l'adjectif discrédite les connotations positives du mot « couronne ».
- Des détails sur le corps : silhouette ingrate, « informe » (1er portrait), « plate » (2e portrait) ; précisions sur la taille (« je ne dois pas dépasser un mètre soixante »).

2. L'évolution entre les deux portraits

Les deux photographies mettent en évidence **l'évolution** d'une image à l'autre.

- Passage du temps visible dans les cheveux (opposition « courts » / « ont poussé »).
- Passage de l'enfance au début de l'âge adulte d'un portrait à l'autre, exprimé dans une formule qui synthétise chaque portrait : « un visage de petite fille sérieuse » / « je ressemble à une petite femme ».
- De la pose convenue au souvenir de vacances : opposition entre la 1re photo, prise par un photographe, présentant un portrait de communiante conventionnel, et la 2e photo, plus spontanée, prise avec l'appareil amateur du père, pendant un voyage. Le sourire de la narratrice est révélateur d'un portrait à l'autre : « juste un sourire ébauché au coin de la lèvre » / « un sourire large est visible ».

3. Un reflet de la vie familiale de la narratrice

Les deux photos apportent des informations sur **le contexte familial dans lequel évolue la narratrice.**

- Importance de la religion : « prie-dieu », « chapelet », « missel » (1er portrait) ; « l'uniforme que j'avais lors de la fête de la jeunesse des écoles chrétiennes » (2e portrait).
- Austérité et retenue du père : ses vêtements sont inadaptés aux vacances : « une veste foncée, chemise et pantalon clairs, cravate sombre ». Son attitude est fermée : « Il sourit à peine, avec l'habituel air anxieux ».
- Importance accordée aux apparences : pose des personnages, vêtements choisis, refus de la narratrice de montrer ses dents.

II. Les difficultés à se reconnaître

Ces portraits ne reflètent pas la réalité de la vie de la narratrice, qui se reconnaît difficilement dans les deux clichés.

1. Le regard distancié de la narratrice

L'écriture révèle **une prise de distance** de l'auteur avec les deux portraits.

- Disparition de la première personne du singulier dans le 1er portrait : emploi des articles indéfinis (« une fille », « un visage »), ou définis (« les yeux », « les cheveux ») au lieu des adjectifs possessifs de 1re personne.

- Emploi de phrases nominales pour évoquer les émotions suscitées par les portraits : « Impression qu'il n'y a pas de corps… », « Étonnement de penser que… », « Certitude que… ». La narratrice s'efface lorsque ses émotions apparaissent.

2. Des mises en scène qui ne reflètent pas la vérité

Les deux photos présentent **des situations conventionnelles** dans lesquelles la narratrice ne se reconnaît pas.

- Mise en scène de la 1re photo : dans cette « photo d'art », Annie Ernaux est dépossédée de sa personnalité, figée dans une attitude convenue. Elle devient l'objet du photographe, qui signe la photo et la présente dans un album stylisé. Distance du verbe « elle me *représente* en communiante ».

- Malaise suscité par la 2e photo : la narratrice est bien elle-même, souriante, mais la situation ne correspond pas à son statut social : « nous y *apparaissions* comme *ce que nous n'étions pas* ». Dénonciation d'une forme d'imposture.

3. Les difficultés à se reconnaître soi-même

La description des photos aboutit à **un constat d'échec** de la connaissance de soi.

- Impossibilité de s'identifier à ces corps du passé : « caractère flou » de la silhouette du 1er portrait, photo « très floue » du 2e. Expression de l'hypothèse et de l'irréel dans le dernier paragraphe : « comme si, à force de les fixer, j'allais réussir à passer dans le corps et la tête de cette fille » ; « si je ne les avais jamais vues, (…) je ne croirais pas qu'il s'agisse de moi ».

- Paradoxe : « Certitude que « c'est moi », impossibilité de me reconnaître, « ce n'est pas moi ». » Les guillemets marquent une distance avec le « moi ».

Conclusion

Alors que les deux photographies devraient permettre à la narratrice de reconstituer un souvenir précis de la jeune fille qu'elle a été, elles la mettent face à un constat d'échec : même si elle sait que c'est bien elle, elle ne se reconnaît pas dans ces portraits. Les clichés ne sont cependant pas inutiles dans le processus de connaissance de soi : ils mettent en évidence l'importance des apparences dans l'éducation d'Annie Ernaux, et justifient sa quête présente de vérité.

DES POINTS EN +

Vous pouvez parler d'**introspection** pour désigner l'observation que l'auteur fait de ses propres pensées, de son fonctionnement intérieur.

Le théâtre, du XVIIe au XXIe siècle

7 Le théâtre : histoire littéraire et outils d'analyse

TEST

FICHES DE COURS

EXERCICES & CORRIGÉS

TESTEZ-VOUS

→ CORRIGÉS P. 308-309

Faites le point sur vos connaissances puis établissez votre **parcours de révision** en fonction de votre score.

1 Maîtriser les caractéristiques du théâtre

→ FICHES 25 et 29

1. Quelles sont les visées d'un texte dramatique ?

☐ a. raconter une histoire dans laquelle on voit les personnages agir, on les entend parler

☐ b. devenir un spectacle

☐ c. offrir un moment de divertissement et de réflexion

2. Qu'est-ce qui distingue une répartie d'une tirade ?

☐ a. La première est plus courte que la seconde.

☐ b. La première est en prose, la seconde est en vers.

☐ c. La première est adressée à un interlocuteur, la seconde met en scène un personnage qui délibère seul.

3. Quels sont les enjeux d'un monologue ?

☐ a. permettre au personnage de se livrer sans détour

☐ b. délivrer des informations sur ce qui s'est déroulé hors scène

☐ c. rappeler que le théâtre n'est qu'illusion

4. Quelles sont les fonctions de la scène d'exposition ?

☐ a. plaire et instruire

☐ b. introduire les personnages et l'intrigue

☐ c. présenter le cadre spatio-temporel du drame

5. Qu'appelle-t-on dénouement ?

☐ a. la dernière scène d'une pièce de théâtre

☐ b. la résolution de l'intrigue

☐ c. le moment où le héros va trouver la mort

…/5

2 Le théâtre classique

→ FICHE 26

1. Que recouvre la règle des trois unités ?

☐ a. les unités de temps, de lieu et d'action

☐ b. la division en trois actes

☐ c. l'enchaînement de l'exposition, du nœud et du dénouement

2. Qu'est-ce que la bienséance ?

☐ **a.** la vraisemblance de l'action

☐ **b.** le fait d'être bien assis au théâtre

☐ **c.** le respect de la sensibilité et de la morale du spectateur

3. Une tragédie classique est…

☐ **a.** une pièce qui se finit mal.

☐ **b.** une pièce qui met en scène des personnages de haut rang.

☐ **c.** une pièce qui respecte les préceptes théorisés par Aristote.

4. Une comédie classique est…

☐ **a.** une pièce qui met en scène des personnages de basse condition.

☐ **b.** un spectacle de pur divertissement.

☐ **c.** une pièce qui châtie les mœurs par le rire. …/4

3 Le théâtre depuis le XVIIe siècle

→ FICHES 27 et 28

1. Au nom de quel principe le drame romantique voit-il le jour ?

☐ **a.** Le réalisme : il s'agit de rapprocher le théâtre des préoccupations des spectateurs.

☐ **b.** La dualité de l'homme : la pièce doit dévoiler sa dimension à la fois grotesque et sublime.

☐ **c.** Le refus de l'héritage classique : le cortège des règles briderait la liberté du dramaturge.

2. À quelle époque fait-on remonter la naissance de la mise en scène ?

☐ **a.** au Grand Siècle, notamment avec Molière qui écrit, joue et encadre sa propre troupe

☐ **b.** à la représentation de la pièce *Hernani* de Victor Hugo, supervisée par l'écrivain lui-même à grand renfort de notes et de schémas

☐ **c.** au XXe siècle, quand l'inflation des didascalies sur la partition théâtrale réclame cette nouvelle fonction

3. Sous l'appellation « Nouveau théâtre », on regroupe :

☐ **a.** des dramaturges qui se sont collectivement élevés contre les traditions dramatiques

☐ **b.** des auteurs favorables à un théâtre engagé

☐ **c.** des pièces mettant en scène le drame de l'incommunicabilité …/3

Score total …/12

25 Le genre théâtral

En bref *Étymologiquement, le mot théâtre renvoie à l'action de regarder. Dès l'Antiquité, il est conçu comme un spectacle qui requiert des acteurs pour endosser les rôles écrits par le dramaturge.*

I Le texte de théâtre

Le texte de théâtre est principalement composé des paroles des personnages effectivement prononcées sur scène (les **répliques**). Il comprend également les indications silencieuses (les **didascalies**, souvent signalées par une typographie particulière).

1 Une situation d'énonciation particulière

- On parle de **double énonciation** car :

– l'auteur et le personnage qui parle sont simultanément énonciateurs ;
– le personnage s'adresse aux autres personnages comme aux spectateurs.

- L'**illusion théâtrale** repose sur l'acceptation par le public de conventions dramatiques : il accepte de croire à ce qui se passe sur scène même s'il sait que tout est faux (personnages, décors, intrigue...).

2 Les différents types de répliques

Analyser le type de répliques permet notamment de caractériser les relations entre les personnages.

- Brève, la réplique prend le nom de **répartie**. La **tirade**, elle, se singularise par sa longueur et affiche souvent une dimension argumentative.
- La **stichomythie** institue un dialogue où les personnages se répondent vers par vers et met en valeur débats d'idées et conflits affectifs.
- Le **monologue** met en scène un personnage seul, délibérant avec lui-même.
- L'**aparté**, constitué de propos que le personnage tient pour lui-même à l'insu des autres, peut prendre la forme d'une adresse explicite au public.

3 La structure d'une pièce

- Une pièce est traditionnellement découpée en **actes** ; ceux-ci sont divisés en **scènes**, rythmées par les entrées et sorties des personnages.
- Trois temps forts s'enchaînent en général :

– l'**exposition**, qui permet de présenter l'action et ses protagonistes ;
– le **nœud**, où le conflit initial, nourri de **péripéties**, a pris sa pleine mesure ;
– le **dénouement**, qui intervient au dernier acte et a pour fonction de liquider le conflit.

MOT CLÉ
Les **péripéties** désignent les épisodes de l'action. Brutales, elles prennent le nom de coups de théâtre ; si elles viennent relancer l'action, on les appelle rebondissements.

II Du texte à la représentation

Écrit par le dramaturge, le texte de théâtre est co-créé par les artistes qui permettent sa représentation sur scène.

1 La mise en scène

- Elle est l'œuvre du metteur en scène qui dirige la transformation du texte en spectacle. Cette fonction, qui n'a pas toujours existé, est aujourd'hui jugée cardinale.
- C'est la **mise en scène**, en effet, qui apporte à la pièce sa dimension visuelle que les didascalies du texte – si abondantes soient-elles – ne peuvent suffire à suggérer. Par ses choix, le metteur en scène nous livre sa lecture de la pièce.

À NOTER
Le terme de **« mise en scène »** est utilisé pour la première fois pour qualifier le travail de Victor Hugo, qui supervise à grand renfort de dessins et de prescriptions de jeu l'adaptation de *Hernani* sur scène.

2 L'incarnation des personnages

- Les comédiens, eux, sont chargés d'incarner les êtres de fiction que sont les personnages de la pièce, simplement définis, dans le texte, par leurs paroles.
- L'interprétation qu'ils donnent de leur personnage – et qui se traduit par un ton, une gestuelle, des mouvements – est essentielle dans la perception du sens de la pièce par le spectateur.

zoOm

Tartuffe de Molière

Mise en scène de *Tartuffe* de Molière par Ariane Mnouchkine à Avignon en 1995.

Dans sa mise en scène de *Tartuffe* en 1995, Ariane Mnouchkine propose une lecture politique de la pièce : elle transforme le faux dévot en extrémiste se servant de la religion pour prendre le pouvoir.

26 Le théâtre au XVIIe siècle

En bref *Sous le règne de Louis XIII, la scène se trouve dominée par la pastorale et la tragi-comédie. Au milieu du siècle, l'esthétique classique consacre la tragédie et la comédie en les ramenant aux règles strictes de la dramaturgie antique.*

I Le théâtre baroque

S'affranchissant de toutes les règles et laissant cohabiter comique et tragique, le théâtre baroque affirme une grande liberté et promeut des **formes nouvelles**.

- **La tragi-comédie** convie à un spectacle que ne contraint nul précepte formel : les actions nombreuses et surprenantes se soucient peu de vraisemblance, comme c'est le cas dans *Le Cid* de Corneille.
- **La pastorale** plonge le spectateur dans le monde idyllique des amours chastes.
- **La tragédie** prend le nom de « poème dramatique » en référence aux longues tirades qui s'y enchaînent.

II Le théâtre classique

1 L'esthétique classique

Une pièce classique est traditionnellement découpée en actes, interrompus par des entractes et divisés en scènes que rythment les entrées et les sorties des personnages. En cours dès 1640, l'esthétique classique repose sur différents codes et règles inspirés de la *Poétique* d'Aristote.

- La **règle des trois unités** impose :
  - l'**unité de temps** : l'action de la pièce doit se dérouler dans la limite de vingt-quatre heures ;
  - l'**unité de lieu** : l'action doit se déployer dans un lieu unique (antichambre d'un palais, salon d'une demeure...) ;
  - l'**unité d'action** : l'action doit se concentrer autour d'une intrigue principale à laquelle peuvent néanmoins se soumettre des intrigues secondaires.
- La **bienséance** désigne un ensemble de règles qui garantissent le respect de la sensibilité esthétique et morale du public ; le sang ni la mort ne se peuvent représenter sur scène.
- La **vraisemblance** renvoie à la crédibilité de l'action : les évènements et les situations vécus par le personnage doivent paraître possibles dans la réalité.

EXEMPLE
Dans *Phèdre* de Racine, la mort violente d'Hippolyte est rapportée par le récit du confident Théramène pour ne pas heurter la sensibilité des spectateurs.

2 La tragédie

■ Aristote définit la tragédie comme imitation d'actions propres à inspirer terreur et pitié au spectateur. Elle se caractérise par :
- des **personnages de haut rang** ;
- un **sujet noble**, emprunté à la mythologie ou à l'Histoire ;
- un **dénouement généralement malheureux** ou funeste avec la mort du héros ;
- ses fonctions : **plaire, émouvoir** et provoquer la **catharsis**.

> **MOT CLÉ**
> La **catharsis** désigne chez Aristote la purgation des passions. Elle prévient *l'hybris* définie comme la démesure dont se rend coupable celui qui outrepasse sa condition d'humain.

■ **Corneille et Racine** sont les éminents représentants du théâtre tragique au XVIIe siècle : le premier fait incarner à ses personnages des valeurs héroïques tel Auguste dans *Cinna* ; le second s'intéresse davantage à la faiblesse humaine et aux passions rendues sensibles par la pureté du style comme dans *Phèdre*.

3 La comédie

■ La comédie est l'**imitation du ridicule des hommes**. Elle se caractérise par :
- des personnages issus de la **bourgeoisie** ou de **catégories plus modestes** ;
- des sujets empruntés au **quotidien** ;
- un **dénouement heureux** qui prend souvent la forme d'un mariage ;
- ses fonctions : **faire rire** le spectateur de manière à le corriger de ses travers.

■ **Molière** incarne à lui seul le théâtre comique au XVIIe siècle : de la farce avec *Les Fourberies de Scapin* à la grande comédie telle *Le Misanthrope*, qui fustige l'hypocrisie des rapports sociaux, en passant par la comédie de caractère comme *Le Malade imaginaire*, qui donne le spectacle de l'hypocondrie d'Argan.

zoom

Les différents types de comédies

Selon son propos et sa visée, la comédie offre plusieurs visages.

Types de comédie

- **Comédie de mœurs :** traite des défauts de certains groupes sociaux contemporains de l'auteur
- **Comédie d'intrigue :** multiplie les coups de théâtre et les quiproquos (méprises, malentendus)
- **Comédie ballet :** intègre des chorégraphies dans l'action en guise d'intermèdes
- **Comédie de caractère :** dresse le portrait d'un type humain à travers celui d'un personnage en action

27 Le théâtre aux XVIIIe et XIXe siècles

En bref *Souhaitant dépasser l'opposition classique entre la tragédie et la comédie, les dramaturges ont, dès le XVIIIe siècle, inventé un troisième genre, celui du drame. Dans la première moitié du XIXe siècle, celui-ci devient une des formes d'expression de la révolution romantique.*

I Le siècle des Lumières : un théâtre en transition

1 Entre permanence…

- Au XVIIIe siècle, le théâtre s'écrit en référence au classicisme : la tragédie reste l'étalon. Cependant, les auteurs comme Voltaire adaptent ce genre ancien aux combats philosophiques de leur temps.

- La comédie, de son côté, creuse le sillon dessiné par Molière : Marivaux, dans *Les Fausses Confidences* notamment, reprend le personnage du valet rusé, et dans *L'Île des esclaves*, il s'inspire de la ***commedia dell'arte*** pour affiner le comique moliéresque.

MOT CLÉ
La ***commedia dell'arte*** désigne un genre de théâtre comique né en Italie au XVIe siècle, où des acteurs improvisent, masqués, à partir de canevas déterminés et de rôles définis.

2 … et renouveau

- Face à la lassitude des spectateurs, un nouveau modèle dramatique apparaît, sous l'impulsion de Beaumarchais avec *Le Mariage de Figaro* et Diderot dans *Le Fils naturel*, qui prend le nom de « comédie sérieuse » ou « drame bourgeois », pièce en prose intermédiaire entre tragédie et comédie.

- Dans ce type de pièce, les personnages sont contemporains du public et se définissent avant tout par le statut qu'ils occupent à la fois dans la société et au sein de la famille.

- S'éloignant des intrigues historiques et politiques des tragédies, le théâtre entre dans l'intimité familiale et plante ses décors dans des intérieurs bourgeois.

- Le registre verse dans le pathétique : l'auteur cherche à susciter la compassion et à enseigner la vertu au spectateur.

II Le XIXe siècle : révolutions théâtrales

1 Le drame romantique

- Le drame romantique remet en question la définition stricte des genres issue du classicisme. En 1830, *Hernani*, de Victor Hugo, donne ainsi lieu à une véritable bataille entre les partisans du théâtre classique et ceux du théâtre romantique.

■ Le drame romantique se caractérise par :
- sa **liberté de création** qui s'affranchit des règles de temps et de lieu ;
- sa volonté de **mélanger les genres** et les registres en proposant une alliance de « grotesque » et de « sublime », en miroir de la vie humaine ;
- son souci d'**ancrer la scène dans la temporalité historique** en évoquant des détails caractéristiques d'une « couleur locale » ;
- sa préférence pour des **héros passionnés**, persévérants en dépit de la fatalité.

2 L'après-romantisme

■ À la fin du XIXe siècle, le drame symboliste se distingue de ceux, bourgeois ou romantique, qui l'ont précédé : il se fonde sur une certaine **indétermination temporelle**, privilégie les **atmosphères mystérieuses** et se rapproche, par son art de la suggestion, de la poésie. En 1892, *Pelléas et Mélisande* de Maeterlinck en donne une illustration.

■ Sur la même période, un **théâtre « de boulevard »** voit le jour sous la plume de **Labiche et Feydeau** : des comédies satiriques, anciennement appelées vaudevilles, mêlent quiproquos bouffons, situations grivoises et parfois chansons pour le seul plaisir des spectateurs.

■ L'**avant-garde provocatrice** incarnée par **Alfred Jarry** et son *Ubu Roi* (1896) renverse les codes du théâtre, préfigurant les grands bouleversements du XXe siècle. *Ubu Roi* raconte en effet, sur un mode outrancier, les tribulations d'un dictateur grotesque qui impose à ses sujets un régime qui s'apparente aux totalitarismes à venir.

zoOm
La bataille d'*Hernani*

Albert Besnard, *La Première d'Hernani*, huile sur toile, 1903.

Le spectacle se situe dans la salle, avant même le lever de rideau : la polémique divise les gradins entre « Classiques », partisans d'une stricte observance des règles et du respect de la hiérarchie des genres, et les « Romantiques » aspirant à une révolution dramaturgique.

28 Le théâtre aux XXe et XXIe siècles

En bref *En tournant le dos à la tradition, la dramaturgie contemporaine s'interroge sur son propre fonctionnement et s'attache à rendre compte des désordres de l'Histoire.*

I Le théâtre à l'épreuve des deux Guerres mondiales

1 La réécriture des mythes antiques

Les mythes antiques sont revisités par les dramaturges à la lumière des épisodes marquants du siècle : Cocteau avec *La Machine infernale* (1934), Giraudoux avec *Electre* (1937) et Anouilh avec *Antigone* (1944) livrent, sur un mode humoristique et anachronique, une **méditation sur la condition humaine.**

2 Les dramaturges engagés

- Philosophe existentialiste, **Jean-Paul Sartre** incarne dans ses pièces les concepts clés de sa pensée : le **rapport à l'Autre** et la **responsabilité de chacun vis-à-vis de ses propres actes** se trouvent littéralement dramatisés dans *Huis clos* (1944), par exemple.
- Fondateur de la philosophie de l'Absurde, qui procède du sentiment d'une existence injustifiée, **Albert Camus** réfléchit par la voix de ses personnages au **drame de l'individu** et leur fait jouer **la révolte**, seule issue à l'épreuve du non-sens, comme dans *Les Justes* (1949).

3 Le théâtre de l'Absurde

- À partir des années 1950, le **sentiment de l'absurde** gagne non seulement les thèmes du théâtre mais également ses formes. Entérinant une crise majeure des valeurs issues du rationalisme et de l'humanisme, le **Nouveau Théâtre** met en scène le problème de **l'incommunicabilité** entre les êtres et de la cruauté des rapports humains.

> **À NOTER**
> L'expression **« Nouveau Théâtre »** est une référence au mouvement du Nouveau Roman qui proposait de renouveler les codes de l'écriture romanesque en rupture avec le réalisme (→ FICHE 14).

- **L'action se réduit alors à la seule expression, soutenue par la mise en scène.** Dans *Pour un oui ou pour un non* de N. Sarraute, l'action se nourrit de tout ce que ne dit pas le dialogue, de tous les sous-entendus de la parole, de toutes les tensions cachées sous les mots.
- Le **langage des corps** se substitue souvent à la parole, qui apparaît comme vaine. Ainsi, dans *Rhinocéros* de Ionesco, la transformation progressive des personnages en pachydermes manifeste l'échec du discours rationnel.

■ Le décor, les objets, l'inscription physique des comédiens dans l'espace, et plus largement **la scénographie**, prennent une place décisive en raison même de la mise en question de la parole et du sens. Chez Beckett, les didascalies prescrivent les moindres gestes, déplacements, mimiques, qui pourraient s'apparenter à des notes de mise en scène.

II Le théâtre au XXIe siècle

■ Au XXIe siècle, le théâtre poursuit ses **réflexions métaphysiques sur le langage et les rapports humains** en proposant de nombreuses mises en scène de B.-M. Koltès (*La Solitude dans les champs de coton*, 1987) ou encore de J.-L. Lagarce (*Juste la fin du monde*, 1990). Il affirme aussi sa **dimension spectaculaire**, comme en témoignent les mises en scène que W. Mouawad a données de son œuvre (*Incendies*, 2003).

■ Échappant aux dramaturges, **le théâtre devient l'affaire des metteurs en** scène qui puisent dans le répertoire légué par les siècles passés et le revisitent : **Ariane Mnouchkine** et sa troupe proposent ainsi depuis plus de quarante ans une nouvelle forme de création dramatique au **Théâtre du Soleil**, inspirée des formes antiques et nourrie d'influences étrangères.

zoOm

En attendant Godot de Beckett

Mise en scène d'*En attendant Godot* de Beckett par Joël Jouanneau au théâtre des Amandiers en 1992.

Alors que les nombreuses didascalies précisent que les personnages, Vladimir et Estragon, sont sur une « *Route à la campagne, avec arbre* », le metteur en scène s'affranchit du texte et renouvelle la scénographie en disposant les protagonistes dans un environnement industriel, autour d'un transformateur électrique.

29 Analyser un extrait de théâtre

En bref *Après une première lecture, quelles sont les questions à se poser pour mieux comprendre une scène de théâtre et dégager des axes d'analyse ?*

Étape 1 Caractériser l'extrait

1 Quelle est la fonction de la scène ?

■ Appuyez-vous sur le paratexte ou les didascalies pour situer le passage dans l'économie générale de la pièce : se trouve-t-on dans l'exposition ? au cœur de l'intrigue ? au dénouement ?

> **MOT CLÉ**
> **L'économie** d'une œuvre désigne sa structure et l'organisation interne de ses parties.

■ Identifiez l'enjeu de la scène sur le plan dramatique : est-elle collective ? Fait-elle avancer l'action ? Apporte-t-elle un éclairage psychologique nouveau sur un personnage ? Est-elle le lieu d'un affrontement, d'une méprise ?

■ S'il s'agit d'un monologue, déterminez sa fonction : informatif ou lyrique, il marque une pause dans l'action ; délibératif, il crée une tension dramatique.

2 Quelle est la forme de la scène ?

■ Le texte est-il en vers ou en prose ? Combien de personnages parlent ? Quel est le type de répliques utilisé ?

■ Dans le cas d'un dialogue, pensez à analyser :
- son organisation (répartition de la parole, présence d'un meneur de jeu) ;
- son contenu (conflit, débat, déclaration amoureuse…) ;
- l'enchaînement des répliques (rapide, laborieux, fluide, illogique)…

Étape 2 Analyser la scène selon son genre

Le paratexte, les thèmes clés et la tonalité du texte permettent le plus souvent de déterminer le genre de l'extrait. Utilisez alors vos connaissances pour étudier comment le dramaturge s'approprie les codes de ce genre et dans quel but.

1 S'il s'agit d'une scène de tragédie

■ Thèmes récurrents :
- la fatalité, force supérieure face à laquelle le héros ne peut rien ;
- les passions et leurs conséquences destructrices qui anéantissent la volonté humaine et se traduisent pas une souffrance tant morale que physique.

■ Visée : inspirer de la crainte et de la pitié au spectateur ; susciter de la compassion pour le sort des personnages (tonalité pathétique).

2 S'il s'agit d'une scène de comédie

■ Éléments récurrents :
- situations du quotidien (tromperie, fâcherie, travestissement, mariage...) ;
- personnages-types : ingénue, servante rusée, valet entremetteur, vieux barbon...

■ Ressorts comiques :

Types de comiques	Situations associées
Comique de situation	Personnage caché, travestissement, quiproquo...
Comique de caractère	Satire d'un personnage qui présente un trait de caractère excessif (l'avare, le malade imaginaire...)
Comique de gestes	Gifles, coups de bâtons, mimiques...
Comique de mots	Jeux de mots, répétitions, mots déformés...

■ Visée : faire rire, tourner en dérision les défauts des personnages ou les vices de la société pour amener le public à les désapprouver et à se corriger.

3 S'il s'agit d'une scène du théâtre de l'Absurde

■ Thèmes récurrents :
- l'absence de progression de l'action : absence d'exposition, de nœud et de dénouement, impression d'éternelle répétition ;
- la contestation de la notion de personnage : protagonistes sans consistance, interchangeables et parfois anonymes, dénués de psychologie cohérente.

■ Visée : donner à réfléchir et susciter la pitié du spectateur devant l'impossible communication et la déchéance humaine.

Étape 3 Étudier les personnages

■ Prenez appui sur les didascalies pour déterminer la posture des personnages : costumes, gestuelles, mimiques, tons...

■ Interrogez-vous sur le rôle des personnages dans l'action : quelle place occupent-ils dans l'intrigue ? Sont-ils adjuvants ou opposants ?

■ Étudiez leur parole : que révèle-t-elle de leur personnalité ? du groupe social auquel ils appartiennent ? Dans quelle mesure véhicule-t-elle la pensée du dramaturge ?

Étape 4 Imaginer la mise en scène

■ Appuyez-vous sur les indications scéniques. Déduisez du dialogue théâtral les gestes et les déplacements des personnages, leur manière d'être et de parler, leur attitude par rapport aux autres, leur caractère.

■ Anticipez les réactions du public (le metteur en scène peut s'y conformer ou, au contraire, les déjouer).

MÉMO VISUEL

LE THÉÂTRE

Les mots clés

Pour identifier la scène

- **genre :** comédie, tragédie, drame…
- **fonction :** scène d'exposition, nœud, dénouement, aveu…
- **tonalité :** dramatique, lyrique, polémique, comique, pathétique, absurde…

Pour caractériser le texte théâtral

- **thème :** fatalité, passions, amour, mariage, mœurs…
- **langage :** niveau de langue, expressivité, implicite…
- **modalités :** dialogue, monologue, récit théâtral, tirade, réparties, stichomythie…
- **didascalies :** (rôle, importance…)

Quelques œuvres à connaître

XVIIe siècle

- *Le Cid*, Corneille (1637)
- *Dom Juan*, Molière (1665)
- *Le Bourgeois gentilhomme*, Molière (1670)
- *Phèdre*, Racine (1677)

XVIIIe siècle

- *Le Jeu de l'amour et du hasard*, Marivaux (1730)
- *Le Fils naturel*, Diderot (1757)
- *Le Mariage de Figaro*, Beaumarchais (1778)

XIXe siècle

- *Hernani*, Victor Hugo (1830)
- *Les Caprices de Marianne*, Musset (1833)
- *Pelléas et Mélisande*, Maeterlinck (1892)
- *Ubu Roi*, Alfred Jarry (1896)

La méthode

Comment analyser un extrait de théâtre ?

1. Identifier le **genre** dramatique
2. Déterminer la **forme** et la **fonction** de l'extrait
3. Caractériser les **personnages** (personnages types, personnages historiques…)
4. Analyser les **procédés dramatiques**
5. Étudier la relation établie avec le **public**

DU XVIIe AU XXIe SIÈCLE

Les principaux courants

Quels sont les courants à connaître ?

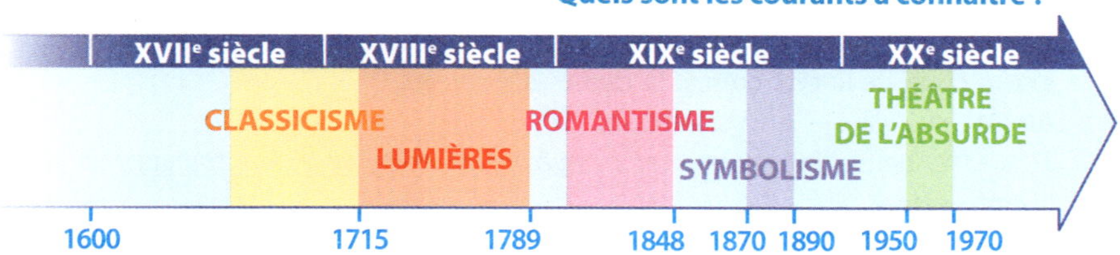

XXe - XXIe siècles

- *Le Soulier de Satin*, Claudel (1929)
- *Rhinocéros*, Eugène Ionesco (1958)
- *Oh les beaux jours*, Samuel Beckett (1963)
- *Dans la solitude des champs de coton*, Bernard-Marie Koltès (1987)
- *Incendies*, Wajdi Mouawad (2003)

EXERCICES

Le Malade imaginaire, Molière (1673)

→ FICHE 26

1 Complétez ce texte avec les mots proposés.

satire • corriger • mœurs • caractère • ballet • action • critique

- Comédie-......... en trois actes et en prose, *Le Malade imaginaire* est la dernière œuvre dramatique de Molière, créée en 1673.
- L'intrigue dresse le portrait d'Argan, un hypocondriaque hanté par la peur de la maladie et de la mort. C'est le .... du personnage éponyme qui détermine en grande partie l'..........
- Sa servante, Toinette, élabore une mise en scène pour .... son maître de ses angoisses hyperboliques.
- La .... moliéresque touche autant la médecine que l'hypocrisie des comportements. Mêlant .... et musique, la pièce distrait autant qu'elle châtie les ....

2 Lisez l'extrait et répondez aux questions.

À la fin de la scène 1, Argan se lamentait que sa servante Toinette n'arrive pas assez vite pour s'occuper de lui. Celle-ci finit par venir, mais joue avec les nerfs de son maître.

TOINETTE, *en entrant dans la chambre* — On y va.

ARGAN — Ah, chienne ! ah, carogne[1]... !

TOINETTE, *faisant semblant de s'être cogné la tête* — Diantre soit fait de votre impatience ! vous pressez si fort les personnes, que je me suis donné un grand coup de la tête contre la carne[2] d'un volet.

ARGAN, *en colère* — Ah ! traîtresse... !

TOINETTE, *pour l'interrompre et l'empêcher de crier, se plaint toujours en disant* — Ha !

ARGAN — Il y a...

TOINETTE — Ha !

ARGAN — Il y a une heure...

TOINETTE — Ha !

ARGAN — Tu m'as laissé...

TOINETTE — Ha !

ARGAN — Tais-toi donc, coquine, que je te querelle.

TOINETTE — Çamon[3], ma foi ! j'en suis d'avis, après ce que je me suis fait.

ARGAN — Tu m'as fait égosiller[4], carogne.

TOINETTE — Et vous m'avez fait, vous, casser la tête : l'un vaut bien l'autre, quitte à quitte, si vous voulez.

ARGAN — Quoi ? coquine...

TOINETTE — Si vous querellez, je pleurerai.

ARGAN — Me laisser, traîtresse...

TOINETTE, *toujours pour l'interrompre* — Ha !

ARGAN — Chienne, tu veux…

TOINETTE — Ha !

ARGAN — Quoi ? Il faudra encore que je n'aie pas le plaisir de la quereller.

Molière, *Le Malade imaginaire*, Acte I, scène 2, 1673.

1. Carogne : femme méchante, hargneuse. **2.** Carne : angle. **3.** Çamon : c'est vrai. **4.** Égosiller : se fatiguer la gorge à crier.

1. Molière mobilise les différents types de comique dans cet extrait : illustrez-les.

2. Observez les mots soulignés : pourquoi peut-on parler de comédie dans la comédie ?

3 Prolongement artistique et culturel

1. Pourriez-vous citer d'autres personnages comiques du théâtre de Molière dont le caractère porte à rire ? Sur quoi repose leur force comique ?

2. L'acteur Michel Bouquet a incarné Argan dans *Le Malade imaginaire* mis en scène par Georges Werler au Théâtre de la Porte Saint-Martin en 2009. En quoi le costume du comédien vous paraît-il approprié au rôle ?

Mise en scène : Georges Werler ; décors : Agostino Pace ; costumes : Pascale Bordet ; lumières : Jacques Puisais

Le Mariage de Figaro, Beaumarchais (1784)

→ FICHE 27

4 Choisissez la réponse qui convient parmi les affirmations proposées.

1. *Le Mariage de Figaro* est :

☐ **a.** la suite du *Barbier de Séville*, comédie de Beaumarchais

☐ **b.** un journal créé par Beaumarchais ☐ **c.** un opéra de Beaumarchais

2. Le titre laisse pressentir que la pièce relève du genre :

☐ **a.** du drame sérieux ☐ **b.** de la tragédie ☐ **c.** de la comédie

3. Le nom de Figaro laisse présager :

☐ **a.** un personnage aux origines espagnoles

☐ **b.** un personnage de valet ☐ **c.** un rôle type de la commedia dell'arte

5 Lisez l'extrait puis répondez aux questions.

Figaro croit que Suzanne, qu'il a épousée le jour même, a accordé un rendez-vous galant à son maître, le Comte Almaviva.

FIGARO, *seul, se promenant dans l'obscurité, dit du ton le plus sombre.* — Ô femme ! femme ! femme ! créature faible et décevante !… nul animal créé ne peut manquer à son instinct : le tien est-il donc de tromper ?… Après m'avoir obstinément refusé quand je l'en pressais devant sa maîtresse ; à l'instant qu'elle me donne sa parole, au milieu même de la cérémonie... Il riait en lisant, le perfide ! Et moi comme un benêt... Non, monsieur le Comte, vous ne l'aurez pas... vous ne l'aurez pas. Parce que vous êtes un grand seigneur, vous vous croyez un grand génie !... Noblesse, fortune, un rang, des places, tout cela rend si fier ! Qu'avez-vous fait pour tant de biens ? Vous vous êtes donné la peine de naître, et rien de plus. Du reste, homme assez ordinaire ; tandis que moi, morbleu ! perdu dans la foule obscure, il m'a fallu déployer plus de science et de calculs, pour subsister seulement qu'on en a mis depuis cent ans, à gouverner toutes les Espagnes : et vous voulez jouter... On vient... c'est elle...ce n'est personne. — La nuit est noire en diable, et me voilà faisant le sot métier de mari, quoique je ne le sois qu'à moitié ! (*Il s'assied sur un banc.*) Est-il rien de plus bizarre que ma destinée ? Fils de ne sais pas qui, volé par des bandits, élevé dans leurs mœurs, je m'en dégoûte et veux courir une carrière honnête ; et partout je suis repoussé. [...]

Beaumarchais, *Le Mariage de Figaro* (V, 3), 1784.

1. À qui Figaro s'adresse-t-il successivement dans ce début de monologue particulièrement rythmé ?

2. Observez les mots surlignés : quelle image donnent-ils du personnage ? Quel est l'intérêt d'une telle présentation ?

À NOTER
Ce monologue de Figaro fait partie des plus longs de l'histoire du théâtre (il ne s'agit ici que d'un extrait).

6 Prolongement artistique et culturel.

1. Citez d'autres monologues qui font office d'autoportraits dans les pièces que vous avez lues.

2. Le peintre Jean-Marc Nattier a fait le portrait de Beaumarchais (ci-contre). Comment l'artiste insuffle-t-il un caractère naturel à son modèle ?

Jean-Marc Nattier, *Portrait de Beaumarchais*, 1755.

Rhinocéros, Ionesco (1959)

→ FICHE 28

7 Choisissez la ou les réponse(s) qui conviennent.

1. La date de création de *Rhinocéros* situe la pièce dans :

☐ **a.** le théâtre classique ☐ **b.** le théâtre symboliste ☐ **c.** le théâtre de l'Absurde

2. Le titre de la pièce :

☐ **a.** intrigue à cause de l'absence de déterminant.

☐ **b.** inquiète en raison du caractère dangereux du pachyderme.

☐ **c.** annonce une pièce allégorique.

8 **Analysez l'extrait en répondant aux questions.**

Dans Rhinocéros, *Ionesco met en scène la transformation progressive d'une population en animaux éponymes. Seul Bérenger résiste jusqu'au bout à l'épidémie et ne se transforme pas. C'est sur son monologue singulier que se clôt la pièce.*

> BÉRENGER : [...] Je n'ai pas de corne, hélas ! Que c'est laid, un front plat. Il m'en faudrait une ou deux, pour rehausser mes traits tombants. Ça viendra peut-être, et je n'aurai plus honte, je pourrai tous aller les retrouver. Mais ça ne pousse pas ! *(Il regarde les paumes de ses mains)* Mes mains sont moites. Deviendront-elles rugueuses ? *(Il enlève son veston, défait sa chemise, contemple sa poitrine dans la glace.)* J'ai la peau flasque. Ah, ce corps trop blanc et poilu ! Comme je voudrais avoir une peau dure et cette magnifique couleur d'un vert sombre, une nudité décente, sans poils, comme la leur ! *(Il écoute les barrissements.)* Leurs chants ont du charme, un peu âpre, mais un charme certain ! Si je pouvais faire comme eux. *(Il essaie de les imiter.)* Ahh, ahh, brr ! Non, ce n'est pas ça ! Essayons encore, plus fort ! Ahh, ahh, brr non, non, ce n'est pas ça, que c'est faible, comme cela manque de vigueur ! Je n'arrive pas à barrir. Je hurle seulement. Ahh, ahh, brr ! Les hurlements ne sont pas des barrissements ! Comme j'ai mauvaise conscience, j'aurais dû les suivre à temps. Trop tard maintenant ! Hélas, je suis un monstre, je suis un monstre. Hélas, jamais, je ne deviendrai rhinocéros, jamais, jamais ! Je ne peux plus changer. Je voudrais bien, je voudrais tellement, mais je ne peux pas. Je ne peux plus me voir. J'ai trop honte ! *(Il tourne le dos à la glace.)* Comme je suis laid ! Malheur à celui qui veut conserver son originalité ! *(Il a un brusque sursaut.)* Eh bien tant pis ! Je me défendrai contre tout le monde ! Ma carabine, ma carabine ! *(Il se retourne face au mur du fond où sont fixées les têtes de rhinocéros, tout en criant :)* Contre tout le monde, je me défendrai ! Je suis le dernier homme, je le resterai jusqu'au bout ! je ne capitule pas !
>
> RIDEAU
>
> Eugène Ionesco, *Rhinocéros* (III, monologue final), 1959.
>

1. Bérenger est englué dans un dilemme, à la manière des héros tragiques. En vous aidant notamment des éléments surlignés, expliquez quels procédés traduisent son affolement et le basculement dans l'absurde.

2. En vous appuyant sur les lignes 21 à 26, montrez que ce monologue final ne répond que partiellement aux attentes d'un dénouement.

9 Prolongement artistique et culturel.

Pour titre de sa pièce, Ionesco a choisi le nom d'un mammifère massif. Expliquez ce choix en vous aidant de la gravure ci-contre. Qu'est-ce que le terme laisse augurer de la pièce et de la mise en scène ?

Dürer, *Rhinocéros*, 1515.

CORRIGÉS

Le Malade imaginaire, Molière (1673)

1 ▸ Comédie-**ballet** en trois actes et en prose, *Le Malade imaginaire* est la dernière œuvre dramatique de Molière, créée en 1673.

▸ L'intrigue dresse le portrait d'Argan, un hypocondriaque hanté par la peur de la maladie et de la mort. C'est le **caractère** du personnage éponyme qui détermine en grande partie l'**action**.

▸ Sa servante, Toinette, élabore une mise en scène pour **corriger** son maître de ses angoisses hyperboliques.

▸ La **critique** moliéresque touche autant la médecine que l'hypocrisie des comportements. Mêlant **satire** et musique, la pièce distrait autant qu'elle châtie les **mœurs.**

2 **1.** Molière combine les différents types de comique dans cet extrait :

– Le **comique de mots** se concentre dans les répliques d'Argan à travers les jurons disproportionnés qu'il adresse à Toinette : « chienne », « carogne », « traitresse », « coquine ». Par ses réponses, la servante fait naître à son tour un comique de répétition liée aux multiples occurrences de l'interjection « Ha ! ».

– Conflictuel et animé, le dialogue entre les deux protagonistes dévoile un **comique de situation et de gestes** : les modalités interrogatives et exclamatives et les points de suspension donnent vie à la polémique ; les didascalies lui ajoutent une dimension dramatique.

– L'emportement du maître envers sa domestique laisse sourdre un **comique de caractère** lié à l'égoïsme du premier.

2. La scène produit une **mise en abyme** de la comédie. Tout d'abord, Toinette feint de s'être cognée par la faute d'Argan et joue par conséquent la comédie à son maître. Elle apparaît aussi comme maîtresse de la parole dans la mesure où elle conduit le dialogue par ses interruptions. Par son impertinence, la servante dirige également son maître et le pousse à camper le rôle d'un homme acariâtre et contesté dans son pouvoir.

3 **1.** Parmi les personnages comiques du théâtre de Molière, on peut citer :
- le valet éponyme des ***Fourberies de Scapin*** qui incarne le type du domestique plus **rusé** que son maître ;
- **M. Jourdain** dans *Le Bourgeois gentilhomme* dont le comique repose sur le **ridicule** et l'**extravagance** ;
- **Orgon** dans *Tartuffe* qui, par sa **naïveté** et son **irascibilité** offre un contrepoint comique à la noirceur morale du personnage éponyme ;
- **Harpagon** dans *L'Avare* dont le défaut (l'**avarice**) est donné en spectacle par le dramaturge pour le plus grand plaisir du spectateur.

2. L'acteur Michel Bouquet a incarné Argan dans *Le Malade imaginaire* mis en scène par Georges Werler au Théâtre de la Porte Saint-Martin en 2009. Le comédien apparaît largement grimé et rougeaud comme s'il était pris de fièvre ; son accoutrement (kimono et bonnet de nuit) rappelle le rouge de sa figure et connote une sorte de délire. Cette tenue d'intérieur signe le retranchement du personnage dans sa folie intérieure et la privation de contacts avec la société.

Le Mariage de Figaro, Beaumarchais (1784)

4 **1.** a. ; **2.** c ; **3.** a, b.

5 **1.** Bien que Figaro soit seul en scène, l'énonciation fait apparaître **plusieurs destinataires fictifs** : la **« femme »** triplement invoquée à l'ouverture, qui est en réalité son épouse Suzanne ; **« monsieur le Comte »**, apostrophé à plusieurs reprises par le pronom personnel de la deuxième personne du pluriel ; et **lui-même**, comme le révèle la question rhétorique finale où apparaît le déterminant possessif « ma ».

À NOTER
Ces changements de destinataire permettent de distinguer trois mouvements dans le texte (l. 1 à 15, l. 16 à 20 et l. 21 à 25).

2. ▸ Figaro apparaît **profondément désemparé**. Les interrogations oratoires manifestent sa désorientation. Se traitant de « benêt », il brosse un **portrait dévalorisé** de lui-même. Pourtant, le récit de sa destinée l'apparente aussi à un héros romanesque qui a bravé de nombreux obstacles (« Il m'a fallu déployer plus de science et de calculs pour subsister seulement... »).

▸ Une telle présentation facilite l'**identification du public** populaire au personnage et garantit, du moins, une forme de compassion pour Figaro de la part du spectateur qui ne peut être insensible à sa mélancolie. Le monologue devient un instrument pour révéler la psychologie du personnage en l'absence d'accès à son intériorité.

6 **1.** Parmi les **monologues** les plus célèbres, on peut citer : celui de Rodrigue à la scène 6 de l'acte I du *Cid* ; celui d'Hermione dans la scène 1 de l'acte V d'*Andromaque* ; celui d'Harpagon dans la scène 7 de l'acte IV de *L'Avare* de Molière, de Sosie dans la scène première d'*Amphitryon* ; celui de la reine dans la scène 2 de l'acte II de *Ruy Blas* de Hugo…

2. Sur un fond neutre et sombre, le visage du dramaturge **ressort avec force**. Par le caractère statique de la silhouette et la représentation de trois-quarts en habits simples, le peintre donne l'illusion de la personne de Beaumarchais, comme si ce dernier prenait la pose sous nos yeux. La direction du regard et son intensité confèrent au portrait une **dimension humaine**, encore rehaussée par la coloration rosée des pommettes.

Rhinocéros, Ionesco (1959)

7 **1.** c ; **2.** a, b et c.

8 **1.** Le lexique qu'emploie Béranger le donne englué dans une sorte de **dilemme** qui rappelle l'**univers de la tragédie**. L'éloge des rhinocéros transparaît à travers des termes mélioratifs (l. 10) et traduit la volonté du personnage de se conformer au modèle dominant. La transformation paraît souhaitée mais elle se trouve aussitôt frappée d'irréalité avec l'utilisation du conditionnel. Il n'est donc pas question de résignation chez Bérenger, ni d'acceptation de sa destinée à la manière des héros tragiques. Au contraire, l'**absurdité de sa condition** le submerge comme en témoigne l'affolement de son langage (répétitions, interjections, exclamations, cris…) et le caractère dérisoire de sa gestuelle.

2. Le spectateur s'attend à **comprendre**, dans ce monologue final, les origines de la rhinocérite et les raisons qui ont conduit le personnage central à opposer une résistance tout au long de la pièce. Pourtant, il n'en est rien. Dans le dernier mouvement, le lexique de la guerre (« ma carabine », « je me défendrai », « je ne capitule pas ») laisse présager un ultime face-à-face mais l'issue de la lutte demeure **en suspens** puisque le rideau tombe sur ce sursaut de révolte. Au reste, le geste de Bérenger apparaît bien dérisoire : que ferait-il d'une carabine face à une meute de rhinocéros ? La pièce donne l'impression de **se suspendre plus que de se clore ou se conclure**.

9 Le terme de *rhinocéros* fait surgir l'image d'un gros mammifère venu d'Afrique ou d'Asie. La lourdeur de l'animal, son caractère physiquement imposant, son aspect sauvage, mis en valeur dans la gravure de Dürer, ont de quoi **inquiéter et interpeller** le spectateur. La peau épaisse de l'animal, de couleur sombre et semblable à une armure, peut rappeler l'uniforme militaire. S'agit-il, pour Ionesco, de renvoyer à la réalité concrète du pachyderme ? Dans ce cas, la mise en scène se fera **naturaliste**. Le rhinocéros n'est-il qu'une image de la violence d'idéologies qui privent les individus de leur libre-arbitre ? La mise en scène sera alors **stylisée**.

8 Les pièces de théâtre au programme

TESTEZ-VOUS

→ CORRIGÉS P. 306-307

Faites le point sur vos connaissances puis établissez votre **parcours de révision** en fonction de votre score.

1 Molière, *Le Malade imaginaire* (1673)

→ FICHE 30

1. La pièce s'ouvre sur un prologue qui fait l'éloge…

☐ a. de la médecine. ☐ b. du théâtre. ☐ c. du roi.

2. Quels sont les thèmes abordés dans les intermèdes ?

☐ a. l'amour ☐ b. la guerre ☐ c. la médecine

3. Reliez chaque personnage au rôle qu'il endosse ponctuellement.

Argan •	• a. un maître de musique
Toinette •	• b. un médecin
Cléante •	• c. l'épouse attentionnée
Béline •	• d. lui-même mort

4. Pourquoi la comédie est-elle particulièrement faite pour être vue ?

☐ a. Son intrigue est basée sur des situations concrètes.

☐ b. Les procédés comiques fonctionnent mieux en présence d'un public.

☐ c. Elle peut combiner différents arts : théâtre, chant, danse…

…/4

2 Marivaux, *L'Île des esclaves* (1725)

→ FICHE 31

1. Dans la scène 2, par quel surnom Arlequin dit-il que son maître l'appelle ?

☐ a. Ah ☐ b. Oh ☐ c. Hé

2. Quel trait de caractère d'Euphrosine est l'objet du portrait fait par Cléanthis ?

☐ a. sa prudence

☐ b. sa coquetterie

☐ c. sa vanité

3. Comment peut-on décrire la situation finale de la pièce ?

☐ a. Euphrosine et Iphicrate peuvent rentrer à Athènes.

☐ b. Euphrosine et Iphicrate se repentent de leurs erreurs.

☐ c. Euphrosine et Iphicrate restent esclaves pour toujours.

4. Quelle(s) visée(s) peut avoir la pièce de Marivaux ?

☐ a. amuser par des confrontations comiques

☐ b. reconstituer un épisode historique authentique

☐ c. faire réfléchir sur les rapports sociaux

5. Dans quelle(s) pièce(s) un valet assène-t-il à son maître des reproches bien sentis ?

☐ a. *Phèdre* (Racine)

☐ b. *Dom Juan* (Molière)

☐ c. *Le Mariage de Figaro* (Beaumarchais)

☐ d. *Dormez, je le veux !* (Feydeau)

…/5

3 Lagarce, *Juste la fin du monde* (1990)

→ FICHE 32

1. Associez chaque personnage au souvenir qu'il évoque.

La Mère •	• a. le mot envoyé pour la naissance d'un enfant
Suzanne •	• b. les promenades du dimanche
Catherine •	• c. les cartes postales de Louis
Antoine •	• d. les frustrations de l'enfance

2. Qui manque de frapper Louis lors de ces retrouvailles ?

☐ a. Suzanne ☐ b. la Mère ☐ c. Antoine

3. Quel regret Louis évoque-t-il dans l'épilogue ?

☐ a. Il aurait voulu hurler dans la nuit.

☐ b. Il aurait voulu consoler sa mère.

☐ c. Il aurait voulu apaiser sa relation avec son frère.

4. En quoi le style de Lagarce s'accorde-t-il au sujet de la pièce ?

☐ a. La juxtaposition des monologues montre la solitude des personnages.

☐ b. Le recours à une prose rythmée exprime l'harmonie des sentiments.

☐ c. La fragmentation du langage souligne l'indicibilité des sentiments.

…/4

Score sur l'œuvre étudiée …/4

Parcours PAS À PAS ou EXPRESS ? → MODE D'EMPLOI P. 3

30 Molière, *Le Malade imaginaire*

Parcours : Spectacle et comédie

En bref *Dans* Le Malade imaginaire, *Molière nous fait rire d'Argan, qui se croit toujours malade, comme des médecins. Cette comédie-ballet mêle théâtre, chant et danse, créant un spectacle complet.*

I Connaître l'œuvre

1 L'auteur et le contexte

- Né en 1622 à Paris dans une famille bourgeoise, le jeune Jean-Baptiste Poquelin participe à la fondation de l'Illustre Théâtre en 1643. Au sein de cette troupe, il **écrit et joue** farces et comédies sous le pseudonyme de Molière. En 1658, il entre sous la protection de la famille royale.

- Il s'illustre dans le **nouveau genre de la comédie-ballet** en 1670 grâce au *Bourgeois gentilhomme*, puis en 1673 avec *Le Malade imaginaire*, destiné aux fêtes célébrant les victoires militaires de Louis XIV, et dont la musique est composée par Charpentier. C'est pendant l'une des représentations de cette pièce que Molière est pris du malaise qui lui sera fatal.

2 La composition et les enjeux

- La pièce se compose de **trois actes ponctués d'intermèdes dansés et chantés**, précédés d'un prologue précisant la volonté de « délasser [le roi] de ses nobles travaux ».

> **MOT CLÉ**
> Les **intermèdes** sont, au XVIIe siècle, de courts divertissements chorégraphiques qui interviennent entre les actes d'une comédie.

- Argan est un **hypocondriaque**, soumis à son médecin et à son apothicaire. Aussi veut-il contraindre sa fille Angélique à épouser un médecin, mais les manœuvres de cette dernière, de son amant Cléante et de la servante Toinette parviennent à lui ouvrir les yeux.

- Comique farcesque, quiproquos, travestissements rythment une pièce qui invite à recouvrer sa lucidité face aux abus d'une **médecine moquée** à travers des personnages grotesques.

II Comprendre le parcours

1 La comédie : un genre conçu pour le spectacle

- Plus que tout autre genre théâtral, la comédie **trouve dans la mise en scène son aboutissement**. Le lecteur de la pièce rit en imaginant Toinette se déguiser en médecin de pacotille pour asséner à Argan un diagnostic burlesque, mais moins que le spectateur qui la voit à l'œuvre sur scène.

C'est particulièrement vrai des comédies proches de la farce : on peut citer la scène des *Fourberies de Scapin* où le valet rusé enferme son maître dans un sac et le bastonne, évidemment beaucoup plus savoureuse quand elle est représentée.

■ Spectacle avant tout, la comédie utilise pleinement le principe de la **double énonciation**. Ainsi en est-il quand les personnages – pour parvenir à leurs fins – jouent la comédie, **sous l'œil complice du public**. Dans *Le Malade imaginaire*, Béline feint son affection conjugale, puis Argan simule la mort, pour le plus grand plaisir du spectateur qui voit clair dans le jeu de chacun.

MOT CLÉ
La **double énonciation** est une caractéristique essentielle du théâtre : les répliques d'un personnage sont destinées aux autres personnages, mais aussi au spectateur.

2 La comédie : un spectacle complet et varié

■ La comédie peut **associer d'autres arts** pour se transformer en un spectacle complet. Ainsi Molière, dans ses comédies-ballets, ajoute des parties chantées et dansées, qui offrent au public un divertissement réjouissant. Deux ans après la première représentation du *Mariage de Figaro* de Beaumarchais (1784), Mozart adapte la pièce en opéra, avec l'aide du librettiste Lorenzo Da Ponte, créant un **spectacle dramatique et lyrique** d'une grande puissance.

■ Genre plastique, la comédie peut réunir une **grande variété de registres**. La satire de la médecine atteint ainsi son apogée lors de la « cérémonie burlesque d'un homme qu'on fait médecin » qui clôt *Le Malade imaginaire*. Dans *Art* (2000), Yasmina Reza propose une réflexion incisive et pleine d'humour sur les affres de l'art contemporain, à partir d'un déconcertant tableau blanc.

zoOm

Éblouir le spectateur

Le Bourgeois gentilhomme, mise en scène de Jérôme Deschamps, 2019.

Dans cette mise en scène du *Bourgeois gentilhomme* de Molière, les couleurs éclatantes se mêlent aux codes traditionnels de la pantomime afin d'accentuer l'effet visuel et l'aspect onirique de ce divertissement burlesque.

31 Marivaux, *L'Île des esclaves*
Parcours : Maîtres et valets

En bref *Présents dans la comédie depuis l'Antiquité, les rôles du maître et du valet se complètent et s'opposent. Dans* L'Île des esclaves, *Marivaux les inverse le temps du spectacle ; il interroge ainsi avec subtilité les conséquences de cette hiérarchie sociale.*

I Connaître l'œuvre

1 L'auteur et le contexte

■ Journaliste fasciné par les mœurs de son époque, Marivaux se tourne rapidement vers le théâtre. S'inspirant de la ***commedia dell'arte***, il connaît le succès avec *Arlequin poli par l'amour* en 1720.

MOT CLÉ
La ***commedia dell'arte***, genre théâtral d'origine italienne, se fonde sur des types comiques (comme Arlequin) et sur l'improvisation.

■ Dramaturge prolifique, il collabore de manière fructueuse avec la troupe des Comédiens-Italiens, avec notamment *L'Île des esclaves* en 1725 et *Le Jeu de l'amour et du hasard* en 1730.

2 La composition et les enjeux

■ L'intrigue se situe dans une Antiquité grecque de pacotille, miroir de la France du XVIIIe siècle. Arlequin et son maître Iphicrate, ainsi que Cléanthis et Euphrosine, font naufrage sur une île utopique dont les habitants sont des descendants d'esclaves ayant fui leur servitude.

■ Sur cette île, afin de corriger les maîtres de leur inhumanité, les statuts et les noms s'inversent : les esclaves deviennent les maîtres, et réciproquement. C'est ce qui advient aux naufragés sous le contrôle de Trivelin, le gouverneur de cette nouvelle république.

■ Le renversement permet aux anciens maîtres de prendre conscience de leurs abus de pouvoir et d'en obtenir le pardon. La pièce n'appelle pas à la révolution : tout finit par rentrer dans l'ordre.

II Comprendre le parcours

1 Le reflet d'une hiérarchie sociale

■ Dans la comédie traditionnelle, comme dans la société, les valets sont au service de leurs maîtres. Le Figaro du *Barbier de Séville* (1775) aide le Comte à séduire la belle Rosine, séquestrée par un vieux docteur tyrannique.

■ La comédie naît du contraste entre les maîtres et les valets. Dans *Dom Juan* de Molière (1665), Sganarelle tient vainement tête à son maître, sans pouvoir l'égaler dans sa maîtrise de la parole. Chez Marivaux, la différence sociale, révélée par le niveau de langue, empêche le valet, même déguisé en maître, de séduire la femme que son maître aime en secret.

- Le valet est **souvent moqué par son maître**. Cléanthis fait la liste des surnoms déplaisants que lui donne Euphrosine : « Sotte, Ridicule, Bête, Butorde, Imbécile, etc. » Dans *Ruy Blas* de Victor Hugo (1838), don Salluste affirme avec cruauté que le valet « n'est qu'un vase » que son maître remplit comme il l'entend.

2 La remise en cause du rapport de domination

- *L'Île des esclaves* donne lieu au **renversement carnavalesque des rôles** : les dominés semblent prendre le pouvoir. La première réaction moqueuse d'Arlequin face aux plaintes d'Iphicrate est de rire en continuant à s'enivrer. Dans *Les Bonnes* de Genet (1947), Claire endosse le rôle de sa maîtresse en son absence, le temps d'une cérémonie mimétique.
- Le valet peut alors à son tour se moquer de son maître : Cléanthis montre la vanité et la coquetterie d'Euphrosine dans un portrait railleur. Dans *Le Mariage de Figaro* (Beaumarchais, 1784), Figaro va plus loin en dénonçant les privilèges indus d'une aristocratie abusive.

CITATION

« C'est la barbarie de vos cœurs que nous voulons détruire, » explique Trivelin. Après tout, *Iphicrate* signifie « qui règne par la force ».

- Le théâtre offre une **réflexion sur l'injustice sociale**. Chez Marivaux, les maîtres sont punis pour leur arrogance et sont forcés de faire amende honorable. Dans *Maître Puntila et son valet Matti* (Brecht, 1948), la comédie se poursuit jusqu'à l'émancipation du domestique à l'heure de la lutte des classes.

zoOm

Une servitude dévorante

Dans cette mise en scène des *Bonnes* de Genet (1947), « Madame » n'est qu'une marionnette concentrant la fascination malsaine des domestiques. Se consacrant entièrement à l'animation grotesque de leur idole, ces dernières sont peu à peu submergées par leur désir de l'assassiner.

Les Bonnes, mise en scène de Pierangelo Summa, 2010.

32 J.-L. Lagarce, *Juste la fin du monde*

Parcours : Crise personnelle, crise familiale

En bref *La pièce met en scène les retrouvailles impossibles d'un personnage avec sa famille ; elle cherche à explorer l'intimité familiale à travers les méandres du langage. Depuis l'Antiquité, les dramaturges se servent des histoires de famille pour interroger la complexité des rapports humains.*

I Connaître l'œuvre

1 L'auteur et le contexte

- D'abord étudiant en philosophie, Jean-Luc Lagarce fonde le théâtre de la Roulotte à la fin des années 1970. Il met en scène des pièces contemporaines déjà reconnues (comme celles de Beckett ou Ionesco), puis ses propres créations.
- S'inspirant en partie de sa vie, il publie *Derniers Remords avant l'oubli* en 1987 puis *Juste la fin du monde* en 1990, alors qu'il se sait déjà atteint du sida et condamné par la maladie. Il meurt en 1995, à 38 ans.

2 La composition et les enjeux

- Ténue, l'intrigue se résume au retour de Louis auprès des siens après des années d'absence : celui-ci essaye d'annoncer sa mort prochaine – sans jamais y parvenir.
- Chacun des membres de la famille s'exprime tour à tour dans des interventions qui tournent au monologue, voire au soliloque. La tension atteint son paroxysme au cours du face-à-face final entre Louis et son frère cadet Antoine.
- L'écriture en versets, quasiment poétique, accentue la fragmentation du langage et souligne l'indicibilité des sentiments. En écho au **prologue**, l'**épilogue** clôt la pièce ; comme surgie d'outre-tombe, la voix de Louis regrette son éternel mutisme.

MOTS CLÉS
- Le **prologue** est la partie située au début de la pièce où l'on expose le sujet.
- L'**épilogue** permet au contraire de clore l'intrigue dramatique.

II Comprendre le parcours

1 Soi-même face aux autres

- *Juste la fin du monde* exhibe la solitude de personnages en décalage avec leur famille. Dans le théâtre antique déjà, c'est contre son oncle Créon qu'Antigone se dresse au nom de ses valeurs pour accorder des funérailles à son frère.
- La famille enferme l'individu dans un rôle dont il est difficile de s'affranchir. Louis est un avatar dégradé du « fils prodigue » de la Bible : il croit à tort pouvoir

renouer avec les siens et se faire pardonner son absence. Héros du *Voyageur sans bagages* d'Anouilh (1937), Gaston est un amnésique solitaire qui doit retrouver sa famille, mais choisit d'en intégrer une autre afin d'échapper à un passé qui l'écœure.

- **Chacun reste largement insondable** pour les autres comme pour lui-même. La tragédie *Incendies* de Mouawad (2003) repose sur la quête effroyable de leurs origines par deux jumeaux nés de l'inceste et du viol. Dans *Juste la fin du monde*, Louis repart sans avoir pu confier sa mort imminente.

CITATION
Au IVe siècle avant J.-C., dans sa *Poétique*, Aristote recommandait déjà de représenter des familles « dans lesquelles il s'est passé ou fait des choses terribles. »

2 Une communication difficile

- « Rien ici ne se dit facilement » déclare Antoine. Chacun **peine à trouver les mots justes** et scrute les failles de sa parole. Dans *Assoiffés* de Mouawad (2007), Murdoch, un adolescent tourmenté, se heurte au silence de parents incapables de lui accorder de l'attention.
- D'obscurs monologues témoignent des **confusions de l'histoire familiale** ; Louis subit les reproches de sa sœur et l'ironie de son frère. Dans *Le Retour au désert* (1988), Koltès donne également à voir la confrontation d'un frère et d'une sœur en proie au poids de leur passé.
- Les mots se heurtent à l'**hostilité** de qui les recueille : Antoine est convaincu que Louis l'inonde « d'histoires ». Dans *Papa doit manger* (2003), Marie NDiaye met en scène les mensonges misérables d'un père qui, après dix ans d'absence, cherche à reprendre sa place dans une famille qui s'est reconstruite sans lui.

zoOm

Le châtiment d'un fils ingrat

Dans cette scène où les gestes pathétiques traduisent l'intensité du désespoir familial, le père, désormais mort, n'a pas eu comme dans la parabole biblique la joie de retrouver le fils prodigue. Revenu trop tard, ce dernier est accablé de reproches par sa mère.

De la même façon, Louis semble également revenir bien trop tard auprès des siens.

J.-B. Greuze, *Le Fils puni*, 1778.

MÉMO VISUEL

LES ŒUVRES

L'œuvre

***Le Malade imaginaire*, Molière (1673)**

- **Genre :** comédie-ballet
- **Mouvement :** théâtre classique
- **Thème :** les extravagances d'un hypocondriaque
- **Visée :** faire rire de ceux qui se prétendent malades comme des médecins qui prétendent les soigner

Le parcours

Spectacle et comédie

- Dans ses comédies-ballets, Molière associe au théâtre la danse et la musique afin d'enrichir l'intrigue et de charmer tous les sens.
- Le plaisir du jeu et du théâtre éclate lorsque les personnages jouent eux-mêmes la comédie avec la complicité des spectateurs.

L'œuvre

***Juste la fin du monde*, Lagarce (1990)**

- **Genre :** drame
- **Mouvement :** théâtre contemporain
- **Thèmes :** les retrouvailles impossibles d'un personnage avec sa famille
- **Visées :** montrer la complexité des relations familiales, explorer les failles du langage

Le parcours

Crise personnelle, crise familiale

- Insondable, incapable de se dire et d'être compris par les siens, l'individu est renvoyé à sa solitude et à sa mort certaine.
- Les échanges sont souvent grippés : le langage, lui-même en crise, est source de malentendus. Il échoue à tisser des liens entre les membres ad'une même famille.

L'œuvre

L'Île des esclaves, **Marivaux (1725)**

- **Genre :** comédie
- **Mouvement :** théâtre des Lumières
- **Thèmes :** le poids des inégalités, les abus d'autorité des maîtres
- **Visée :** faire réfléchir sur la manière d'humaniser les relations entre maîtres et valets

Le parcours

Maîtres et valets

- Au théâtre, le serviteur peut jouer un rôle d'auxiliaire ou s'opposer à son maître, générant ainsi des conflits qui nourrissent l'action.
- La relation entre maîtres et valets témoigne également de l'évolution de la conception des rapports de domination dans la société. Dans *L'Île des esclaves*, où les rôles s'inversent temporairement, Marivaux interroge les inégalités sociales.

AU PROGRAMME

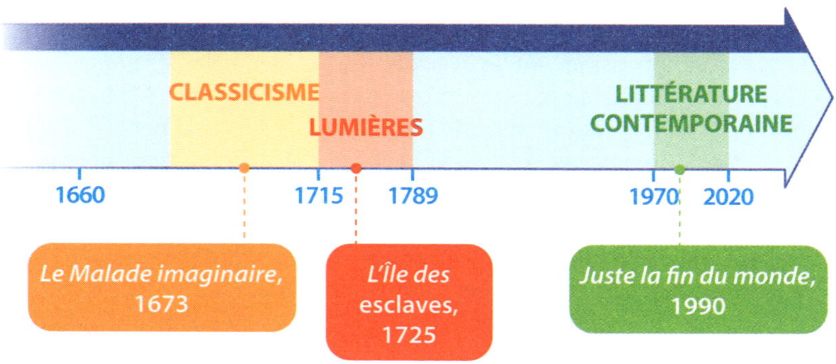

SUJET 6 | OBJECTIF BAC

EXPLICATION DE TEXTE 30 min Marivaux, *L'Île des esclaves*

Cléanthis profite des règles de l'île des esclaves pour régler ses comptes avec sa maîtresse Euphrosine, dans un portrait haut en couleur !

LE SUJET

Faites l'explication linéaire de ce texte extrait de *L'Île des esclaves*.

Trivelin, l'un des habitants de l'île des esclaves, invite Cléanthis à faire le portrait d'Euphrosine, son ancienne maîtresse, pour la corriger et lui donner un « cours d'humanité ».

CLEANTHIS — [...] Madame se tait, Madame parle ; elle regarde, elle est triste, elle est gaie : silence, discours, regards, tristesse et joie : c'est tout un, il n'y a que la couleur[1] de différente ; c'est vanité[2] muette, contente ou fâchée ; c'est coquetterie babillarde[3], jalouse ou curieuse ; c'est Madame, toujours vaine ou coquette l'un après l'autre, ou tous les deux à la fois : voilà ce que c'est, voilà par où je débute, rien que cela.

EUPHROSINE — Je n'y saurais tenir[4].

TRIVELIN — Attendez donc, ce n'est qu'un début.

CLEANTHIS — Madame se lève, a-t-elle bien dormi, le sommeil l'a-t-il rendue belle, se sent-elle du vif, du sémillant[5] dans les yeux ? vite sur les armes, la journée sera glorieuse : qu'on m'habille ; Madame verra du monde aujourd'hui ; elle ira aux spectacles, aux promenades, aux assemblées ; son visage peut se manifester, peut soutenir le grand jour[6], il fera plaisir à voir, il n'y a qu'à le promener hardiment, il est en état, il n'y a rien à craindre.

TRIVELIN, à Euphrosine. — Elle développe assez bien cela.

CLEANTHIS — Madame, au contraire, a-t-elle mal reposé : Ah ! qu'on m'apporte un miroir ? comme me voilà faite ! que je suis mal bâtie[7] ! Cependant on se mire[8], on éprouve son visage de toutes les façons, rien ne réussit ; des yeux battus, un teint fatigué ; voilà qui est fini, il faut envelopper ce visage-là, nous n'aurons que du négligé[9], Madame ne verra personne aujourd'hui, pas même le jour, si elle peut, du moins fera-t-il sombre dans la chambre. Cependant il vient compagnie[10], on entre : que va-t-on penser du visage de Madame ? On croira qu'elle s'enlaidit : donnera-t-elle ce plaisir-là à ses bonnes amies ? non, il y a remède à tout : vous allez voir. Comment vous portez-vous, Madame ? Très mal, Madame : j'ai perdu le sommeil ; il y a huit jours que je n'ai fermé l'œil ; je n'ose pas me montrer, je fais peur. Et cela veut dire : Messieurs, figurez-vous que ce n'est point moi, au moins ; ne me regardez pas ; remettez à me voir[11] ; ne me jugez pas aujourd'hui ; attendez que j'aie dormi. J'entendais tout cela, moi ; car nous autres esclaves, nous sommes doués contre nos maîtres d'une pénétration[12]... Oh ! ce sont de pauvres gens pour nous.

Marivaux, *L'Île des esclaves*, scène 3, 1725.

1. La couleur : l'apparence. **2.** Vanité : orgueil. **3.** Babillarde : bavarde. **4.** Je n'y saurais tenir : je ne vais pas pouvoir le supporter. **5.** Du sémillant : de la gaieté pétillante avec un vif désir de plaire. **6.** Peut soutenir le grand jour : peut supporter la lumière du jour. **7.** Mal bâtie : mal faite, sans beauté. **8.** On se mire : on se regarde. **9.** Du négligé : du laisser-aller. **10.** Il vient compagnie : des visiteurs arrivent. **11.** Remettez à me voir : différez votre visite. **12.** Pénétration : compréhension.

■ **Question de grammaire** : Étudiez la construction des interrogations dans la réplique suivante : « Madame se lève, a-t-elle bien dormi, le sommeil l'a-t-il rendue belle, se sent-elle du vif, du sémillant dans les yeux ? » (l. 9-10)

LES CLÉS POUR RÉUSSIR

Définir le texte

Carte d'identité du texte

- **Auteur :** Marivaux, journaliste et écrivain
- **Contexte :** XVIIIe siècle
- **Thème :** le portrait d'une femme superficielle
- **Tonalité :** satirique
- **But de l'auteur :** dénoncer les abus des maîtres en donnant la parole à leurs valets.

Dégager la problématique

Comment Cléanthis fait-elle le portrait satirique de son ancienne maîtresse ?

Identifier les mouvements du texte

1 Lignes 1 à 8 : un caractère capricieux
- Intéressez-vous à la construction des phrases et au rythme du discours.
- Montrez l'aspect changeant du caractère d'Euphrosine.

2 Lignes 9 à 21 : le triomphe de la superficialité
- Comment Euphrosine réagit-elle face à sa beauté ?
- Intéressez-vous à la réaction inverse : qu'est-ce qui la rend ridicule ?

3 Lignes 22 à 31 : la dérisoire comédie de la coquette
- Montrez l'hypocrisie dissimulée sous le dialogue recréé par Cléanthis.
- En quoi Cléanthis est-elle dotée d'un regard pénétrant ?

CORRIGÉS

Les titres en couleur ou entre crochets ne doivent pas figurer sur la copie.

Introduction

[présentation du contexte] Le problème de la relation entre maîtres et valets est très présent dans le théâtre du XVIIIe siècle. On pense citer bien sûr à la pièce de Beaumarchais, *Le Mariage de Figaro* (1778), où Figaro campe un valet aux accents prérévolutionnaires.

[présentation de l'œuvre et de l'extrait] Dès 1725, Marivaux consacre une comédie à ce thème : *L'Île des esclaves*. La pièce, dont l'action se situe dans une Antiquité de pacotille de manière à éviter la censure, raconte ainsi comment des naufragés athéniens débarquent sur une île peuplée de descendants d'esclaves et sont conduits – du fait des lois de l'île – à inverser leur statut de maîtres et d'esclaves. Dans cette scène, Cléanthis a donc pris la place d'Euphrosine. **[problématique]** Nous allons étudier comment elle dresse le portrait satirique de son ancienne maîtresse.

I. Un caractère capricieux (l. 1 à 8)

- « Madame se tait, Madame parle ; elle regarde, elle est triste, elle est gaie » : Euphrosine est au centre du portrait, qui se déploie dans une **progression à thème constant**. Le rythme est enlevé : les brèves propositions juxtaposées s'enchaînent rapidement et étourdissent le spectateur.

> **MOT CLÉ**
> Dans la **progression à thème constant**, le thème initial (*Madame*) est repris comme thème dans les phrases qui suivent.

- Les antithèses insistent sur les brusques changements d'humeur d'Euphrosine : « se tait »/ « parle », « triste »/ « gaie ». Une énumération souligne ses contradictions ridicules : « silence, discours, regards, tristesse et joie ».

- Cléanthis insiste sur le caractère capricieux de sa maîtresse, à travers différentes expressions de sens contraires : « vanité muette »/ « coquetterie babillarde », « contente ou fâchée » ; « jalouse ou curieuse ». On imagine Cléanthis accentuer l'aspect comique de la caricature en faisant les moues correspondantes au public.
- Ce portrait n'est pas du tout du goût d'Euphrosine, incapable d'entendre les reproches de sa servante. Sa réaction exaspérée – « Je n'y saurais tenir » – amuse Trivelin, qui, comme s'il s'adressait directement au spectateur complice, s'exclame : « ce n'est qu'un début ».

[transition] Effectivement, Cléanthis poursuit son portrait avec beaucoup de verve.

II. Le triomphe de la superficialité (l. 9 à 21)

- La servante recrée une scène quotidienne : celle du lever de sa maîtresse. Pour Euphrosine, la première question qui se pose est celle de son apparence ! Et selon qu'elle a bien ou mal dormi, son attitude sera très différente.
- Le premier cas évoqué, à travers la succession de propositions interrogatives (« a-t-elle bien dormi », etc.), est celle d'une bonne nuit de sommeil. Sûre de son apparence, Euphrosine, se sent alors pleine d'énergie, comme l'indique l'exclamation guerrière : « vite sur les armes » et les verbes d'action au futur :

« Madame verra du monde aujourd'hui ; elle ira aux spectacles, aux promenades, aux assemblées ». Cléanthis démontre à quel point cette vie mondaine est artificielle : l'objectif premier est bien de se montrer, comme le traduit la métonymie du « visage » que l'on peut « promener hardiment » !

- Dans le cas d'une mauvaise nuit, la réaction est bien entendu inverse, mais toujours ridicule : « Ah ! qu'on m'apporte un miroir ? (...) que je suis mal bâtie ! » Les réactions excessives de la coquette sont évoquées au moyen d'une gradation : « des yeux battus, un teint fatigué ; voilà qui est fini » et une accumulation de négations : « rien ne réussit [...] nous n'aurons que du négligé, Madame ne verra personne aujourd'hui, pas même le jour ».

[transition] Même sans didascalies, on peut imaginer à la lecture du texte toute la gestuelle qui accompagne cette tirade sur scène.

DES POINTS EN +
Une analyse fine du texte théâtral doit toujours envisager **les conditions concrètes de sa représentation sur scène**. N'hésitez pas à citer une mise en scène de l'extrait présenté à l'épreuve orale.

III. La dérisoire comédie de la coquette (l. 22 à 31)

- Cependant Cléanthis parachève ce portrait sous la forme d'une petite saynète, où elle joue à la fois le rôle de sa maîtresse et de ses visiteurs impromptus.
- Elle joue sur le comique de situation : Euphrosine souhaitait justement n'accueillir personne... L'ironie est particulièrement perceptible dans les interrogations rhétoriques : « que va-t-on penser du visage de Madame ? [...] donnera-t-elle ce plaisir-là à ses bonnes amies ? » La servante suggère que les rapports mondains sont hypocrites, et dissimulent moqueries et quolibets.
- Cléanthis ménage les effets comiques de sa mise en scène : « il y a remède à tout : vous allez voir ». On l'imagine contrefaisant la voix d'Euphrosine en insistant sur les excuses hyperboliques, et parfaitement risibles, que donne sa maîtresse : « j'ai perdu le sommeil ; il y a huit jours que je n'ai fermé l'œil ».
- Cléanthis a le pouvoir de révéler la vérité dissimulée sous les faux-semblants : « Et cela veut dire [...] ». Elle souligne sa position privilégiée de témoin lucide face aux vices moraux de sa maîtresse : « J'entendais tout cela, moi ; car nous autres esclaves, nous sommes doués contre nos maîtres d'une pénétration... »
- L'exclamation finale, faussement compatissante, agit comme une dernière pique ironique à l'égard d'Euphrosine : « Oh ! ce sont de pauvres gens pour nous. »

Conclusion

[synthèse] Dans cette scène, Cléanthis livre un portrait acéré de sa maîtresse et, à travers elle, de la classe sociale qu'elle représente : un aristocratie uniquement préoccupée d'elle-même, sans empathie pour les gens à son service.

[ouverture] Cette scène de confrontation entre la servante et sa maîtresse fait écho à d'autres scènes de la pièce dans lesquelles, de son côté, Arlequin se venge, avec l'entrain qui le caractérise, des mauvais traitements d'Iphicrate.

2. La question de grammaire

« Madame se lève, a-t-elle bien dormi, le sommeil l'a-t-il rendue belle, se sent-elle du vif, du sémillant dans les yeux ? »

- La phrase comprend trois propositions **interrogatives directes** juxtaposées et se termine par un **point d'interrogation.**
- Chaque interrogation concerne la proposition entière : ce sont des interrogations **totales.** Chacune présente un **sujet inversé** : la construction est de registre soutenu.
- À travers ces interrogations, Cléanthis se moque de sa maîtresse qui, dès son lever, ne se préoccupe que d'elle.

DES QUESTIONS POUR L'ENTRETIEN

Lors de l'entretien, vous devrez présenter une autre œuvre lue au cours de l'année. L'examinateur introduira l'échange et peut vous poser quelques questions. Celles ci-dessous sont des exemples.

1. Sur votre dossier est mentionnée la lecture cursive d'une autre œuvre associée au parcours « Maîtres et valets » : la pièce *Dom Juan* de Molière (1665). Pouvez-vous expliquer brièvement ce dont il s'agit ?
2. Comment Sganarelle s'oppose-t-il à son maître tout au long de la pièce ? Parvient-il à lui faire changer d'avis sur ses vices moraux ?
3. Présentez le dénouement de la pièce. À votre avis, comment peut-on l'interpréter symboliquement ?

SUJET 7 | OBJECTIF MENTION

EXPLICATION DE TEXTE ⏱ 30 min — Molière, *Le Malade imaginaire*

L'intrigue de la pièce se noue à travers la formation de deux camps opposés représentés ici par Argan et Toinette.

LE SUJET

■ **Vous préparerez l'explication orale de ce texte.**

En présence de sa servante Toinette, Argan vient d'annoncer à sa fille Angélique son intention de la marier, non à son amant, mais à Thomas Diafoirus, fils d'un médecin.

TOINETTE — Mon Dieu ! je vous connais, vous êtes bon naturellement.

ARGAN, *avec emportement.* — Je ne suis point bon, et je suis méchant quand je veux.

TOINETTE — Doucement, Monsieur : vous ne songez pas que vous êtes malade.

ARGAN — Je lui commande absolument de se préparer à prendre le mari que je dis.

TOINETTE — Et moi, je lui défends absolument d'en faire rien.

ARGAN — Où est-ce donc que nous sommes ? et quelle audace est-ce là à une coquine de servante de parler de la sorte devant son maître ?

TOINETTE — Quand un maître ne songe pas à ce qu'il fait, une servante bien sensée est en droit de le redresser[1].

ARGAN, *court après Toinette.* — Ah ! insolente, il faut que je t'assomme.

TOINETTE, *se sauve de lui.* — Il est de mon devoir de m'opposer aux choses qui vous peuvent déshonorer.

ARGAN, *en colère, court après elle autour de sa chaise, son bâton à la main.* — Viens, viens, que je t'apprenne à parler.

TOINETTE, *courant, et se sauvant du côté de la chaise où n'est pas Argan.* — Je m'intéresse, comme je dois, à ne vous point laisser faire de folie.

ARGAN, *de même.* — Chienne !

TOINETTE, *de même.* — Non, je ne consentirai jamais à ce mariage.

ARGAN, de même. — Pendarde[2] !

TOINETTE, *de même.* — Je ne veux point qu'elle épouse votre Thomas Diafoirus.

ARGAN, *de même.* — Carogne[3] !

TOINETTE, *de même.* — Et elle m'obéira plutôt qu'à vous.

ARGAN, *s'arrêtant.* — Angélique, tu ne veux pas m'arrêter cette coquine-là ?

ANGÉLIQUE — Hé ! mon père, ne vous faites point malade.

ARGAN, *à Angélique.* — Si tu ne me l'arrêtes, je te donnerai ma malédiction.

TOINETTE, *en s'en allant.* — Et moi, je la déshériterai, si elle vous obéit.

ARGAN, *se jette dans sa chaise, étant las de courir après elle.* — Ah ! ah ! je n'en puis plus. Voilà pour me faire mourir.

Molière, *Le Malade imaginaire*, Acte I, scène 5, 1673.

1. Redresser : corriger, remettre dans le droit chemin. 2. Pendarde : qui mérite d'être pendue.
3. Carogne : femme méchante, hargneuse.

■ **Question de grammaire** : Analysez l'expression de la négation dans la phrase suivante : « Non, je ne consentirai jamais à ce mariage. » (l. 18)

LES CLÉS POUR RÉUSSIR

Présenter le texte

Carte d'identité du texte

- **Auteur :** Molière, dramaturge classique
- **Contexte :** XVIIe siècle, le règne du Roi-Soleil, les divertissements de cour
- **Thème :** la médecine et l'hypocondrie ; le mariage et l'amour
- **Tonalité :** comique
- **Situation du passage :** Deux camps s'affrontent : ceux qui souhaitent le mariage d'Angélique avec Thomas Diafoirus, et ceux qui s'y opposent.

Formuler une problématique

En quoi cette scène dynamique représente-t-elle un bras de fer résolument comique entre Argan et les siens ?

Identifier les mouvements du texte

1 Lignes 1 à 9 : Toinette contre Argan, le choc de deux points de vue

- Intéressez-vous à l'enchaînement des répliques.
- Montrez comment se dessinent les caractères des personnages.

2 Lignes 10 à 22 : une course-poursuite ridicule

- Qu'est-ce qui crée du comique ?
- Comparez les prises de parole d'Argan et celles de Toinette.

3 Lignes 23 à 28 : la défaite d'Argan

- À quoi voit-on qu'Argan échoue contre Toinette ?
- Montrez que la scène s'achève bien sur la formation de deux camps opposés.

CORRIGÉS

Les titres en couleur ou entre crochets ne doivent pas figurer sur la copie.

Introduction

[présentation du texte] Dans *Le Malade imaginaire*, Molière associe les arts préférés du roi – musique, danse et théâtre – pour divertir son public, développant ainsi une nouvelle forme dramaturgique : la comédie-ballet. **[présentation de l'œuvre et de l'extrait]** Cette pièce s'inscrit dans une tradition comique bien établie : celle de la satire des médecins. Le spectateur découvre un Argan inféodé à ses soignants, au point de souhaiter prendre pour gendre un fils de médecin, au grand désespoir de sa fille Angélique. **[problématique]** Au milieu de l'acte I, la scène à étudier, particulièrement dynamique, met aux prises Argan et sa servante Toinette, dans un affrontement résolument comique. **[annonce du plan]** Suivant le mouvement du texte, nous observerons d'abord comment les points de vue de Toinette et d'Argan s'opposent. Puis, nous étudierons la course-poursuite cocasse qui s'engage entre eux, avant de conclure sur la défaite d'Argan.

I. Argan face à Toinette : deux points de vue opposés (l. 1 à 9)

- Le passage s'ouvre sur un échange verbal particulièrement vif. Courtes, les répliques s'opposent deux à deux, selon un mouvement de contradiction permanent qui montre combien chaque protagoniste est campé sur ses positions : le « Je ne suis point bon » d'Argan réfute le postulat de Toinette « vous êtes bon naturellement » ; en affirmant « je lui défends absolument », Toinette s'oppose à la réplique précédente d'Argan, « Je lui commande absolument ».
- Cette **stichomythie** suggère qu'aucun terrain d'entente n'est envisageable entre une Toinette soucieuse de l'intérêt d'Angélique, et un Argan sûr de son bon droit, arc-bouté sur ses prérogatives de père.

> **MOT CLÉ**
> La **stichomythie** est un dialogue vif composé de répliques courtes qui se répondent deux à deux.

- Toinette mêle la déférence (« Monsieur ») et l'ironie : « Vous ne songez pas que vous êtes malade ». Elle n'a de cesse de railler l'hypocondrie de son maître. Impérieux, Argan s'appuie sur son autorité de père de famille pour légitimer ses choix : « je suis méchant quand je veux » ; « prendre le mari que je dis ».
- Le ton se durcit progressivement face à une servante trop irrévérencieuse, qui dispute le pouvoir à son maître, dans des formules injonctives. Argan condamne, à travers des interrogations rhétoriques appuyées de termes péjoratifs, la révolte de Toinette : « quelle audace est-ce là, à une coquine de servante, de parler de la sorte devant son maître ? »
- Toinette, au verbe haut, tient tête à son maître grâce à une formule proverbiale légitimant sa désobéissance : « Quand un maître ne songe pas à ce qu'il fait, une servante bien sensée est en droit de le redresser. »

II. Une course-poursuite ridicule (l. 10 à 22)

- Devant l'insolence évidente de Toinette, Argan veut en découdre : s'ensuit une course-poursuite comique qui dynamise la scène, en renouant avec la veine de la farce. Les personnages usent d'accessoires pour parer aux attaques de l'adversaire, et ce dans la durée, comme l'indiquent les didascalies « *se sauve de lui* », « *court après elle autour de sa chaise, son bâton à la main* ».

MOT CLÉ
La **farce** est une pièce courte qui suscite le rire grâce à des procédés comiques assez grossiers (situations, gestes, mots).

- Toinette continue de défier son maître avec fermeté, retranchée derrière le fauteuil, en recourant au lexique du devoir (« comme je dois »), et à des négations totales (« Non, je ne consentirai jamais », « je ne veux point »).
- En contrepoint, Argan s'épuise en injures, qui fusent en crescendo : « insolente », « chienne », « pendarde », « carogne ».
- Sûre de son fait, Toinette dénonce le choix intéressé et égoïste d'un gendre médecin par l'hypocondriaque Argan, à travers un déterminant possessif accusateur : « Je ne veux point qu'elle épouse votre Thomas Diafoirus ». Plus étoffées et maîtrisées dans le ton, les répliques de Toinette prouvent sa supériorité sur un Argan hors de lui.

III. La défaite d'Argan (l. 23 à 28)

- Mis en échec par la verve et la vélocité de Toinette, Argan sollicite comiquement l'aide de sa fille. Soucieuse de ménager son père sans pour autant l'aider, Angélique l'invite plutôt au calme et à l'abandon de son effort !
- La scène se clôt sur un dernier échange amusant, reposant sur le chantage menaçant d'Argan (« Si tu ne me l'arrêtes, je te donnerai ma malédiction. »), rapidement annihilé par la répartie de Toinette, qui surenchérit ironiquement mais fermement : « Et moi, je la déshériterai, si elle vous obéit. » À travers le motif de la succession, Toinette confisque avec humour les prérogatives paternelles d'Argan.
- La dernière didascalie, « *se jette dans sa chaise, étant las de courir après elle* », scelle l'échec d'Argan, physiquement épuisé. Des interjections exclamatives associées à une négation soulignent sa déroute : « Ah ! ah ! je n'en puis plus. » L'hyperbole finale laisse éclater ses craintes d'hypocondriaque, arrachant un dernier sourire au spectateur : « Voilà pour me faire mourir. »

Conclusion

[synthèse] Argan est ainsi verbalement et physiquement contrarié dans ses projets matrimoniaux, dans une scène qui prend des accents de farce. Hauts en couleur, les personnages de l'hypocondriaque autoritaire et de la servante à forte tête suscitent un rire franc.

[ouverture] La figure irrévérencieuse de Toinette rappelle d'autres personnages de domestiques qui osent tenir tête à leur maître : Dorine dans *Le Tartuffe* de Molière (1669) ou plus tard Figaro dans *Le Mariage de Figaro* de Beaumarchais (1784).

Réponse à la question de grammaire

« Non, je ne consentirai jamais à ce mariage. »
On relève dans cette phrase deux négations grammaticales différentes, qui se renforcent l'une l'autre, avec une forte valeur polémique :

- L'**adverbe** *Non* ouvre la phrase : il exprime l'opposition franche de Toinette à la proposition de son maître.
- La **locution adverbiale** *ne... jamais* encadre le verbe *consentirai* : il s'agit d'une négation partielle qui porte sur le temps, et qui rend définitif le refus de Toinette.

DES QUESTIONS POUR L'ENTRETIEN

Lors de l'entretien, vous devrez présenter une autre œuvre lue au cours de l'année. L'examinateur introduira l'échange et peut vous poser quelques questions. Celles ci-dessous sont des exemples.

1. Sur votre dossier est mentionnée la lecture cursive : *Un fil à la patte* de Feydeau (1894). En quoi cette pièce porte-t-elle bien son titre ?
2. Pouvez-vous expliquer ce qu'est un vaudeville ?
3. Selon vous, peut-on se contenter de lire une œuvre comme celle-ci ? Quels éléments le spectacle ajoute-t-il au texte ?
4. Pourquoi cette pièce a-t-elle sa place dans le parcours « Spectacle et comédie » ?

Réussir l'épreuve écrite

9 Maîtriser les outils de l'analyse grammaticale et littéraire

TESTEZ-VOUS

→ CORRIGÉS P. 308-309

Faites le point sur vos connaissances puis établissez votre **parcours de révision** en fonction de votre score.

1 Analyser le lexique

→ FICHE 33

1. Qu'est-ce qu'un réseau lexical ?

☐ **a.** un synonyme de champ lexical

☐ **b.** un ensemble de synonymes

☐ **c.** un ensemble de termes qui relèvent d'un même champ thématique

☐ **d.** les diverses connotations d'un terme

2. Qu'est-ce qu'un antonyme ?

☐ **a.** ce qui précède le nom

☐ **b.** un mot qui a le sens contraire d'un autre mot

☐ **c.** un oxymore

3. À quel type de lexique appartient le mot *pitoyable* ?

☐ **a.** appréciatif

☐ **b.** évolutif

☐ **c.** affectif

☐ **d.** abstrait

…/3

2 Analyser les phrases

→ FICHE 34

1. Dans cette phrase, combien comptez-vous de propositions ?

> Quand la campagne de Rome fut ruinée par l'égout romain, Rome épuisa l'Italie, et quand elle eut mis l'Italie dans son cloaque, elle y versa la Sicile, puis la Sardaigne, puis l'Afrique.
>
> Victor Hugo, *Les Misérables*, 1862.

☐ **a.** 1 ☐ **b.** 2 ☐ **c.** 3 ☐ **d.** 4

2. Qu'est-ce qu'une incise ?

☐ **a.** une interjection

☐ **b.** une phrase exclamative

☐ **c.** une proposition insérée dans une autre proposition

3. Dans la phrase ci-dessous, les deux propositions sont :

> Cette fois il s'abattit la face contre le pavé, et ne remua plus.
>
> Victor Hugo, *Les Misérables*, 1862.

☐ **a.** coordonnées ☐ **b.** juxtaposées ☐ **c.** subordonnées

…/3

3 Étudier l'énonciation

→ FICHE 35

1. Dans la phrase « Prends ce livre », le démonstratif « ce » est :

☐ a. un déictique ☐ b. un modalisateur ☐ c. un marqueur de la subjectivité

2. Reliez chaque élément de la colonne de gauche au type d'énoncé qui convient.

a. passé simple •	
b. présent d'énonciation •	• énoncé ancré dans la situation d'énonciation
c. présent de narration •	
d. marques de la subjectivité •	• énoncé coupé de la situation d'énonciation
e. pronoms de 1re et 2e pers. •	
f. *ici, hier* •	

…/2

4 Identifier la tonalité d'un texte

→ FICHE 36

1. Lisez l'extrait et cochez les propositions qui conviennent.

> Hélas ! qui peut savoir le destin qui m'amène ?
> L'amour me fait ici chercher une inhumaine.
> Mais qui sait ce qu'il doit ordonner de mon sort,
> Et si je viens chercher ou la vie ou la mort ?
>
> Racine, *Andromaque*, 1667.

Il s'agit d'un texte ☐ a. tragique ☐ b. pathétique ☐ c. lyrique

2. Quelles sont les caractéristiques de la tonalité polémique ?

☐ a. Elle utilise un lexique violent.
☐ b. Elle vise à convaincre le lecteur.
☐ c. Elle permet de faire rire le lecteur.
☐ d. Elle implique le lecteur.

…/2

5 Reconnaître les figures de style

→ MÉMO VISUEL

Cochez la (ou les) bonne(s) figure(s) de style.

1. « Paris est tout petit / C'est là sa vraie grandeur » (Prévert)

☐ a. litote ☐ b. antithèse ☐ c. allégorie

2. « La musique souvent me prend comme une mer » (Baudelaire)

☐ a. antiphrase ☐ b. comparaison ☐ c. synecdoque

3. « Je me suis baigné dans le Poème de la mer » (Rimbaud)

☐ a. métaphore ☐ b. chiasme ☐ c. métonymie

4. « Des cadavres dessous et dessus des fantômes » (Hugo)

☐ a. chiasme ☐ b. allégorie ☐ c. comparaison

…/4

Score total …/14

33 Analyser le lexique

En bref *La connaissance d'un lexique adapté est nécessaire tant pour la compréhension et l'analyse des textes que pour la précision de l'expression écrite et orale.*

I Champ lexical et réseau lexical

Les mots du langage désignent des réalités du monde, qu'elles soient concrètes ou abstraites (les idées).

■ On appelle **champ lexical** l'ensemble des termes désignant une même réalité : *guerre, arme*. Les termes peuvent être reliés entre eux par dérivation, *guerre, guerrier.* Attention, il ne suffit pas de relever un champ lexical, il faut l'analyser pour mettre à jour les **sous-thèmes** et les **relations de sens**.

■ Le **réseau lexical** est un champ lexical étendu aux autres termes qui, par leur **connotation** ou leur emploi en contexte, relèvent de la même thématique. Ainsi *guerrier, armes, munition, fusil* font partie du champ lexical de la guerre et *mutilation, hôpital, panique* font partie de son réseau lexical.

MOT CLÉ
Connotation : charge affective et subjective ajoutée à la dénotation d'un terme (la définition du dictionnaire) en fonction de la culture personnelle du lecteur.

II Polysémie, synonymie, antonymie

■ Un même terme peut avoir **plusieurs sens**, il est dit **polysémique.** La polysémie permet de jouer sur différents niveaux de sens.

> … formaient une **harmonie** telle qu'il n'y eut jamais en enfer (Voltaire)
>
> Voltaire utilise le double sens d'harmonie, « formation musicale » et « entente, paix », pour faire réfléchir le lecteur.

■ Des termes différents peuvent recouvrir une même réalité, ils sont dits **synonymes**. Cependant, il y a toujours une nuance de sens entre les synonymes. Dans une **énumération** ou une **gradation** (→ MÉMO VISUEL), on doit être attentif à l'apport de chacun des termes.

> Je vois partout […] la force, la brutalité, la cruauté, le sadisme (Césaire)
>
> Chaque terme de la gradation ajoute une nuance au précédent.

■ Des termes peuvent avoir des relations **de sens opposé**, ils sont dits **antonymes** (*généreux, avare*). Ils sont employés dans les **antithèses** et les **oxymores** (→ MÉMO VISUEL).

> Cette obscure clarté qui tombe des étoiles (Corneille)
>
> La juxtaposition des mots « obscure » et « clarté » constitue un oxymore.

III Les types de lexique

Les mots d'une langue sont multiples et il existe de nombreuses manières de les classer. Il faut savoir reconnaître et utiliser au moins **quatre types de lexique**.

■ Le **lexique appréciatif** permet d'exprimer une appréciation :

• si elle est positive, on parle de lexique mélioratif (*admirable, magnifique*) ;

• si elle est négative, on parle de lexique péjoratif (*fade, néfaste, borné*).

> **À NOTER**
> Les lexiques appréciatif et affectif se retrouvent dans l'expression de la subjectivité.

■ Le **lexique évaluatif** permet d'exprimer un jugement de valeur sur une échelle graduée (*grand/petit, chaud/froid*) dans divers domaines : esthétique (*beau*), moral (*bon*), etc.

■ Le **lexique affectif** permet d'exprimer la manière dont on est affecté par quelque chose. C'est le lexique des sentiments et des émotions (*admiration, souffrance, pitié, pitoyable*...).

■ Le **lexique abstrait** est le lexique des opérations de la pensée (*réfléchir, méditer, notion, concept, réflexion*...), du jugement (*apprécier, concéder, réfuter, rejeter*...), de la morale ou de la philosophie (*liberté, conscience, être, déterminisme, vertu, devoir*...), des catégories artistiques (*baroque, classique*...), du sentiment esthétique (*beau, sublime*), etc. Vous aurez à utiliser ce lexique pour le commentaire et la dissertation.

zoom

Exemple d'analyse lexicale

« Le monocle du général, resté entre ses paupières comme un éclat d'obus dans sa figure vulgaire, balafrée et triomphale, au milieu du front qu'il éborgnait comme l'œil unique du cyclope, apparut à Swann comme une blessure monstrueuse qu'il pouvait être glorieux d'avoir reçue, mais qu'il était indécent d'exhiber. »

Proust, *Un amour de Swann*, 1914.

- (surligné) champ lexical de la guerre
- (souligné rouge) réseau lexical de la guerre
- (souligné vert) réseau lexical de l'œil

Dans ce passage, Proust associe deux réseaux lexicaux dans une double comparaison qui dévalorise le « général ». Tout ce qui relève de la guerre et qui pourrait être considéré comme « glorieux » devient « indécent » grâce à l'image qui associe le monocle à un éclat d'obus puis à « l'œil unique du cyclope ».

34 Analyser les phrases

En bref *La phrase est une unité complète et autonome, construite selon un ensemble de règles syntaxiques qu'il convient d'analyser. Elle peut aussi être étudiée selon sa modalité et son rythme.*

I Syntaxe de la phrase

■ Une phrase peut comporter une ou plusieurs proposition(s) :
- une phrase constituée d'une seule proposition est une **phrase simple** ;
- une phrase constituée de plusieurs propositions est une **phrase complexe.**

■ Les propositions d'une phrase complexe peuvent être des **propositions indépendantes :**
- **coordonnées** par une conjonction de coordination (*Je sors car il fait beau*) ou un adverbe (*Il neige, alors je prends les skis*) ;
- ou **juxtaposées** à l'aide d'un signe de ponctuation (*Il la voit, il en tombe amoureux, il lui déclare sa flamme*).

■ Les propositions peuvent aussi être liées par une relation de **subordination** (subordonnée conjonctive ou relative) : *Je dors quand je le peux./J'aime le livre que je lis.*

II Modalités de la phrase

1 Les quatre types de phrase

On distingue quatre types de phrases :

■ La **phrase déclarative** (ou assertive). On affirme quelque chose. C'est la phrase canonique [GN + GV].

■ La **phrase interrogative**. On pose une question. Elle est marquée par un point d'interrogation et, en principe, par l'inversion du sujet et l'utilisation d'un terme interrogatif.

■ La **phrase impérative**. On donne un ordre (injonction). Elle est marquée par l'impératif et l'absence de sujet.

■ La **phrase exclamative**. Le locuteur exprime son sentiment. Elle est marquée par la présence d'un point d'exclamation.

À NOTER
Les quatre types de phrase peuvent être affectés par la négation (*Aime-t-il ce livre ? N'aime-t-il pas ce livre ?*), la transformation à la forme passive (*il mord / il est mordu*), l'emphase (*il vient / c'est lui qui vient*).

2 Les phrases atypiques

■ La **phrase à présentatif** : *Nous voici. Voilà quelqu'un. C'est Pierre qui arrive. Il y a un loup dans les bois. Il était une fois…*

■ La **phrase nominale** : c'est une phrase sans verbe. Elle peut être déclarative (*Fin de la piste*), interrogative (*La sortie ?*), exclamative (*Génial, ce film !*).

■ Les **incises** : elles sont courtes, comportent un verbe de parole ou de pensée, le sujet est inversé ; on la trouve dans le discours direct, insérée au milieu ou en fin de phrase : *Jeanne n'a pas voulu le prendre, criait-elle à tue-tête.* (Camus)

III Étude du rythme

Le rythme d'une phrase est fonction de sa longueur et de sa construction, généralement indiquée par la ponctuation.

■ Le **rythme binaire** consiste à grouper les propositions par deux segments égaux : *Tu viens et je suis heureux.* Le **rythme ternaire** les regroupe par trois : *Le loriot siffle, l'hirondelle gazouille, le ramier gémit.* (Chateaubriand)

■ Au-delà d'un regroupement de trois éléments, on parle d'**accumulation** ou de **rythme accumulatif**. Il est souvent utilisé dans les descriptions.

À NOTER

Si l'on étudie toujours **le rythme** dans la poésie, il ne faut pas oublier de l'étudier aussi pour un texte en prose. Si celui-ci présente beaucoup d'effets rythmiques, on pourra parler de **prose poétique** ou de **récit poétique**.

zoom

Les propositions subordonnées

Les propositions subordonnées

Relatives :
- *qui, que, quoi, dont, où*
- *lequel, auquel, duquel…*

Complétives : *que, à ce que, sur ce que, de ce que*

Circonstancielles :
- temps : *avant que, après que, pendant que…*
- cause : *parce que, puisque…*
- but : *pour que, afin que…*
- conséquence : *de telle sorte que…*
- opposition : *alors que, tandis que…*
- concession : *bien que, quoique…*
- condition : *si, au cas où…*

Interrogatives : *si, quoi, où , comment, quel…*

35 Étudier l'énonciation

En bref *L'énonciation est l'acte individuel de production d'un énoncé par un locuteur. On peut chercher à analyser les textes en fonction de leur type d'énonciation.*

I La situation d'énonciation

Tout énoncé s'inscrit dans une situation d'énonciation. Un locuteur produit un énoncé, dans un lieu et temps donné, adressé à quelqu'un (l'allocutaire ou destinataire). On peut définir **deux types d'énonciation**.

- Quand il est nécessaire de connaître les conditions de l'énonciation pour comprendre l'énoncé, on parle d'**énoncé ancré dans la situation d'énonciation**. Pour comprendre l'énoncé *je suis ici*, l'allocutaire doit savoir qui est le « je » et où il se trouve, c'est-à-dire la situation dans laquelle l'énoncé a été produit.

- Quand il n'est pas nécessaire de connaître les conditions de l'énonciation, on parle d'**énoncé coupé ou d'énonciation historique**. Pour comprendre l'énoncé *Louis XIV est mort en 1715*, il n'est pas nécessaire de connaître les conditions de l'énonciation.

II L'énoncé ancré dans la situation d'énonciation

On le reconnaît à la présence des éléments suivants :

- Le **système de la 1re et de la 2e personne** : pronoms personnels (*je, me, tu, te, nous, vous*), déterminants et pronoms possessifs (*mon, ma, mes, notre, nos, le mien... ; ton, ta, tes, vos, votre, le tien...*).

- Les **déictiques** : termes qui ne se comprennent que s'ils sont accompagnés d'un geste. *Prends ce livre* ne se comprend que si le locuteur désigne du doigt le livre en question. Les déterminants et les pronoms démonstratifs (*ce, cet, cette, ces, celui-là*) et les adverbes de lieu (*ici*), et de temps (*maintenant*) sont typiquement des déictiques.

> **À NOTER**
> Certaines grammaires regroupent sous l'appellation « **déictiques** » tous les termes qui ne se comprennent qu'à l'intérieur d'une situation d'énonciation.

- Les temps verbaux : le **présent d'énonciation** correspond au moment même de l'énonciation ; le **passé composé** est utilisé pour évoquer un moment du passé.

- Les **modalisateurs** : ils indiquent le degré d'adhésion de l'énonciateur à son énoncé : *il pleuvra sans doute, peut-être, certainement...* Les modalisateurs peuvent être des adverbes (*probablement, certainement...*), des locutions adverbiales (*peut-être, sans doute...*), des auxiliaires de mode (*devoir, pouvoir, vouloir...*), certains adjectifs qualificatifs (*possible, certain, probable...*). Le conditionnel peut aussi indiquer une distance de l'énonciateur à son énoncé : *On pourrait dire qu'il a raison, mais...*

- Les **marques de la subjectivité** : utilisation d'un lexique appréciatif, évaluatif, affectif (→ FICHE 33).
- Les **marques du jugement** : verbes de jugement (*je pense, je crois, j'affirme*...).

III L'énoncé coupé de la situation d'énonciation

Il s'oppose point par point à l'énoncé ancré dans la situation d'énonciation. On le reconnaît à la présence des éléments suivants :

- Le **système de la 3e personne** : pronoms personnels (*il, ils*), déterminants possessifs (*son, sa, sien ; leurs*).
- Les temps verbaux : le **présent de narration** et le **passé simple.**
- Des indices spatio-temporels : dates et lieux précis qui permettent un **repérage absolu** dans le temps et dans l'espace.
- L'**absence de modalisateurs, de déictiques et de marques de la subjectivité** et du jugement.

CONSEIL
Dans un texte apparemment objectif, il faut être attentif à la présence de modalisateurs qui révèlent une prise de position de l'auteur, du narrateur, ou du locuteur.

zoOm

L'implicite

On appelle *implicite* ce qui n'est pas énoncé clairement mais ce que le récepteur du message doit comprendre par lui-même. On distingue deux sortes d'implicite : le présupposé et le sous-entendu. En voici des exemples tirés de *À la Recherche du temps perdu* de Proust.

Implicite

Présupposé :
« Je savais maintenant que j'aimais Albertine »
- **posé** : le narrateur aime Albertine.
- **présupposé** : le narrateur aimait sans doute Albertine auparavant, mais il n'en avait pas conscience.

Sous-entendu :
« Vous ne tuez pas vos malades, vous au moins ! »
- **contexte** : phrase adressée par Madame Verdurin au docteur Cottard, qu'elle apprécie, à propos du docteur Potain qu'elle n'aime pas
- **sous-entendu** : le docteur Potain tue ses malades, il n'est pas un bon médecin.

36 Identifier la tonalité d'un texte

En bref *Tout texte fait ressentir un type d'émotion au lecteur. Analyser la tonalité, c'est chercher à identifier la nature de cette émotion et comprendre ce qui, dans le texte, la provoque.*

I Émouvoir

- **Tonalité lyrique.** Expression forte des sentiments sur des thèmes comme l'amour, la mort la nature. Le texte est à la première personne. Le **lyrisme** peut être déploration (lyrisme élégiaque) ou hymne joyeux.

> **À NOTER**
> Le **lyrisme** est emblématique de la poésie, cependant tous les poèmes ne sont pas lyriques et on peut trouver du lyrisme dans tous les autres genres.

- **Tonalité pathétique.** Caractérise un texte qui cherche à faire ressentir au lecteur le sentiment de la pitié et de la compassion. On le reconnaît à l'expression de la souffrance physique ou morale, à des images violentes, à des invocations. Il joue sur la capacité d'identification du lecteur.

- **Tonalité tragique.** Le héros tragique est en prise au destin ou à des forces qui le dépassent. Le lexique, noble et solennel, fait référence aux dieux, au destin, à une fatalité. Il est évidemment à l'œuvre dans les tragédies. On parle d'ironie tragique, quand le héros, cherchant à trouver une issue favorable, prend des décisions qui vont se retourner contre lui et le mènent là où le destin l'attend.

- **Tonalité épique.** En relation avec l'épopée, c'est une narration d'épisodes guerriers, qui tend à magnifier les combats et les exploits des héros jusqu'à les diviniser. L'exemple typique est l'*Iliade*, d'Homère. On emploie volontiers l'hyperbole et les procédés de l'amplification.

II Faire rire

- **Tonalité comique.** La visée est le rire. Il joue sur le décalage entre ce qui est attendu et ce qui est produit. On le reconnaît précisément à trois types de comique : le comique de mots (jeux de mots, inventions langagières, répétitions), de gestes (gesticulations, poursuites, chutes...) et de situation (situations incongrues, quiproquos...). On le trouve dans les comédies, mais pas seulement.

- **Tonalité satirique.** La visée est la critique. On se moque d'une catégorie professionnelle ou sociale, en la mettant en situation. Ainsi, Molière fait la satire des médecins dès qu'il en a l'occasion.

- **Tonalité ironique.** L'ironie fait entendre le contraire de ce qui est énoncé. Jeu sur le second degré, elle suppose la complicité de l'interlocuteur qui accepte de décrypter le sens. L'ironie se définit par l'antiphrase. L'ironie peut servir une visée critique. Voltaire l'utilise beaucoup.

III Convaincre

■ **Tonalité didactique.** Sa visée est l'enseignement, la pédagogie. On le reconnaît à une argumentation claire qui cherche à guider le lecteur dans sa compréhension. On peut trouver des impératifs et tous les modes d'expression du conseil.

■ **Tonalité polémique.** Le mot vient du grec *polémos* qui veut dire « guerre ». Il caractérise un débat conflictuel, une argumentation menée de manière violente. Les mots servent d'armes. On cherche l'implication du destinataire.

IV Déstabiliser

■ **Le fantastique.** Irruption d'éléments surnaturels dans le réel. On ne sait pas si ces événements sont explicables rationnellement ou non. L'angoisse ressentie est due au doute qui est maintenu jusqu'à la fin du récit. Le lexique de l'étrangeté et de la peur est employé. Le texte est souvent à la première personne ou en focalisation interne, et le lecteur suit le narrateur dans ses doutes et ses peurs.

CITATION
« Le fantastique, c'est l'hésitation éprouvée par un être qui ne connaît que les lois naturelles, face à un événement en apparence surnaturel. » (Todorov)

■ **Le merveilleux.** C'est le monde des contes de fées. Dans le monde merveilleux, il est naturel que les humains côtoient fées, ogres et animaux qui parlent… Contrairement au fantastique, le surnaturel ne provoque pas l'angoisse.

zoOm

Les tonalités en peinture

Chagall, *Le Triomphe de la musique – Le concert*, 1957.

Les tonalités n'affectent pas seulement les textes, mais aussi les œuvres visuelles. Ainsi de ce tableau de Chagall, qui représente toutes les thématiques du **lyrisme** (l'amour, la nature, la ville, la musique), et dont les modes d'expression (la couleur, le mouvement, la composition) se mettent au service de la **célébration du monde**.

MÉMO VISUEL

LES FIGURES

Figures par analogie

Comparaison	Deux éléments sont mis en relation par un outil explicite (comme, ressembler, semblable…). Le poète est **semblable** au prince des nuées. (Baudelaire)
Métaphore	Comparaison sans outil de comparaison. **Bergère** ô tour Eiffel le **troupeau** des ponts **bêle** ce matin (Apollinaire)
Personnification	Attribution de caractéristiques humaines à des objets. Tu lis les prospectus les catalogues les affiches qui **chantent** tout haut (Apollinaire)
Allégorie	Représentation d'une idée abstraite sous une forme concrète. […] et l'Angoisse atroce, despotique, / Sur mon crâne incliné plante son drapeau noir. (Baudelaire)

Figures d'atténuation et d'amplification

Euphémisme	Évocation détournée d'un fait pour en atténuer la violence. Il est **parti** (= Il est mort).
Litote	Figure qui permet de dire peu pour dire beaucoup. Va, **je ne te hais point**. (Corneille)
Gradation	Énumération ordonnée suivant un ordre croissant ou décroissant (le dernier terme est souvent hyperbolique). C'est un **roc** !... C'est un **pic** !... C'est un **cap** ! Que dis-je, c'est un cap ?… C'est une **péninsule** ! (Rostand)
Hyperbole	Emploi de termes exagérés par rapport à la réalité qu'ils désignent. *souffrir **mille morts***
Anaphore	Répétition en début de vers d'un même mot ou groupe syntaxique. **Voilà** comme Pyrrhus vint s'offrir à ma vue **Voilà** par quels exploits il sut se couronner ; Enfin **voilà** l'époux que tu me veux donner. (Racine)

Figures par opposition

Oxymore	Co-occurrence, dans le même groupe syntaxique, de deux termes de sens opposé. Le **soleil noir** de la mélancolie (Nerval)
Antithèse	Co-occurrence de deux termes de sens contraire dans une phrase ou un ensemble de phrases. Songe aux cris des **vainqueurs,** songe aux cris des **mourants.** (Racine)
Antiphrase	Figure de l'ironie qui consiste à signifier le contraire de ce que l'on dit. **Quel beau temps !** (alors qu'il pleut.)

DE STYLE

Figures par substitution

Métonymie	Rapprochement de deux mots ayant un rapport de contiguïté ou un rapport logique. *boire un verre, croiser le fer, être une fine lame…*
Synecdoque	Sorte de métonymie qui permet de dire le tout par sa partie. *un trois-mâts (= un bateau à trois mâts)*.
Périphrase	Figure qui consiste à substituer à un nom, une expression complexe. *l'oiseau de Jupiter* désigne l'aigle.

Figures par substitution

Chiasme	Parallélisme de construction qui croise la fonction syntaxique de termes qui s'opposent par le sens. Mon <u>berceau</u> a de ma <u>tombe</u>, ma <u>tombe</u> a de mon <u>berceau</u>. (Chateaubriand)
Question rhétorique	Question dont l'énoncé contient déjà la réponse. Dois-je oublier Hector privé de funérailles, Et traîné sans honneur autour de nos murailles ? (Racine)

EXERCICES

Analyser la structure des phrases

→ FICHE 34

1 Lisez le texte et répondez aux questions.

Harlem, cette admirable bambochade[1] qui résume l'école flamande, Harlem peint par Jean-Breughel, Peeter-Neef, David-Téniers et Paul Rembrandt.

Et le canal où l'eau bleue tremble, et l'église où le vitrage d'or flamboie, et le stoël[2] où sèche le linge au soleil, et les toits, verts de houblon.

Et les cigognes qui battent des ailes autour de l'horloge de la ville, tendant le col du haut des airs et recevant dans leur bec les gouttes de pluie.

Et l'insouciant bourguemestre qui caresse de la main son double menton, et l'amoureux fleuriste qui maigrit, l'œil attaché à une tulipe.

Et la bohémienne qui se pâme sur sa mandoline, et le vieillard qui joue du Rommelpot[3], et l'enfant qui enfle une vessie.

Et les buveurs qui fument dans l'estaminet borgne, et la servante de l'hôtellerie qui accroche à la fenêtre un faisan mort.

Aloysius Bertrand, « Harlem », *Gaspard de la nuit,* 1842

1. bambochade : genre pictural qui représente, parfois de manière caricaturale, des foires, des assemblées de village, des fêtes populaires.
2. stoël : balcon de pierre. 3. Rommelpot : instrument de musique.

conjonction « et » — pronoms relatifs

a. Quel est l'effet produit par les répétitions surlignées ?

b. Quelle est la particularité syntaxique des phrases de ce poème en prose ?

c. En fonction de vos réponses aux questions précédentes, expliquez en quoi ce poème est comparable à un tableau.

d. Observez le tableau : qu'a-t-il en commun avec le poème ?

AIDE
Aloysius Bertrand cite quatre peintres de l'école flamande, mais ce que le poète décrit ne correspond à aucun tableau en particulier : il « résume » en un poème le style des quatre peintres.

David Téniers Le Jeune, *Vie quotidienne et joie de vivre en Flandre*, 1648.

Analyser l'énonciation

→ FICHE 35

2 a. En vous appuyant sur l'étude des verbes et des pronoms personnels, dites à quel(s) type(s) d'énonciation ce texte appartient.

Après un court dialogue entre Jacques et son maître, le récit commence.

Jacques commença l'histoire de ses amours. C'était l'après-dîner : il faisait un temps lourd ; son maître s'endormit. La nuit les surprit au milieu des champs ; les voilà fourvoyés. Voilà le maître dans une colère terrible et tombant à grands coups de fouet sur son valet, et le pauvre diable disant à chaque coup : « Celui-là était apparemment encore écrit là-haut… »

Vous voyez, lecteur, que je suis en beau chemin et qu'il ne tiendrait qu'à moi de vous faire attendre un an, deux ans, trois ans, le récit des amours de Jacques, en le séparant de son maître et en leur faisant courir à chacun tous les hasards qu'il me plairait. Qu'est-ce qui m'empêcherait de marier le maître et de le faire cocu ? d'embarquer Jacques pour les îles ? d'y conduire son maître ? de les ramener tous les deux en France sur le même vaisseau ? Qu'il est facile de faire des contes ! mais ils en seront quittes l'un et l'autre pour une mauvaise nuit, et vous pour ce délai.

Diderot, *Jacques le fataliste*, 1875

- verbes au passé simple
- pronoms de première et de seconde personnes

b. Comment comprenez-vous l'utilisation de ce(s) type(s) d'énonciation dans ce début de roman ?

Identifier la tonalité d'un texte

→ FICHE 36

3 En vous aidant notamment des repérages effectués dans le texte, déterminez la tonalité du texte.

Aucun homme n'a reçu de la nature le droit de commander aux autres. La liberté est un présent du Ciel, et chaque individu de la même espèce a le droit d'en jouir aussitôt qu'il jouit de la raison. Si la nature a établi quelque autorité, c'est la puissance paternelle : mais la puissance paternelle a ses bornes ; et dans l'état de nature, elle finirait aussitôt que les enfants seraient en état de se conduire. Toute autre autorité vient d'une autre origine que la nature. Qu'on examine bien et on la fera toujours remonter à l'une de ces deux sources : ou la force et la violence de celui qui s'en est emparé ; ou le consentement de ceux qui s'y sont soumis par un contrat fait ou supposé entre eux et celui à qui ils ont déféré l'autorité.

Diderot, « Autorité politique », *Encyclopédie*, 1751

- connecteurs logiques
- parallélisme syntaxique

Bilan

→ FICHES 33 à 36

4 a. Effectuez dans le texte les repérages indiqués.

Le narrateur-personnage Bardamu s'engage avec enthousiasme dans le premier conflit mondial. Mais la réalité de la guerre le fait vite déchanter.

J'allais faire cette démarche décisive quand, à l'instant même, arriva vers nous au pas de gymnastique, fourbu, dégingandé, un cavalier à pied (comme on disait alors) avec son casque renversé à la main, comme Bélisaire, et puis tremblant et bien souillé de boue, le visage plus verdâtre encore que celui de l'autre agent de liaison. […]

Qu'est-ce que c'est ? l'arrêta net le colonel, brutal, dérangé, en jetant dessus ce revenant une espèce de regard en acier.

De le voir ainsi cet ignoble cavalier dans une tenue Bélisaire aussi peu réglementaire, et tout foirant d'émotion, ça le courrouçait fort notre colonel. Il n'aimait pas cela du tout la peur. C'était évident. Et puis ce casque à la main surtout, comme un chapeau melon, achevait de faire joliment mal dans notre régiment d'attaque, un régiment qui s'élançait dans la guerre.

[…] Il oscillait ainsi, raidi, sur le talus, la transpiration lui coulant le long de la jugulaire, et ses mâchoires tremblaient si fort qu'il en poussait des petits cris avortés, tel un petit chien qui rêve. On ne pouvait démêler s'il voulait nous parler ou bien s'il pleurait.

Nos Allemands accroupis au fin bout de la route venaient justement de changer d'instrument. C'est à la mitrailleuse qu'ils poursuivaient à présent leurs sottises ; ils en craquaient comme de gros paquets d'allumettes et tout autour de nous venaient voler des essaims de balles rageuses, pointilleuses comme des guêpes.

Céline, *Voyage au bout de la nuit*, 1932

Repérages à effectuer :

- comparaisons (jaune)
- oxymore (vert)
- champ lexical de la guerre (bleu)
- champ lexical de la peur (rose)

INFO

Bélisaire est grand général byzantin du VIe siècle. Accusé, à la fin de sa vie, de comploter contre l'empereur Justinien, il est réduit à la mendicité : il est souvent représenté tendant un casque pour recueillir les aumônes.

b. En vous aidant des repérages effectués, déterminez la tonalité du texte.

CORRIGÉS

Analyser la structure des phrases

1 a. La répétition des pronoms relatifs est importante pour le **rythme** du poème. Elle redouble la répétition anaphorique de la conjonction « et » et permet d'**allonger les phrases** qui sont toutes construites sur le même rythme : la **cadence majeure**.

> **MOT CLÉ**
> On parle de **cadence majeure** lorsque la première partie de la phrase est plus courte que la seconde. Ex. : *Si j'étais sûr de toi, / je ne me donnerais pas tout ce mal.*

b. Les phrases sont **nominales** : dans *Le canal où l'eau bleue tremble*, par exemple, le verbe *tremble* figure dans la subordonnée relative mais pas dans la proposition principale. La phrase est donc comme suspendue, ce qui contribue au rythme très particulier de ce poème en prose.

c. Le poème est **descriptif** et fonctionne comme un tableau. On trouve une énumération des **principaux points où se fixe le regard** du spectateur : les phrases 2 et 3 précisent le décor, les phrases 4 à 6 énumèrent et caractérisent chacun des personnages qui rendent vivant le tableau-poème.

d. Le tableau de David Téniers, l'un des quatre peintres auquel le poète fait référence, présente une **multiplicité de saynètes** dans un décor villageois. On y voit deux hommes discuter, un groupe jouer aux cartes, des gens danser, une mère avec ses enfants... Même les personnages, en arrière-plan à la droite du tableau, sont représentés en action. Le poème et le tableau sont donc bien construits de la même manière.

Analyser l'énonciation

2 a. Les deux paragraphes du texte relèvent de deux types d'énonciation différents. L'utilisation du passé simple et l'emploi de la troisième personne montrent que le **premier paragraphe** est **coupé** de la situation d'énonciation. En revanche, le **second paragraphe** est un énoncé **ancré** dans la situation d'énonciation : l'utilisation de la première et de la deuxième personnes ainsi que l'apostrophe au lecteur le prouvent.

b. L'interruption du récit par le commentaire de l'auteur surprend le lecteur qui n'est pas habitué à se faire ainsi malmener. Elle a une double visée : **déjouer les règles du roman traditionnel** en empêchant toute identification du lecteur au personnage ; **mener une réflexion sur la relation entre auteur et personnages.** En effet, on dit parfois que ce sont les personnages qui sont les maîtres du récit, et que l'auteur, une fois ses personnages créés, est obligé de les suivre dans leur destin. Diderot, lui, affirme que l'auteur reste maître de son récit et joue à sa guise avec le destin de ses personnages.

Identifier la tonalité d'un texte

3 La tonalité est **didactique.** L'utilisation de connecteurs logiques est l'indice d'une argumentation qui démontre ce qu'elle énonce. La disjonction (*ou... ou*), accentuée par le parallélisme syntaxique (*ceux qui / celui qui*) et amplifiée par un jeu d'antithèses (*force et violence / consentement* ; *s'en est emparé / s'y sont soumis*), ne laisse pas de place à une contre argumentation. De plus, le subjonctif (*qu'on examine bien*) est une façon d'inviter le lecteur à suivre l'auteur dans sa démonstration.

À NOTER

Les expressions totalisantes (*aucun homme, chaque individu, toute autre autorité*), associées à l'utilisation du verbe *être* et du présent de vérité générale renforcent la tonalité didactique du texte.

Bilan

4 **a.** • Comparaisons : *comme Bélisaire* (l. 34), *comme un chapeau melon* (l. 11), *tel un petit chien qui rêve* (l. 16), *comme de gros paquets d'allumettes* (l. 20), *comme des guêpes* (l. 22).

• Oxymore : *joliment mal* (l. 12)

• Champ lexical de la guerre : *cavalier, casque, agent de liaison, colonel, brutal, acier, régiment d'attaque, mitrailleuse, balles*

• Champ lexical de la peur : *tremblant, verdâtre, foirant, transpiration, tremblaient, pleurait*

b. Le texte a une tonalité **comique.** L'association du champ lexical de la guerre à celui de la peur crée un réseau lexical étonnant qui montre la guerre sous un jour **peu héroïque**. Les comparaisons contribuent à **ridiculiser** le cavalier à pied (comparé à Bélisaire, le général déchu, dont le casque se réduit à l'image d'un chapeau melon) et la guerre elle-même (les mitrailleuses sont comparées à des paquets d'allumettes et les balles à des essaims de guêpes). La tonalité comique est confirmée par l'oxymore *joliment mal*, qui exprime le **décalage** entre l'aspect du soldat et les valeurs associées à la guerre.

Réussir l'épreuve écrite

10 Construire un commentaire de texte

TESTEZ-VOUS

→ CORRIGÉS P. 308-309

Faites le point sur vos connaissances puis établissez votre **parcours de révision** en fonction de votre score.

1 Aborder l'exercice du commentaire

→ FICHE 37

1. Le commentaire est :

☐ a. une forme d'explication de texte.

☐ b. une reformulation d'un texte qui manifeste une bonne compréhension de celui-ci.

☐ c. une discussion qui prend appui sur le texte.

2. Quelle information utile pour le commentaire le paratexte suivant donne-t-il ?

Dans le poème intitulé « Spleen », issu de la section « Spleen et Idéal » des Fleurs du mal*, Baudelaire explore la mélancolie du sujet lyrique.*

☐ a. la situation du texte dans l'économie générale du recueil

☐ b. le thème du texte

☐ c. le genre du poème

3. Il est judicieux d'élaborer une « carte d'identité » du texte, récapitulant ses principales caractéristiques. Que comporte-t-elle ?

☐ a. le nom de l'auteur

☐ b. la date de publication

☐ c. le type de texte

☐ d. le mouvement littéraire

☐ e. le relevé des figures de style

☐ f. la tonalité du texte

☐ g. les champs lexicaux dominants

☐ h. le nom des personnages

☐ i. le(s) but(s) de l'auteur

☐ j. le(s) thème(s) de l'extrait

.../3

2 Construire un commentaire

→ FICHE 38

1. Comment utiliser les axes de lecture indiqués ?

☐ a. comme guides pour la lecture

☐ b. comme parties pour établir le plan

☐ c. comme des éléments du paratexte

2. Pour travailler efficacement au brouillon, il faut :

- ☐ a. reformuler le texte avec ses propres mots.
- ☐ b. identifier les figures de style.
- ☐ c. chercher à illustrer chaque axe indiqué.

3. Qu'est-ce que la problématique ?

- ☐ a. une question difficile
- ☐ b. une difficulté de compréhension
- ☐ c. un problème soulevé par le texte

4. L'introduction du commentaire comporte :

- ☐ a. deux paragraphes.
- ☐ b. quatre étapes.
- ☐ c. la biographie de l'auteur du texte.

.../4

3 Rédiger un commentaire

→ FICHE 39

1. Les axes indiqués dans le sujet doivent :

- ☐ a. figurer dans la copie entre crochets.
- ☐ b. être fondus dans la rédaction.
- ☐ c. être recopiés dans l'introduction.

2. Qu'est-ce qu'un alinéa ?

- ☐ a. le numéro d'une ligne du texte
- ☐ b. un retrait par rapport à la marge
- ☐ c. un petit paragraphe

3. Les sauts de lignes s'imposent :

- ☐ a. à chaque changement de partie.
- ☐ b. à chaque changement de paragraphe.
- ☐ c. à chaque transition.

4. Quelle est la manière correcte d'insérer la citation « Je dis qu'il faut être voyant, se faire voyant » de Rimbaud ?

- ☐ a. Rimbaud dit qu'« il faut être voyant, se faire voyant ».
- ☐ b. « Rimbaud di[t] qu'il faut être voyant, se faire voyant. »
- ☐ c. Rimbaud écrit : « (Je dis qu') il faut être voyant, se faire voyant ».

.../4

Score total .../11

Parcours PAS À PAS ou EXPRESS ? → MODE D'EMPLOI P. 3

37 Analyser le texte à commenter

En bref *Le commentaire consiste à interpréter un texte en identifiant son intérêt et ses enjeux. Il exige une phase de travail, au brouillon, au cours de laquelle vont être mis en relation les différents aspects formels du texte (mots, figures, structure...) et leur signification, de manière à bâtir le sens général.*

I Découvrir le texte

1 Les premières impressions

- Le **premier regard sur le texte** est une phase cruciale : il faut se mettre dans la peau du lecteur « normal » qui le lirait pour son plaisir et non pour l'examen.
- Le but est alors de **saisir l'effet que produit le texte sur le lecteur** pour commencer à en cerner les enjeux. Notez vos impressions au brouillon pour ne pas les perdre de vue, et faites le lien avec les axes proposés par le sujet.

2 La carte d'identité du texte

Avant d'entrer dans le détail du texte, établissez sa carte d'identité : elle vous évitera les contresens et offrira des pistes de réflexion pour l'explication linéaire.

- Le **paratexte** désigne tous les éléments qui se situent « à côté du texte » : nom d'auteur, titre d'ouvrage, section de l'œuvre, date de publication, chapeau introductif rédigé à l'attention des élèves par le concepteur du sujet livrent les informations essentielles sur le texte.
- Ces précisions liminaires permettent également d'identifier le **parcours** dans lequel s'inscrit l'extrait, son **genre**, le **mouvement littéraire** dont il dépend.

3 Les données du texte

Implicites pour la plupart, elles sont à déduire de la lecture.

- **Le thème** : de quoi parle le texte ?
- **La structure** : comment le texte progresse-t-il ?
- **La tonalité** (ou registre) : quels sentiments le texte nourrit-il chez le lecteur ?

II Approfondir sa lecture

1 Comprendre le texte

- Une **deuxième lecture**, plus littérale, doit vérifier la **bonne compréhension du texte** et dissiper les difficultés lexicales.

■ Pour cela, il faut s'attacher à reformuler les passages problématiques, clarifier le sens des éventuels mots inconnus en s'aidant des mots qui les entourent, se rendre capable de **résumer le sujet de l'extrait**.

■ Il faut aussi sonder le texte en lui posant des questions :
• **Qui parle ?** Identifiez le locuteur ou le narrateur du texte et établir son statut.
• **Où ?** Situez le lieu de l'énonciation ou de l'action.
• **Quand ?** Déterminez l'époque à laquelle le discours est proféré, le moment où se déroule l'action.

2 Analyser le texte

■ La troisième lecture se fait stylo en main : il s'agit d'annoter le texte. C'est l'occasion d'en souligner les articulations de manière à **dégager la structure**, de relever la présence de **champs lexicaux**, d'étudier les **marqueurs de genre** – temps verbaux, pronoms personnels, modalisateurs –, d'identifier les **figures de style**.

> **CONSEIL**
> Ne vous contentez pas de repérer les procédés : vous devez les interpréter et déterminer leur effet.

■ Il faut explorer le texte en s'orientant grâce aux **axes de lecture** proposés : ceux-ci vous fournissent la structure de votre commentaire.

■ Vous pouvez faire **deux colonnes** au brouillon, figurant les deux axes prescrits, et les renseigner **au fil de votre lecture linéaire** : notez tout ce qui se rapporte à chacun des axes, ce qui est susceptible de l'illustrer ou de l'éclairer (champs lexicaux, figures de style, temps verbaux, modalités de parole...).

zoOm

Exemple de « carte d'identité » d'un texte

Pour établir la carte d'identité d'un texte, vous devez en identifier les caractéristiques principales. Par exemple, pour la scène 5 de l'acte III du *Mariage de Figaro*, la carte d'identité pourrait se présenter ainsi :

Carte d'identité du texte

- **Genre :** comédie (texte dramatique)
- **Contexte :** Les Lumières (XVIIIe siècle)
- **Auteur :** Beaumarchais, dramaturge et théoricien du théâtre
- **Visées :** donner un accès à l'intériorité du valet Figaro, lui conférer une épaisseur réaliste grâce au monologue
- **Tonalités :** comique, dramatique et lyrique
- **Point de vue :** à travers la voix du personnage, c'est la pensée du dramaturge qui se dévoile en vertu de la double énonciation théâtrale

38 Construire le plan et rédiger l'introduction

En bref *Au premier contact avec le texte et à son exploration minutieuse, succède, toujours au brouillon, un temps de structuration qui doit conduire à nourrir et développer les axes indiqués dans le sujet, puis à rédiger l'introduction.*

I Construire le plan

1 Le développement des axes de lecture

- À partir des résultats obtenus lors de l'explication linéaire, on obtient **deux colonnes de remarques formelles et thématiques** correspondant aux deux axes donnés dans l'intitulé du commentaire.
- Il s'agit alors de trouver une organisation interne propre à chaque axe : les remarques collectées doivent être **organisées en deux ou trois groupes** qui constitueront les sous-parties à développer.
- Pour ce faire, il faut rapprocher les éléments qui se recoupent, **établir des liens** entre eux, hiérarchiser leur importance. Donnez un **titre** à vos sous-parties : il n'apparaîtra pas dans votre devoir mais vous permettra de structurer votre argumentation.

> **À NOTER**
> Les **titres** des sous-parties ne peuvent se limiter à la description d'un procédé (« Un enchaînement de répliques brèves ») : ils doivent chercher à qualifier le texte en vue de l'interpréter (« Un échange vif et rythmé »).

2 La recherche de la problématique

- À partir du parcours de lecture dessiné par les axes, il est possible de **formuler la problématique**, c'est-à-dire une question qui soulève un problème. Le commentaire va s'attacher à répondre à cette question.
- Les **axes de lecture** proposés par le sujet vous y aident : ils mettent au jour deux aspects essentiels du texte et constituent en quelque sorte deux pistes de réponse à une question, la problématique, qu'il convient de retrouver.

Dans l'extrait de la scène 5 de l'acte III du *Mariage de Figaro* de Beaumarchais, les deux axes donnés engagent à explorer la dimension à la fois psychologique et satirique du texte, manière de montrer que le monologue du personnage assume une double mission : il donne un accès à l'intériorité du protagoniste et contient simultanément une forte charge critique. La problématique s'interroge donc sur la fonction plurielle du passage.

- Interpréter un texte, ce n'est pas seulement le décrire, c'est avant tout se demander pourquoi il est écrit de cette façon, et donc quels sont **le sens et les fonctions** de ses caractéristiques principales.

II Rédiger l'introduction

L'introduction prend la forme d'un **paragraphe unique**, composée de **quatre points distincts** :

1. L'amorce	Elle sert à « accrocher » le lecteur : un thème littéraire repris par le texte, le mouvement dans lequel il s'inscrit… Il n'y a pas de règle, mais il faut éviter d'introduire l'extrait trop platement.
2. La présentation de l'œuvre et de l'extrait	Elle introduit l'œuvre en lien avec l'amorce, situe le texte dans l'œuvre et en résume les enjeux.
3. La problématique	Elle dirige l'explication. C'est le problème que le commentaire va essayer de résoudre. Elle peut être formulée sous forme d'une question.
4. L'annonce du plan	Elle intègre dans sa formulation l'énoncé des axes de lecture indiqués le libellé (ex. : *Nous montrerons d'abord…, puis nous étudierons…*)

CONSEIL

L'introduction est la porte d'entrée dans la copie : il faut particulièrement la soigner afin de conditionner favorablement le lecteur !

zoOm

Un exemple d'introduction

Voici une introduction possible pour le monologue de Figaro dans la scène 5 de l'acte III du *Mariage de Figaro* de Beaumarchais.

amorce — Sur la scène du XVIIIe siècle, les valets mènent le jeu : ils cessent de graviter dans l'orbite de leur maître et ne se contentent plus d'en être les adjuvants ou les opposants ; ils se lancent à la conquête d'une autonomie que l'ordre social ne leur reconnaît pas encore mais dont le théâtre leur donne l'illusion.

présentation de l'œuvre et de l'extrait — C'est le cas de Figaro, personnage éponyme de la comédie de Beaumarchais créée en 1778. L'issue incertaine de sa « folle journée » conduit le personnage à se lancer, à la scène 5 de l'acte III, dans un long monologue où il examine, non sans humour, sa sombre destinée.

problématique — Quelle est la fonction de ce monologue ?

annonce du plan — Nous nous attacherons d'abord à dégager la dimension psychologique et autobiographique de cette prise de parle ; puis, nous en analyserons le caractère satirique.

39 Rédiger un commentaire de texte

En bref *Après le travail au brouillon vient la mise au propre : il reste à rédiger le commentaire directement sur la copie en suivant le plan établi lors de la phase préparatoire.*

I Principes de mise en page

Il faut soigner la mise en page de la copie pour guider le correcteur dans sa lecture.

1 L'introduction

- On rédige d'abord l'introduction **au brouillon** (→ FICHE 38), puis on la recopie au propre en la présentant sous la forme d'**un seul paragraphe** en vérifiant qu'elle comporte bien les quatre points attendus.
- Après l'introduction, on saute deux lignes de manière à matérialiser le passage au développement.

2 Le développement des parties

- Chaque grande partie commence par une **brève introduction** rappelant son enjeu et annonçant les différentes sous-parties qu'elle comprend.
- On va ensuite à la ligne pour commencer la première sous-partie, puis à nouveau à la ligne pour la sous-partie suivante.
- Chaque grande partie est ainsi composée de **plusieurs paragraphes** entre lesquels on ne saute pas de ligne.
- Entre la première et la deuxième partie, comme entre la deuxième et la troisième partie, il faut sauter une ligne.

CONSEIL
Il faut marquer les paragraphes par un alinéa de trois à quatre carreaux : ce retrait introduit une respiration dans la copie et rythme la démonstration.

3 La conclusion

- Enfin, on saute deux lignes avant la conclusion. Comme l'introduction, elle est composée d'un **paragraphe unique**. Elle peut aussi faire l'objet d'une rédaction préalable au brouillon.
- Elle se présente comme un bilan qui **répond clairement à la question posée** en introduction et récapitule brièvement les grandes étapes du commentaire. Il n'est pas obligatoire de prévoir un élargissement de la problématique, appelée communément « ouverture ».

II Principes de rédaction

1 La structure du paragraphe

Tous les paragraphes du commentaire doivent être rédigés sur le même modèle.

- On énonce **l'idée principale** du paragraphe.
- On justifie cette idée par **des arguments** qui la développent **et des exemples** qui prouvent sa véracité.
- On conclut le paragraphe en ouvrant vers l'idée suivante.

2 L'insertion des citations

- Il faut d'abord s'assurer que la citation choisie illustre bien le propos et aille dans le sens de la démonstration opérée.
- On introduit la citation en la signalant par des **guillemets** et des verbes introducteurs de parole ou de pensée.

  Le discours autobiographique de Figaro s'ouvre sur une phrase exclamative qui convertit son expérience personnelle en aventure exemplaire : « Est-il rien de plus bizarre que ma destinée ! ».

- Pour **fondre la citation dans la rédaction**, on peut procéder par juxtaposition, par subordination, ou en intégrant les éléments cités dans une phrase. Les modifications opérées pour respecter la syntaxe sont indiquées par des crochets.

  La didascalie qui précède la prise de parole du valet précise que « *Figaro [est] seul* » et désespéré : « *du ton le plus sombre* » indique la tonalité du discours tenu par le personnage.

zoOm

La présentation du commentaire

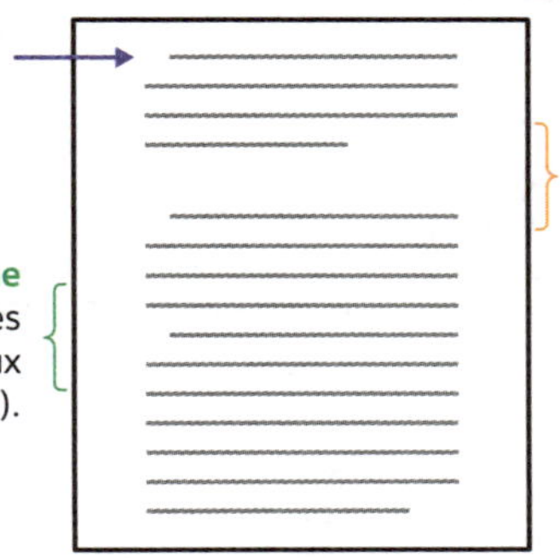

Attention, les copies fournies le jour du bac sont à petits carreaux : pensez à n'écrire qu'**une ligne sur deux** !

MÉMO VISUEL

LE COMMENTAIRE

1 Consigner ses impressions de lecture

- Quel **effet** le texte produit-il sur le lecteur ?
- Quels **sentiments,** quelles **réactions**, quelles **questions** suscite-t-il ?
- Le texte répond-il aux **attentes** du lecteur ? Les prend-il à rebours ? Pourquoi ?

2 Établir la carte d'identité du texte

Carte d'identité du texte

- **Genre**
- **Thème**
- **Contexte** (époque, mouvement littéraire)
- **Tonalité(s)**
- **But(s)** de l'auteur

3 Mener l'analyse littéraire

La structure

- Quels sont les **mouvements** du texte ?
- Quels sont les **types de phrases** utilisés ?
- Comment les phrases s'enchaînent-elles ?

Le lexique et le style

- Quel est le **niveau de langue** utilisé ?
- Quels sont les **champs lexicaux** exploités ?
- Quelles **connotations** peut-on identifier ?
- Quelles sont les **figures de style** mobilisées ?

4 Développer les axes de lecture

- Comment les **observations** effectuées sur le texte s'inscrivent-elles dans chacun des axes de lecture proposés ?
- Quelle **problématique** se dégage des axes proposés ?

EN CINQ ÉTAPES CLÉS

La rédaction

- **Introduction :** amorce, présentation de l'œuvre ou de l'extrait, problématique, annonce du plan.
- **Développement :** paragraphes commençants par la formulation d'une idée clé, puis sa justification au moyen d'un ou plusieurs exemples commentés.
- **Conclusion :** réponse à la problématique (et ouverture éventuelle).

5 Rédiger le commentaire

La mise en page

- **Sauter deux lignes** après l'introduction et avant la conclusion ; **une ligne** entre chaque partie.
- Commencer chaque paragraphe par un **alinéa.**
- Placer les citations **entre guillemets** et préciser le numéro de ligne.

Sur une copie de type bac (petits carreaux), n'écrivez qu'une ligne sur deux !

SUJET 8 | OBJECTIF BAC

COMMENTAIRE 4 h — Guy Goffette, « Tant de choses » (1995)

Ce sujet va vous permettre de faire le commentaire d'un poème en apparence simple, qui peut surprendre un lecteur habitué aux images élaborées de la poésie lyrique et le laisser démuni face à son analyse.

LE SUJET

Vous commenterez le texte suivant en vous demandant comment le poète renouvelle l'écriture lyrique et en quoi il propose une élégie moderne.

Poète contemporain, Guy Goffette se nourrit de la tradition lyrique qui court de Ronsard à Verlaine en passant par Hugo. Évoquant le réel le plus quotidien, son écriture fait le choix de la simplicité et d'une intimité partagée.

Tant de choses

Tu as laissé dans l'herbe et dans la boue
tout un hiver souffrir le beau parasol rouge
et rouiller ses arêtes, laissé la bise
abattre la maison des oiseaux

sans desserrer les dents, à l'abandon laissé
les parterres de roses et sans soin le pommier
qui arrondit la terre. Par indigence
ou distraction tu as laissé

tant de choses mourir autour de toi
qu'il ne te reste plus pour reposer tes yeux
qu'un courant d'air dans ta propre maison
– et tu t'étonnes encore, tu t'étonnes

que le froid te saisisse au bras même de l'été.

Guy Goffette, « Tant de choses », *Le Pêcheur d'eau*,

LES CLÉS POUR RÉUSSIR

Définir le texte

Carte d'identité du texte

- **Genre :** poème contemporain en vers
- **Contexte :** époque contemporaine
- **Thème :** la fuite du temps, la mort
- **Tonalités :** lyrique, élégiaque mais aussi prosaïque
- **Buts de l'auteur :** faire naître des images dans l'esprit du lecteur, adresser des reproches à un mystérieux « tu »

Dégager la problématique

L'omniprésence du destinataire qui sous-entend celle du locuteur et les thèmes de la fuite du temps et de la perte rattachent le poème de manière évidente à la tradition lyrique. Pourtant, le poème surprend par le ton de reproche qu'il met en œuvre et la simplicité toute prosaïque dont il fait montre. **Comment le poète renouvelle-t-il la tradition lyrique dans ce texte ?**

Construire le plan

1 Une écriture lyrique renouvelée

- Examinez la versification : que doit-elle à la tradition ? En quoi innove-t-elle ?
- Identifiez les principaux thèmes évoqués : sont-ils tous caractéristiques du lyrisme ?
- Analysez le dialogue lyrique : quelles sont les identités possibles du destinataire ?

2 Une élégie moderne

- Démontrez la tonalité mélancolique : comment s'exprime la nostalgie ?
- Analysez l'évocation de la mort : qui touche-t-elle ?
- Montrez qu'il y a réécriture : comment le poète se réapproprie-t-il un lieu commun du lyrisme ?

LE CORRIGÉ

Introduction

[amorce] La poésie lyrique se fonde, depuis l'Antiquité, sur des thèmes traditionnels qu'elle a réinvestis tout au long de son histoire. **[présentation du texte]** Poète lyrique contemporain, Guy Goffette revisite dans son recueil *Le Pêcheur d'eau*, certains des clichés lyriques, pour les raviver. C'est ainsi que le poème intitulé « Tant de choses » reprend le thème traditionnel de la fuite du temps. **[problématique]** L'originalité de ce poème réside en partie dans le fait qu'il traite ce thème traditionnel de manière prosaïque : dans quelle mesure ce prosaïsme renouvelle-t-il la tradition lyrique ? **[annonce du plan]** Nous verrons dans un premier temps que « Tant de choses » joue sur les fondements traditionnels de l'écriture lyrique, puis nous montrerons que cela permet à l'auteur de proposer une élégie moderne.

I. Une écriture poétique renouvelée

LE SECRET DE FABRICATION

La première partie porte sur le renouvellement de la tradition lyrique. Il faut donc examiner la versification et les thèmes : en quoi sont-ils héritiers de la tradition et comment la modernisent-ils ?

1. Les jeux formels, entre tradition et innovation

- La structure du poème ne correspond à aucune forme fixe traditionnelle ; néanmoins, elle se rapproche du **sonnet**. « Tant de choses » se compose de treize vers, contre quatorze dans un sonnet ; comme ce dernier, il utilise le quatrain et propose un véritable vers de chute. Le dernier vers du poème est en effet isolé, et présente une pointe dans l'emploi d'une spectaculaire antithèse qui oppose « le froid » et « l'été ». Goffette semble ainsi jouer sur la forme du sonnet.
- On observe le même phénomène à l'échelle du vers : le poème est **hétérométrique**, mais ses vers tournent le plus souvent autour de l'alexandrin. La majorité des vers compte onze, douze ou treize syllabes ; leur rythme est de plus très proche des vers réguliers, même s'il s'agit bien de vers libres.
- Enfin, les rimes sont certes abandonnées mais Goffette conserve un principe d'**homophonie finale** : le mot « boue » (v. 1) trouve ainsi un écho sonore dans l'adjectif « rouge » (v. 2), tout comme les mots « bise » (v. 3) et « oiseaux » (v. 4), qui proposent la même consonne sifflante. « Tant de choses » est certes un poème libéré des contraintes traditionnelles du vers régulier, mais le poète joue encore avec ces dernières, renouvelant ainsi les formes lyriques.

2. Le renouvellement des thèmes traditionnels

- Ce n'est pas seulement par sa forme que ce poème renouvelle la tradition lyrique : les **thèmes** qu'il aborde et le **lexique** utilisé tranchent avec la façon dont le genre lyrique était envisagé jusqu'au XIXe siècle.

- Ce poème semble même écrit **contre la grandiloquence** d'un certain lyrisme : il y a une évidente **simplicité** de l'écriture. Les objets évoqués, que ce soit « le beau parasol rouge » ou « la maison des oiseaux », relèvent d'un certain **prosaïsme**.
- De la même façon, les paysages décrits à travers « le pommier », « le parterre de roses » et « la maison » s'inscrivent dans la **banalité** d'une vie quotidienne très éloignée en apparence, de l'idéalisme sur lequel se fonde le lyrisme.

3. Un dialogue lyrique inédit

- Comme de nombreux poèmes lyriques, « Tant de choses » se présente sous la forme d'un **dialogue**, où seul cependant le « tu » est mis en scène. Le pronom de la deuxième personne est le premier mot du poème et reste omniprésent notamment du vers 8 au vers 13.
- Cette omniprésence suffit à identifier le caractère **subjectif** et **lyrique** du poème, puisque pour qu'il y ait un « tu », il faut sous-entendre un « je ». Cette voix semble néanmoins désincarnée. Le destinataire restant muet, on peut aussi lire ce poème comme une sorte de **monologue** dans lequel le sujet lyrique s'adresse à lui-même des reproches.
- Si le « je » n'est pas nettement identifié, il en va de même du « tu » qui peut devenir le **lecteur.** Ce dispositif énonciatif explique en partie par quels moyens le poète parvient à **toucher** son lecteur, voire à l'**émouvoir** : ce dernier se sent visé par le poème, comme mis en accusation. Chacun est alors sommé de regarder ses propres faiblesses et ses propres fautes, soulignées à travers les expressions « sans desserrer les dents », « sans soin », ou encore « Par indigence/ou distraction ». Du particulier, le poème atteint à une forme d'**universalité**.

[transition] « Tant de choses » s'inscrit donc de manière ambivalente dans la tradition lyrique : le poème semble s'éloigner des formes, des thèmes et de l'énonciation qui caractérisent cette tonalité, mais il les renouvelle en fait en jouant avec eux et instaure un véritable dialogue avec son lecteur. Il faut alors déterminer quel est l'objet des reproches que le sujet lyrique adresse à son destinataire.

II. Une élégie moderne

LE SECRET DE FABRICATION

La seconde partie va s'attacher à montrer que le poème peut se lire comme une élégie qui interpelle le lecteur pour lui rappeler qu'il va mourir un jour : il faut étudier la tonalité du texte à travers ses procédés et ses thèmes et montrer comment le motif de la fuite du temps s'en trouve modernisé.

1. La tonalité mélancolique

- Le poète semble chercher à avertir son lecteur d'une menace imminente, d'un danger qu'il encourt : « Tant de choses » apparaît ainsi comme une **élégie** où se déploie le thème du **malheur** et l'expression de la **nostalgie**.

MOT CLÉ

L'**élégie** est une forme poétique qui traite traditionnellement du malheur amoureux.

- Le ton du poème est **nostalgique voire mélancolique**. Il est ainsi placé sous le signe de la perte et de la déploration. Le texte se construit en effet sur une opposition entre un passé heureux, marqué par la beauté évoquée à travers « le beau parasol rouge », « les parterres de roses » et « le pommier/qui arrondit la terre » et un présent dans lequel cette dernière a disparu ou s'est altérée à l'image des « arêtes » qui ont « rouill[é] ».
- Seuls les **regrets** restent alors, et un vide absolu, symbolisé par le « courant d'air » qui remplit « la maison ».

2. L'omniprésence de la mort

- La mort apparaît omniprésente : c'est d'abord la mort des objets qui est envisagée avec les expressions « souffrir », « abattre », « à l'abandon » ; cela culmine au vers 9 : « tant de choses mourir autour toi » fournit d'ailleurs le titre même du poème.
- Cependant, cette mort est surtout **métaphorique de la mort du sujet**, non pas biologique mais spirituelle, que l'antithèse du vers de chute vient symboliser : seul le froid demeure, même en plein été.

3. Le motif traditionnel de la fuite du temps

- Enfin la présence des saisons, sous les termes « hiver » et « été », met le lecteur sur la piste d'une autre lecture métaphorique : Goffette reprend ici le thème de la **fuite du temps**, caractéristique de l'élégie.
- Le temps passe, et le « tu » se laisse porter sans penser à vivre, si bien qu'il ne lui reste que la mort à la fin du texte. L'auteur s'inscrit ainsi dans une longue **tradition lyrique**, dont Ronsard est l'un des plus célèbres représentants : les « roses » du vers 6 donnent la clé de ce rapprochement, puisqu'elles sont, chez le poète de la Pléiade, l'allégorie de la brièveté de l'existence (« Mignonne allons voir si la rose... »).
- En dernier lieu, « Tant de choses » apparaît comme un véritable ***memento mori***, rappelant à « tu », c'est-à-dire au lecteur, qu'il ne doit jamais oublier le caractère éphémère de l'existence des objets et des êtres.

MOT CLÉ

Memento mori est une expression latine rappelant aux chrétiens qu'ils seront rappelés un jour à Dieu.

Conclusion

[synthèse] « Tant de choses » est un poème caractéristique du renouveau contemporain de la poésie lyrique. D'une part, il s'inscrit clairement dans une tradition reconnue, en exploitant des thèmes bien identifiés comme la fuite du temps, en reconduisant le dialogue entre le locuteur et son destinataire qui est au fondement du lyrisme, ou encore en utilisant le genre de l'élégie, indissociable du lyrisme antique. D'autre part, il renouvelle cet héritage en donnant un sens nouveau à l'universalité lyrique, en ancrant le motif de la fuite du temps, ou encore en jouant aux frontières de la forme du sonnet. **[ouverture]** C'est ainsi que le lyrisme continue à s'écrire aujourd'hui, entre la prise en charge de l'histoire littéraire et l'invention de voies/voix nouvelles et singulières.

SUJET 9 | OBJECTIF MENTION

COMMENTAIRE 4 h Maupassant, *Bel-Ami* (1885)

Ce sujet va vous permettre d'analyser le portrait d'un personnage selon l'esthétique réaliste : il faut parvenir à interpréter les éléments de la description, sans se contenter de les énumérer.

LE SUJET

Vous commenterez le texte suivant tiré de *Bel-Ami* de Maupassant, roman de formation narrant l'ascension sociale de Georges Duroy. Vous vous attacherez d'abord à l'image renvoyée par le personnage puis à la dimension symbolique de son portrait.

Le personnage vient de faire la rencontre de Forestier, ancien camarade devenu journaliste, qui l'invite à dîner en compagnie de son patron. Il monte l'escalier qui le conduit chez son hôte où son destin devrait connaître un tournant décisif.

Mais voilà qu'en s'apercevant brusquement dans la glace, il ne s'était même pas reconnu ; il s'était pris pour un autre, un homme du monde, qu'il avait trouvé fort bien, fort chic, au premier coup d'œil.

Et maintenant, en se regardant avec soin, il reconnaissait que, vraiment, l'ensemble était satisfaisant.

Alors il s'étudia comme font les acteurs pour apprendre leurs rôles. Il se sourit, se tendit la main, fit des gestes, exprima des sentiments : l'étonnement, le plaisir, l'approbation ; et il chercha les degrés du sourire et les intentions de l'œil pour se montrer galant auprès des dames, leur faire comprendre qu'on les admire et qu'on les désire.

Une porte s'ouvrit dans l'escalier. Il eut peur d'être surpris et il se mit à monter fort vite et avec la crainte d'avoir été vu, minaudant ainsi, par quelque invité de son ami.

En arrivant au second étage, il aperçut une autre glace et il ralentit sa marche pour se regarder passer. Sa tournure lui parut vraiment élégante. Il marchait bien. Et une confiance immodérée en lui-même remplit son âme. Certes, il réussirait avec cette figure-là et son désir d'arriver, et la résolution qu'il se connaissait et l'indépendance de son esprit. Il avait envie de courir, de sauter en gravissant le dernier étage. Il s'arrêta devant la troisième glace, frisa sa moustache d'un mouvement qui lui était familier, ôta son chapeau pour rajuster sa chevelure, et murmura à mi-voix, comme il faisait souvent : « Voilà une excellente invention. » Puis, tendant la main vers le timbre, il sonna.

Guy de Maupassant, *Bel-Ami,* 1885.

LES CLÉS POUR RÉUSSIR

Définir le texte

Carte d'identité du texte

- **Genre :** roman
- **Contexte :** XIXe siècle, réalisme
- **Thème :** portrait d'un ambitieux
- **Tonalités :** réaliste, allégorique
- **But de l'auteur :** donner corps à son personnage

Dégager la problématique

Georges Duroy est en train de s'inventer un personnage. La montée des escaliers et les différents paliers invitent à une lecture symbolique, tout comme la présence des différentes glaces. **Au-delà d'un portrait en mouvement du protagoniste, quelle est la portée métaphorique de cet extrait ?**

Construire le plan

1 L'image renvoyée par le personnage

- Montrez que le motif du regard court dans tout le texte.
- Étudiez l'évolution de la perception que le personnage a de lui-même.
- Déterminez l'image qui est donnée du protagoniste.

2 La dimension symbolique du portrait

- Relevez les éléments qui associent Duroy à un acteur.
- Montrez Duroy se laisse prendre à son propre jeu.
- Interprétez la mise en abyme de la fabrication du personnage.

LE CORRIGÉ

Introduction

[amorce] En réaction aux effusions romantiques, les romanciers de la seconde moitié du XIXe siècle cherchent à ramener le roman sur le terrain du réel. Pour cela, ils s'inspirent de faits divers et d'exemples empruntés à la réalité qu'ils fondent dans leur fiction pour leur donner toute l'apparence de la vérité. **[présentation de l'œuvre et situation de l'extrait]** Dans son roman de formation *Bel-Ami*, l'écrivain réaliste Maupassant retrace l'ascension du personnage de Georges Duroy : celui-ci vient de rencontrer un ancien camarade devenu journaliste qui l'a invité à dîner ; il se rend chez son hôte, impatient de tirer de ce moment le profit qu'il en espère pour sa carrière. La montée des escaliers par le personnage fournit au narrateur l'occasion de décrire à la fois son physique et sa psychologie. **[problématique]** Au-delà cependant d'un portrait en mouvement du protagoniste, quelle est la portée métaphorique de cet extrait ? **[annonce du plan]** Nous serons d'abord conduits analyser l'image renvoyée du personnage puis à interpréter la dimension symbolique de la description.

I. L'image renvoyée par le personnage

Le portrait du personnage de Duroy permet de donner vie au personnage de papier : il est saisi en mouvement, et la parade des apparences à laquelle il se livre apparaît tout à fait révélatrice de sa personnalité morale.

1. L'importance du regard

Le sens de la vue se trouve largement sollicité : il permet de **saisir l'extériorité du personnage** et simultanément son contentement.

- Champ lexical de la vue : « s'apercevant », « coup d'œil », « en se regardant » « aperçut », « se regarder ». Présence insistante des « glaces » à chaque étage.
- Motif de l'admiration : la contemplation de son reflet constitue une occasion pour le personnage de se rengorger de son physique (« fort bien, fort chic », « l'ensemble était satisfaisant », « sa tournure lui parut vraiment élégante »).

2. Soi-même comme un autre

Créature de papier, Duroy est en train de **s'inventer progressivement un personnage auquel il finit par adhérer.**

- Surprise initiale : « il s'était pris pour un autre, pour un homme du monde ».
- Dissociation de l'intériorité et de l'extériorité : Georges et son image renvoient à deux réalités distinctes, comme un comédien et son rôle (« il s'étudia comme font les acteurs […] Il se sourit, se tendit la main, fit des gestes exprima des sentiments... »).
- Plongée dans l'intimité de ses pensées grâce au discours indirect libre (« Certes, il réussirait avec cette figure-là et son désir d'arriver... »).

3. L'affirmation de soi

Le regard permet à Duroy de **s'approprier pleinement son personnage** et de prendre confiance en lui.

- Rôle des miroirs qui, chez Duroy comme chez les jeunes enfants, ouvrent la voie à l'identification et la prise de conscience de soi.
- Confiance en soi : hyperbate (« et son désir d'arriver, et la résolution... ») qui souligne la haute estime dans laquelle le personnage se tient lui-même.
- **Narcisse** moderne : le motif du miroir et l'absence de spectateurs invitent à cette analogie et dénoncent la fatuité du personnage. (« Il eut peur d'être surpris et il se mit à monter fort vite et avec la crainte d'avoir été vu, minaudant ainsi... »).

À NOTER

Narcisse est un héros de la mythologie grecque qui meurt de s'être absorbé dans la contemplation de son reflet.

II. La dimension symbolique du portrait

Maupassant brosse le portrait d'un personnage en mouvement : il le peint ainsi de manière progressive et révèle, au gré des marches d'escalier, les traits de sa personnalité. Ce faisant, le romancier procède simultanément à une mise en abyme de son propre travail.

1. Un acteur né

Duroy semble doté des qualités requises pour **jouer un rôle dans la vaste comédie humaine** où il entend se faire une place.

- Il joue un rôle social : « un homme du monde ».
- C'est un comédien virtuose : jeu varié, allant de l'« étonnement » à « l'approbation » en passant par « le plaisir » (2e paragraphe).
- On suit son parcours avant l'entrée en scène : des coulisses au lever de rideau, avec le symbole de la sonnette qui marque l'entrée en scène de l'artiste (« Puis, tendant la main vers le timbre, il sonna »).

2. Un rôle qui devient une identité

Le rôle endossé par Duroy devient progressivement sa **seconde nature** : il adhère à l'apparence qu'il s'est donnée jusqu'à y confondre son être.

- L'acteur se prend au jeu : peu à peu, Georges oublie que ce n'est qu'un rôle (« Il [...] frisa sa moustache d'un mouvement qui lui était familier [...] et murmura à mi-voix, comme il faisait souvent »).
- Les frontières entre réalité et fiction deviennent perméables : « Voilà une excellente invention », c'est-à-dire susceptible de concurrencer la réalité.

3. La fabrique du personnage

Les miroirs de la scène ne réfléchissent pas seulement la figure de Duroy mais aussi **le geste de l'écrivain lui-même** qui prête vie à un être purement fictif.

- Artificialité du personnage que le romancier agite comme une marionnette : fabrication d'un personnage-type, celui de l'ambitieux, avide de reconnaissance (« une confiance immodérée en lui-même emplit son âme »).
- Critique sous-jacente du roman de formation : symbolique ironique de la montée des marches qui se rit des ascensions sociales fulgurantes dont les romans du XIXe siècle ont fait leur sujet.

Conclusion

Si le portrait de Gorges Duroy apparaît comme une sorte de passage obligé du roman réaliste, Maupassant lui donne aussi une dimension symbolique féconde. La description du personnage permet au romancier d'incarner sa figure de papier, de lui prêter vie et de donner un accès à son intériorité. Au-delà, ce **portrait physique et moral** apparaît porteur d'une réflexion sur le geste de l'écrivain : à l'image de sa créature, il est celui qui compose un rôle, brouille les frontières entre la fiction et la réalité et affirme sa toute-puissance.

DES POINTS EN +
Vous pouvez parler de **prosopographie** pour désigner un portrait physique et d'**éthopée** pour un portrait moral.

Réussir l'épreuve écrite

11 Contracter un texte et rédiger un essai

TESTEZ-VOUS

→ CORRIGÉS P. 308-309

Faites le point sur vos connaissances puis établissez votre **parcours de révision** en fonction de votre score.

1 Contracter un texte

→ FICHE 40

1. La contraction vous invite à résumer un texte en en respectant…

☐ a. l'énonciation, la thèse et la composition.

☐ b. le thème, les exemples et la ponctuation.

☐ c. le style et la construction des phrases.

2. Quelle phrase résume le mieux l'idée exprimée dans ce paragraphe d'une interview de Tzvetan Todorov au sujet de l'esprit des Lumières ?

> « Ne nous berçons pas de l'idée que les démocraties libérales sont là pour toujours. Les forces opposées aux Lumières sont enracinées : la préférence pour la soumission plutôt que pour la liberté, le besoin de consolation, le goût du pouvoir ne sont pas moins humains que les valeurs promues par les Lumières. »
>
> Interview de Tzvetan Todorov pour *Le Monde*, propos recueillis par Sophie Gherardi, publiés le 4 mars 2006.

☐ a. L'esprit des Lumières traverse les époques.

☐ b. Les idées qui s'opposent à l'esprit des Lumières sont encore nombreuses à notre époque.

☐ c. Les démocraties libérales se nourrissent du goût du pouvoir.

3. Dans l'extrait suivant de la même interview, relevez les trois mots-clés les plus importants.

> Le premier pas des Lumières est une critique des tutelles traditionnelles contrôlant les conduites humaines, et pour commencer de la religion. L'idée de critique est consubstantielle aux Lumières. À tel point que les critiquer aujourd'hui, c'est leur être fidèle ! La connaissance s'affranchit des autorités anciennes et devient une libre recherche de vérité, conduite par la raison et appuyée sur l'observation.
>
> *(idem)*

☐ a. consubstantielle, vérité, Lumières

☐ b. critique, humaines, observation

☐ c. Lumières, critique, vérité

4. Laquelle de ces listes n'est pas composée de connecteurs logiques ?

☐ a. or, donc, mais

☐ b. désormais, avant, pendant que

☐ c. puisque, cependant, parce que

.../4

2 Rédiger un essai

→ FICHE 41

1. Quel plan vous semble le plus adapté au sujet proposé ?

Qu'est-ce qui fait selon vous la force argumentative de la fable ?

☐ a. **I.** La force argumentative de la fable
II. Les limites de ce pouvoir

☐ b. **I.** Le récit amuse le lecteur
II. La morale instruit sur des situations quotidiennes

☐ c. **I.** La force argumentative du « Corbeau et le Renard »
II. La force argumentative du « Loup et l'Agneau »
III. La force argumentative des « Animaux malades de la peste »

2. Reliez les arguments aux exemples correspondants.

a. Le récit amuse le lecteur par la personnification d'animaux. •

b. La morale exprime clairement une leçon qui s'applique au quotidien du lecteur. •

c. La fable est un genre argumentatif court qui expose une idée de façon percutante. •

• « La Grenouille qui se veut faire aussi grosse que le bœuf » est une fable courte qui laisse le lecteur sur une impression vive après l'explosion de la grenouille prétentieuse.

• Dans « Les Animaux malades de la peste », le lecteur peut reconnaître dans chaque animal un type de courtisan différent.

• « Le Corbeau et le Renard » fait réfléchir le lecteur à la manipulation qu'il subit lorsque quelqu'un le flatte.

3. L'introduction de l'essai doit comporter…

☐ a. une annonce du thème et un rappel de la question.

☐ b. un exemple sur le thème proposé par le sujet.

☐ c. une présentation générale des œuvres étudiées dans l'année.

4. La conclusion de l'essai…

☐ a. résume votre point de vue.

☐ b. résume le point de vue du texte à contracter.

☐ c. propose un nouvel exemple.

.../4

Score total .../8

Parcours PAS À PAS ou EXPRESS ? → MODE D'EMPLOI P. 3

40 Contracter un texte

En bref *La contraction consiste à résumer et reformuler un texte argumentatif, « en en respectant l'énonciation, la thèse, la composition et le mouvement » (BO spécial n° 7 du 30 juillet 2020). Consacrez environ 2 heures à cet exercice lors de l'épreuve écrite.*

I Lire et comprendre le texte

1 Lire le texte

- Lisez d'abord **le paratexte** (chapeau introducteur et références du texte) : il contient des informations importantes pour comprendre l'extrait proposé.
- Lisez une première fois le texte sans rien noter. Puis relisez-le, un crayon à la main : surlignez les **mots clés**, encadrez les **connecteurs logiques**.
- Lisez une troisième fois le texte, en vous arrêtant sur les passages que vous ne comprenez pas. Analysez la **construction des phrases** qui présentent une difficulté. Si le sens d'un mot vous échappe, essayez de le déduire grâce au contexte.

2 Faire le point

- À l'aide du paratexte, identifiez clairement **la situation d'énonciation** : qui parle, à qui, et dans quel contexte ? Notez ces informations sur votre brouillon.
- Identifiez les **marques de l'énonciation** : le locuteur dit-il « je » ou « nous » ? ou parle-t-il de façon neutre sans s'impliquer ? S'adresse-t-il directement à quelqu'un ? Fait-il référence à des personnes ou des événements particuliers ? Cite-t-il les propos de quelqu'un d'autre (repérez les guillemets) ?
- Identifiez la **thèse** du texte : c'est l'idée défendue par le locuteur. Elle peut être formulée explicitement ou rester implicite (dans ce cas, formulez-la clairement).

II Retenir l'essentiel

- Recopiez les mots clés au brouillon.
- Soulignez les **arguments** : ce sont les idées abstraites qui servent à justifier la thèse. Ils devront tous apparaître dans votre résumé.
- Mettez les **exemples** entre crochets : ce sont les éléments concrets qui viennent illustrer la thèse ou les arguments, ils devront être **contractés au maximum**.

CONSEIL
Les exemples les moins significatifs du texte pourront être éliminés de votre contraction.

- En vous appuyant sur votre repérage des connecteurs logiques, des arguments et des exemples, mais aussi sur la mise en page et notamment les paragraphes, établissez le **plan du texte**, en reprenant, dans l'ordre, ses idées principales. Ce plan doit contenir les mots-clés que vous avez repérés.

III Rédiger la contraction

1 Se détacher du texte

- Cachez le texte pour ne pas être tenté de recopier des morceaux de phrases. Il est important d'utiliser **vos propres mots**. Seuls les **mots-clés** doivent être repris.
- Utilisez votre **plan du texte** pour reformuler au brouillon la pensée du locuteur, en conservant toutes les idées essentielles et en respectant l'ordre du texte.
- Vous devez **conserver les marques d'énonciation du texte** : si l'auteur dit « je », dites « je ». Si l'auteur ne marque pas sa présence dans son texte, restez neutre. N'écrivez jamais : « L'auteur dit que ».

2 Revenir au texte et finaliser la rédaction

- **Comptez le nombre de mots** et ajustez votre résumé en fonction. Reprenez le texte et vérifiez que votre contraction est complète et fidèle au propos de l'auteur.
- **Recopiez au propre** la version finale de votre contraction, en veillant à ce que chaque phrase soit claire et bien construite.
- **Relisez-vous** attentivement pour éliminer les fautes d'orthographe.

CONSEIL

Avant l'épreuve, déterminez le nombre de mots que vous écrivez par ligne, en moyenne, dans une copie d'examen. Vous passerez moins de temps à compter vos mots le jour J.

zoOm

Un exemple d'analyse de paragraphe

> Nos mœurs diffèrent, c'est un fait, et l'heure n'est plus au déni. Comment s'en accommoder ? Telle est la question qui est devant nous. La tolérance est à repenser, en tant qu'elle concerne les mœurs, au moins autant que les croyances. Les Lumières ont reformulé décisivement le rapport à la croyance, mais le rapport aux mœurs étrangères est un chantier qui nous incombe, car nous sommes entrés en contact avec elles. Ce que les philosophes du XVIIIe siècle n'ont pu qu'entrevoir, à titre d'hypothèse et de jeu d'esprit, est devenu une réalité quotidienne dans les métropoles occidentales. [On ne se demande plus en riant : « Comment peut-on être Persan ?[1] », on s'inquiète sérieusement de savoir comment on peut rester Français à Paris *extra muros*, Britannique à Londres ou Belge à Molenbeek.]
>
> Claude Habib, *Comment peut-on être tolérant ?* (Chapitre 1), Desclée de Brouwer, 2019.

Légende : mots-clés • thèse • argument • [exemple]

41 Rédiger un essai

En bref *L'essai est un écrit argumentatif personnel, qui « porte sur le thème ou la question que le texte partage avec l'œuvre et le parcours étudiés durant l'année dans le cadre de l'objet d'étude* La littérature d'idées du XVIe au XVIIIe siècle » *(BO spécial n° 7 du 30 juillet 2020).*

I Analyser le sujet

1 Lire et comprendre le sujet

- **Lisez** le sujet plusieurs fois, et soulignez les **mots clés**. Identifiez précisément le **thème** à traiter : il est lié au texte qui vous est proposé pour la contraction.

- Identifiez le **type de question** que l'on vous pose : s'agit-il de discuter une citation du texte à contracter, ou le point de vue de son auteur ? de répondre à une **question ouverte** ? ou à une **question fermée** ?

MOT CLÉ
On peut répondre à une **question fermée** par *oui* ou *non*. Une **question ouverte** appelle une réponse plus libre en différents points.

2 Débuter la réflexion

- En fonction du type de question, réfléchissez à la **forme** que prendra votre réponse : une liste d'idées dans le cas d'une question ouverte, ou l'expression de votre point de vue dans le cas d'une question fermée ou d'une discussion des idées développées dans le texte à contracter.

- Dans les deux derniers cas, déterminez **votre point de vue** : avez-vous envie de répondre positivement, négativement, ou souhaitez-vous confronter des arguments pour et des arguments contre ?

II Organiser ses idées

1 Trouver les idées

- Au brouillon, réalisez un tableau de deux colonnes : la première sera celle des **arguments**, la deuxième celle des **exemples**. Notez comme elles viennent toutes les idées qui répondent à la question en les classant dans ces deux colonnes.

- Puisez vos exemples dans **le texte** à contracter, dans vos **lectures et activités** de l'année, et dans votre **culture générale**. À chaque argument doit correspondre un ou plusieurs exemples.

2 Construire le plan

- Lorsque votre tableau est bien rempli, **rassemblez** les arguments qui sont similaires et organisez vos idées dans un **plan** détaillé, comprenant entre deux et quatre parties.

■ Chaque partie s'organise autour d'**un argument principal** bien développé (qui peut se diviser en plusieurs sous-arguments) et comporter **au moins un exemple**.

■ Veillez à ce que votre plan soit **progressif** : les arguments les plus simples seront placés au début, et les plus percutants à la fin. Si vous confrontez deux points de vue, commencez par celui que vous ne partagez pas.

III Rédiger l'essai

■ Votre **introduction** doit constituer un court paragraphe.
• Dans une phrase d'amorce, énoncez le **thème** de votre essai en faisant le lien avec le texte proposé en contraction.
• Puis reprenez la **question** du sujet en l'adaptant à votre écrit (ex. : « Pensez-vous que » devient « Peut-on penser que »).
• Annoncez enfin brièvement les grands mouvements de votre réponse.

■ Rédigez un **développement** en plusieurs paragraphes correspondant aux parties de votre plan.

un paragraphe = un argument + un ou plusieurs exemples

■ **Concluez** en deux ou trois phrases résumant votre point de vue.

■ **Relisez-vous** attentivement pour éliminer les fautes d'orthographe. Vérifiez également la construction des phrases et la ponctuation.

À NOTER
Quand vous faites référence à des œuvres dans vos exemples, n'oubliez pas d'en préciser l'auteur et le titre exact (à souligner).

zoOm

Quel type de plan adopter ?

■ Soit le sujet suivant :
« Selon vous, le combat contre les superstitions est-il toujours d'actualité ? »

■ Trois plans sont possibles selon votre point de vue.

Votre point de vue	Plan
Vous pensez que ce combat est toujours d'actualité Vous pensez que, dans notre monde moderne, ce combat est dépassé	Développez plusieurs arguments en faveur de votre thèse : **I.** 1er argument **II.** 2e argument **III.** 3e argument
Vous pensez que certains aspects de ce combat sont toujours d'actualité, mais que d'autres sont dépassés.	Développez un point de vue nuancé, contenant une thèse et une antithèse. **I.** Thèse (un ou deux arguments) **II.** Antithèse (un ou deux arguments)

NB : Quand le sujet est une question fermée, il est souvent intéressant d'adopter un point de vue nuancé. Cela rendra votre développement plus riche.

MÉMO VISUEL

CONTRACTER UN TEXTE

1 Lire le paratexte et le texte

- **Thème :** de quoi parle le texte ?
- **Énonciation :** qui parle ? à qui ?

> Identifiez les marques de l'énonciation et repérez les éventuelles citations ou références aux propos de quelqu'un.

- **Thèse :** quelle est l'idée défendue par l'auteur ?

2 Analyser le texte

- **Surligner** les mots-clés et **entourer** les connecteurs logiques
- **Barrer** les éléments non essentiels
- **Faire le plan** du texte

Arguments	Exemples importants
…	…
…	…

> Essayer de résumer chaque paragraphe en une phrase.

3 Rédiger la contraction

- **Cacher** le texte
- **Résumer** le texte en suivant chaque étape du plan et en utilisant les mots-clés
- **Compter** les mots et **retravailler** son texte
- **Recopier** au propre et **se relire**

RÉDIGER UN ESSAI

1 Comprendre le sujet

- Repérer les **mots-clés**
- **Reformuler** la question posée
- Choisir un **plan** adapté
  - en fonction de la question (ouverte ou fermée ?)
  - en fonction de mon opinion

La question attend généralement une réponse nuancée.

2 Organiser ses idées

- Lister des **arguments** qui répondent à la question posée
- Illustrer chaque argument par un ou plusieurs **exemples** tirés du texte à contracter

Exemples
- tirés du texte
- issus des œuvres étudiées en classe
- issus de votre culture générale

3 Rédiger l'essai

Introduction
- amorce pour introduire le thème
- rappel de la question
- brève annonce des étapes de la réponse

Développement

un paragraphe
= un argument
+ un ou plusieurs exemples

Chaque paragraphe commence par un alinéa.

Conclusion

Réponse synthétique à la question posée

Gardez du temps pour vous relire !

SUJET 10 | OBJECTIF BAC

CONTRACTION/ESSAI 4 h Le féminisme en question

Ce sujet va vous permettre de réfléchir à la notion de féminisme et à son évolution depuis l'époque d'Olympe de Gouges. Ce combat est-il toujours d'actualité ?

LE SUJET

Contraction

Vous résumerez ce texte en 205 mots. Une tolérance de +/– 10 % est admise : votre travail comptera au moins 185 mots et au plus 225 mots.

Vous placerez un repère dans votre travail tous les 50 mots et indiquerez, à la fin de la contraction, le nombre total de mots utilisés.

Essai

Que pourriez-vous répondre aux personnes qui disent que « la situation des femmes était sans aucun doute désastreuse dans le passé, mais que tout va bien désormais » ?

Vous développerez de manière organisée votre réponse à cette question en prenant appui sur la *Déclaration des droits de la femme et de la citoyenne* d'Olympe de Gouges, sur le texte de l'exercice de la contraction et sur ceux que vous avez étudiés pendant l'année dans le cadre de l'objet d'étude « La littérature d'idées du XVIe au XVIIIe siècle ». Vous pourrez aussi faire appel à vos lectures et à votre culture personnelle.

Ce texte est adapté d'une conférence prononcée en 2012 dans un colloque consacré à l'Afrique.

Une conversation sur la question du genre n'est jamais facile. Cela gêne ou même agace les gens. Hommes et femmes sont tout aussi hostiles au sujet, quand ils ne s'empressent pas de récuser les problèmes de discrimination sexiste. Parce que la remise en cause d'un statu quo n'est jamais chose aisée.

Certains demandent : « Pourquoi employer le mot féministe ? Pourquoi ne pas vous contenter de dire que vous croyez profondément aux droits de l'homme, ou quelque chose comme ça ? » Parce que ce serait malhonnête. Le féminisme fait à l'évidence partie intégrante des droits de l'homme, mais se limiter à cette vague expression des *droits de l'homme* serait nier le problème particulier du genre. Ce serait une manière d'affirmer que les femmes n'ont pas souffert d'exclusion pendant des siècles. Ce serait mettre en doute le fait que ce problème ne concerne que les femmes. Qu'il ne s'agit pas de la condition humaine mais de la condition féminine. Durant des siècles, on a séparé les êtres humains en deux groupes, dont l'un a subi l'exclusion et l'oppression. La solution à ce problème doit en tenir compte, ce n'est que justice.

Pour certains hommes, l'idée même du féminisme est une menace. À mon sens, c'est en raison d'un sentiment d'insécurité dû à leur éducation, de la façon dont ils se sentent amoindris s'ils ne sont pas « naturellement » aux commandes en tant qu'hommes.

D'autres hommes peuvent réagir inversement : « C'est intéressant, j'en conviens, mais ce n'est pas ma façon de penser. La question du genre, je ne me la pose jamais. »

Peut-être.

Et c'est un élément du problème. Que les hommes ne réfléchissent pas à cette question, n'en soient pas conscients. Qu'un grand nombre d'entre eux disent, à l'instar de mon ami Louis, que la situation des femmes était sans aucun doute désastreuse dans le passé, mais que tout va bien désormais. De sorte que beaucoup d'hommes ne font rien pour améliorer les choses. [...]

Certains mettront en avant la biologie évolutive et les singes, la façon dont les femelles s'inclinent devant les mâles, etc. Sauf que nous ne sommes pas des singes. Les singes vivent dans les arbres et se nourrissent de vers de terre. Ce n'est pas notre cas. D'autres diront : « Eh bien, les hommes pauvres souffrent également. » Sans aucun doute.

Mais ce n'est pas le sujet de la conversation. La question du genre se distingue de celle de la classe sociale. Quelle que soit leur pauvreté, les hommes ne perdent pas leurs privilèges d'hommes, quand bien même ils ne jouissent pas des privilèges procurés par la richesse. En discutant avec des Noirs, j'ai beaucoup appris sur les systèmes d'oppression et le fait que les uns ne prennent pas en compte les autres. Un jour où je parlais de la question du genre, un homme m'a lancé : « Pourquoi faut-il qu'il s'agisse de vous en tant que femme ? Pourquoi pas de vous en tant qu'être humain ? » Ce type de question est une façon de réduire au silence une personne et son expérience propre. Je suis un être humain, bien sûr, mais il m'arrive un certain nombre de choses en ce monde parce que je suis une femme. Soit dit en passant, cet homme ne se privait pas d'évoquer son expérience en tant que Noir. [...]

D'autres diront que la femme est inférieure à l'homme à cause de la culture. Mais la culture est en constante évolution. J'ai deux ravissantes nièces, des jumelles de quinze ans. Si elles étaient nées un siècle plus tôt, on les aurait embarquées pour les tuer parce que, à cette époque-là, la culture ibo considérait la naissance de jumeaux comme un mauvais présage. De nos jours, c'est une coutume inconcevable pour les Ibos.

Quel est le but de la culture ? En fin de compte, elle est destinée à assurer la préservation d'un peuple. Dans ma famille, je suis celle qui se passionne le plus pour notre histoire, notre identité, la terre de nos ancêtres, nos traditions. Mes frères y sont indifférents. Mais je ne peux participer à rien puisque la culture ibo privilégie les hommes et que seuls les hommes de la famille élargie assistent aux conseils où l'on prend des décisions primordiales pour la famille. J'ai beau être plus intéressée, je suis exclue des conseils. Je n'ai pas droit à la parole. Parce que je suis de sexe féminin.

La culture ne crée pas les gens. Les gens créent la culture. S'il est vrai que notre culture ne reconnaît pas l'humanité pleine et entière des femmes, nous pouvons et nous devons l'y introduire.

Chimamanda Ngozi Adichie, *Nous sommes tous des féministes*, traduit par M. de Pracontal et S. Schneiter,

LES CLÉS POUR RÉUSSIR

Analyser le texte à contracter

Énonciation	Texte à la 1re personne
Thèse	Le discours féministe et la question du genre sont souvent remis en question.
Composition	**1.** La question du genre est difficile à aborder. Nombreux sont les femmes et les hommes qui opposent des arguments au discours féministe. (l. 1-4, paragraphe 1) **2.** Le féminisme face à la lutte pour les droits de l'homme. (l. 5-20, paragraphes 2 et 3) **3.** La question du genre : entre inconscience et déni. (l. 21-29, paragraphes 4 à 6) **4.** La question de l'inégalité entre mâle-femelle dans la nature. (l. 30-33, paragraphe 7) **5.** Le combat pour l'égalité des sexes face à celui pour l'égalité sociale. (l. 33-46, paragraphes 7 et 8) **6.** L'inégalité homme-femme est culturelle. (l. 47-63, paragraphes 9 à 11)

Chercher des idées pour l'essai

1. La condition des femmes dans le monde est très variable et reste marquée par des inégalités.

- Donnez des exemples de limitation des droits des femmes dans le monde et confrontez-les au texte d'Olympe de Gouges au programme.
- Demandez-vous si, dans les pays où elle est inscrite dans la loi, l'égalité entre hommes et femmes est complètement acquise dans les faits.

2. C'est en continuant à dénoncer ces inégalités que l'on ira vers plus de justice.

- Expliquez pourquoi il est encore nécessaire de faire évoluer les mentalités sur la question du genre.
- Montrez qu'il faut poursuivre le débat afin de prévenir les régressions dans les droits des femmes.

LE CORRIGÉ

Contraction

- Le débat sur l'inégalité homme-femme se heurte à de nombreuses récusations du problème.
- Certains considèrent que le féminisme n'est pas un mouvement à part entière et qu'il doit se fondre dans un combat plus général pour les droits de l'homme.
- Cependant, les femmes subissent l'[50] exclusion et l'oppression en raison de leur genre. Le féminisme est donc légitime même si certains le jugent menaçant. D'autres ignorent le problème ou considèrent, à tort, qu'il n'est plus d'actualité.
- À ceux qui évoquent l'inégalité naturelle entre mâle et femelle, je réponds que [100] nous avons évolué depuis le singe.
- À ceux qui me parlent de pauvreté quand je leur parle de féminisme, je réponds que ce sont deux questions différentes, et que les privilèges des hommes par rapport aux femmes existent dans toutes les classes sociales.
- Enfin, à ceux qui disent que l'[150]inégalité entre hommes et femmes est culturelle, je réponds que la culture n'est pas figée et que c'est notre devoir de la faire évoluer vers l'égalité. On ne tue plus les jumeaux par superstition dans la culture ibo, mais on me refuse toujours la possibilité de participer [200] aux conseils de famille.

(204 mots)

CONSEIL
L'auteure s'implique dans son discours. Pensez à reprendre les **marques de l'énonciation** en disant « je ».

Essai

Les titres des parties ne doivent pas figurer dans votre copie.

[introduction] Le discours féministe n'est pas toujours bien accueilli. L'auteure nigériane Chimamanda Ngozi Adichie l'a éprouvé de nombreuses fois, et s'étonne que certains nient tout simplement les problèmes que soulève la question du genre. On peut donc se demander que répondre aux personnes qui disent que « la situation des femmes était sans doute désastreuse dans le passé, mais que tout va bien désormais ». Je pense que, d'une part, il faut mettre ces personnes devant les faits qui prouvent que la condition des femmes reste marquée par des inégalités, et d'autre part, il faut leur faire prendre conscience de la nécessité d'entretenir le débat pour progresser vers davantage d'égalité.

1. La condition des femmes dans le monde est très variable et reste marquée par des inégalités.

- Dans un premier temps, il me semble important de rappeler aux personnes qui nient les inégalités entre hommes et femmes que, de nos jours, la condition des femmes dans le monde reste très variable selon les contextes.
- Dans de nombreux pays, les droits de la femme sont encore limités. Rappelons tout d'abord qu'à l'inverse de la *Déclaration des droits de l'homme et du citoyen*

de 1789, la *Déclaration des droits de la femme et de la citoyenne* d'**Olympe de Gouges** n'a eu que peu de portée à son époque. En France, les femmes n'ont obtenu qu'en 1965 le droit d'ouvrir un compte en banque et de travailler sans l'autorisation de leur mari. Dans de nombreux pays, comme l'Arabie saoudite, les Émirats arabes unis, l'Iran ou le Qatar, elles ont encore besoin de l'autorisation d'un tuteur masculin pour effectuer ces démarches, et elles sont limitées dans leurs droits à se déplacer librement ou à participer à la vie politique. Ces femmes ont besoin du discours féministe international pour **conquérir leur liberté**, et de propos semblables à ceux d'Olympe de Gouges qui affirmait, dès 1791, que la femme devait avoir autant de part que l'homme à « la distribution des places, des emplois, des charges, des dignités et de l'industrie ».

À NOTER
On attend de vous que vous citiez au moins une fois l'**œuvre d'Olympe de Gouges** que vous avez étudiée en classe.

- Encore au XXIe siècle, les voix de nombreuses femmes dans le monde s'élèvent pour alerter sur le **droit des filles à l'éducation**. Malala Yousafzai a ainsi œuvré dans ce sens au Pakistan, notamment grâce à son journal qui, en 2009, dénonçait les violences des Talibans à l'égard des écoles pour filles dans la vallée de Swat. Elle n'avait alors que onze ans. Publié par la BBC, ce journal a permis à Malala de devenir un symbole de la lutte pour l'éducation des filles et d'acquérir une audience internationale.

- Par ailleurs, dans les pays où l'**égalité entre hommes et femmes** est inscrite dans la loi, on constate qu'elle n'est pas complètement acquise dans les faits. En France, les femmes sont électrices et éligibles, au même titre que les hommes, depuis 1944. Cependant, le milieu politique reste majoritairement masculin : des lois ont dû être adoptées en 1999, 2001 et 2007 pour tendre vers la parité entre hommes et femmes. Dans l'univers du travail, même si la loi impose une égalité de rémunération pour un travail équivalent, les femmes du secteur privé gagnaient en moyenne 17 % de moins que les hommes en 2017, selon l'Insee.

- Ce que constatait Simone de Beauvoir en 1949 dans *Le Deuxième Sexe* est donc toujours d'actualité : piégée par le mythe de l'« éternel féminin », la femme accepte trop souvent de rester dans un rôle passif et limité face à l'homme.

2. C'est en continuant à dénoncer ces inégalités que l'on ira vers plus de justice.

- Dans un second temps, j'attirerais l'attention des personnes qui nient l'utilité du discours féministe sur le fait que c'est en continuant à dénoncer les inégalités que l'on s'orientera vers une société plus juste.

- Faire évoluer les mentalités sur la **question du genre** reste un enjeu majeur. C'est ce que souligne C. N. Adichie dans *Nous sommes tous des féministes*, où elle explique qu'il est de notre devoir de transformer la culture lorsqu'elle ne reconnaît pas aux femmes « une humanité pleine et entière ». Dans ce discours, ainsi que dans *Chère Ijeawele, ou un manifeste pour une éducation féministe*, l'auteure signale que ce n'est pas seulement l'éducation des filles mais aussi celle des garçons qui est en cause. À l'école, comme à la maison, il faut parvenir à sortir des stéréotypes sur le caractère et le rôle de l'homme ou de la femme. En effet, Adichie soutient que la **culture** façonne très tôt ce qu'un garçon ou une fille doit être et qu'il faut faire évoluer cette situation parce que « la femme compte autant ».

- De nombreux ouvrages cherchent aujourd'hui à déconstruire ces **stéréotypes de genre** en proposant à la jeunesse des modèles de femmes ayant réussi dans des domaines longtemps réservés aux hommes. Dans les deux tomes de sa série *Culottées*, Pénélope Bagieu évoque en images les destins exceptionnels de femmes ayant bravé les interdits ou les tabous sexistes pour devenir avocate, astronaute, médecin, espionne, volcanologue ou chef de gang. À toutes les époques, elles ont risqué, au mieux, leur réputation, au pire, leur vie pour accomplir leur destin.

- Il est **donc** important de maintenir le débat sur les inégalités entre hommes et femmes pour prévenir les régressions.

CONSEIL
Signalez par des **connecteurs** les liens logiques qui lient vos arguments : donc (conséquence), cependant (opposition), mais (concession)...

- Dans *Le Conflit : la femme et la mère*, Élisabeth Badinter alerte notamment sur les **discours culpabilisants à l'égard des mères**, qui les éloignent de leurs droits de femme. Féministe dès les années 1960, l'auteure constate, depuis les années 1990, un retour en arrière dans ce domaine. Elle montre comment le lobbying pro-allaitement et les théories de l'éducation entièrement centrées sur le bien-être de l'enfant finissent par faire renoncer certaines mères à leur carrière ou à leur épanouissement personnel.

- Alors que de nombreuses femmes trouvent aujourd'hui la force de dénoncer des violences sexuelles grâce aux mouvements #metoo ou #balancetonporc sur les réseaux sociaux, le débat se poursuit autour des **dérives possibles** de certaines formes de féminisme. Ainsi, en janvier 2018, un collectif de cent femmes, mené par l'actrice Catherine Deneuve, a signé une tribune dans *Le Monde* dénonçant un féminisme qui tourne à la haine des hommes. Selon ce collectif, si la lutte contre les abus tournait à la « vague purificatoire » contre toute manifestation de séduction déplacée, le combat aurait pour effet pernicieux de réduire les femmes à des créatures fragiles qu'il faudrait protéger contre les hommes, et d'entraîner le retour du puritanisme qui condamne l'expression du désir. On peut certes s'interroger sur cette critique qui émane de femmes privilégiées. Mais que deviendraient, en effet, certaines formes de féminisme qui finiraient par s'enfermer dans le rejet de l'autre ?

[conclusion] Pour conclure, je pense que pour lutter contre l'indifférence face à la condition féminine, il faut, d'une part, rappeler les faits qui prouvent que le féminisme reste un combat légitime, et d'autre part entretenir le débat pour changer les mentalités. La culture est en constante évolution. Il nous appartient de l'orienter vers plus de justice.

SUJET 11 | OBJECTIF MENTION

CONTRACTION/ESSAI 4 h Enseigner, c'est résister

Ce sujet va vous permettre de réfléchir à l'importance de l'esprit critique à l'école : pourquoi et comment le développer ?

LE SUJET

Contraction

Vous résumerez ce texte en 199 mots. Une tolérance de +/– 10 % est admise : votre travail comptera au moins 179 mots et au plus 219 mots.

Vous placerez un repère dans votre travail tous les 50 mots et indiquerez, à la fin de la contraction, le nombre total de mots utilisés.

Essai

Selon vous, comment l'école peut-elle permettre de passer « de la pensée captive à la pensée critique » ?

Vous développerez de manière organisée votre réponse à cette question en prenant appui sur les chapitres XI à XXIV du *Gargantua* de Rabelais, sur le texte de l'exercice de la contraction et sur ceux que vous avez étudiés dans le cadre de l'objet d'étude « La littérature d'idées du XVIe au XVIIIe siècle ». Vous pourrez aussi faire appel à vos lectures et à votre culture personnelle.

À côté [des dictateurs][1], les seigneurs de la publicité et du numérique paraissent jouer petit bras. Mais ne nous y trompons pas : ils racolent[2] nos jeunes à la certitude aussi efficacement que les séduisait, jadis, le joueur de flûte de Hamelin[3]. Ils colportent à grande vitesse les slogans les plus simplificateurs pour mettre les individus sous leur emprise. La sollicitation permanente des pulsions archaïques, la promesse du plaisir immédiat, la réduction du monde à ce qu'un slogan – ou un Tweet – permet d'en dire, la diffusion massive de fausses promesses et de vraies *fake news*[4], tout cela crée une addiction à l'évidence qui érode[5] toute velléité[6] critique. L'individu se croit libre parce qu'on flatte systématiquement ses caprices. Il croit revenir aux joies authentiques de l'enfance alors qu'il est maintenu sous séquestre[7] dans les filets de l'infantile. [...]

Face à ces sirènes mensongères, l'éducateur paraît bien démuni. Il ne doit pas, pour autant, faire aux marchands de certitudes le cadeau de sa démission, ni même de son découragement. Je suis en fait profondément convaincu qu'il doit assumer délibérément sa fonction de résistant. Le philosophe américain et spécialiste des médias Neil Postman, auteur d'un ouvrage au titre prémonitoire, *Se distraire à en mourir*, avait écrit, dès 1979, un livre dont le titre français est plus que jamais d'actualité : *Enseigner, c'est résister*.

Il y montrait que, dans toutes les sociétés, l'école ne joue véritablement son rôle que si elle prend le contre-pied des dérives qui la menacent. Jules Ferry n'a rien fait d'autre quand, dans un monde dominé par la superstition et la religiosité, il a voulu fonder l'enseignement sur la rationalité et la laïcité. C'est pourquoi, explique Postman, nous n'avons pas à avoir honte d'affirmer nos valeurs : la valeur du dialogue contre la collusion[8] des intolérances, la valeur de la culture contre celle des ignorances. [...]

« Faire la classe » aujourd'hui n'est peut-être pas autre chose : instituer un espace-temps qui échappe – au moins un peu – au « bruit et [à] la fureur[9] » du monde pour qu'on y apprenne à parler et à vivre sans se sentir menacé par la terreur des certitudes. Construire un cadre suffisamment accueillant et sécure pour que chacun puisse se remettre en question sans être détruit dans son identité. Créer des relations assez apaisées pour que nul ne craigne d'affronter l'inquiétude et de se confronter à l'incertitude.

C'est ainsi que l'on apprendra à nos enfants à passer de la pensée captive[10] à la pensée critique, qui est à la source de tout progrès intellectuel. Car ce qui est une exigence absolue pour les scientifiques et devrait être une ligne de conduite pour les politiques est, en réalité, une nécessité pour tous les citoyens dans un régime qui se veut démocratique. C'est pourquoi l'École a, sur ce point, un rôle fondateur : dans tous les enseignements et à tous les niveaux scolaires, elle doit mettre les enfants et les adolescents dans une posture de recherche active qui les amène à rencontrer l'imprévu et à se confronter à l'inconnu.

C'est pourquoi, aussi, elle doit introduire, bien plus systématiquement qu'elle ne le fait aujourd'hui, des expérimentations scientifiques et des débats à visée philosophique. De fait, face à la réalisation d'un montage électrique par exemple, les élèves butent toujours, plus ou moins, sur la résistance du réel à leurs velléités de toute-puissance : ils peuvent alors réviser leurs convictions à la lumière de ce qu'ils découvrent et se dégager quelque peu du dogmatisme[11] de l'ignorance. De même, quand ils sont contraints, au cours d'un échange rigoureusement préparé et animé, de reformuler le point de vue de l'autre avant de tenter de le réfuter, ils peuvent être déstabilisés et même, parfois, reconfigurer leur propre système de représentations. Ils font là l'apprentissage essentiel de la pratique de la « falsifiabilité[12] », dont l'épistémologue[13] Karl Popper a bien montré qu'elle était déterminante dans l'avancée de la connaissance : elle autorise, en effet, à émettre des hypothèses de toutes sortes dès lors que l'on s'astreint[14], méthodiquement, à rechercher ce qui pourrait les invalider. C'est cette capacité, si nécessaire et si difficile à acquérir, de *penser contre soi-même* qui constitue un des enjeux majeurs de l'éducation aujourd'hui. Il faut que nos enfants apprennent à l'exercer, tant sur les questions philosophiques et économiques, politiques et religieuses, qu'à toute petite échelle, chaque fois qu'à l'occasion d'une observation ou d'une manipulation, d'une enquête ou d'un débat, on leur permet de faire les premiers pas, même timides, vers leur émancipation : « Ah, je croyais... Mais ce n'est peut-être pas tout à fait ça... Il faut y réfléchir... ».

Philippe Meirieu, *Ce que l'école peut encore pour la démocratie*, chapitre 2, « Les certitudes ne font pas le printemps », @ Éditions Autrement, 2020.

1. Philippe Meirieu vient d'évoquer les dictateurs qui enferment le peuple dans de fausses certitudes pour mieux l'asservir. 2. Racolent : attirent. 3. Le joueur de flûte de Hamelin : personnage d'une légende allemande qui attire tous les enfants de la ville, en jouant de la flûte, pour les enlever à leurs parents. 4. *Fake news* : fausses informations. 5. Érode : affaiblit. 6. Velléité : volonté. 7. Sous séquestre : prisonnier. 8. Collusion : complot. 9. Au « bruit et [à] la fureur » : allusion à des vers de Shakespeare, extraits de *Macbeth*, qui comparent la vie à « une histoire racontée par un idiot, pleine de bruit et de fureur, et qui ne signifie rien ». 10. Pensée captive : pensée prisonnière de l'ignorance ou des préjugés. 11. Dogmatisme : système de pensée qui rejette le doute et la critique. 12. Falsifiabilité : capacité à montrer par l'expérimentation qu'une hypothèse est fausse. 13. Épistémologue : philosophe qui étudie l'histoire et les méthodes des sciences. 14. S'astreint : s'oblige.

LES CLÉS POUR RÉUSSIR

Analyser le texte à contracter

Énonciation	Texte à la 1re personne
Thèse	Enseigner, c'est apprendre à sortir des certitudes et à penser de manière critique.
Composition	**1.** Le monde de la publicité et du numérique enferme les jeunes dans de fausses certitudes afin de les maintenir en leur pouvoir. (l. 1-11, paragraphe 1) **2.** Le philosophe Neil Postman montre qu'enseigner, c'est résister aux tentatives d'emprisonner la pensée. (l. 12-25, paragraphe 2) **3.** L'école doit créer un cadre où les élèves puissent développer leur pensée critique, et les encourager dans cette démarche. (l. 26-40, paragraphes 3 et 4) **4.** Pour atteindre cet objectif, l'école doit proposer aux élèves des expérimentations scientifiques et des débats qui les incitent à remettre en question leur système de pensée. (l. 41-61, paragraphe 5)

Chercher des idées pour l'essai

1. Rendre les élèves actifs dans leur apprentissage

- Expliquez les risques d'une transmission verticale et unilatérale du savoir, où l'élève apprend sans questionnement ni dialogue. Donnez des exemples en vous appuyant sur l'éducation de Gargantua.
- Montrez les bienfaits des démarches de recherche et intéressez-vous à l'utilisation des outils numériques.

2. Garder l'école ouverte sur le monde extérieur

- Réfléchissez à l'idée « d'un espace-temps qui échappe » au monde extérieur.
- Nuancez les propos de Philippe Meirieu en montrant qu'une ouverture sur le monde est nécessaire pour rester en lien avec la réalité des élèves, et pour nourrir leur réflexion au contact d'autres cultures et d'autres modes de pensée.

LE CORRIGÉ

Contraction

▸ Les univers de la publicité et du numérique séduisent les jeunes par de fausses certitudes : ils les enferment dans une ignorance infantile en réduisant leur vision du monde à des slogans et en flattant leurs désirs.

▸ Je pense que l'éducateur a le devoir de résister aux tentatives de manipuler [50] les esprits. C'est ce que défendait le philosophe **Neil Postman** en montrant que l'école doit s'opposer aux dérives qui la mettent en péril et promouvoir les valeurs du dialogue et de la culture.

À NOTER
La **référence** à Neil Postman est suffisamment importante dans l'argumentation de Philippe Meirieu pour être mentionnée dans votre contraction.

▸ Pour cela, il faut que l'École constitue un cadre préservé du monde extérieur, [100] où chacun se sente assez en confiance pour se confronter à l'autre et risquer de se remettre en question. Ce développement de l'esprit critique est nécessaire au progrès intellectuel et à la démocratie. Pour y parvenir, l'École doit toujours placer les élèves dans une démarche de recherche [150] active.

▸ Il faut donc pratiquer l'expérimentation scientifique et les débats philosophiques qui favorisent la remise en question des certitudes en poussant les élèves à élaborer et vérifier des hypothèses, à reformuler ou réfuter des points de vue. Cette capacité à penser contre soi-même, dans tous les domaines et [200] à tout âge, est essentielle à acquérir à l'École.

(210 mots)

Essai

Les titres des parties ne doivent pas apparaître sur votre copie.

[introduction] L'école a aujourd'hui non seulement la mission de transmettre le savoir, mais aussi l'ambition de former les citoyens de demain pour qu'ils soient actifs et responsables au sein d'une société démocratique. Elle doit donc apprendre aux futurs citoyens à penser par eux-mêmes. On peut alors s'interroger avec Philippe Meirieu : comment l'école permet-elle de passer « de la pensée captive à la pensée critique » ? Je pense que l'élève doit être actif dans son apprentissage, mais aussi qu'il doit évoluer dans un cadre qui reste ouvert sur le monde.

1. Rendre les élèves actifs dans leur apprentissage

▸ Pour que les élèves puissent développer leur esprit critique, je pense qu'il est primordial de les rendre **actifs** dans leur apprentissage.

▸ En effet, l'école ne doit pas reposer sur une **transmission verticale et unilatérale** du savoir. Rabelais défendait ce point de vue, dès le XVIe siècle, en mettant en scène avec humour l'échec des précepteurs sophistes dans l'éducation du jeune **Gargantua**. Dans le chapitre XIII, ses maîtres abrutissent le héros

DES POINTS EN +
On pourrait également évoquer la **lettre de Gargantua** à son fils dans *Pantagruel*, qui invite le jeune géant à mesurer ses progrès dans des discussion publiques (chapitre VIII).

de lectures savantes et de textes à apprendre par cœur ou à copier, sans jamais solliciter son avis sur leur contenu. Plus Gargantua étudie, plus il devient sot, niais et ignorant. Il reste dans une pensée captive. À l'inverse, le sage Ponocrates invite systématiquement Gargantua à discuter de ses lectures afin de développer une pensée critique, selon les principes de l'éducation humaniste.

▸ Montaigne développe la même réflexion dans son essai « De l'institution des enfants » (I, XXVI) à travers deux métaphores de la mauvaise éducation : celle de l'entonnoir et celle de l'estomac qui régurgite la viande sans l'avoir digérée. Le bon précepteur est, au contraire, celui qui entretient un dialogue avec son élève et lui demande d'**expérimenter** ce qu'il a appris de différentes façons afin de l'assimiler véritablement.

▸ Inspirée par cet idéal humaniste, l'école publique cherche aujourd'hui à rendre les élèves plus actifs, en construisant les programmes non plus seulement sur les connaissances, mais avant tout sur les **compétences**, et en développant de plus en plus les projets à réaliser en groupes. Cependant, elle a encore des progrès à faire pour que chaque élève se sente véritablement impliqué dans son apprentissage.

▸ Je rejoins donc Philippe Meirieu sur la nécessité de placer l'élève en **situation de recherche** pour qu'il se confronte à la difficulté, se remette en question, et développe des stratégies afin de trouver des réponses à ses interrogations et enrichir ses réflexions. J'ajouterais qu'il faut lui donner le goût de la recherche et de la découverte. De nos jours, les élèves ont tendance à se tourner vers Internet pour trouver des réponses immédiates à leurs questions, et réaliser leurs travaux scolaires. Certains ne vérifient pas leurs sources et restent dans une « pensée captive » en étant persuadés que tout ce qu'ils trouvent sur la Toile est fiable.

▸ Cette situation a incité des pédagogues à alerter sur les dangers de la **surconsommation des outils numériques**. Dans *La Fabrique du crétin digital,* Michel Desmurget attire l'attention des parents sur les dangers des écrans : loin de développer les capacités intellectuelles des enfants, comme voudraient le faire croire les industriels du numérique, ils affectent la mémoire, réduisent la concentration, nuisent au développement du langage, et provoquent des troubles du comportement quand ils sont utilisés avec excès. Ainsi le passage de la pensée captive à la pensée critique n'implique-t-il pas seulement une lutte contre les certitudes, mais aussi un combat contre le goût de la facilité. Que dirait Rabelais aujourd'hui en voyant certains jeunes passer tout leur temps sur le même objet et trouver toutes leurs réponses au même endroit, comme par magie ?

CONSEIL
Il est intéressant de confronter les œuvres patrimoniales, étudiées en classe, à l'**actualité**.

2. Garder l'école ouverte sur le monde extérieur

▸ Rendre l'élève actif est une première étape, mais elle n'est pas suffisante si l'école reste fermée sur elle-même. Je suis convaincu(e) que, pour développer l'esprit critique, il ne faut jamais perdre de vue la tradition humaniste qui invite à l'**ouverture sur le monde**.

CONSEIL
Nuancer un **propos du texte à contracter** peut être un bon point de départ pour développer un argument.

▸ **Je nuancerais** donc les propos de Philippe Meirieu lorsqu'il écrit qu'enseigner c'est « instituer un espace-temps qui échappe – au moins un peu – au "bruit et [à] la fureur" du monde ». Certes l'école doit constituer un cadre sécurisant, favorable à l'échange, mais elle ne doit pas se couper du monde. Je pense au contraire qu'il est important qu'elle reste très ouverte sur ce qui se passe à l'**extérieur**. Si les cours auxquels assistent les élèves n'ont aucun lien avec leur quotidien, comment peuvent-ils vraiment s'y sentir impliqués ? Par ailleurs, la lutte de l'école contre les dérives qui la menacent passe par une connaissance et une analyse de celles-ci. C'est pourquoi l'enseignant doit régulièrement faire le lien entre son enseignement et la vie de ses élèves pour susciter l'envie d'exercer leur esprit critique.

▸ Le roman de François Bégaudeau *Entre les murs*, adapté au cinéma en 2008 par Laurent Cantet, rend compte de la difficulté de communication entre un enseignant et ses élèves dans un collège d'une zone d'éducation prioritaire du 19e arrondissement de Paris. Le fossé qui existe entre les connaissances enseignées et le savoir des élèves est source de tensions, comme en témoigne la scène du cours consacré à l'imparfait du subjonctif, temps inconnu des élèves et trop éloigné de leur quotidien. Le titre du roman renvoie à la **nécessité d'ouverture** de l'école : quand celle-ci n'est qu'un lieu coupé du monde, imposant « entre les murs » un enseignement érudit, sans s'ouvrir à la diversité culturelle et sociale des élèves, elle est vouée à l'échec.

▸ Le film *Le Cercle des poètes disparus* (1989), réalisé par Peter Weir, fournit un autre exemple de réflexion sur la nécessité d'ouverture dans le domaine de l'éducation. L'action se déroule aux États-Unis, en 1959, dans un prestigieux internat privé où les élèves sont isolés du monde. Lors de son premier cours, John Keating, le nouveau professeur de littérature, demande à ses élèves de déchirer les pages d'introduction de leur manuel afin de les inciter à s'affranchir des dogmes en matière de poésie. Puis il les emmène à l'extérieur pour faire résonner les vers des grands poètes avec la beauté du monde. Cet enseignant encourage les étudiants non seulement à **penser contre eux-mêmes**, mais aussi à sortir du cadre académique, pour accéder à la pensée critique.

▸ En outre, il me semble capital que cette ouverture sur le monde confronte les élèves à d'**autres cultures**, d'autres façons de penser, notamment grâce à des sorties et des voyages organisés par l'école. C'est par un voyage à Paris que débute la véritable éducation de Gargantua dans le roman de Rabelais. Rencontrer des gens qui vivent et parlent différemment, observer leur culture et leurs rapports sociaux, et échanger avec eux dans la bienveillance poussent à s'interroger sur son propre mode de vie et de pensée.

▸ C'est pour cette raison que beaucoup d'écrivains ont adopté le point de vue d'un **personnage extérieur** lorsqu'ils souhaitaient critiquer leur propre société, à l'image de Montesquieu dans les *Lettres persanes*, ou de Voltaire dans *L'Ingénu*. Dans ces deux œuvres, la société française d'Ancien Régime est présentée à travers le regard naïf d'étrangers : les Persans Rica et Usbek, dans le roman épistolaire de Montesquieu, ou le Huron surnommé l'Ingénu dans le conte philosophique de Voltaire. Ces récits nous rappellent qu'il est très important de changer régulièrement de point de vue pour être en mesure d'évoluer.

[conclusion] En conclusion, je pense, comme Philippe Meirieu, qu'il est nécessaire de mettre l'élève dans une démarche active pour passer d'une pensée captive à une pensée critique, et qu'il est important que l'école s'oppose à tout ce qui véhicule des vérités toutes faites et des préjugés. Cependant, elle ne devrait jamais se refermer sur elle-même, mais rester au contact de ce qui se passe dans le monde afin que les jeunes, sans cesse confrontés à de nouvelles façons de penser, aient du recul sur la leur. **Cette réflexion ne se limite pas à l'école** et pourrait s'étendre au monde de l'entreprise ou à la sphère privée : la mobilité professionnelle, la mobilité géographique et les échanges interculturels sont ainsi très utiles pour permettre à chacun d'évoluer et de remettre en question ses préjugés.

CONSEIL
Vous pouvez terminer votre essai en **élargissant** la problématique hors du champ de l'éducation.

12 Améliorer ses écrits

TESTEZ-VOUS

→ CORRIGÉS P. 308-309

Faites le point sur vos connaissances puis établissez votre **parcours de révision** en fonction de votre score.

1 Faire des phrases courtes et bien construites

→ FICHE 42

1. Cochez les affirmations correctes.

☐ a. La ponctuation est inutile.

☐ b. Le point-virgule est l'équivalent d'une virgule.

☐ c. Les virgules correspondent à des pauses dans la phrase.

☐ d. Les virgules peuvent isoler un groupe de mots en incise.

2. Cochez les phrases qui sont mal construites.

☐ a. *Il aime lire et réciter des vers.*

☐ b. *Il aime lire des vers et le théâtre.*

☐ c. *Il aime ou lire des vers et le théâtre.*

3. Cochez les phrases incorrectes.

☐ a. *On a rien sans rien.*

☐ b. *Je crains qu'il vienne.*

☐ c. *Ne pars pas avant qu'il n'arrive.*

☐ d. *Il y a pas de problèmes.*

.../3

2 Exprimer des relations logiques

→ FICHE 43

1. Reliez chaque connecteur à la relation logique qu'il exprime.

comme •	• cause
parce que •	• addition
également •	• comparaison
en revanche •	• hypothèse
soit… soit •	• concession
bien que •	• opposition

2. Cochez la ou les phrase(s) correcte(s).

☐ a. *La phrase est injonctive dû à la présence d'impératifs.*

☐ b. *Quoique bien écrite, l'argumentation reste maladroite.*

☐ c. *Quelque soit l'argumentation, il n'est pas convaincu.*

.../2

3 Éviter les répétitions

→ FICHE 44

1. Comment éviter la répétition du nom « avarice » dans la phrase ci-dessous ?

Harpagon est connu pour son avarice. Son avarice le conduit à vouloir marier sa fille à un homme riche mais âgé.

☐ a. en remplaçant *avarice* par *celle-là*

☐ b. en remplaçant *avarice* par *qui* et en ne faisant qu'une seule phrase

☐ c. en remplaçant *avarice* par *défaut*

2. Parmi les suites proposées, laquelle n'est pas grammaticalement correcte.

Mme de Lafayette décrit les sentiments de la Princesse et de Nemours.

☐ a. Ils semblent éternels.

☐ b. Rien ne semble pouvoir les séparer.

☐ c. Les deux personnages sont passionnément amoureux l'un de l'autre. …/2

4 Écrire sans fautes

→ FICHE 45

1. Quelle est la bonne orthographe ?

a. ☐ piedestal ☐ piédestal ☐ pied'estal

b. ☐ autant pour lui ☐ au temps pour lui

c. ☐ quand même ☐ qu'en même

2. Cochez les expressions dans lesquelles il manque un « s » au mot souligné.

☐ a. un arbre sans <u>fruit</u>

☐ b. un héros sans <u>cœur</u>

☐ c. un vélo sans <u>roue</u>

☐ d. des personnages sans <u>relief</u>

3. Quelle est la forme juste ?

a. Il est ☐ sensé ☐ censé venir tous les matins.

b. La ☐ cour ☐ cours de Louis XIV

c. Il ☐ est ☐ et arrivé ce matin.

4. Quelle est la règle pour le pluriel des mots composés (ex. *chef-d'œuvre*) ?

☐ a. On met un *s* systématiquement aux deux composants.

☐ b. On ne met un *s* qu'au dernier mot.

☐ c. On ne met un *s* qu'aux mots qui prennent cette marque du pluriel quand ils ne figurent pas dans le mot composé.

5. Cochez la ou les propositions correctes.

☐ a. les livres que j'ai rangés

☐ b. les livres dont je t'ai parlés

☐ c. les œuvres que j'ai lus et relus

☐ d. l'œuvre qui est la plus connue …/5

Score total …/12

42 Faire des phrases courtes et bien construites

En bref *Une phrase bien construite est une phrase qui respecte les règles de la syntaxe et dans laquelle on ne perd pas son lecteur.*

I Faire des phrases courtes

1 Bien ponctuer

- La ponctuation sert à marquer des pauses et à isoler des groupes syntaxiques. Elle aide donc à **comprendre le sens** de la phrase : son absence peut rendre la phrase ambiguë ou incompréhensible.
- Attention, le sujet ne doit jamais être séparé par une virgule du verbe qu'il régit.

  ✗ Hugo dans *Les Misérables*, dénonce les conditions de vie des bagnards.

  ✗ Hugo dans *Les Misérables* dénonce les conditions de vie des bagnards.

  ✓ Hugo, dans *Les Misérables*, dénonce les conditions de vie des bagnards.

CONSEIL
Si vous avez un doute sur la place des virgules, relisez-vous à haute voix : vous les placerez alors naturellement en fonction du sens de votre phrase.

- Le **point virgule** a la même valeur qu'un point, mais permet la continuité de l'idée exprimée. Il ne doit pas être utilisé à la place d'une virgule.

  Victor Hugo dénonce les conditions de vie des bagnards ; c'est particulièrement le cas dans *Les Misérables*.

- Les **deux points** permettent d'introduire une énumération ou d'établir un rapport de causalité (→ FICHE 43).

2 Éliminer parenthèses et tirets

- De manière générale, **évitez l'usage des parenthèses et des tirets énumératifs** en dissertation et en commentaire. Les parenthèses ne doivent jamais être utilisées pour donner une information complémentaire.

  ✗ Victor Hugo (poète, dramaturge et romancier) est une grande figure littéraire du XIXe siècle.

  ✓ Victor Hugo est une grande figure littéraire du XIXe siècle. Il était tout à la fois poète, dramaturge et romancier.

3 Simplifier les phrases

- N'accumulez pas les relatives :

  ✗ Victor Hugo a pris position contre Napoléon III, ce qui l'a conduit à un exil qui a duré de longues années.

✓Les prises de position de Victor Hugo contre Napoléon III l'ont conduit à un long exil.

- Lorsque c'est possible, remplacez les relatives par un adjectif.

  ✗ Un poète qui est adepte du lyrisme préfère le vers à la prose.

  ✓Un poète lyrique préfère le vers à la prose.

II Faire des phrases bien construites

- Pour intégrer une interrogation dans une phrase déclarative, on utilise une **subordonnée interrogative indirecte**. Elle est introduite par un verbe de parole ; il n'y a ni inversion du sujet ni point d'interrogation

  ✗ On se demandera si le héros est-il toujours moral ?

  ✓On se demandera si le héros est toujours moral.

- **La conjonction « et »** ne peut coordonner que deux groupes syntaxiques équivalents.

  ✗ La comédie permet le divertissement [GN] et d'instruire le public [GV].

  ✓La comédie permet de divertir [GV] et d'instruire le public [GV].

- *D'une part… d'autre part / Non seulement… mais encore* sont des **constructions binaires** : il ne faut donc pas omettre la seconde expression.

- Soyez vigilant sur l'usage du **participe présent** : le sujet du verbe conjugué doit être le même que le sujet du participe présent.

> **CONSEIL**
> Limitez l'emploi du participe présent qui alourdit souvent vos phrases.

  ✗ En pensant à sa fille, le poème s'écrivit facilement.

  ✓En pensant à sa fille, Hugo écrivit facilement son poème.

zoOm

Ne pas omettre la particule *ne*

La particule « ne »

Valeur restrictive
*Il **n'**aime **que** le théâtre.*

Valeur négative
*Il **ne** sait **pas/rien**.*
*Il **ne** veut **aucun** problème.*
*Il **n'**y a **personne**.*
***Personne ne** vient.*

Valeur explétive
• pour exprimer l'inégalité
*Il est **moins** fort que tu **ne** le crois.*
• dans certaines subordonnées au subjonctif
***Avant qu'**il **ne** soit trop tard…,*
*Je **crains** qu'il **ne** vienne.*

43 Exprimer des relations logiques

En bref *Pour énoncer et défendre ses idées, pour convaincre son interlocuteur, il est nécessaire de connaître et de maîtriser les outils dont la langue dispose pour mettre en relation les idées et construire une pensée.*

I L'expression de la cause et de la conséquence

C'est certainement le type de relation logique le plus couramment employé, pourtant le choix du bon connecteur n'est pas toujours évident.

1 Quelle différence entre *parce que* et *puisque* ?

- Il ne faut pas confondre ***parce que* et *puisque*** :
  - *parce que* explicite **la cause** ;
  - *puisque* (*dès lors que, du moment que, comme…*) énonce **un constat**.
- Exemples :

✓Le texte est injonctif parce que tous les verbes sont à l'impératif.
[On énonce un résultat, puis on le justifie.]

✓Puisque tous les verbes sont à l'impératif, on peut dire que le texte est injonctif.
[*Puisque* introduit la cause connue de l'interlocuteur (on est d'accord pour dire que les verbes sont à l'impératif), avant d'énoncer le résultat.]

CONSEIL
N'écrivez jamais *car en effet* ou *et car*. Choisissez l'un ou l'autre !

2 Quelles différences entre *en raison de, à cause de, dû à* ?

- ***Dû à*** n'est pas une locution prépositive (comme *en raison de, à cause de…*) mais le participe passé du verbe *devoir* qui se construit avec la préposition *à* (*devoir quelque chose à quelqu'un*).

✗ Le texte est injonctif dû à la présence des impératifs.

✓Le texte est injonctif en raison de / à cause de la présence des impératifs.

✓Si le texte est injonctif, cela est dû à la présence des impératifs

3 Penser à la ponctuation

Les **deux points** peuvent avantageusement remplacer un connecteur de cause.

✓Rimbaud était un poète précoce. Il a en effet publié ses premiers poèmes à 17 ans.

✓Rimbaud était un poète précoce : il a publié ses premiers poèmes à 17 ans.

II L'expression de l'opposition et de la concession

Pour rédiger une dissertation ou un commentaire, vous avez besoin d'exprimer l'opposition et la concession.

1 Les connecteurs exprimant l'opposition

Les **connecteurs d'opposition** sont nombreux et ne posent pas de problème d'emploi : *mais, cependant, en revanche, alors que, pourtant, tandis que, néanmoins, au contraire, d'un autre côté, or, en dépit de, au lieu de, loin de...*

2 Les connecteurs exprimant la concession

- Attention à l'emploi de ***malgré* et *bien que*.** *Malgré* est une préposition, elle est donc toujours suivie d'un GN : *malgré que* est à bannir. Pour introduire une subordonnée, utilisez *bien que* + subjonctif.

  ✓Malgré son goût pour la médecine, Rabelais préféra la littérature.

  ✓Bien que André Breton soit mort, son influence se fait toujours sentir.

- On peut aussi employer ***quoique* et *quel(le) que soit*** (attention à l'accord !).

  ✓Quoique grand poète, Soupault est peu connu aujourd'hui.

  ✓Quels que soient les arguments opposés, ils ne pourront nous convaincre.

À NOTER
Ne confondez pas la conjonction *quoique* (= *bien que*) et le relatif *quoi que* (= *quel que soit ce que*).

zoOm

Choisir le connecteur adapté

Connecteurs logiques

- **Formuler une hypothèse :** *si, à supposer que, en admettant que, probablement, sans doute, au cas où, à la condition que, dans l'hypothèse où, pourvu que...*
- **Indiquer le but :** *afin que, en vue de, de peur que, pour,...*
- **Comparer deux éléments :** *aussi... que, comme, autant que, de même que, parallèlement, plus que/moins que...*
- **Ajouter une idée :** *de plus, en outre, puis, de surcroît, voire, en fait, plus exactement, non seulement... mais encore...*
- **Mettre en parallèle deux idées :** *soit... soit, ou... ou, non tant... que, l'un... l'autre, d'un côté... de l'autre, d'une part... d'autre part*
- **Introduire un exemple :** *ainsi, comme, c'est le cas de, par exemple, en particulier, notamment, à ce propos...*

44 Éviter les répétitions

En bref *Dans vos différents types d'écrits, il faut éviter les répétitions qui alourdissent vos phrases et appauvrissent votre pensée. Comment les éviter ?*

I Traquer les répétitions et les redondances

- Veillez à ne pas surcharger votre texte d'informations inutiles :

• informations que avez déjà données :

Écrire un article sur le blog de la classe est une bonne idée. Cela permet d'approfondir sa propre réflexion. Cependant, ~~sur le blog de la classe~~, il faudra être attentif à l'orthographe.

• informations évidentes :

La marquise de Merteuil, l'une des protagonistes du roman épistolaire de Laclos, réside à Paris et écrit à Valmont qui ~~n'~~est ~~pas à Paris, mais~~ à la campagne auprès de Madame de Tourvel.

[Il va de soi que si Valmont est à la campagne, il n'est pas à Paris.]

- Traquez également les **pléonasmes** qu'on peut écrire sans s'en rendre compte, par exemple :

Le dramaturge met en scène des muets ~~qui ne peuvent pas parler~~.

[muet = personne qui ne peut pas parler : la précision est donc inutile]

MOT CLÉ
Un **pléonasme** est la répétition dans un même énoncé de mots ayant le même sens (*monter en haut, descendre en bas...*).

II Utiliser des pronoms de reprise

- Les pronoms sont des **équivalents de groupes syntaxiques** (groupe nominal, groupe verbal, groupe prépositionnel). Ils leur servent de substitut et sont **utiles pour éviter les répétitions**.

- Un pronom de reprise reprend théoriquement le nom le plus proche : attention à ne pas créer d'ambiguïté.

? L'acteur a rencontré le metteur en scène. Il lui a parlé de la pièce. [Qui a parlé ?]

✓ L'acteur a rencontré le metteur en scène et lui a parlé de la pièce.

✓ L'acteur a rencontré le metteur en scène. Ce dernier lui a parlé de la pièce.

- Leur emploi est rarement possible après un nom collectif.

Nous avons pu discuter avec la troupe à l'issue du spectacle.

✗ Ils étaient tous très intéressants. [Grammaticalement, *ils* ne renvoie à rien.]

✓ Tous les comédiens étaient très intéressants.

III Chercher des synonymes et enrichir le sens

■ Toute langue dispose de plusieurs synonymes pour désigner une même réalité ou une même notion. Pensez à utiliser un lexique varié pour enrichir vos écrits.

> **CONSEIL**
> Au cours de l'année, et selon vos lectures, pensez à vous faire des listes de synonymes.

Victor Hugo a écrit de nombreux livres ; dans son dernier ~~livre~~ ouvrage, il évoque les ~~livres~~ œuvres qu'il a rédigées dans sa jeunesse.

■ Sachant que tout synonyme n'est jamais l'exact équivalent d'un mot, on peut chercher une reformulation qui **enrichisse le sens** en apportant un supplément d'information.

Harpagon est connu pour son avarice. Cette manie le conduit à vouloir marier sa fille à un homme riche mais âgé.

Dans cette phrase, *manie* n'est pas un synonyme d'*avarice*. Le mot signifie *folie* et sert à caractériser le type d'avarice dont Harpagon est victime.

zoOm

Utiliser des pronoms pour éviter les répétitions

Les pronoms

- **Personnels** : *il, elle, ils, elles, lui, le, leur, en, y*
- **Possessifs** : *le mien, le tien, le nôtre, le vôtre, la leur, les leurs*
- **Interrogatifs** : *lequel, laquelle, lesquelles, lesquels*
- **Démonstratifs** : *lequel, laquelle, lesquelles, lesquels*
- **Indéfinis** : *quelqu'un, chacun, tous, plusieurs, l'un... l'autre*

Jules a raté son train, je le lui ai reproché. Il ne le fera plus.
Je te donne mon livre, donne-moi le tien.
Tous les livres sont arrivés, sauf ceux de Jean.
Il y a trois livres, lequel veux-tu ?
Mes amis sont allés au théâtre. Tous ont apprécié la pièce.

45 Écrire sans fautes

En bref *Écrire sans fautes peut sembler un objectif difficile à atteindre, mais il suffit souvent de se relire attentivement pour éviter un grand nombre d'erreurs.*

I Les fautes courantes

On distingue deux types d'orthographe. L'une s'apprend et suit des règles, c'est l'**orthographe grammaticale** ; l'autre semble plus aléatoire car elle est le résultat de l'histoire de la langue, c'est l'**orthographe lexicale**.

1 L'orthographe grammaticale

- Les **fautes d'accord** sont **faciles à éviter** si l'on connaît les règles clés :

– le verbe s'accorde avec son sujet ;
– les adjectifs et les déterminants s'accordent avec le nom auquel ils se rapportent ;
– le participe passé s'accorde avec le sujet lorsqu'il est employé avec l'auxiliaire *être* ; avec le COD lorsqu'il est employé avec l'auxiliaire *avoir* et que le COD est placé avant le verbe.

- Notez également que lorsque **deux verbes se suivent**, le second est à l'infinitif sauf si le premier verbe est un auxiliaire (*être* ou *avoir*).

CONSEIL
Pendant l'année, notez les fautes que vous faites régulièrement pour y prêter une attention particulière le jour J.

2 L'orthographe lexicale

- On fait moins de fautes quand on comprend la raison d'être de l'orthographe. Voici quelques exemples :

• Les **accents circonflexes** remplacent un *s* présent dans la langue ancienne :
hospital → hôpital ; *chastel* → château

• **L'adverbe** se construit sur le féminin de l'adjectif :
essentiel [masc.] → essentielle [fém.] → essentiellement [adv.]

• La **consonne finale du participe passé** est utile pour construire la forme féminine. Cherchez la forme féminine et vous aurez le participe passé : ***mise* → *mis***.

- Inversement, tenter de donner un sens à un mot ou une locution conduit parfois à faire des fautes.

~~pied d'estale~~ au lieu de piédestal
~~autant pour moi~~ au lieu de au temps pour moi
~~qu'en même~~ au lieu de quand même

- N'oubliez pas les **accents** : une erreur ou un oubli d'accent est une faute.
- Attention également aux **homophones** : *a* [verbe *avoir*] ≠ *à* [préposition], *ou* [conjonction] ≠ *où* [pronom], *et* [conjonction] ≠ *est* [verbe *être*], *ces* [démonstratif] ≠ *ses* [possessifs], *sensé* [qui a du bon sens] ≠ *censé* + verbe [qui est supposé faire quelque chose].

II Des casse-têtes

1 Faut-il le pluriel ou le singulier ?

Voici deux cas où l'on peut trouver l'un ou l'autre selon le sens de l'énoncé.

- Après une préposition exprimant l'absence :

  un héros **sans cœur** [il ne peut avoir qu'un seul cœur]

  un héros **sans principes** [en général, on a plus d'un principe]

  un héros **sans aucun principe** [après *aucun*, *aucune*, il ne peut y avoir le pluriel]

- Après un nom collectif :

  un recueil **de poèmes** [il y a plusieurs poèmes]

  un recueil **de poésie** [le recueil contient de la poésie]

  Le groupe des poètes **a signé** un manifeste. [ils l'ont signé au nom du groupe]

  Une série de ruptures **ont marqué** la fin du mouvement. [chaque rupture a contribué à la fin du mouvement]

CONSEIL
À la maison ou en situation d'examen, gardez toujours une dizaine de minutes pour vous relire et vous corriger.

2 Comment former le pluriel des noms composés ?

Le principe est de **marquer le pluriel sur les mots qui l'acceptent** (noms, adjectifs) et de ne pas le marquer sur les autres (adverbes, prépositions, verbes).

- des coffres-forts, des sourds-muets
- des chefs-d'œuvre [pièces maîtresses d'une œuvre]
- des tragi-comédies, des arrière-pensées, des poètes avant-gardistes
- des savoir-faire

zoom

Impact des fautes d'orthographe sur le sens

L'orthographe n'est pas une convention sans importance : une mauvaise orthographe peut conduire à une mauvaise interprétation du sens. Exemples.

Le drame **où** le personnage développe le caractère propre au siècle des Lumières.	≠	Le drame **ou** le personnage développ**ent** le caractère propre au siècle des Lumières.
Ses arguments ferme**s** la port**ent** à l'éloge de la guerre.	≠	Ses arguments ferme**nt** la porte à l'éloge de la guerre.
Un héros et un personnage secondaire redoutable**s**.	≠	Un héros et un personnage secondaire redoutable.

MÉMO VISUEL

AMÉLIORER

Faire des phrases courtes et bien construites

Bien ponctuer
- Terminer chaque phrase par une **ponctuation forte** (., ?, !,).
- Marquer des pauses grâce à des **virgules**.

Bien construire une phrase négative
La négation comporte toujours **deux mots.**

Bien construire les subordonnées
- Choisir le **bon pronom relatif**
  *Le livre **dont** je te parle et **que** je t'ai prêté…*
- Ne pas confondre **interrogative directe et indirecte.**
  *On se demandera **si** le poème **est** lyrique. Le poème est-il lyrique ?*

Structurer son propos

Soigner la présentation
- Commencer chaque paragraphe par un **alinéa**.
- **Sauter une ligne** entre chaque partie, et **deux lignes** après l'introduction et avant la conclusion.

Utiliser des connecteurs logiques
- Pour **ajouter** une idée : *de plus, en outre, de surcroît, par ailleurs…*
- Pour introduire un **exemple** : *par exemple, ainsi, c'est ainsi que, notamment…*
- Pour marquer une **opposition** : *mais, cependant, néanmoins, pourtant, en revanche…*

SES ÉCRITS

Éviter les répétitions

Utiliser des pronoms

- Vérifier que l'**antécédent** n'est pas ambigu.
  Les actrices étaient vêtues de robes déchirées.
  *Pourtant ~~elles~~ **ces dernières** étaient très belles.*
- Ne pas oublier d'**accorder** le pronom avec le mot qu'il remplace.
  *Les actrices **auxquelles** les metteurs en scène portent une grande attention…*

Utiliser un vocabulaire varié

- Éviter les **verbes passe-partout.**
  Le maître explique à Jacques qu'il doit ~~faire attention~~ **être attentif** ~~à bien faire ce qu'un valet doit faire~~ **à bien exécuter toutes les tâches d'un valet.**
- Utiliser des **synonymes.**
  L'auteur <u>dit</u>/écrit/explique/affirme/démontre/assure/déclare/prétend/annonce…

Se relire

1. Vérifier que les phrases sont **complètes** (au moins un verbe conjugué, pas de mot oublié).
2. Vérifier que les verbes sont **accordés avec leur sujet.**
3. Vérifier que les déterminants et les adjectifs sont **accordés avec le nom** auquel ils se rapportent.
4. Vérifier l'orthographe des **homophones grammaticaux.**
5. S'interroger sur l'orthographe des **mots difficiles.**

EXERCICES

Ponctuer correctement un texte

→ FICHE 42

1 Recopiez ou annotez ce texte en rétablissant les majuscules et les signes de ponctuation.

dans son monde les airs l'albatros est cet oiseau qui décide librement d'accompagner les hommes mais sans que leurs mondes ne se touchent en effet on remarque que la première strophe est composée de deux fois deux vers en enjambement ce qui ralentit le rythme et mime l'indolence du vol de l'oiseau on a l'impression de chemins parallèles celui de l'oiseau et celui du navire mais l'oiseau semble plus à l'aise dans son monde puisque sa définition « vaste oiseau des mers » l'associe à son monde naturel la mer alors que ce même élément devient source de danger pour les hommes des « gouffres amers » le jeu sur la rime et les allitérations renforcent cette impression le poète dans son monde est serein empli d'idéal compagnon lointain des hommes

Choisir les bons connecteurs

→ FICHE 43

2 Complétez le texte en insérant les connecteurs logiques manquants afin de mettre en évidence les étapes du raisonnement.

Il s'agit du résumé d'un extrait du Traité des animaux *de Condillac (1714-1780), qui aborde la difficulté qu'ont les humains à se représenter la manière dont les animaux perçoivent le monde.*

Nous connaissons le mode de perception des chauve-souris, ... il est si éloigné du nôtre que nous ne pouvons nous mettre à la place de cet animal. De quelle manière .... avoir accès à sa subjectivité ?

.... la connaissance que j'ai du monde dépend de ma subjectivité, je ne pourrai jamais savoir ce que je serai en chauve-souris, ni ce que cela fait à une chauve-souris d'être une chauve-souris. Une transformation physique n'y suffirait pas, et je ne pourrai penser cette transformation que par rapport à ce que je suis maintenant.

On ne peut opérer que des déductions à partir de nos propres connaissances .... une autre espèce rencontrerait les mêmes difficultés dans la connaissance qu'elle aurait de nous. .... nous aurions tort de croire les espèces différentes moins complexes.

CONSEIL

N'oubliez pas que la ponctuation a un rôle à jouer dans l'argumentation et l'articulation des idées, notamment les deux-points.

3 **Même exercice que précédemment mais les trois paragraphes ont été supprimés : à vous de les restituer en signalant le passage à la ligne par une barre oblique (/).**

.... souverain doive être connu pour sa mansuétude, il doit savoir faire preuve de fermeté .... punir quelques coupables évite la ruine d'un pays, surtout lorsqu'on arrive au pouvoir. .... on ne peut régner par la peur et l'affection, il faut choisir la peur .... en cas de besoin tout homme comblé de bienfaits se montrera lâche .... la crainte de la punition garantira sa fidélité. Attention néanmoins à ne pas vous faire haïr, gardez-vous des excès et châtiez avec justice ; ne commencez pas à spolier le peuple, c'est un engrenage dangereux. Le chef de guerre surtout doit être intraitable, ... Annibal adoré par ses soldats pour son courage et sa fermeté. Ne cherchez pas à vous faire aimer, ... à vous faire craindre.

Machiavel, *Le Prince*, 1532

Éviter les répétitions

→ FICHE 44

4 **Réécrivez le texte en évitant les répétitions des mots en couleur.**

Si l'autobiographie est essentiellement un récit, puisque l'autobiographe raconte sa vie, la visée de l'autobiographie est aussi l'analyse de soi. C'est pourquoi dans l'autobiographie se mêle aussi du discours : l'autobiographe se penche sur son passé, le juge, l'analyse. Ainsi, il peut interrompre le récit de sa vie (mené en général aux temps du passé), et intervenir au présent de l'écriture pour porter un regard critique, amusé, ou complice sur les événements qui ont marqué l'histoire de sa vie.

Se relire efficacement

→ FICHE 45

5 **Voici un paragraphe rédigé par un élève au sujet du tableau *Le Cri* de Munch. Surlignez les fautes selon le code couleur proposé, puis réécrivez le texte sans fautes.**

fautes d'accord	homophones
forme verbale en [e]	lexique (dont erreurs d'accent)

Edvard Munch, *Le Cri*, 1893.

Lorsqu'on regarde ce personnage, la première sensation qui ce dégage est un sentiment d'horreur, de peur, de crainte. La manière dont il cache ses oreilles suggére qu'il essaye de couvrir un bruit effréyant, comme un cris ou une explosion. Le fait de boucher ses oreilles pourraient montré la manière dont il veut masquée la souffrance de la vie quotidienne, car, a l'expression de son visage, on pourrait pensée que sa vie est un calvère.

Ce personnage ne veut plus entendre le cris du désespoires, de l'horreur, de la mort... Je pense qu'il veut tout simplement devenir sourd pour ne plus subir ces sons qui lui sembles insupportables. De plus, l'expression de son visage montre qu'il voit quelque chose qui sort de l'ordinaire. On a l'impression qu'il assiste à une scène dramatique et traumatisante, qui restera peut être gravé en lui a jamais.

Bilan

→ FICHES 42 à 45

6 Le paragraphe ci-dessous, extrait d'un commentaire sur la fin de *Candide* de Voltaire, est truffé d'erreurs et de maladresses. Cet exercice vous propose de l'améliorer progressivement tout en respectant son sens.

L'élève se demande si Voltaire critique le fait de se livrer à la réflexion, ou seulement le fait de réfléchir de manière abstraite et incohérente.

> Il ne s'agit pas pour l'auteur de s'opposer à toute forme de raisonnement parce que le héros au début du texte est plongé dans de profondes réflexions. Il s'agit plutôt d'une pensée nourrie d'expériences et d'observations. Ce qui est par exemple rejeté est le discours du philosophe et des métaphysiciens, qui a une tendance affirmée à bavarder, à brasser des idées, à délayer. Et ses pensées débouchent toujours sur une action incohérente. Dans son second discours, on voit bien que le philosophe n'a pas renoncé à l'absurdité et à l'incohérence : il use encore de la terminologie optimiste pour expliquer l'actualité. Critique des raisonnements interminables sur des questions métaphysiques.

1. Corriger les fautes de ponctuation ou de syntaxe

a. Deux groupes de mots devraient être entre virgules : repérez-les et rétablissez les virgules.

b. Expliquez en quoi les mots en couleur sont fautifs et proposez une correction.

2. Améliorer le style et supprimer les maladresses

a. La mise en opposition de deux interprétations différentes à l'aide de « Il ne s'agit pas... / Il s'agit plutôt... » (l. 1-3) est bancale : pourquoi ? Reformulez la deuxième phrase pour corriger le problème.

b. La phrase de la ligne 6 commence par la conjonction *et*. Est-ce correct ? Faites une proposition pour mieux relier cette phrase à la précédente.

c. Pourquoi l'énumération soulignée n'est-elle pas convaincante ? Reformulez-la.

d. Quel connecteur logique faudrait-il ajouter à la dernière phrase pour clore le paragraphe ?

CORRIGÉS

Ponctuer correctement un texte

1 Dans son monde, les airs, l'albatros est cet oiseau qui décide librement d'accompagner les hommes, mais sans que leurs mondes ne se touchent. En effet, on remarque que la première strophe est composée de deux fois deux vers en enjambement, ce qui ralentit le rythme et mime l'indolence du vol de l'oiseau. On a l'impression de chemins parallèles, celui de l'oiseau et celui du navire ; mais l'oiseau semble plus à l'aise dans son monde, puisque sa définition, « vaste oiseau des mers », l'associe à son monde naturel, la mer, alors que ce même élément devient source de danger pour les hommes : des « gouffres amers ». Le jeu sur la rime et les allitérations renforcent cette impression. Le poète, dans son monde, est serein, empli d'idéal, compagnon lointain des hommes.

Choisir les bons connecteurs

2 Nous connaissons le mode de perception des chauve-souris, **cependant / mais / pourtant** il est si éloigné du nôtre que nous ne pouvons nous mettre à la place de cet animal. De quelle manière **alors** avoir accès à sa subjectivité ?

Puisque la connaissance que j'ai du monde dépend de ma subjectivité, je ne pourrai jamais savoir ce que je serais en chauve-souris, ni ce que cela fait à une chauve-souris d'être une chauve-souris. Une transformation physique n'y suffirait pas, et je ne pourrai penser cette transformation que par rapport à ce que je suis maintenant.

On ne peut opérer que des déductions à partir de nos propres connaissances : / **ainsi** une autre espèce rencontrerait les mêmes difficultés dans la connaissance qu'elle aurait de nous. **Ainsi / C'est pourquoi / Donc** nous aurions tort de croire les espèces différentes moins complexes.

3 **Bien qu'**un souverain doive être connu pour sa mansuétude, il doit savoir faire preuve de fermeté : punir quelques coupables évite la ruine d'un pays, surtout lorsqu'on arrive au pouvoir. **Puisqu'**on ne peut régner par la peur et l'affection, il faut choisir la peur **car** en cas de besoin tout homme comblé de bienfaits se montrera lâche **alors que** la crainte de la punition garantira sa fidélité.

Attention néanmoins à ne pas vous faire haïr, gardez-vous des excès et châtiez avec justice ; ne commencez pas à spolier le peuple, c'est un engrenage dangereux.

Le chef de guerre surtout doit être intraitable, **comme** Annibal adoré par ses soldats pour son courage et sa fermeté. Ne cherchez pas à vous faire aimer, **mais** à vous faire craindre.

À NOTER

Le paragraphe est une unité de sens : tout passage à la ligne crée un paragraphe, c'est-à-dire une unité de sens. Structurer un texte argumentatif en paragraphes est donc fondamental pour bien mettre en évidence les étapes de la démonstration.

Éviter les répétitions

4 Si l'autobiographie est essentiellement un récit, puisque l'autobiographe raconte sa vie, la visée **en** est aussi l'analyse de soi. C'est pourquoi **s'y** mêle du discours : l'autobiographe se penche sur son passé, le juge, l'analyse. Ainsi, il peut interrompre **son récit** (mené en général aux temps du passé), et intervenir au présent de l'écriture pour porter un regard critique, amusé, ou complice sur les événements qui ont marqué **son histoire**.

Se relire efficacement

5 Lorsqu'on regarde ce personnage, la première sensation qui se dégage [il s'agit du pronom réfléchi *se* : on ne peut pas remplacer par *cela*] est un sentiment d'horreur, de peur, de crainte. La manière dont il cache ses oreilles suggère qu'il essaye de couvrir un bruit effrayant comme le son d'un cri ou une explosion. Le fait de boucher ses oreilles pourrait [accord avec *fait*] montrer [verbe + verbe : le second est à l'infinitif] la manière dont il veut masquer la souffrance de la vie quotidienne, car à l'expression de son visage on pourrait penser que sa vie est un calvaire.

Ce personnage ne veut plus entendre le cri du désespoir, de l'horreur, de la mort… Je pense qu'il veut tout simplement devenir sourd pour ne plus subir ces sons qui lui semblent [accord à la 3e personne du pluriel avec *qui*, mis pour *ces sons*] insupportables. De plus, l'expression de son visage montre qu'il voit quelque chose qui sort de l'ordinaire. On a l'impression qu'il assiste à une scène dramatique et traumatisante, qui restera peut-être [il s'agit ici de l'adverbe *peut-être*, qui prend un trait d'union] gravée [accord au féminin singulier avec *qui*, mis pour *scène*] en lui à jamais [il s'agit de la préposition *à* : on ne peut pas remplacer par *avait*].

Bilan

6 **1. a.** Il est nécessaire d'utiliser les virgules pour isoler le complément circonstanciel *au début du texte* ainsi que *par exemple*, toujours entre virgules.

b. • *parce que* : la subordonnée explicite ce qui est énoncé dans la principale, il faut donc remplacer *parce que* par ***puisque***.

• *a* : le verbe étant au singulier, il est accordé grammaticalement avec *discours*. Or *avoir une tendance à* et les verbes à l'infinitif qui suivent ne peuvent se rapporter qu'à un sujet humain : il faut donc accorder au pluriel avec *du philosophe et des métaphysiciens* : ***ont***.

À NOTER
Quand l'accord se fait non par rapport au nombre du mot mais par rapport à son sens, on parle de syllepse : *La plupart* (singulier) *sont attentifs* (pluriel).

• *ses* : *ses* ne peut pas référer grammaticalement au philosophe. Il faut donc répéter le nom : ***les pensées du philosophe*** (ou *leurs pensées* s'il s'agit de celles du philosophe et des métaphysiciens).

• *critique* : selon que l'on voit en *critique* un nom ou un verbe, la phrase sera nominale (ce qu'il vaut mieux éviter dans un paragraphe argumenté), ou fautive puisque le verbe n'a pas de sujet. On pourrait écrire : ***Ce texte est une critique...*** ou ***L'auteur critique....***

2. a. L'opposition est bancale parce qu'elle met en parallèle un verbe à l'infinitif *s'opposer à...* et un groupe nominal *une pensée nourrie....* Il faudrait introduire le second terme par un antonyme de *s'opposer à* : *Il s'agit plutôt de* ***privilégier / préférer / donner la préférence...***

b. Il n'est pas conseillé de commencer une phrase par *et* puisque cette conjonction coordonne deux éléments qui ont une même fonction. Si l'on veut commencer une nouvelle phrase en ajoutant un argument, on préférera les connecteurs d'adjonction : *De plus / En outre.*

c. L'énumération n'est pas convaincante car les trois termes sont de sens proche, ce qui crée une redondance. En outre, *délayer* est employé ici dans un sens familier, registre de langue à proscrire dans un commentaire.

Proposition de reformulation : *une tendance affirmée à brasser des idées en se perdant dans des bavardages interminables / à brasser des idées de manière trop bavarde...*

d. Pour que la dernière phrase soit bien la phrase conclusive du paragraphe, il faut ajouter le connecteur *donc.*

Voici une proposition de reformulation du paragraphe (il pourrait encore être perfectionné, mais nous avons déjà éliminé les grosses erreurs ainsi qu'un certain nombre de maladresses).

Il ne s'agit pas pour l'auteur de s'opposer à toute forme de raisonnement **puisque** le héros, au début du texte, est plongé dans de profondes réflexions. Il s'agit plutôt de **donner la préférence à** une pensée nourrie d'expériences et d'observations. Ce qui est, par exemple, rejeté est le discours du philosophe et des métaphysiciens qui ont une tendance affirmée **à brasser des idées en se perdant dans des bavardages sans fin. De plus, les pensées du philosophe** débouchent toujours sur des actions incohérentes. Dans son second discours, on voit bien que le philosophe n'a pas renoncé à l'absurdité et à l'incohérence : il use encore de la terminologie optimiste pour expliquer l'actualité. **L'auteur critique donc** les raisonnements interminables sur des questions métaphysiques.

Réussir l'épreuve orale

13 Préparer et passer l'épreuve

TESTEZ-VOUS

→ CORRIGÉS P. 308-309

Faites le point sur vos connaissances puis établissez votre **parcours de révision** en fonction de votre score.

1 Préparer l'épreuve

→ FICHE 46

1. L'explication de texte à l'oral :

☐ a. a été préparée en classe pendant l'année.

☐ b. se limite aux connaissances vues en cours.

☐ c. nécessite un approfondissement personnel.

☐ d. est improvisée le jour de l'oral.

2. Au brouillon, il est utile de :

☐ a. rédiger l'introduction et la conclusion.

☐ b. rédiger le développement.

☐ c. noter les axes du plan.

☐ d. détailler les procédés.

.../2

2 Expliquer un texte à l'oral

→ FICHE 47

1. Lors de la lecture orale du texte :

☐ a. il faut effectuer les liaisons.

☐ b. pour un texte théâtral, il faut lire les noms des personnages.

☐ c. il faut impérativement se lever.

☐ d. il faut mettre le ton.

2. L'introduction de l'explication comprend :

☐ a. l'annonce de la problématique.

☐ b. l'annonce du plan.

☐ c. une ouverture.

☐ d. la présentation du texte.

3. Une explication linéaire consiste à :

☐ a. expliquer le texte mot à mot.

☐ b. résumer le texte par paragraphe.

☐ c. suivre les mouvements du texte.

☐ d. mettre en lumière le sens et les impressions qui émergent du texte.

4. La question de grammaire consiste à :

- ☐ a. réciter la définition d'une notion grammaticale.
- ☐ b. expliciter le sens d'une phrase.
- ☐ c. analyser la structure d'une phrase ou d'un passage.
- ☐ d. reformuler une phrase du texte en en modifiant la syntaxe.

…/4

3 Réussir la deuxième partie de l'oral

→ FICHES 48 et 49

1. L'œuvre présentée :

- ☐ a. est forcément une lecture cursive.
- ☐ b. a obligatoirement été étudiée en cours.
- ☐ c. peut être une lecture personnelle.
- ☐ d. ne peut pas être contemporaine.

2. Lors de la présentation de l'œuvre, il faut :

- ☐ a. faire une biographie de l'auteur.
- ☐ b. résumer l'œuvre.
- ☐ c. lire un passage.
- ☐ d. donner son avis sur l'œuvre.

3. Lors de l'entretien :

- ☐ a. il faut répondre très précisément à l'examinateur.
- ☐ b. il faut développer ses réponses.
- ☐ c. il ne faut évoquer que l'œuvre présentée.
- ☐ d. il ne faut pas couper l'examinateur.

4. Pour réussir cette deuxième partie de l'oral, il faut :

- ☐ a. faire des fiches de lecture pendant l'année.
- ☐ b. lire toutes les œuvres d'un même auteur.
- ☐ c. faire des recherches sur l'œuvre, l'auteur et le contexte.
- ☐ d. ne rien préparer et improviser.

…/4

Score total …/10

Parcours PAS À PAS ou EXPRESS ? → MODE D'EMPLOI P. 3

46 Préparer l'épreuve orale

En bref *Le jour de l'oral, vous disposez de 30 minutes de préparation. Cette durée, relativement brève, ne permet pas de réaliser l'explication de texte sans révision préalable. Il faut procéder avec méthode et bien gérer son temps.*

I Quel est l'objectif ?

■ Si elle a été préparée en cours, l'explication de texte n'en demeure pas moins un exercice personnel. Il est important d'apporter un regard original sur le texte et de montrer que vous vous l'êtes approprié.

■ L'explication nécessite :
- d'avoir une **bonne compréhension du texte** et de ses enjeux ;
- d'inscrire l'extrait dans l'œuvre et/ou dans le parcours auquel il se rattache ;
- de repérer avec justesse **les procédés d'écriture** et surtout d'en étudier les effets ;
- d'employer un **lexique approprié**.

II Comment se préparer pendant l'année ?

1 S'approprier les textes

■ Relisez **régulièrement** les six textes (3 extraits au minimum pour chaque œuvre, 3 extraits pour le parcours associé), et essayez d'approfondir le travail fait en classe en vous interrogeant sur **votre propre ressenti**.

■ Dégagez **l'intérêt du texte** : pourquoi vous en a-t-on proposé l'étude ?
- S'il s'agit d'un extrait d'une **œuvre au programme**, demandez-vous comment il s'inscrit dans l'œuvre : occupe-t-il une place particulière ?
- S'il s'agit d'un **texte complémentaire**, déterminez le rapport qu'il entretient avec l'œuvre et le parcours.

■ **Documentez-vous** sur le contexte, l'auteur, le courant littéraire...

> **CONSEIL**
> N'hésitez pas à prendre des notes à différentes périodes de l'année car les impressions de lecture peuvent évoluer.

2 Préparer des fiches efficaces

■ Pour se constituer de bons supports de révision, il est important de préparer sur chaque texte des fiches comportant les points-clés suivants :
- des **informations** sur le texte, l'œuvre, l'auteur, le courant littéraire...
- le ou les **enjeux** principaux du texte ;
- les **mouvements** du texte ;
- des **idée(s) d'amorce** et d'ouverture ;

■ Relevez également les **particularités grammaticales** de chaque texte pour anticiper la question de grammaire, et faites-vous des fiches de révision sur les principales notions grammaticales (→ FICHES 33-36).

III Comment gérer son temps de préparation le jour J ?

■ Lisez le texte tout en **repérant les éventuelles difficultés de lecture** (diérèses, liaisons, noms propres...). Repérez directement sur le texte les procédés que vous souhaitez commenter et adoptez un code couleur clair pour vous repérer facilement dans le texte.

■ Notez vos idées clés au brouillon. Pour ne pas vous perdre dans vos notes, il est judicieux de n'écrire qu'au **recto** et de consacrer une feuille à chaque mouvement du texte (chaque grande partie de votre explication).

> **CONSEIL**
> Le jour J, pensez à prendre une montre ou un réveil car votre téléphone portable sera interdit. Posez la montre sur la table et regardez-la régulièrement.

■ **Rédigez** intégralement **l'introduction et la conclusion** au brouillon, afin de ne rien oublier sous l'effet du stress lors de votre passage.

■ Vous pouvez consacrer 20 minutes à l'explication de texte afin de garder :
- 5 minutes pour **répondre à la question de grammaire** ;
- 5 minutes pour noter rapidement les éléments clés de votre **présentation de l'œuvre choisie** pour la deuxième partie de l'oral.

zoOm

Le déroulement de l'épreuve orale

L'épreuve orale se déroule en deux parties : la première est notée sur 12 points, la deuxième sur 8.

Première partie
1. Lecture expressive du passage
2. Explication linéaire
3. Réponse à la question de grammaire

Deuxième partie
1. Présentation d'une œuvre lue pendant l'année
2. Entretien avec l'examinateur

47 Réussir la première partie de l'oral

En bref *La première partie de l'oral dure 12 minutes. Vous devez lire le texte, puis expliquer l'extrait choisi par l'examinateur, et enfin répondre à la question de grammaire.*

I Lire le texte

Après avoir situé et contextualisé le texte, le moment de la lecture est essentiel car il permet à l'examinateur de vérifier votre bonne compréhension.

- Lisez lentement, en marquant des pauses. Respectez les liaisons et la ponctuation, et adoptez une intonation qui souligne votre compréhension du texte et de ses nuances (l'ironie par exemple).
- Tenez compte des spécificités de chaque genre :

Pour un texte poétique	• Respectez la versification, les diérèses ou synérèses et les enjambements. • Prononcez les [e] avant une consonne mais pas avant une voyelle ou en fin de vers.
Pour un texte théâtral	• Ne lisez pas les didascalies mais tenez compte des indications données (*en criant, en chuchotant, à part*...). • Marquez une pause entre deux répliques.
Pour un texte d'idées	• Montrez-vous convaincant·e. • Soulignez l'enchaînement des idées (en insistant notamment sur les connecteurs logiques).

II Expliquer l'extrait

- L'explication linéaire d'un texte consiste à suivre l'ordre de l'extrait et à l'analyser au fur et à mesure de son déroulement.
- Le risque le plus évident est la paraphrase, c'est-à-dire de reformuler autrement le contenu du texte sans analyse ni interprétation.
- Pour éviter cet écueil, il est conseillé d'appliquer une méthode rigoureuse.

• Commencez par définir les mouvements du texte : cela permet d'en dégager la structure. Pour cela, appuyez-vous sur l'organisation en paragraphes, les connecteurs logiques, le repérage des thèmes abordés...
• Dégagez l'enjeu principal du texte, qui servira de fil conducteur à votre explication : que voulez-vous montrer ?
• N'analysez pas nécessairement phrase par phrase, mais regroupez vos remarques au sein d'un mouvement (métaphore filée ; champs lexicaux...).
• Justifiez vos impressions de lecture par des relevés et des procédés précis.
• Dressez des bilans d'étape pour expliciter la logique de votre démonstration.

III Répondre à la question de grammaire

■ La question de grammaire porte sur l'analyse syntaxique d'une phrase ou d'un court passage du texte. Répondez de manière précise et complète à la question posée.

■ Voici quelques exemples :

Identifier une nature ou une fonction	• Nature : nom, adverbe, subordonnée complétive... • Fonction : sujet, attribut du sujet, COD, COI...
Justifier un accord	• S'il s'agit d'un verbe, repérez son sujet. • S'il s'agit d'un adjectif, identifiez le nom ou groupe nominal auquel il se rapporte.
Justifier l'emploi d'un temps ou d'un mode	• Pourquoi est-il employé dans ce contexte ? • Quel est l'effet produit ?
Analyser une phrase complexe	• Combien de propositions la phrase contient-elle ? • Quelle est leur nature (principale, indépendante, subordonnée) ? • Comment sont-elles reliées (juxtaposition, coordination, subordination) ?
Comprendre une relation logique	• Type de relation (cause, conséquence, but...) • Moyens syntaxiques mis en œuvre

zoOm

Un exemple d'explication linéaire

■ Voici la première strophe d'un poème d'Apollinaire (« Le Pont Mirabeau », *Alcools*, 1913) :

Sous le pont Mirabeau coule la Seine
Et nos amours
Faut-il qu'il m'en souvienne
La joie venait toujours après la peine.

décasyllabe fragmenté : rupture dans le rythme (= rupture amoureuse)

inversion sujet/verbe : mise en valeur de la Seine

antithèse : amour compliqué, tumulte

imparfait : amour révolu

■ À l'oral, vous pourriez proposer l'analyse suivante :

La strophe est formée de quatre vers : deux décasyllabes encadrent un tétramètre et un hexamètre. Le quatrain pourrait être un tercet car les deux vers centraux forment un décasyllabe rompu, à l'image de la rupture amoureuse qu'évoque Apollinaire.
Dans le premier vers, l'inversion du sujet et du verbe place « la Seine » en position finale : c'est une manière d'insister sur le rôle du fleuve, miroir du ressenti du poète. L'amour désormais révolu est évoqué avec l'emploi de l'imparfait « venait ». Il s'agit d'un amour passé et tumultueux, comme le souligne l'antithèse entre « joie » et « peine ».

48 Présenter une œuvre à l'oral

En bref *La deuxième partie de l'oral dure 8 minutes. L'examinateur vous invite à présenter brièvement une œuvre de votre choix, parmi celles que vous avez lues pendant l'année, avant de vous poser des questions. Vous devez donc choisir l'œuvre avec soin et bien la maîtriser.*

I Faire des fiches de lecture pendant l'année

Comme vous ne déciderez qu'à la fin de l'année quelle œuvre vous allez présenter, il est important de prendre des notes et de développer une opinion critique sur chaque œuvre que vous lisez.

■ Lors de votre lecture, pensez à **annoter l'œuvre** en indiquant vos impressions, vos questions ou vos réflexions, et soulignez les passages qui vous semblent les plus intéressants, notamment par rapport au parcours étudié.

■ Réalisez ensuite une **fiche de lecture** comprenant :
- un rapide **résumé** de l'œuvre ;
- quelques informations clés sur les **personnages** principaux ;
- les **thèmes** principaux, les idées développées par l'auteur ;
- des **remarques stylistiques** sur l'écriture de l'auteur ;
- un **bilan personnel** synthétisant vos impressions de lecture, les questions que vous vous posez et les réflexions que l'œuvre suscite en vous ;
- les **liens** que vous pouvez établir avec d'autres œuvres ou avec des faits historiques ou d'actualité ;
- vos **passages et citations** préférés (en justifiant les choix).

À NOTER
L'examinateur n'évalue pas l'œuvre que vous avez choisie mais votre capacité à justifier ce choix. Privilégiez donc l'œuvre qui vous a le plus touché·e ou interpellé·e.

II Préparer la présentation

■ Votre présentation doit être succincte (environ deux minutes) mais efficace. Il ne s'agit pas de restituer votre fiche de lecture mais d'en **faire ressortir les aspects les plus importants**, tout en livrant **un regard personnel** sur l'œuvre en question.

■ Vous devez donc :
- présenter l'œuvre, son auteur et son contexte de publication ;
- résumer l'œuvre et indiquer les principaux thèmes abordés ;
- donner votre avis et justifier votre choix.

■ Vous pouvez **faire des recherches** sur l'œuvre, l'auteur et le contexte, mais votre présentation doit être **personnelle** : il ne s'agit pas de faire un exposé complet sur l'œuvre mais de rendre compte de votre propre expérience de lecture.

III Pièges et astuces

Les pièges à éviter

- ✗ Commencer par résumer le livre, puis l'analyser d'une manière monotone.
- ✗ Se contenter de synthétiser des critiques que vous avez lues.
- ✗ Formuler son avis de manière simpliste ou banale : « J'ai bien aimé parce que… »
- ✗ Donner son avis sans le justifier.
- ✗ Oublier des aspects essentiels comme la fin de l'histoire, le nom des personnages ou l'époque de l'action.

CONSEIL
N'essayez pas de tout dire dans votre présentation : au contraire, donnez des pistes que vous pourrez approfondir pendant l'entretien.

Les astuces à mettre en œuvre

- ✓ Entremêler le résumé de l'œuvre et les aspects critiques.
- ✓ Montrer que vous avez compris les enjeux de l'œuvre.
- ✓ Prendre en compte les ressentis personnels et insister sur votre propre expérience de lecture.
- ✓ Expliquer pourquoi vous avez choisi cette œuvre.
- ✓ Montrer en quoi cette lecture a fait évoluer votre regard sur les thèmes abordés.
- ✓ Mentionner des éléments biographiques de l'auteur importants pour comprendre l'œuvre.
- ✓ Développer un avis critique s'appuyant sur la narration, les personnages, le style de l'auteur, etc.

zoOm

Un exemple de présentation

Présentation et résumé

J'ai choisi de lire *La Chartreuse de Parme* de Stendhal en lien avec *Le Rouge et le noir* étudié en cours. Il s'agit d'un roman écrit en sept semaines qui raconte l'histoire d'amour du jeune Fabrice Del Dongo et de Clélia, la fille de son geôlier. À l'instar de Julien Sorel, le héros de *La Chartreuse de Parme* est en quête d'idéal. Fervent admirateur de Napoléon, il est déçu des réalités de la vie et se heurte aux mesquineries de ses contemporains. L'intrigue se déroule une vingtaine d'années seulement avant l'écriture, ce qui permet à Stendhal, pionnier du réalisme, de décrire et de dénoncer les mœurs de son temps.

Avis personnel

D'abord découragé par l'ampleur de cette somme romanesque, j'ai finalement été captivé par les aventures du héros et le style de l'auteur qui oscille entre romantisme et réalisme. J'ai tout particulièrement apprécié le passage de la bataille de Waterloo dans lequel le point de vue interne permet une description à la fois réaliste et satirique du combat.

49 Dialoguer avec l'examinateur

En bref *L'entretien est un dialogue avec l'examinateur, et non un interrogatoire. Montrez-vous dynamique et de bonne volonté, et mettez tout en œuvre pour convaincre votre interlocuteur de votre intérêt pour l'œuvre et de votre bonne compréhension de celle-ci.*

I Les critères d'évaluation

■ Les éléments évalués lors de l'entretien sont :
- votre capacité à **défendre** une lecture personnelle ;
- votre capacité à **expliquer** et à justifier un choix ;
- votre aptitude au dialogue ;
- la **qualité** de votre **expression** orale ;
- vos **qualités d'analyse et d'argumentation**, de communication et de persuasion ;
- votre capacité à **établir des liens** entre la lecture littéraire et les autres champs du savoir.

■ Pour réussir, vous devez donc :
- **développer vos réponses**, sans attendre que l'examinateur renchérisse ;
- aller au-delà de la question posée par le jury ;
- **rebondir** sur les suggestions de l'examinateur ;
- utiliser si nécessaire des **exemples précis** (passages, citations...) ;
- **ouvrir** sur d'autres œuvres ou d'autres thèmes abordés en lien avec l'œuvre choisie.

II Anticiper les questions de l'examinateur

Voici quelques exemples de questions qui pourraient vous être posées.

Justifier ses choix	• Pourquoi avez-vous choisi cette lecture ? • Un personnage vous a-t-il particulièrement plu ? • Y a-t-il des aspects de cette œuvre que vous n'avez pas appréciés ? Pourquoi ?
Exprimer sa sensibilité artistique	• En quoi cette œuvre vous a-t-elle touché·e ? • Quels messages transmet-elle ? • Que pensez-vous du style de l'auteur ?
Développer un avis personnel	• En quoi a-t-elle fait évoluer votre regard sur telle thématique ? • Partagez-vous l'avis de l'auteur sur telle question ? • Les thématiques abordées vous semblent-elles encore d'actualité ? • Pouvez-vous rapprocher l'œuvre d'autres textes ?

III Quelques conseils pour réussir

- **Mémorisez** quelques citations marquantes, ou ayez en tête certains passages auxquels vous pourrez faire référence pour développer votre analyse. Ces éléments doivent vous permettre de **justifier vos interprétations** ou de souligner ce que vous appréciez particulièrement dans l'œuvre.
- N'hésitez pas à mentionner les **difficultés** que vous avez rencontrées et **l'évolution de votre perception** de l'œuvre : par exemple, un aspect que vous n'aviez pas compris lors de votre première lecture de l'œuvre et qui a été éclairé par votre travail en classe ou par une recherche personnelle.

CONSEIL
Les questions de l'examinateur seront volontairement ouvertes pour vous inviter à développer vos réponses : ne vous contentez donc pas de réponses minimales !

- Si vous suggérez un rapprochement entre l'œuvre choisie et une autre œuvre ou un fait d'actualité, vous devez être capable de le justifier pendant l'entretien : faites donc quelques **recherches préalables** pour savoir de quoi vous parlez !

zoOm

Un exemple d'entretien

Vous avez choisi de présenter *La Chartreuse de Parme* de Stendhal. Voici quelques questions qui pourraient vous être posées, avec des pistes de réponse.

« Avez-vous des interrogations qui subsistent après votre lecture ? »

« Je continue à m'interroger sur le dénouement de l'intrigue et les raisons pour lesquelles un amour raisonnable et concret entre Fabrice et Clélia est impossible. Certains choix m'ont laissé perplexe : le dénouement semble exagérément tragique et on peut se demander si Stendhal souhaite que le lecteur adhère à cette hécatombe finale ou s'il s'agit d'un moyen de faire ressortir l'aspect fictionnel de son intrigue, d'échapper au réalisme. »

« Vous avez évoqué le caractère réaliste de *La Chartreuse de Parme*, pourriez-vous justifier ? »

« Tout d'abord, le cadre spatio-temporel du roman est réaliste : les lieux sont précisément décrits (Milan, Parme, le lac de Côme…). Des évènements historiques sont également retracés, comme la bataille de Waterloo. Stendhal évoque des lieux qui le fascinent et des épisodes qu'il a réellement vécus, comme les campagnes napoléoniennes. Cependant, contrairement au *Rouge et le Noir*, l'action de *La Chartreuse de Parme* n'est pas contemporaine de son écriture, ce qui limite en partie les effets de réalisme. »

MÉMO VISUEL

RÉUSSIR

1 Se préparer

Pendant l'année
- Revoir les explications faites en cours.
- Approfondir ses connaissances sur l'œuvre, l'auteur, le contexte…
- Faire des fiches de révision sur chaque texte.
- Revoir les particularités grammaticales des textes.

Le jour J
- Lire le texte en repérant les éventuelles **difficultés de lecture**.
- Relire le texte **en l'annotant** (mots clés, principaux procédés à commenter…).
- Noter les **idées principales** au brouillon.
- Rédiger l'**introduction** et la **conclusion**.
- Répondre à la **question de grammaire**.

2 Présenter et lire le texte

Lire l'extrait
- **Présenter l'extrait** en le situant dans l'œuvre ou le parcours auquel il appartient.
- Respecter les caractéristiques propres au **genre littéraire** (poésie, théâtre…).
- Être **expressif** mais pas exagérément.
- Respecter les **liaisons** et la **ponctuation**.

3 Expliquer le texte

- Formuler **le ou les enjeux principaux du texte**, qui serviront de fil conducteur à l'explication.
- Faire le lien entre les **impressions de lecture** et les **procédés** utilisés.
- Procéder dans **l'ordre du texte**, en regroupant les remarques qui se recoupent.

4 Répondre à la question de grammaire

- Maîtriser le **lexique de l'analyse grammaticale**.
- Tenir compte du **contexte syntaxique**.

L'ÉPREUVE ORALE

5 Réussir l'entretien

Présenter l'œuvre choisie

- **Être bref** mais efficace.
- **Ouvrir** des pistes d'étude de l'œuvre sans entrer dans les détails.
- **Justifier** le choix de l'œuvre en développant un avis personnel.

Dialoguer avec l'examinateur

- **Justifier** sa lecture et son point de vue.
- **Développer** les réponses en élargissant progressivement.
- **Faire des liens** avec d'autres œuvres.

SUJET 12 | OBJECTIF BAC

EXPLICATION DE TEXTE 30 min

Paul Éluard, « La courbe de tes yeux » (1926)

Expliquer un poème surréaliste peut représenter un défi, mais les images, nombreuses et inattendues, fournissent un riche matériau pour l'analyse.

LE SUJET

Vous préparerez l'explication orale de ce texte.

« La courbe de tes yeux » est un poème extrait de Capitale de la douleur*, paru en 1926 et dédié à Gala, épouse et muse d'Éluard.*

La courbe de tes yeux fait le tour de mon cœur,
Un rond de danse et de douceur,
Auréole du temps, berceau nocturne et sûr,
Et si je ne sais plus tout ce que j'ai vécu
C'est que tes yeux ne m'ont pas toujours vu.

Feuilles de jour et mousse de rosée,
Roseaux du vent, sourires parfumés,
Ailes couvrant le monde de lumière,
Bateaux chargés du ciel et de la mer,
Chasseurs des bruits et sources des couleurs,

Parfums éclos d'une couvée d'aurores
Qui gît toujours sur la paille des astres,
Comme le jour dépend de l'innocence
Le monde entier dépend de tes yeux purs
Et tout mon sang coule dans leurs regards.

Paul Éluard, *Capitale de la douleur*, « La courbe de tes yeux », 1926.

Question de grammaire : Quelles sont la nature et la fonction des groupes de mots des vers 2 et 3 ?

LES CLÉS POUR RÉUSSIR

Présenter le texte

Présenter le texte

- **Auteur :** Paul Éluard, poète surréaliste
- **Œuvre :** *Capitale de la douleur*, recueil de poèmes composés entre 1914 et 1926
- **Thème du poème :** le pouvoir du regard de la femme aimée
- **Tonalité :** lyrique

Formuler une problématique

À la première lecture, on est frappé par les images inattendues créées par le poète : tous les sens sont sollicités pour rendre compte de l'omniprésence du regard et de son pouvoir surnaturel.

Comment Paul Éluard évoque-t-il, dans un poème surréaliste, la puissance du regard de la femme aimée ?

Identifier les mouvements du texte

1 Vers 1 à 5 : évocation du pouvoir magique du regard de la femme

- Observez la versification : comment Éluard se situe-t-il par rapport à la tradition poétique ?
- Montrez que le regard de la femme enfante le poète.

2 Vers 6 à 12 : description surréaliste du regard

- Quelle est la tonalité des images énumérées ?
- Quels sont les deux champs lexicaux dominants ?

3 Vers 13 à 15 : conclusion du poème

Montrez que le poème fonctionne de manière circulaire, mais que la fin constitue un élargissement du propos initial.

CONSEIL

Lorsque la question de grammaire porte sur la **fonction** d'un groupe de mots, vous devez toujours le replacer dans son contexte syntaxique : ici, commencez par identifier à quelle proposition appartiennent les groupes concernés.

LE CORRIGÉ

Introduction

[présentation du texte] Auteur surréaliste, Éluard vit un amour intense et passionnel avec Gala. Il rédige *Capitale de la douleur* à la suite de leur rupture en 1926. Empreint de tristesse et de lyrisme, le recueil se clôt cependant sur un hommage à l'amour et surtout à la femme qui l'inspire. « La courbe de tes yeux », avant-dernier poème du recueil, est un poème circulaire qui met en œuvre des images marquantes et surprenantes. **[problématique]** Nous allons voir comment Éluard met les procédés surréalistes pour décrire la puissance du regard de la femme aimée. **[plan]** Dans la première strophe, il évoque le pouvoir magique du regard, dont il livre une description surréaliste (v. 6 à 12), avant de conclure, dans les trois derniers vers, sur une généralisation de ce pouvoir au monde entier.

Vers 1 à 5 : l'évocation du pouvoir magique du regard

- La première strophe est composée d'une seule phrase et fonctionne de manière circulaire, le premier et le dernier vers étant construits en parallélisme. La répétition de « tes yeux » fait du regard de la femme le début et la fin de tout.
- **Le premier vers** est un alexandrin classique avec une césure à l'hémistiche. Éluard semble donc s'inscrire dans la tradition poétique. L'image de la courbe des yeux qui enveloppe le cœur suggère que le poète et sa muse ne font qu'un.
- **Les vers 2 et 3** sont constitués de métaphores qui évoquent des formes arrondies (« rond », « auréole », « courbe ») en lien avec la mise au monde : la femme peut enfanter le poète (idée renforcée par le terme « berceau »). L'allitération en [d] (« de danse et de douceur ») souligne la douceur de la femme et l'allitération en [r] (« berceau nocturne et sûr ») son aspect rassurant.
- **Dans les vers 4 et 5**, le présent « sais » contraste avec les passés composés « ai vécu », « ont vu ». Le vers 5, décasyllabique alors qu'on attend un alexandrin, renforce cette rupture : le regard est comme une seconde naissance pour le poète. L'omission de « parce » (« C'est [parce] que ») est une manière pour Éluard de revendiquer une écriture libre, accessible à tous.

[conclusion intermédiaire] La première strophe met donc en exergue le pouvoir du regard de la femme qui fait naître le poète à lui-même.

Vers 6 à 12 : description surréaliste du regard

Ces vers, répartis sur deux strophes, sont formés d'une énumération de métaphores surréalistes faisant appel aux différents sens. Les sonorités permettent de rebondir d'une image à l'autre et créent des liens au-delà des juxtapositions.

- Le **champ lexical de la nature** est très présent : « feuilles », « mousse », « rosée », « roseaux », « paille ». La beauté de la femme est une beauté naturelle.
- Les six décasyllabes ont une césure 4/6, ce qui fait naître un **rythme régulier et musical**. L'énumération progresse avec fluidité du vers 6 au vers 7, grâce aux sonorités similaires « rosée » / « roseaux ».

- Les **sens** sont sollicités : l'ouïe (« bruits »), la vue (« couleurs », « lumière »), l'odorat (« parfums », « parfumés »), le toucher (« rosée », « paille »).
- Les **associations de mots** produisent un effet étonnant même si le vocabulaire est simple : « Couvée d'aurores », « paille des astres », « mousse de rosée ».

[Conclusion intermédiaire] La description du regard repose sur une énumération de métaphores à la fois simples et suggestives. Le pouvoir évocateur de ces associations, qui semblent fortuites, est caractéristique de l'écriture surréaliste.

Vers 13 à 15 : conclusion du poème

Dans les trois derniers vers, Éluard généralise la puissance des yeux de la femme qui éclairent le poète mais aussi le monde entier.

- **Les vers 13 et 14** constituent une comparaison fondée sur un parallélisme de construction qui assimile le regard de la femme à l'innocence même, et le place à la source du « monde entier » (expression redondante).
- **Dans le dernier vers,** « mon sang » (allégorie de la vie) et « leurs regards » se font écho. Le pronom de 3e personne donne aux yeux une existence propre.

[conclusion intermédiaire] L'ouverture du poème s'effectue en un élargissement du pouvoir créateur de la muse sans qui l'auteur ne peut donner vie au texte.

Conclusion

[synthèse] À la fois simple par le choix du vocabulaire et surprenant par le choix des images, le poème, dont le premier alexandrin est resté célèbre, lie l'amour et les mots. La passion pour la femme inspiratrice révèle le poète à lui-même et lui permet d'exprimer ce qu'il a de plus profond. En associant de nombreuses fulgurances surréalistes, il donne une place de choix au sentiment qui devient vecteur de poésie.

DES POINTS EN +

Vous pourriez évoquer en ouverture le poème « L'Amoureuse » (*Capitale de la douleur*) dans lequel Éluard reprend ces thèmes de la puissance créatrice de la femme et de son regard.

Réponse à la question de grammaire

Les vers 2 et 3 sont composés de **trois groupes nominaux** : « un rond de danse et de douceur », « auréole du temps », « berceau nocturne et sûr ». Chaque GN comprend un **nom noyau** (« rond », « auréole », « berceau ») et des **expansions du nom**, qui sont des groupes prépositionnels (« de danse et de douceur », « du temps ») ou des adjectifs (« nocturne et sûr »). Les trois GN sont **apposés** au nom « tour », noyau du GN « le tour de mon cœur » (vers 1).

SUJET 13 | OBJECTIF MENTION

EXPLICATION DE TEXTE | 30 min

Voltaire, « Le Nègre de Surinam », *Candide* (1759)

La rencontre entre Candide et l'esclave est l'occasion pour Voltaire de dénoncer l'esclavage en touchant le lecteur : votre explication doit rendre compte de ce double objectif.

LE SUJET

Vous préparerez l'explication orale de ce texte.

Dans le chapitre 19 de Candide, le héros et son valet Cacambo rencontrent un esclave aux portes de Surinam. Cet épisode conduit Candide à remettre en question la philosophie optimiste de son précepteur Pangloss.

En approchant de la ville, ils rencontrèrent un nègre étendu par terre, n'ayant plus que la moitié de son habit, c'est-à-dire d'un caleçon de toile bleue ; il manquait à ce pauvre homme la jambe gauche et la main droite.

« Eh, mon Dieu ! lui dit Candide en hollandais, que fais-tu là, mon ami, dans l'état horrible où je te vois ?

– J'attends mon maître, monsieur Vanderdendur, le fameux négociant, répondit le nègre.

– Est-ce M. Vanderdendur, dit Candide, qui t'a traité ainsi ?

– Oui, monsieur, dit le nègre, c'est l'usage. On nous donne un caleçon de toile pour tout vêtement deux fois l'année. Quand nous travaillons aux sucreries, et que la meule nous attrape le doigt, on nous coupe la main ; quand nous voulons nous enfuir, on nous coupe la jambe : je me suis trouvé dans les deux cas. C'est à ce prix que vous mangez du sucre en Europe. Cependant, lorsque ma mère me vendit dix écus patagons sur la côte de Guinée, elle me disait : « Mon cher enfant, bénis nos fétiches, adore-les toujours, ils te feront vivre heureux ; tu as l'honneur d'être esclave de nos seigneurs les blancs, et tu fais par là la fortune de ton père et de ta mère. »

Hélas ! je ne sais pas si j'ai fait leur fortune, mais ils n'ont pas fait la mienne. Les chiens, les singes, les perroquets sont mille fois moins malheureux que nous. Les fétiches hollandais qui m'ont converti me disent tous les dimanches que nous sommes tous enfants d'Adam, blancs et noirs. Je ne suis pas généalogiste ; mais si ces prêcheurs disent vrai, nous sommes tous cousins issus de germains. Or vous m'avouerez qu'on ne peut pas en user avec ses parents d'une manière plus horrible.

– Ô Pangloss ! s'écria Candide, tu n'avais pas deviné cette abomination ; c'en est fait, il faudra qu'à la fin je renonce à ton optimisme.

– Qu'est-ce qu'optimisme ? disait Cacambo.

– Hélas ! dit Candide, c'est la rage de soutenir que tout est bien quand on est mal. »

Et il versait des larmes en regardant son nègre, et, en pleurant, il entra dans le Surinam.

Voltaire, *Candide*, « Le Nègre de Surinam », chapitre 19.

Question de grammaire : Faites l'analyse grammaticale de la phrase soulignée.

LES CLÉS POUR RÉUSSIR

Présenter le texte

Présenter le texte

- **Auteur :** Voltaire, philosophe des Lumières
- **Œuvre :** Candide, conte philosophique qui retrace le parcours initiatique du héros éponyme, permettant à l'auteur de dénoncer les travers de la société
- **Situation du passage :** La rencontre avec l'esclave intervient juste après la description de l'Eldorado. Il s'agit, pour les deux personnages, Candide et Cacambo, d'un brusque retour à la réalité après un détour par l'utopie centrale du récit. La dénonciation n'en a que plus de force.

Formuler la problématique

En quoi ce texte constitue-t-il une dénonciation efficace de l'esclavage ?

Identifier les mouvements du texte

1 Lignes 1 à 5 : Présentation de la situation

- Sur quels aspects du personnage la description de l'esclave insiste-t-elle ?
- Quelles émotions l'auteur cherche-t-il à susciter ?

2 Lignes 6 à 24 : Le discours de l'esclave

- Qui est visé dans la prise de parole de l'esclave ?
- Par quels procédés d'écriture la dénonciation s'opère-t-elle ?

3 Lignes 25 à 32 : La dénonciation de l'optimisme

- Par quelle périphrase Candide résume-t-il l'optimisme ?
- En quoi ce passage illustre-t-il une remise en cause de cette philosophie ?

LE CORRIGÉ

Introduction

[présentation du texte] Philosophe des Lumières, Voltaire a recours à l'apologue avec le genre du conte philosophique pour dénoncer la société de son temps et remettre en cause l'absolutisme, les injustices et l'obscurantisme. À travers le périple de Candide, il lutte également contre l'optimisme incarné par Leibniz qui consiste à se satisfaire du monde tel qu'il existe. Après la découverte de l'Eldorado qui était une utopie idéalisée, Candide entre dans Surinam et y croise un esclave gisant au sol. **[problématique]** Nous allons voir comment l'auteur procède à une dénonciation subtile mais efficace. **[plan]** Dans un premier temps, nous verrons que la rencontre des deux personnages permet la présentation de la situation. Puis, nous étudierons le discours de l'esclave. Et enfin, nous aborderons la critique de l'optimisme par l'auteur.

Lignes 1 à 5 : présentation de la situation

Dans les premières lignes du texte, Voltaire présente la rencontre entre le héros éponyme et l'esclave. Il cherche à **accentuer l'aspect pathétique de la scène** et à **engendrer la pitié.**

- L'emploi du passé simple « rencontrèrent » fait plonger dans l'univers du conte et marque la rupture de la rencontre.
- La **description de l'esclave** vise à émouvoir le lecteur : sa posture inspire la pitié (« étendu par terre »), ainsi que l'adjectif « pauvre » dans le GN « pauvre homme ». Voltaire précise les mutilations que l'esclave a subies : « il manquait à ce pauvre homme la jambe gauche et la main droite ».
- La **pitié de Candide** est marquée par l'interjection « eh mon dieu » et le déterminant possessif « mon ami », ainsi que par l'adjectif « horrible » qui qualifie l'état du personnage.

Lignes 6 à 24 : le discours de l'esclave

La prise de parole de l'esclave est clairement **polémique**. Il se fait le porte-parole de l'auteur pour dénoncer les esclavagistes mais également la religion et les européens qui cautionnent le système existant.

1. La critique des esclavagistes et de ceux qui cautionnent le système

- Le nom du négociant, **« Vanderdendur »**, par son sens (« dents dures ») et l'allitération en [d], suggère son intérêt pour l'argent et son manque d'humanité. L'adjectif « fameux » dénonce la triste célébrité du personnage.
- Le **Code noir** qui réglementait les devoirs des esclaves est évoqué à travers le parallélisme « Quand nous travaillons aux sucreries et que la meule nous attrape le doigt, on nous coupe la main. Quand nous voulons

> **MOT CLÉ**
> Édité sous Colbert, **le Code noir** est un recueil des décisions royales et des lois relatives au gouvernement, à l'administration et à la condition des esclaves des pays du domaine colonial de la France entre 1685 et la fin de l'Ancien Régime.

nous enfuir, on nous coupe la jambe » : le caractère officiel et réglementaire de ces punitions les rend d'autant plus cruelles.

- Le présent et l'emploi du pronom personnel « vous » dans la phrase « C'est à ce prix que vous mangez du sucre en Europe » **implique tout lecteur** qui bénéficie des avantages tirés de l'esclavage. L'indicateur spatial ne peut que renforcer cette volonté de dénonciation.

2. La dénonciation de la religion

- Le **champ lexical de la religion** est omniprésent et en lien avec la dénonciation du rôle joué par les prêtres qui convertissent de force les esclaves : « prêcheurs », « Adam », « converti », « messe ».
- Les **termes chrétiens et païens** sont mêlés afin de montrer que les convertis ne comprennent pas la religion qui leur est imposée. Ainsi, les prêtres sont désignés par la périphrase « fétiches hollandais ».
- Les propos des religieux sont repris et **tournés en dérision** : « vous m'avouerez qu'on ne peut pas en user avec ses parents d'une manière plus horrible ».

3. Une remise en cause subtile

- Les propos de l'esclave ne sont pas vindicatifs ni violents. Au contraire, l'expression **« c'est l'usage »** montre que l'esclave ne cherche pas à inspirer la pitié. Cette résignation suscite d'autant plus l'indignation du lecteur.
- De même, la naïveté de la mère fait ressortir l'horreur de la situation et ses propos, sous la plume de Voltaire, deviennent **ironiques** : « tu as l'honneur d'être l'esclave de nos seigneurs les blancs ». Le terme « fortune » relève également d'un double sens en lien avec la chance et l'argent.
- La **satire** se retrouve également dans les propos de l'esclave : « je ne sais pas si j'ai fait leur fortune mais ils n'ont pas fait la mienne ».
- Cependant, l'énumération et l'hyperbole « les chiens, les singes, les perroquets sont mille fois moins malheureux que nous » insistent sur la **barbarie des blancs**.

Lignes 25 à 32 : la dénonciation de l'optimisme

À la fin du texte, Candide reprend la parole pour conclure l'épisode qui se termine par une **remise en cause de la philosophie optimiste.**

- La conclusion du texte débute par la reprise de la parole par Candide. Ses interventions **encadrent la tirade** de l'esclave et mettent en lumière les dénonciations.
- L'interjection « Ô » souligne le désespoir de Candide, renforcé par les « larmes » qu'il verse. Le rythme de la dernière phrase, particulièrement soigné, ajoute au pathétique de la scène : ils se lisent en effet comme deux alexandrins
- Le héros s'adresse à son précepteur qui n'est pas présent, afin de remettre en cause les leçons optimistes qu'il lui a transmises. La question naïve de Cacambo, « qu'est-ce qu'optimisme ? », permet à Candide de redéfinir la philosophie de Leibniz. Il recourt à une antithèse **pour en révéler l'absurdité** : « c'est la rage de soutenir que tout est bien quand on est mal ».

Conclusion

[synthèse] En donnant la parole à un esclave et en le rendant maître du dialogue, Voltaire inaugure une dénonciation iconoclaste d'une pratique de son siècle. Cherchant à susciter des émotions tout en conservant une distance ironique, il provoque la réflexion chez le lecteur. **[ouverture]** Montesquieu, dans *De l'esprit des lois*, en 1748, avait déjà dénoncé l'esclavage mais en employant des procédés différents de ceux choisis par Voltaire : il a recours à l'ironie et à l'antiphrase, ridiculisant ainsi les arguments adverses.

Réponse à la question de grammaire

La phrase « Les fétiches hollandais qui m'ont converti me disent tous les dimanches que nous sommes tous enfants d'Adam, blancs et noirs » comprend **trois verbes conjugués** : « ont converti », « disent » et « sommes ». Elle est donc formée de **trois propositions** :
– « Les fétiches hollandais [...] me disent tous les dimanches » est la **proposition principale** ;
– « qui m'ont converti » est une **proposition subordonnée relative**, complément de l'antécédent « fétiches hollandais » ;
– « que nous sommes tous enfants d'Adam, blancs et noirs » est une **proposition subordonnée conjonctive interrogative indirecte**, COD du verbe « disent ».

14 Être à l'aise à l'oral

TESTEZ-VOUS

→ CORRIGÉS P. 308-309

Faites le point sur vos connaissances puis établissez votre **parcours de révision** en fonction de votre score.

1 Se présenter devant un public

→ FICHE 50

1. Avant d'entrer dans la salle…

☐ **a.** je vérifie une dernière fois mes notes.

☐ **b.** je pense aux questions qu'on va me poser.

☐ **c.** je respire profondément.

☐ **d.** je regarde mon téléphone.

2. Quand j'entre dans la salle…

☐ **a.** je me dirige vers mon siège.

☐ **b.** je souris et je salue l'examinateur.

☐ **c.** je serre la main.

☐ **d.** je demande où je dois me placer.

3. Lorsque je m'assois face à un interlocuteur…

☐ **a.** je pose mes mains sur la table.

☐ **b.** je prends mes notes dans les mains.

☐ **c.** je croise les bras.

☐ **d.** je laisse mes mains sous la table.

4. Lorsque je suis debout face à un public…

☐ **a.** je m'appuie sur une table ou une chaise.

☐ **b.** je mets les mains dans mes poches.

☐ **c.** je relève mes manches.

☐ **d.** je m'avance vers l'auditoire.

…/4

2 Capter l'attention de l'auditoire

→ FICHE 51

1. Lorsque je m'adresse à un auditoire…

☐ **a.** je fixe un point au fond de la salle.

☐ **b.** je regarde le premier rang.

☐ **c.** je regarde une personne en particulier.

☐ **d.** je regarde toutes les personnes.

2. Pour appuyer mon discours, je peux…

- ☐ a. garder les bras le long du corps.
- ☐ b. croiser les bras.
- ☐ c. faire des gestes parasites.
- ☐ d. faire des gestes expressifs.

3. Pour établir un bon contact avec son auditoire, il est important…

- ☐ a. de lire intelligiblement ses notes.
- ☐ b. de regarder les personnes auxquelles on s'adresse.
- ☐ c. de faire de nombreux gestes en tous sens.
- ☐ d. d'adopter une attitude positive et dynamique.

…/3

3 Se faire comprendre

→ FICHE 52

1. Lorsque j'hésite sur une formulation…

- ☐ a. je prends le temps de réfléchir.
- ☐ b. je meuble avec des interjections.
- ☐ c. je reformule autrement.
- ☐ d. j'abandonne ma phrase.

2. Pour bien se faire comprendre, il est nécessaire de…

- ☐ a. bien articuler.
- ☐ b. faire des pauses.
- ☐ c. garder le même rythme tout le temps.
- ☐ d. parler très lentement.

3. Quelle formulation est la plus convaincante ?

- ☐ a. « Je crois que Zola est un auteur naturaliste. »
- ☐ b. « Zola est sans conteste un auteur naturaliste. »
- ☐ c. « Zola est peut-être un auteur naturaliste. »
- ☐ d. « Zola est sans doute un auteur naturaliste. »

…/3

Score total …/10

Parcours PAS À PAS ou EXPRESS ? → MODE D'EMPLOI P. 3

50 Se présenter devant un public

En bref *L'entrée dans la salle et le premier contact avec le jury sont essentiels dans une situation de prise de parole. Avec de l'entraînement, vous pouvez apprendre à bien gérer votre corps et votre attitude de manière à ne pas trahir votre stress.*

I Gérer son stress

1 Comprendre le mécanisme à l'origine du stress

- Le stress est une **réaction normale** qui manifeste l'importance que revêt l'examen à vos yeux. Lors d'une épreuve orale, ce sentiment est renforcé par la peur d'être jugé(e).
- Votre cerveau interprète la situation comme un danger : il libère de l'adrénaline pour **mettre le corps en alerte**. Le rythme cardiaque et la respiration s'accélèrent, les muscles se contractent… Nos ancêtres étaient alors prêts à fuir ou à combattre !
- Votre objectif est de faire comprendre à votre cerveau que **vous n'êtes pas réellement en danger**. Pour cela, concentrez-vous sur votre **respiration** : respirer profondément revient à envoyer au cerveau un message de fin d'alerte. La libération d'adrénaline prend fin et les manifestations extérieures du stress disparaissent progressivement.
- Il ne faut pas, pour autant, chercher à supprimer totalement le stress : il permet de maintenir une pression qui vous aide à vous **surpasser**.

2 Se préparer efficacement

- Un oral se prépare comme une performance physique, à force d'entraînement. N'hésitez pas à **répéter votre prestation** devant une caméra ou un miroir en travaillant les postures, les gestes et la voix.
- **Prenez la parole** aussi souvent que possible en public : cela vous permettra de prendre confiance en vous et d'apprendre progressivement à maîtriser votre stress.
- Avant l'oral, isolez-vous et **visualisez le déroulement de l'épreuve** comme un film avec de nombreux détails. Ne vous laissez pas envahir par les pensées négatives.
- **Ne révisez pas à la dernière minute** et ne doutez pas de votre prestation dans les derniers instants. **Détendez-vous,** sortez vous aérer, faites du sport, écoutez de la musique…

CONSEIL
Pour éviter tout stress inutile, arrivez en avance, prenez le temps de vous installer confortablement et n'oubliez pas de prendre une montre pour gérer votre temps.

II Adopter la bonne attitude

1 Si vous devez rester debout

- **Centrez-vous** par rapport à votre public et posez vos notes à proximité. **Ancrez bien vos pieds au sol**, de manière à avoir une assise stable.
- Placez dès le départ **vos mains à hauteur de votre ventre**, sans les laisser pendre le long du corps. Vous pouvez les croiser devant vous et les dénouer lorsqu'il sera nécessaire d'appuyer le propos.
- **Évitez de vous balancer** de droite à gauche ou d'avant en arrière, de croiser et décroiser les jambes, etc. Si vous ressentez le besoin de bouger, il est préférable de vous déplacer de manière franche, soit en avançant vers le public, soit latéralement, et cela très doucement.

2 Si vous devez vous asseoir

- Attendez un signe de votre interlocuteur avant de vous asseoir. Prenez le temps de **positionner votre siège droit**, en face de la ou des personne(s) à qui vous vous adressez.
- **Posez vos notes et vos mains visibles sur la table**, ce qui vous permettra d'avoir les mains libres pour appuyer votre discours par des gestes.
- **Tenez-vous droit·e**, légèrement penché·e en avant, plutôt qu'en arrière, afin de faciliter les échanges. Au cours des différentes phases de votre intervention, **surveillez vos changements de position**, notamment ceux qui trahissent un relâchement de l'attention (recul, placement des mains sous la table, appui sur le dossier, les accoudoirs...).

CONSEIL

Avoir un stylo dans les mains peut vous donner une contenance, à condition bien sûr de ne pas jouer avec le bouchon ni de le faire tourner.

zoOm

Éviter les gestes parasites

Apprenez à identifier les gestes parasites et les gestes d'auto-contact que vous effectuez pour vous rassurer en situation de stress : ils brouillent la communication et traduisent votre inconfort. Avec un peu d'entraînement, il devient facile de les éviter.

Passer la main dans ses cheveux

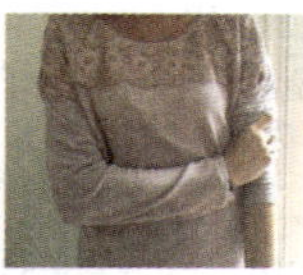

Remonter ses manches ou tirer dessus

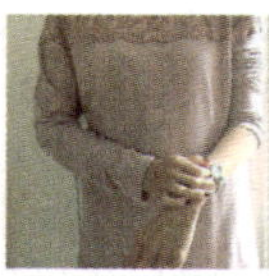

Toucher sa montre, ses bracelets, ses bagues

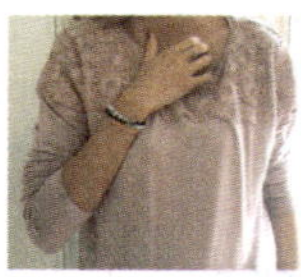

Se gratter frénétiquement

51 Retenir l'attention du jury

En bref *Une fois installé·e, il ne suffit pas de maîtriser son stress et son sujet, il faut aussi parler de manière efficace et convaincre le jury. Le visage et ses expressions, ainsi que la gestuelle, sont alors essentiels pour renforcer le propos.*

I Établir le contact

- Le premier contact est essentiel. Dès l'entrée dans la salle, donnez l'impression d'être **ouvert à l'échange**, avenant, sans être trop familier.
- Le **sourire** est l'atout indispensable pour détendre l'atmosphère et gagner la sympathie du jury. Il ne s'agit pas de rire faussement ou de sourire en permanence mais d'afficher une attitude aimable.
- La **politesse** est de mise, même si parfois le stress fait oublier les fondamentaux de la courtoisie : saluer vos interlocuteurs, remercier, attendre d'être invité à s'asseoir ou à partir avant de le faire.
- **Montrez-vous à l'écoute** des attentes du jury sans foncer tête baissée dans vos explications. Laissez à vos examinateurs le temps de s'installer et prenez le temps de disposer les documents dont vous aurez besoin.

II Communiquer efficacement

1 Regarder l'examinateur

- Se trouver face à face avec un ou des examinateur·s peut être impressionnant. **Ne vous laissez pas déstabiliser** par les regards portés sur vous : tentez d'en faire abstraction en imaginant que ce sont des professeurs que vous connaissez.
- **Ne rédigez pas vos fiches** pour ne pas être tenté·e de les lire et détachez-vous au maximum de vos notes, au moins dans les moments cruciaux de votre intervention.
- **Regardez** chacun de **vos interlocuteurs.** Ne les fixez pas, mais accordez-leur des regards réguliers, afin de capter leur attention.
- **Évitez de regarder ailleurs**, ce qui donnera l'impression d'être fuyant. Inutile donc de fixer vos pieds, le plafond, ou encore le mur au fond de la salle.

CONSEIL
Entraînez-vous avec des amis à faire une présentation en les regardant. Invitez-les à se placer dans des endroits différents d'une salle et demandez-leur de lever la main dès qu'ils se sentent regardés pendant votre prise de parole. Vous vous apercevrez rapidement que vous avez tendance à regarder toujours les mêmes personnes.

2 Soigner la gestuelle

■ **Évitez de rester trop statique** pendant votre intervention mais ne surchargez pas non plus votre intervention par des gestes répétitifs ou sans lien avec le propos.

■ Vos gestes doivent intervenir à des moments essentiels de votre prise de parole afin d'**appuyer ce que vous dites**. Ils doivent donc coïncider avec ce que vous cherchez à exprimer : enthousiasme, opposition, implication personnelle...

3 Éviter la monotonie

■ **Variez les intonations** pour donner de la vivacité à ce que vous dites et ne pas ennuyer votre jury.

■ **Insistez** sur les aspects essentiels en appuyant sur certains segments de phrases ; marquez les interrogations ou les exclamations par une **intonation expressive**.

■ **Ayez l'air convaincu·e** de ce que vous affirmez en adoptant une voix claire et en apparaissant sûr·e de vous.

zoOm

Appuyer son propos par des gestes signifiants

Il est important d'appuyer son discours par des gestes qui retiennent l'attention et soulignent les moments clés.

■ Mains tendues vers l'auditoire : **impliquer le public.**

■ Mains à gauche puis à droite : **souligner une opposition.**

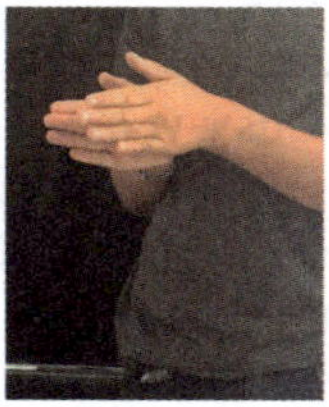

■ Compter avec ses doigts : **énumérer.**

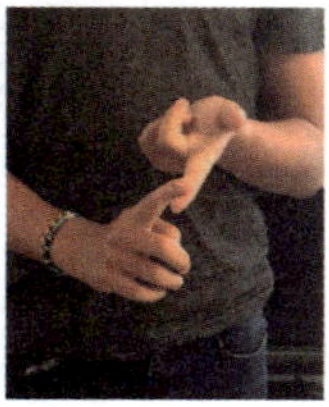

■ Mains écartées ou rapprochées : **exprimer l'union ou la désunion.**

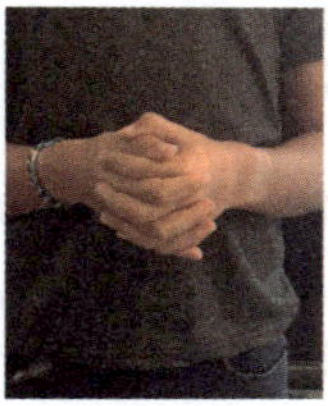

■ Lever ou baisser un doigt : **exprimer un doute ou un questionnement.**

■ Main sur la poitrine : **montrer son implication personnelle.**

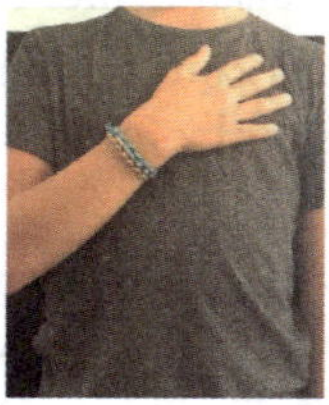

52 S'exprimer efficacement

En bref *Si une grande partie de la communication repose sur l'attitude non verbale, il ne faut évidemment pas négliger l'aspect verbal de l'échange. Articuler, faire des pauses, choisir les mots justes sont autant d'atouts dans la prise de parole.*

I S'exprimer correctement

1 Choisir ses mots

■ Vous êtes jugé·e sur la **qualité de votre expression**, d'où l'importance de bien choisir vos mots. Il est parfois difficile de trouver la bonne formulation : prenez le temps de chercher les **termes** les plus **appropriés**.

■ **Évitez les contractions** (« j'sais pas », « j'pense ») et prononcez correctement les négations incluant un « ne » audible. Si un terme familier vous échappe, reformulez dans un **registre plus soutenu**.

2 Bannir les tics de langage

Variables d'une époque à une autre, ces petits marqueurs de la communication sont à proscrire le jour de votre oral.

■ Commencez par **repérer ceux que vous employez le plus souvent** et **entraînez-vous à vous en débarrasser** dans vos conversations courantes ou lors de vos prises de parole en classe. Il peut s'agir :
- d'expressions en vogue (« genre », « carrément », « trop », « j'avoue »...) ;
- de mots de liaison (« donc », « alors », « et voilà », « en fait »...) ;
- d'onomatopées (« euh », « ben », « bah... »).

■ Bannissez également la mise systématique entre guillemets (geste à l'appui) qui vous sert à justifier que vous n'avez pas trouvé le mot juste pour vous exprimer.

3 Répondre adroitement

■ Prenez le temps de vous assurer que vous avez bien compris la question posée et vérifiez que vous n'avez pas juste saisi un mot à partir duquel vous allez construire votre raisonnement.

■ Vous pouvez, ponctuellement, **reformuler la question posée** pour vous assurer de votre compréhension : « vous me demandez si », « vous voulez savoir comment ».

■ **Évitez les modalisateurs qui expriment le doute** : « je crois que », « peut-être », « éventuellement ». Ne commencez pas votre réponse par un segment de phrase qui vous fait perdre toute crédibilité : « Je ne sais pas, mais... », « Je ne suis pas sûr, mais... ».

II Soigner son élocution

■ **Parlez distinctement** en articulant pour être bien compris·e. Faites particulièrement attention à ne pas « avaler » les fins de phrases et les fins de mots.

> **CONSEIL**
> Parler face à un public ne s'improvise pas et, pour éviter de bafouiller, il est nécessaire d'exercer sa voix et de **s'entraîner**.

■ **Adaptez le volume de votre voix** en fonction de la proximité avec votre auditoire. Ni trop fort, ni pas assez, vous devez trouver le juste équilibre. N'hésitez pas à demander si vous parlez suffisamment fort et si l'on vous entend.

III Adopter le bon rythme

■ Ne parlez **ni trop lentement**, pour avoir le temps de tout dire, **ni trop vite**, pour laisser au jury la possibilité d'intégrer ce que vous dites et de prendre des notes.

■ **Trouvez le juste équilibre** en accélérant ou en ralentissant le débit :
- ralentissez lorsque vous présentez le plan, lorsque vous abordez un aspect essentiel, lorsque vous voulez particulièrement retenir l'attention.
- accélérez au moment des exemples, des énumérations, des citations ;

■ N'hésitez pas à **reformuler** plusieurs fois un aspect important de votre intervention et à faire des pauses entre deux idées ou avant d'enchaîner sur un point important. On a souvent peur des silences à l'oral et pourtant, ils sont nécessaires.

zoOm

Varier ses expressions

L'examinateur appréciera que vous fassiez un effort pour varier les tournures que vous utilisez.

Varier les expressions utilisées

- **Donner son opinion :** *à mon sens, pour ma part, il me semble, je suis d'avis que, je lis cela comme…*
- **Appuyer le propos :** *clairement, aisément, évidemment, naturellement, nettement…*
- **Introduire une analyse :** *on remarque, on constate, on peut souligner, il est à noter que…*

MÉMO VISUEL

ÊTRE À L'AISE

1 L'attitude

Gérer son stress

- Prendre le temps de **s'installer** confortablement.
- **Respirer** profondément.

Entraînez-vous à prendre la parole en public dès que vous en avez l'occasion : cela vous aidera à apprivoiser votre stress.

Établir un bon contact avec son auditoire

- **Saluer** l'examinateur en entrant dans la salle.
- Adopter une **posture dynamique** pendant toute la durée de l'oral.
- **Regarder** régulièrement l'examinateur.
- Se montrer **réactif** et **de bonne volonté** lorsque l'on vous interroge.

Ne rédigez pas vos fiches, pour ne pas être tenté·e de les lire !

2 La gestuelle

- Bannir les **gestes parasites** (se gratter, toucher ses cheveux…).
- Appuyer son discours de **gestes signifiants.**

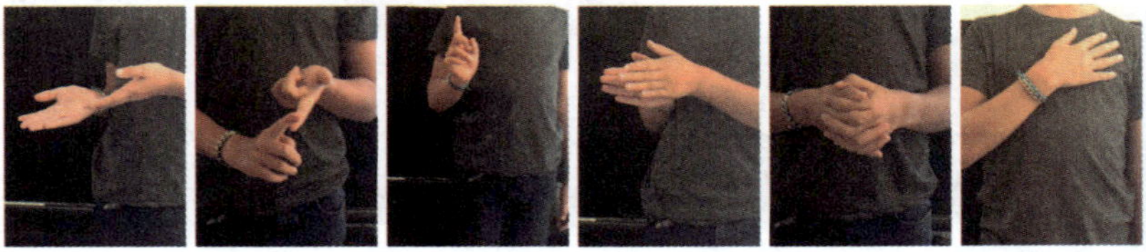

3 La voix et le langage

Soigner son expression

- Utiliser un **niveau de langue** courant ou soutenu.
- Chasser les **tics de langage** et les expressions à la mode.
- Éviter les **expressions négatives** qui vous font perdre en crédibilité (« Je ne sais pas, mais… »).
- Éviter les **contractions** (« j'sais pas »).

Utilisez un vocabulaire précis et n'hésitez pas à reformuler certaines phrases afin de clarifier votre propos.

Soigner son élocution

- Trouver le bon **volume** (mieux vaut parler trop fort que pas assez).
- Surveiller son **débit** de parole.
- Varier **l'intonation**, en particulier pendant la lecture.
- Faites des **pauses** pour mettre en valeur les moments clés.

Pensez à bien articuler, cela vous forcera à ralentir le rythme.

À L'ORAL

4 L'état d'esprit

- Penser **positif** et se faire **confiance**.
- Faire confiance à **l'examinateur** : il n'est pas là pour vous mettre en difficulté, vous pouvez compter sur sa bienveillance.
- **Relativiser** l'enjeu : ne cédez pas à la panique, vous ne jouez pas votre vie !

Ne partez jamais battu : vous avez toutes les cartes en main pour réussir.

EXERCICES

Bien respirer

→ FICHE 50

1 **1. Respiration abdominale**

Inspirez par le nez en gonflant doucement le ventre, puis expirez le plus lentement possible par la bouche.

2. Respiration par paliers

Prenez une grande inspiration en dirigeant beaucoup d'air dans l'abdomen, un peu moins dans la cage thoracique et une petite quantité dans la gorge. Puis, expirez en vidant les paliers dans l'ordre inverse.

CONSEIL
Mettez la main sur votre ventre pour le sentir se gonfler lorsque vous inspirez.

Regarder le jury

→ FICHE 51

2 **1. Entraînement à deux**

a. Circulez dans une pièce en regardant vos pieds, puis relevez les yeux en même temps. Croisez le regard de l'autre et continuez à circuler dans la pièce en ne vous lâchant pas des yeux.

b. Faites le même exercice en vous entraînant à dominer l'autre par le regard, puis en vous laissant dominer. Cet exercice, déstabilisant dans un premier temps, vous permettra de mieux gérer le face à face.

2. Entraînement seul·e

Au quotidien, exercez-vous à regarder dans les yeux les gens avec qui vous entretenez une conversation.

Être expressif

→ FICHE 52

3 **1. Prononcez la phrase suivante en jouant successivement les différentes émotions indiquées.**

« Les lapins sont morts et le jardin est dévasté par les taupes. »

a. la colère b. la tristesse c. la fascination d. la peur e. l'envie f. la joie

Vous pouvez ajouter autant d'émotions que vous le souhaitez.

2. Vous pouvez ensuite répéter la phrase avec une émotion donnée, en l'amplifiant progressivement.

Articuler

→ FICHE 52

4 **Exercez-vous à répéter, en articulant bien, les virelangues suivants.**

a. Ton thé t'a-t-il ôté ta toux tenace ?

b. Trois très gros, gras, grands rats gris grattent.

c. Mur gâté, trou s'y fit, rat s'y mit.

d. Six slips chics, six chics slips.

e. Didon dîna, dit-on, du dos d'un dodu dindon.

f. Tadalarana — tedelerene — tidilirini — todolorono — tudulurunu

CONSEIL
L'objectif n'est pas de les dire le plus vite possible mais d'exagérer l'articulation.

S'exprimer de manière convaincante

→ FICHES 50 à 52

5 Lisez plusieurs fois le texte ci-dessous pour vous en imprégner, puis suivez les consignes indiquées.

« En continuité avec le courant romantique, on retrouve dans ce poème les mêmes thématiques : la nature, l'isolement et le mal de vivre. Chez Baudelaire, cette mélancolie devient le Spleen. L'unique refuge de l'artiste se trouve dans l'art et le Beau.

Ici, Baudelaire oppose, d'une certaine manière, l'Idéal au Spleen. Il met en scène une vision pessimiste de la société, dans laquelle le poète ne trouve pas sa place. Toutefois, ne nous méprenons pas sur l'aspect novateur du texte : il reprend une image initiée par les Romantiques, puis développée par Verlaine, celle du poète maudit, incompris de ses contemporains, marginal dans la société. »

a. Soulignez les mots ou segments de phrases importants.
→ Lisez le texte à voix haute en insistant sur ces passages.

b. Notez par un trait les pauses nécessaires (la ponctuation peut vous aider).
→ Relisez le texte en insistant sur les passages soulignés et en marquant les pauses nécessaires.

c. Repérez les passages qu'il serait pertinent d'associer à des gestes.
→ Relisez une dernière fois le texte en prenant en compte les trois consignes précédentes : montrez-vous aussi convaincant·e que possible !

S'entraîner à la lecture oralisée

6 Préparez la lecture oralisée de ce poème grâce aux consignes données.

Le Dormeur du val

C'est un trou de verdure où chante une rivière,
Accrochant follement aux herbes des haillons
D'argent ; où le soleil, de la montagne fière,
Luit : c'est un petit val qui mousse de rayons.

Un soldat jeune, bouche ouverte, tête nue,
Et la nuque baignant dans le frais cresson bleu,
Dort ; il est étendu dans l'herbe, sous la nue,
Pâle dans son lit vert où la lumière pleut.

Les pieds dans les glaïeuls, il dort. Souriant comme
Sourirait un enfant malade, il fait un somme :
Nature, berce-le chaudement : il a froid.

Les parfums ne font pas frissonner sa narine ;
Il dort dans le soleil, la main sur sa poitrine,
Tranquille. Il a deux trous rouges au côté droit.

Arthur Rimbaud, « Le Dormeur du val », 1870.

a. Surlignez les [e] qui doivent être prononcés en fin de mots.

b. Comptez les syllabes de chaque vers pour vérifier que vous prononcez correctement les alexandrins. Marquez la ou les diérèse·s à l'aide d'un trait oblique (/).

c. Notez les enjambements à l'aide d'une flèche, afin d'effectuer une lecture fluide.

d. Soulignez les liaisons à ne pas oublier.

e. Lisez l'ensemble du poème à voix haute.

CONSEILS

- Respectez le rythme de chaque strophe : les deux premiers quatrains sont composés d'une phrase chacune, tandis que les deux tercets comportent des phrases plus courtes. Le ton se fait ainsi plus grave.
- Marquez une pause avant la dernière phrase, qui constitue la chute du poème.

LE CORRIGÉ

5 « En continuité avec le courant romantique, / **[ouvrir les mains]** on retrouve dans ce poème les mêmes thématiques /: la nature / l'isolement / et le mal de vivre. [compter sur les doigts] / Chez Baudelaire, / cette mélancolie devient le Spleen. / L'unique refuge de l'artiste / se trouve dans l'art et le Beau. / **[mains d'un côté, puis de l'autre]**

Ici, Baudelaire oppose, / d'une certaine manière, / l'Idéal au Spleen [geste d'opposition, balancement]. Il met en scène une vision pessimiste de la société, dans laquelle le poète ne trouve pas sa place. **[geste de négation]** / Toutefois, ne nous méprenons pas sur l'aspect novateur du texte **[geste de mise en garde : index levé]** : / il reprend une image initiée par les Romantiques, puis développée par Verlaine, / celle du poète maudit, /incompris de ses contemporains, / marginal dans la société. »

Plus de conseils en vidéo sur annabac.com.

6

Le dormeur du val

C'est un trou de verdure où chante une rivière,
Accrochant follement aux herbes des haillons
D'argent ; où le soleil, de la montagne fière,
Luit : c'est un petit val qui mousse de rayons.

Un soldat jeune, bouche ouverte, tête nue,
Et la nuque baignant dans le frais cresson bleu,
Dort ; il est étendu dans l'herbe, sous la nue,
Pâle dans son lit vert où la lumière pleut.

Les pieds dans les glaïeuls, il dort. Souriant comme
Sourirait un enfant malade, il fait un somme :
Nature, berce-le chaudement : il a froid.

Les parfums ne font pas frissonner sa narine ;
Il dort dans le soleil, la main sur sa poitrine,
Tranquille. Il a deux trous rouges au côté droit.

Plus de conseils en vidéo sur annabac.com.

CORRIGÉS DES TESTS

1 La poésie : histoire littéraire et outils d'analyse → P. 14-15

1 **1.** **a** et **c** • **2.** **a.** Faux ; **b.** Vrai ; **c.** Vrai ; **d.** Faux

2 **1.** **a.** Gautier – Parnasse ; **b.** Lamartine – romantisme ; **c.** Hugo – romantisme ; **d.** Verlaine – symbolisme ; **e.** Baudelaire – symbolisme • **2.** **c** et **d** • **3.** **b** et **d**

3 **1.** **b** et **d** • **2.** **a** (« Y fleurit »), **c**, **e** (assonances en /en/) et **g** (sauf les vers 2-3, qui forment toutefois un alexandrin coupé en deux).

4 **b** (nombreuses métaphores et comparaisons), **c** (tonalité didactique : description précise et structurée) et **e** (champ lexical de la géographie).

2 Les recueils de poésie au programme → P. 36-37

1 **1.** **a** • **2.** **c** • **3.** **a**, **b** et **c** • **4.** **b**

2 **1.** **c** • **2.** **c** • **3.** **c** • **4.** **b**

3 **1.** **a** et **b** • **2.** **c** • **3.** **a.** « Zone » – la modernité ; « Le pont Mirabeau » – la fuite du temps ; « Nuit rhénane » – l'ivresse ; « Les colchiques » – l'automne ; « La Loreley » – l'amour et la mort • **4.** **c.**

3 La littérature d'idées : histoire littéraire et outils d'analyse → P. 58-59

1 **1.** **c** • **2.** **a** et **c** • **3.** **b** • **4.** **a**

2 **1.** **b** • **2.** **b** • **3.** **a**

3 **1.** **b** • **2.** **b** et **c** • **3.** **b**

4 **1.** **c** • **2.** **a** • **3.** **b**

4 Les œuvres de littérature d'idées au programme → P. 80-81

1 **1.** **c** • **2.** **b** • **3.** **a** • **4.** **c**

2 **1.** **b** • **2.** **a** • **3.** **b** • **4.** **c**

3 **1.** **b** • **2.** **c** • **3.** **c** • **4.** **a**

5 Le récit : histoire littéraire et outils d'analyse → P. 100-101

1 **1.** **a** et **d** • **2.** **a**

2 **1.** **a.** Rabelais – XVIe siècle ; **b.** Mme de Lafayette – XVIIe siècle ; **c.** Montesquieu – XVIIIe siècle ; **d.** Chrétien de Troyes – Moyen Âge • **2.** **b**

3 **1.** **a**, **b** et **d** • **2.** Zola – naturalisme ; Balzac – réalisme ; Flaubert – réalisme ; Hugo – romantisme ; Stendhal – réalisme ; Maupassant – réalisme

4 **1.** **a.** *La Peste* – Camus ; **b.** *La Condition humaine* – Malraux ; **c.** *L'Écume des jours* – Vian ; **d.** *Nadja* – Breton • **2.** **b** et **c**

5 **1.** **a.** narratif ; **b.** au passé, à la 3e personne ; **c.** omniscient • **2.** **a**, **b** et **c**

6 Les romans et récits au programme → P. 122-123

1 **1.** **a** • **2.** **c** • **3.** **c** • **4.** **b**

2 **1.** **c** • **2.** **b** • **3.** **b** • **4.** **c** • **5.** **a**

3 **1.** **c** • **2.** **b** • **3.** **a** • **4.** **a** • **5.** **c**

7 Le théâtre : histoire littéraire et outils d'analyse → P. 144-145

1 1. a, b et c • 2. a • 3. a et b • 4. c • 5. b

2 1. a • 2. c • 3. a et b • 4. a et b

3 1. a, b et c • 2. b • 3. c

8 Les pièces de théâtre au programme → P. 166-167

1 1. c • 2. a et c • 3. Argan → d ; Toinette → b ; Cléante → a ; Béline → c • 4. a, b et c

2 1. c • 2. b et c • 3. a et b • 4. a et c • 5. b et c

3 1. la Mère → b ; Suzanne → c ; Catherine → a ; Antoine → d • 2. c • 3. a • 4. a et c

9 Maîtriser les outils de l'analyse grammaticale et littéraire → P. 190-191

1 1. c • 2. b • 3. c

2 1. d • 2. c • 3. a

3 1. a • 2. a et c : énoncé coupé de la situation d'énonciation ; b, d, e et f : énoncé ancré dans la situation d'énonciation

4 1. a • 2. a et d

5 1. b • 2. b • 3. a • 4. a

10 Construire un commentaire organisé → P. 208-209

1 1. b • 2. a • 3. a, b, c, d, f, i et j

2 1. a et b • 2. c • 3. c • 4. b

3 1. b • 2. b • 3. a • 4. a

11 Contracter un texte et rédiger un essai → P. 228-229

1 1. a • 2. b • 3. c • 4. b

2 1. b • 2. a : citation 2 ; b : citation 3 ; c : citation 1 ;• 3. a • 4. a

12 Améliorer ses écrits → P. 250-251

1 1. c et d • 2. b et c • 3. a, b et d

2 1. a. *comme* – comparaison ; b. *parce que* – cause ; c. *également* – addition ; d. *en revanche* – opposition ; e. *soit… soit* – hypothèse ; f. *bien que* – concession • 2. b

3 1. c • 2. b

4 1. a. piédestal ; b. au temps pour lui ; c. quand même • 2. a (un arbre sans fruits) et c (un vélo sans roues) • 3. a. censé ; b. cour ; c. est • 4. c • 5. a et d

13 Préparer et passer l'épreuve → P. 272-273

1 1. a et c • 2. a, c et d

2 1. a et d • 2. a, b et d • 3. c et d • 4. c

3 1. c • 2. b et d • 3. a, b et d • 4. a et c

14 Être à l'aise à l'oral → P. 294-295

1 1. c • 2. b • 3. a • 4. d

2 1. d • 2. d • 3. b et d

3 1. a et c • 2. a et b • 3. b

La poésie

Accentuation
Manière d'intensifier la prononciation d'une syllabe. La syllabe accentuée et celle qui la suit sont séparées par une coupe.

Allitération, assonance
• Allitération : répétition d'une même consonne dans des mots voisins.

• Assonance : répétition d'une même voyelle dans des mots voisins.

Art poétique
Ouvrage didactique, généralement en vers, réunissant un ensemble de règles concernant la versification et la composition des divers genres de poésies.

Par extension, l'art poétique désigne tout poème dans lequel s'exprime une conception personnelle de la poésie.

Ballade
Forme fixe de la poésie médiévale composée de trois strophes et d'une demi-strophe appelée envoi caractérisée par le retour du même refrain à la fin de chaque strophe.

Blason
Poème qui fait l'éloge ou le blâme d'une personne (et parfois d'un objet ou d'une notion) à travers une description détaillée.

Calligramme
Du grec *kallos* « beau » et *gramma* « écriture ». Mot inventé par Guillaume Apollinaire pour désigner des poèmes dont le texte est disposé en forme de dessin.

Césure / coupe
• Césure : coupe principale du vers. Dans l'alexandrin classique, elle est située après la sixième syllabe.

• Coupe : division du vers en mesures rythmiques secondaires par rapport à la césure.

Les coupes et la césure créent le rythme du vers.

Chanson
Genre poétique d'origine médiévale qui repose sur l'union d'une musique, d'un texte et de la voix humaine et est généralement composé de plusieurs strophes et d'un refrain.

Élégiaque
Tonalité poétique qui exprime, sur le ton de la plainte, la méditation mélancolique du poète sur les peines de l'amour ou la fuite du temps.

Enjambement, rejet, contre-rejet
• Enjambement : procédé poétique consistant à supprimer la pause habituelle à la fin du vers en rompant l'accord entre l'unité du vers et celle de la phrase.

• Rejet : forme d'enjambement où la limite du vers et celle de la phrase ne concordant pas, un élément déborde dans le vers suivant.

• Contre-rejet : forme d'enjambement où un élément déborde dans le vers précédent.

Épique
Tonalité propre à l'épopée qui, par extension, peut être associée à d'autres œuvres caractérisées par un style élevé et la représentation de héros historiques et légendaires.

Formes fixes
Formes poétiques qui obéissent à des règles instituées (nombre de strophes, mètre, rimes…).

Hémistiche
Chacune des moitiés d'un vers coupé par la césure.

Hymne
Poème généralement long, en alexandrins ou en décasyllabes, consacré à l'éloge d'un personnage mythologique, d'un souverain ou d'une entité abstraite.

Lyrique
Tonalité particulière généralement associée à la poésie qui a pour objet l'expression des sentiments.

Mètre
Type de vers déterminé par le nombre de syllabes et de coupes qu'il comporte.
Voici les principaux mètres :
- Alexandrin : vers français de douze syllabes traditionnellement utilisé en poésie entre le XVIe et le XIXe siècle.
- Décasyllabe : vers de dix syllabes, très fréquent dans la poésie médiévale.
- Octosyllabe : vers de huit syllabes, le plus ancien vers français.

Ode
Poème lyrique d'éloge et de célébration, originaire de la Grèce antique.

Poème en prose
Poème non versifié, inventé au XIXe siècle par Aloysius Bertrand, qui s'inscrit dans le mouvement romantique de rejet des règles traditionnelles et des formes fixes.

Pointe
Trait d'esprit, jeu de mots ou expression piquante qui marque la fin d'un poème, d'une épigramme ou d'un conte et qui a pour but de surprendre le lecteur.

Rime
Reprise d'un même élément sonore à la fin de deux vers au moins.

Les rimes

Disposition
- plates : AABB
- croisées : ABAB
- embrassées : ABBA

Terminaison
- féminines : terminées par un *e* muet
- masculines : toutes les autres

Qualité
- pauvres : reprise d'un seul son
- suffisantes : reprise de deux sons
- riches : reprise de trois sons

Sonnet
Poème à forme fixe d'origine sicilienne composé de deux quatrains et de deux tercets, généralement en alexandrins. Il est particulièrement prisé par les poètes de la Pléiade.

Strophe
Ensemble de vers défini par sa disposition dans la page (les strophes sont séparées par des blancs), le groupement des mètres (égaux ou alternés) et l'agencement des rimes.

2 vers : **distique**

3 vers : **tercet**

4 vers : **quatrain**

5 vers : **quintil**

Vers
Unité de base du poème, le vers est défini par un retour à la ligne. On classe les vers selon leur mètre.

Vers libre
Caractéristique de la poésie moderne, le vers libre se libère des règles de versification traditionnelles (rimes, mètre régulier…).

La littérature d'idées

Apologie
Discours ou écrit visant à défendre et, par extension, à louer une personne ou une doctrine.

Apologue/fable
Court récit en prose ou en vers, utilisant souvent l'allégorie animale à des fins didactiques et morales.

Caricature
Présentation défavorable d'une personne, d'un objet ou d'une idée, par le recours à l'exagération et à la déformation.

Conte philosophique
Genre hybride, apparu au XVIIIe siècle, qui met les qualités du conte traditionnel (récit court, fictif et plaisant) au service de problématiques philosophiques.

Convaincre, démontrer, persuader
• Convaincre : amener un interlocuteur à reconnaître la véracité ou la nécessité d'une proposition en utilisant des arguments raisonnés.

• Démontrer : établir la vérité d'une proposition d'une manière rigoureuse.

• Persuader : amener un interlocuteur à adhérer à une proposition en jouant sur ses sentiments grâce à des procédés rhétoriques.

Didactique
Tonalité qui caractérise des textes écrits pour transmettre un savoir.

Discours
Exposé sur un thème déterminé, destiné à être prononcé devant un auditoire.

Éloge/blâme
• L'éloge est un discours prononcé ou écrit vantant les mérites et les qualités d'un individu, d'une institution ou d'une chose.

• Contrairement à l'éloge, le blâme stigmatise les défauts et les insuffisances d'un individu, d'une institution ou d'une chose.

Éloquence
Art de persuader par la parole en usant de procédés rhétoriques.

Engagé
Se dit d'un écrivain qui, d'une part, affiche des convictions politiques ou philosophiques l'engageant dans les débats de son temps, et, d'autre part, considère la littérature comme un média possible de ses convictions.

Essai
Genre en prose, inventé par Montaigne, qui se caractérise par sa forme libre et son refus de l'exhaustivité. L'essai expose des pistes de réflexion et des tentatives d'interprétation, sans prétendre élaborer une doctrine.

Euphémisme
Figure de style consistant à atténuer l'expression d'une idée jugée trop brutale, désagréable ou vulgaire en substituant au terme précis un mot ou une périphrase jugés plus acceptables.

Humanisme
Philosophie qui place l'homme et ses valeurs au-dessus de toute autre considération, et qui vise à l'épanouissement des qualités humaines. Le mouvement humaniste se développe dans toute l'Europe pendant la Renaissance et se caractérise par un retour à la culture antique.

Humour
Tonalité qui se caractérise par la capacité à considérer la réalité sous un aspect insolite et plaisant et permet une prise de distance.

Hyperbole
Figure de style consistant à amplifier un énoncé pour produire une impression forte.

Ironie
Forme d'expression consistant à dire le contraire de ce que l'on pense, ou à feindre d'approuver les opinions d'un adversaire pour mieux en montrer l'ineptie ou la cruauté.

Littérature de l'absurde
Mouvement littéraire, nourri par les préoccupations existentialistes, qui se développe après la Seconde Guerre mondiale et tend à marquer un « retour du tragique » (J.-M. Domenach). Les écrivains de ce mouvement postulent l'absurdité de l'existence et dévoilent les impasses de la communication.

Lumières
Mouvement philosophique et littéraire du XVIIIe siècle, qui prône l'usage de la raison contre les préjugés et l'intolérance, et remet en cause l'ordre politique, social et religieux de l'Ancien Régime.

Maxime
Au XVIIe siècle, formule brève et frappante exprimant une vérité générale en matière de morale ou de psychologie. La Rochefoucauld en fait un genre littéraire.

Morale
Dans une fable ou un apologue, conclusion sous forme de leçon.

Moraliste
Auteur qui, partant de l'observation des mœurs, propose des réflexions sur la nature humaine.

Stratégie argumentative
Moyens mis en place, en fonction du thème ou de la situation, pour convaincre un auditoire.

Oratoire (style)
Qui vise, par des procédés expressifs et des effets de rythme, à impressionner l'auditoire ou à le séduire.

Pamphlet
Écrit, généralement court, de tonalité satirique et polémique, qui attaque vigoureusement un pouvoir politique ou religieux ainsi que les personnages qui l'incarnent.

Pathétique
Qui est propre à exciter des émotions intenses telles que la douleur ou la pitié.

Parabole
Récit allégorique et symbolique. La parabole est généralement associée aux livres saints mais peut être utilisée dans tout récit à contenu moral.

Parodie
Imitation, dans une intention comique, d'un genre, du style d'un auteur, d'une cérémonie…

Plaidoyer
Discours ou ouvrage argumentatif consacré à la défense, généralement passionnée, d'une personne, d'une idée ou d'une cause dans un contexte de controverse publique.

Polémique
Qualifie une œuvre, un esprit ou un style qui critique, attaque ou discute avec vivacité et agressivité.

Réquisitoire
Discours, passage d'une œuvre ou bien œuvre intégrale mettant en accusation une personne ou une idée.

Satire
Toute œuvre ou passage d'une œuvre, quel qu'en soit le genre, qui attaque les mœurs des contemporains de l'auteur, ou qui contient une critique politique, sociale ou religieuse.

Thèse
Proposition que l'on tient pour vraie et que l'on soutient par une argumentation pour la défendre contre d'éventuelles objections.

Le roman et le récit

Abyme (mise en)
Procédé qui consiste à inscrire dans l'œuvre une réflexion sur l'œuvre elle-même, ce qui brouille les frontières entre le réel et l'imaginaire. Exemple : un personnage de roman qui écrit lui-même un roman.

Antihéros
Personnage de fiction dépourvu des caractéristiques traditionnellement attribuées au héros (courage, force, beauté, vertu…).

Autobiographie
Genre littéraire dans lequel l'auteur fait le récit de sa propre vie.

Autofiction
Genre littéraire qui mélange les éléments autobiographiques et les éléments fictionnels.

Description
Représentation de ce qui se situe dans l'espace. Elle a plusieurs fonctions.

La description

- **Fonction référentielle :** elle donne à voir
- **Fonction narrative :** elle analyse et fait avancer l'intrigue
- **Fonction narrative :** elle renvoie par analogie au personnage
- **Fonction poétique :** elle est caractérisée par un style recherché

Ellipse
Suppression d'un épisode dans un récit.

Épilogue
Partie ajoutée à la fin d'un roman, qui raconte des faits postérieurs au dénouement de l'action principale.

Épistolaire (genre)
Genre littéraire, très en vogue au XVIIe siècle, qui concerne à la fois des lettres réelles de personnes célèbres, publiées sous forme de recueils, et des lettres fictives, dans les romans par lettres.

Explicit
Dernières pages d'un roman qui présentent la situation finale.

Fantastique, merveilleux
- Fantastique : registre qui fait intervenir des éléments surnaturels dans le monde quotidien.
- Merveilleux : registre caractérisé par l'omniprésence du surnaturel.

Focalisation (point de vue)
Notion inventée par Genette à la fin du XXe siècle qui permet de déterminer, à l'intérieur d'un récit ou d'une description, comment et par qui sont vus les éléments narrés ou décrits.

Focalisation

- **Interne :** l'histoire est racontée à travers ce que sait et voit un personnage
- **Externe :** l'histoire est racontée par un témoin extérieur de façon neutre et objective
- **Zéro :** le narrateur est omniscient, il raconte comme s'il savait et voyait tout

Incipit
Premières pages d'un roman ou d'un conte qui présentent la situation initiale. L'incipit *in medias res* est un cas particulier dans lequel le lecteur est projeté au milieu de l'action.

Naturalisme
Mouvement littéraire développé dans la deuxième moitié du XIXe siècle, par Zola en particulier, qui cherche à rivaliser avec la science et faire du roman un lieu d'expérimentation.

Nouveau Roman
Génération de romanciers, apparue après la Seconde Guerre mondiale, qui se caractérise par une contestation radicale des règles traditionnelles du roman et le refus de mettre leur œuvre au service d'une idéologie.

Pastiche
Pratique d'écriture consistant à imiter, dans une intention ludique, un texte-source tiré de l'œuvre d'un écrivain reconnu.

Réalisme
Mouvement artistique de la deuxième moitié du XIXe siècle qui revendique la liberté de traiter des sujets de la vie réelle et contemporaine et de représenter la banalité du quotidien.

Récit de voyage
Genre centré sur la relation d'un voyage, en général réel, effectué par l'auteur, qui en expose la description et les péripéties dans le but d'instruire et de divertir un lecteur.

Roman d'apprentissage
Type de roman dans lequel un jeune héros mûrit au fil des épreuves que lui réservent la société et l'amour.

Roman picaresque
Genre romanesque né au XVIe siècle en opposition aux romans de chevalerie idéalisés et qui raconte les aventures d'un picaro, jeune homme marginal, pauvre et rusé.

Romantisme
Mouvement artistique, né au XIXe siècle en réaction au classicisme, qui met l'accent sur l'individu et ses souffrances, la nature et l'imaginaire et revendique la liberté totale du créateur.

Schéma narratif
Décomposition de la structure d'un récit en cinq étapes :

1. situation initiale : début du récit et présentation des éléments qui le composent ;

2. élément perturbateur : déclencheur qui bouleverse la situation initiale ;

3. péripéties : ensemble des actions entreprises par le héros pour atteindre son but et des problèmes auxquels il se trouve confronté ;

4. dénouement : résolution qui met fin aux péripéties ;

5. situation finale : situation à laquelle aboutit le récit.

Science-fiction
Genre qui prend pour thème « non la réalité telle qu'elle nous apparaît, mais celle que nous pouvons commencer à imaginer à partir des données les plus avancées de la science » (Marc Soriano).

Le théâtre

Absurde (théâtre de l')
Mouvement théâtral apparu en réaction à la Seconde Guerre mondiale qui conteste la logique et les règles dramaturgiques traditionnelles et qui marque un « retour du tragique » (J.-M. Domenach).

Abyme (mise en)
Procédé qui consiste à inscrire dans l'œuvre une réflexion sur l'œuvre elle-même, ce qui brouille les frontières entre le réel et l'imaginaire. Exemple : mettre en scène des personnages qui jouent une pièce de théâtre.

Aparté
Mot ou parole brève qu'un personnage dit à part soi, en présence d'autres personnages, et que seul le spectateur est censé entendre.

Bienséances
Notion propre au théâtre classique. La bienséance externe répond à une exigence de convenance morale et vise à dissimuler tout élément susceptible de choquer le public. La bienséance interne concerne la cohérence de la structure de la pièce et des personnages.

Catharsis
Définie par Aristote, elle désigne la fonction moralisatrice de la tragédie classique qui purge (libère) par procuration le spectateur de ses passions néfastes, en faisant de lui le témoin des pulsions et des souffrances du personnage.

Comédie
Pièce divertissante représentant des personnages de moyenne et basse condition et dont le dénouement est nécessairement heureux.

Coup de théâtre
Tout événement inattendu qui modifie radicalement le cours de l'action ou son dénouement.

Dénouement
Ce qui conclut une pièce de théâtre et « dénoue » le nœud dramatique. Il doit être nécessaire, complet et rapide.

Deus ex machina
Tout événement, toute intervention surnaturelle, tout personnage dont l'arrivée fortuite au dernier acte dénoue providentiellement la situation.

Didascalies
Instructions de jeu et de mise en scène données, dans le texte même, par l'auteur pour ses personnages.

Dramatique
Tonalité qui caractérise des scènes riches en péripéties, fondées sur une succession rapide d'actions ou d'événements, dans une atmosphère de tension et de violence.

Drame romantique
Genre théâtral né au début du XIXe siècle qui veut peindre le monde et l'homme dans leur totalité, en mêlant les registres (grotesque et sublime) et les genres et en se détournant des règles du théâtre classique.

Exposition
Première partie d'une pièce de théâtre où sont présentés tous les éléments nécessaires à la compréhension de l'action (personnages, lieux, intrigues…)

Farce
Toute courte pièce d'un comique bas et grossier. Certains procédés farcesques peuvent être repris dans des pièces plus complexes.

Fatalité
Destin auquel le héros dramatique est condamné par une puissance supérieure, les dieux dans la tragédie classique, et contre lequel il ne peut pas lutter.

Mélodrame
Drame populaire du XIXe siècle cherchant à susciter des émotions violentes chez le spectateur, caractérisé par des situations complexes, des personnages stéréotypés et une recherche du pathétique.

Mise en scène
Ensemble des dispositions visant à régler la représentation de la pièce (jeu des comédiens, mouvements, décors...).

Monologue
Discours prononcé dans une pièce de théâtre par un personnage seul (ou qui croit l'être).

Nœud dramatique
Événements qui portent l'action à son plus haut degré de tension. Il est généralement résolu au dernier acte.

Pathétique
Tonalité propre à exciter des émotions intenses chez le spectateur telles que la douleur ou la pitié

Péripétie
Événement imprévu qui renverse le cours de l'action. Elle est, en principe, réversible contrairement au coup de théâtre.

Pitié
Selon Aristote, sentiment de compassion vis-à-vis de la douleur d'autrui, qui, avec la terreur, doit être suscité chez le spectateur qui assiste à une tragédie classique.

Quiproquo
Méprise, généralement comique, qui fait qu'une personne ou une chose est prise pour une autre, et situation qui en découle.

Représentation théâtrale
Action de donner un spectacle de théâtre devant un public.

Stichomythie
Succession de courtes répliques (un vers ou un hémistiche) entre deux personnages.

Tirade
Longue réplique qu'un personnage adresse d'un trait à un interlocuteur.

Tragédie
Pièce de théâtre en vers, codifiée au XVIIe siècle, mettant en scène des événements funestes arrivés à de grands personnages et dont le dénouement est malheureux.

Tragicomédie
Pièce à sujet romanesque, qui met en scène des personnages de rang élevé, où se mêlent divers tons (tragique, pathétique et parfois comique) et dont le dénouement est généralement heureux.

Tragique
Tonalité dérivée de la tragédie qui se rapporte à une situation insoluble dans laquelle un héros est broyé par des forces qui le dépassent et n'a pas d'autre issue que la mort.

Unités (règle des trois)
Règle du théâtre classique qui impose que l'action évite les intrigues secondaires (unité d'action), soit restreinte à vingt-quatre heures (unité de temps) et se déroule en un seul lieu (unité de lieu).

Vaudeville
Aussi appelé « théâtre de boulevard ». Comédies d'intrigue, aux scénarios simplistes et stéréotypés, brodant souvent autour du thème de l'adultère et privilégiant des effets comiques appuyés.

Vraisemblance
Règle du théâtre classique qui impose que tout ce qui compose la pièce soit vraisemblable. Il ne s'agit pas de montrer le vrai mais ce que le spectateur est prêt à accepter comme vrai.

CRÉDITS ICONOGRAPHIQUES

Rabat 1	Coll. Luc Viatour (lucnix.be) / Wikimedia commons
Rabat 2	Coll. Musée Carnavalet / Wikimedia commons
Rabat 3	Coll. Archives Hatier
Rabat 4	Coll. François Emile Zola / Wikimedia commons
Rabat 5	Coll. Hamburger Kunsthalle / Wikimedia commons
4h	Coll. Bridgeman images
4	Coll. *Alcools*, Guillaume Apollinaire, Coll. Classiques & Cie Lycée © Editions Hatier
4	Coll. *Les Fleurs du mal*, Charles Baudelaire, Coll. Classiques & Cie Lycée © Editions Hatier
4	Coll. *Les Contemplations*, Victor Hugo, Coll Classiques & Cie Lycée © Editions Hatier
5 h	ph © Josse / Bridgeman Images
5	© *Les Caractères*, La Bruyère Coll. Classiques & Cie Lycée © Editions Hatier
5	© *Gargantua*, Rabelais, Coll. Classiques & Cie Lycée © Editions Hatier
5	© *Déclaration des droits de la femme et de la citoyenne*, Olympe de Gouges, Coll. Classiques & Cie Lycée © Editions Hatier
6 h	Coll. Bridgeman images
6	Coll. *La Princesse de Clèves*, Mme de Lafayette, Coll. Classiques & Cie Lycée © Editions Hatier
6	Coll. *Enfance*, Nathalie Sarraute, Coll. Folio © Editions Gallimard
6	Coll. *Voyage au centre de la Terre*, Jules Verne, Coll. Classiques & Cie Lycée © Editions Hatier
7 h	Coll. Michèle Laurent
7	Coll. *Le Malade Imaginaire*, Molière, Coll. Classiques & Cie Lycée © Editions Hatier
7	Coll. *L'Ile des Esclaves*, Marivaux, Coll. Classiques & Cie Lycée © Editions Hatier
7	© Les Solitaires Intempestifs
10	Coll. Beau Lark / Fancy / Photononstop
11	Coll. Bridgeman images
13	ph © akg-images
17	ph © Archives Alinari, Florence, Dist. RMN-Grand Palais / Fratelli Alinari
19	ph © Hervé Lewandowski / RMN-Grand Palais (musée d'Orsay)
21	ph © Nimatallah / akg-images © Salvador Dalí, Fundació Gala-Salvador Dalí, Adagp, 2019
23	ph © akg-images
26	Coll. *Les Fleurs du mal*, Charles Baudelaire, Coll. Classiques & Cie Lycée © Editions Hatier
32	Coll. Bridgeman images
35	ph © Agence photographique du musée Rodin
39	ph © Mathieu Rabeau / RMN-Grand Palais (musée du Louvre)
41	ph © Agence photographique du musée Rodin
43	Coll. Bridgeman Images © Adagp, Paris, 2019
44	Coll. *Les Contemplations*, Victor Hugo, Coll Classiques & Cie Lycée © Editions Hatier
44	Coll. *Alcools*, Guillaume Apollinaire, Coll. Classiques & Cie Lycée © Editions Hatier
45	Coll. *Les Fleurs du mal*, Charles Baudelaire, Coll. Classiques & Cie Lycée © Editions Hatier
55	ph © Josse / Bridgeman Images
57	ph © Eric Vandeville / akg-images
61	ph © Eric Vandeville / akg-images
63	Coll. Bridgeman Images
65	© Droits réservés
70	© *Gargantua*, Rabelais, Coll. Classiques & Cie Lycée © Editions Hatier
70	© *Les Caractères*, La Bruyère Coll. Classiques & Cie Lycée © Editions Hatier
71	Coll. *Candide*, Voltaire, Coll. Classiques & Cie Lycée © Editions Hatier
74	© Lison Daniel - Instagram @les.caracteres
75	ph © G. Dagli Orti / De Agostini Picture Library / Bridgeman Images
79	ph © Josse / Bridgeman Images
83	Coll. Archives Hatier
85	ph © Josse / Bridgeman Images

87 © 2015 Ruby Films
88 © *Déclaration des droits de la femme et de la citoyenne*, Olympe de Gouges, Coll. Classiques & Cie Lycée © Editions Hatier
88 © *Gargantua*, Rabelais, Coll. Classiques & Cie Lycée © Editions Hatier
89 © *Les Caractères*, La Bruyère Coll. Classiques & Cie Lycée © Editions Hatier
97 ph © BnF
99 ph © Bridgeman images
103 ph © *Le Rapport de Brodeck*, Manu Larcenet d'après Philippe Claudel © DARGAUD, 2019
105 ph © BnF
107 ph © Bridgeman images
109 ph © Prod DB © Films Armorial - Sunchild productions / DR
112 Coll. *La Princesse de Clèves*, Mme de Lafayette, Coll. Classiques & Cie Lycée © Editions Hatier
112 Coll. 1re de couverture *Gargantua*, Rabelais, Coll Folio Classiques © Editions Gallimard
113 Coll. *Madame Bovary*, Gustave Flaubert, Coll. Classiques & Cie Lycée © Editions Hatier
114 Coll. *La Princesse de Clèves*, Mme de Lafayette, Coll. Classiques & Cie Lycée © Editions Hatier
115 ph © Prod DB © Cinetel - Silver Films / DR
116 Coll. *Les Liaisons dangereuses*, Laclos, Coll. Classiques & Cie Lycée © Editions Hatier
117 ph © Stéphane Maréchalle / RMN-Grand Palais (musée du Louvre)
121 ph © Arte / Scarlett Productions / The Kobal Collection / Aurimages
125 ph © Arte / Scarlett Productions / The Kobal Collection / Aurimages
127 ph © DILTZ / Rue des Archives / Bridgeman Images
129 ph © akg-images © 2019 Banco de México Diego Rivera Frida Kahlo Museums Trust, Mexico, D.F. / Adagp, Paris 2019
130 Coll. *La Princesse de Clèves*, Mme de Lafayette, Coll. Classiques & Cie Lycée © Editions Hatier
130 Coll. *Enfance*, Nathalie Sarraute, Coll. Folio © Editions Gallimard
131 Coll. *Voyage au centre de la Terre*, Jules Verne, Coll. Classiques & Cie Lycée © Editions Hatier
141 ph © Roger-Viollet
143 ph © Michèle Laurent
147 ph © Michèle Laurent
151 ph © Roger-Viollet
153 ph © Marc Enguerand / CDDS
156 Coll. *Dom Juan*, Molière, Coll. Classiques & Cie Lycée © Editions Hatier
156 Coll. *Hernani*, Victor Hugo, Coll. Classiques & Cie Lycée © Editions Hatier
157 Coll. *Oh les beaux jours*, Samuel Beckett © Les Éditions de Minuit
159 ph © Eric Garrault / Pasco
160 ph © Photo Josse / Leemage / Bridgeman Images
162 ph © Michèle Bellot / RMN-Grand Palais (musée du Louvre)
165 ph © Marie Clauzade
169 ph © Marie Clauzade
171 ph © Sébastien Marc Guy Canaud
173 ph © Josse / Bridgeman Images
174 Coll. *Le Malade Imaginaire*, Molière, Coll. Classiques & Cie Lycée © Editions Hatier
174 © Les Solitaires Intempestifs
175 Coll. *L'Ile des Esclaves*, Marivaux, Coll. Classiques & Cie Lycée © Editions Hatier
187 ph © Thierry Thorel / CIT'Images
199 ph © https://www.marc chagall.net/the-concert.jsp- © Adagp, Paris 2019
202 ph © ART Collection / Alamy Stock Photo
263 ph © Nasjonalmuseet, The Fine Art Collections
269 ph © Beau Lark/Fancy / Photononstop